野草

김상원 大河小說

야초 ❷

– 첫사랑

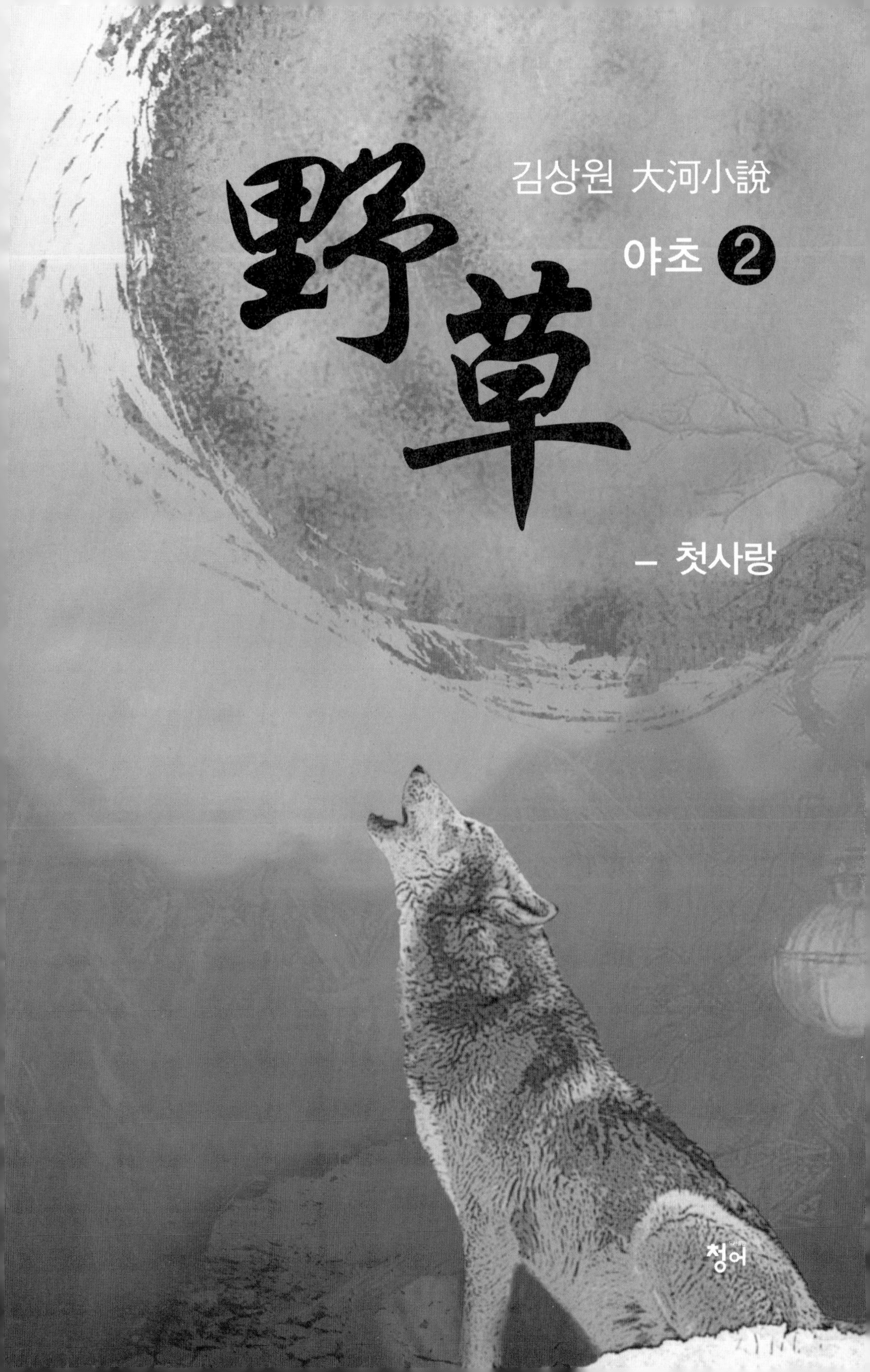

청어

野草(야초) ❷ 첫사랑

김상원 지음

발행처 · 도서출판 청어
발행인 · 이영철
영 업 · 이동호
홍 보 · 최윤영
기 획 · 천성래 I 이용희
편 집 · 방세화 I 이서윤
디자인 · 김바라 I 서경아
제작부장 · 공병한
인 쇄 · 두리터

등 록 · 1999년 5월 3일
(제321-3210000251001999000063호)

1판 1쇄 인쇄 · 2015년 3월 20일
1판 1쇄 발행 · 2015년 3월 30일

주소 · 서울특별시 서초구 효령로55길 45-8
대표전화 · 586-0477
팩시밀리 · 586-0478

홈페이지 · www.chungeobook.com
E-mail · ppi20@hanmail.net
ISBN · 979-11-85482-91-0(04810)
        979-11-85482-83-5(세트)

이 도서의 국립중앙도서관 출판시도서목록(CIP)은 서지정보유통지원시스템 홈페이지
(http://seoji.nl.go.kr)와 국가자료공동목록시스템(http://www.nl.go.kr/kolisnet)에서 이용하실 수
있습니다. (CIP제어번호: CIP2015007114)

野草

야초 **2**

− 첫사랑

소설을 쓰기 전에 어떤 소재를 가지고 어떤 주제로 소설을 쓸까 고심하는 것이 대부분의 작가일 것이다. 필자가 문학도로서 소설가의 꿈을 키울 60년대엔 한국의 유명 소설가 중 이광수의 『무정』, 『사랑』, 『흙』, 정비석의 『자유부인』, 『성황당』, 김래성의 『인생화보』, 『청춘극장』, 방인권의 『벌레 먹은 장미』 등 소설들은 재미가 있어 밤을 새워 읽기도 했다.

그러나 요즈음의 추세는 문학적인 면에 비중을 둔 소설을 많이 발간하고 있다. 그 결과 문학에 조예가 있는 소수의 독자들만 구독함으로 소설이 잘 팔리지 않아 전업 작가가 극소수다. 돈이 안 돼 생활이 어렵기 때문이다. 소설을 읽기보다 대부분 드라마나 영화를 본다. 소설이 독자에게 가까이 다가가기 위해서는 첫째로 재미가 있어야 한다는 작가들 대부분 자성의 소리가 높아지고 있다. 그래서 필자는 독자를 소설로 끌어들이는 대중소설을 쓰려고 했다.

본 소설 『야초』 대하소설 5부작은 독자들에게 재미와 감동 그리고 긴장감과 박진감이 넘치는 무협소설에 순애보적인 애정을 접목한 소설이다.

일제강점기 때 만주에서 독립운동을 하다 돌아가신 백야 김좌진 장군의 아들, 해방 전후 한국 건달세계의 거두 김두한이 남긴 주먹의 전설을 드라마로 엮은 〈야인시대〉가 2002년 방영되었다. 그때 야인시대는 대단한 인기가 있어 드라마가 방영되는 시간엔 거리에 사람이 한산하다고 뉴스에서 말할 정도였다. 그리고 1억 2천3백7십만 부의 경이적인 판매고를 기록한 일본의 작가 에이지 요시까와(吉川英治)의 무협소설 『미야모토 무사시(宮本武藏)』가 한국어로 번역되어 또한 많은 판매고를 올렸다. 필자는 드라마 〈야인시대〉를 즐겨 시청했고 『미야모토 무사시』 전권을 밤을 지새우며 탐독했다. 그 역작에 감동했다.

필자는 〈야인시대〉와 『미야모토 무사시』 같은 재미있는 소설을 쓰고 싶어 5부작을 계획하고 집필을 시작하여 12년 만에 탈고했다.

날치기에 의해 부모를 한꺼번에 잃은 12살의 소년 고인범은 아버지의 시신 앞에서 아버지의 원수를 갚겠다고 맹세했다. 어린 시절 추위와 배고픔으로 눈물겨운 처절한 굴곡진 삶을 살면서 오직 아버지의 원수 갚음만 생각했다.

필자는 주인공 고인범이 성인으로 성장하면서 범죄인들에게 짓밟히는 약자를 도우는 싸움꾼의 삶과 휴머니즘적인 삶을 엮었다.

김상원

野草(야초) ❷
첫사랑

차례

중학생과의 결투

1

어느 날 인범이가 교문을 나서는데, 누군가를 기다리며 서 있던 키가 큰 6학년들 중 한 명이 그들 앞을 지나가는 인범이를 불러 세웠다. 이들은 커다란 배낭을 메고 개를 데리고 학교를 다니는 인범이를 곱게 보지 않았던 아이들 중 한 명이었다.

"야, 너, 이리 좀 와 봐."

인범이는 교문을 나서다 말고, 소리가 나는 쪽으로 고개를 돌렸다. 교문 옆에 아이들 몇 명이 서서 인범이를 보고 있었다. 불량기가 보이는 아이들이었다. 아이들은 한결같이 옷매무새와 두 손을 바지 주머니에 찔러 넣고 삐딱하게 서서 히죽거리고 있는 몸태짓들이 순진한 초등학생이라고 볼 수 없는 소년들이었다. 비행학생들의 흉내를 내는 불량학생들 같았다. 인범이가 그들 앞으로 가지 않고 가만히 서서 뜨악하게 쳐다만 보고 있자, 한 아이가 잔뜩 인상을 쓰고 신경질적으로 큰소리로 말했다.

"야, 인마, 부르는 소리 안 들려?"

"나 불렀어?"

"그래, 인마. 너 우리 학교에 전학 온 촌놈이지? 그 똥개 운동장에 똥 싸게 하지 마, 알았어!"

"……."

이 소리에 다른 아이들이 와하하 하고 웃었다.

"……."

"그리고 인마, 앞으로 우리들에게 인사 좀 해. 알겠어."

"……."

인범은 대꾸를 하지 않고 빙긋이 미소를 남기고 교문을 나섰다.

"어, 저 새끼, 비웃고 가네. 저 촌놈, 손 좀 보아야겠네."

교문을 나서는 인범의 귀에 손 좀 보아야겠다는 소리가 박혔다. 인범은 쓴 미소가 지어졌다. 왜, 나는 싸움에 자주 휘말려야 하는지, 인범은 자신을 돌아보았다. 내가 그들에게 비위를 맞추지 않고 살갑지 않아 그럴까? 인범은 언제나 자신 주위의 아이들과 어울려 놀지 않고 일만 했다. 그것은 배고픔을 면해야 하는 먹고 살기에 급급한 고아이기 때문이었다.

서달수와 싸운 지 얼마 되지 않았는데, 또 싸움을 해야 하나? 나는 아무 잘못도 없이 맞을 수는 없다. 맞지 않으려면 싸움밖에 없다. 그것도 겨우 초등학생과 주먹다짐을 해야 한다는 것이 무엇보다도 싫었다. 나는 다른 아이들과는 다르다. 먹는 것 입는 것 잠자는 것을 나 스스로 해결해야 한다.

아버지의 원수를 갚기 위해 그때 구청 직원이 가자는 고아원에 따라가지 않은 것은 내가 스스로 결정한 것이 아닌가. 나는 고아다.

신문배달을 하며 요즈음 세상에 아무도 상상 못 할 동굴에서 개를 가족으로 하여 살아가고 있다. 싸움을 한다는 것, 남을 때리고 맞는 것은 아무런 의미가 없다. 서달수와의 싸움은 자신이 돈을 아끼고 굴복하기 싫은 데서 시작한 싸움이 아니었던가. 초등학생과의 싸움은 돈이 아니지 않은가.

그래, 적당히 비위를 맞추어 주자. 어머니가 생전에 똥이 무서워 피하나 더러워서 피하지 하던 말이 떠올랐다. 그래, 어머니 말처럼 그렇게 하자. 똥이 무서워서 피하나 더러워서 피하지. 그것이 싸움을 피하는 유일한 방법이다.

내가 싸우면 울프가 가만있지 않을 것이다. 주인을 보호하기 위해 울프는 상대를 심하게 물것이다. 그러면 상처가 난다. 학교에서 용납하지 않을 것이다. 나를 퇴학시킬지도 모른다. 아니면 울프를 학교에 데리고 들어오지 못하게 할 것이다.

인자하신 교장선생님이 떠올랐다. 교장선생님은 울프를 학교 안으로 데리고 오도록 허락해 주셨다. 그런 교장선생님도 울프를 학교 안으로 데리고 오지 못하게 할 것이다. 학교 밖에 울프를 종일 두면 사람들이 울프를 해치려고 할 것이고, 울프는 사람들에게 덤벼들 것이다. 이 과정에서 사람들은 주인 없는 개라고 파출소에 연락하여 울프를 총으로 사살할지도 모른다.

아! 그러면 안 된다. 그래, 싸움을 피해야 한다. 아이들에게 먼저 친절하게 대하는 것은 결코 아부가 아니고 굴복도 아니다. 싸움을 피하는, 아니 예방하는 방법이다. 그보다 내가 먼저 아이들에게 친절하게 인사를 하는 것은 친구를 사귀는 좋은 방법이 될 것이라고 생각했다. 저 아이들은 아직도 순진한 초등학생이 아닌가. 그래, 아이들이 원하는 인사를 내가 먼저 하자.

어느 날, 수업을 마친 학생들이 한꺼번에 교실에서 쏟아져 나오면서 아이들이 서로 부르고 이야기를 나누는 소리로 교정은 와자지껄했다. 인범은 아이들 틈에 섞여 울프가 있는 곳으로 걸어가고 있었다.

"인범아."

등 뒤에서 자기를 부르는 소리에 뒤를 돌아보았다. 아이들 틈에서 미란이가 얼굴에 환한 미소를 가득 담고 빠른 걸음으로 다가오고 있었다. 오늘따라 녹색 원피스를 입은 미란이가 유난히 예뻤다. 특히 웃을 때 볼의 보조개가 더욱 예쁘게 보였다. 인범은 눈이 부신 듯 미란이를 멀거니 바라보았다.

"······."

"이제 가? 같이 가."

인범은 가다 말고 서서 미란이를 기다렸다.

"미란아, 나 울프 데리러 가야 해."

인범은 울프가 기다리고 있는 담 쪽으로 걸어갔다.

"아, 울프가 기다리고 있지. 같이 가."

미란이가 인범의 팔을 잡을 듯 가까이 다가왔다.

울프가 기다리고 있는 곳에 가까이 가자 인범이를 먼저 발견한 울프가 꼬리를 살래살래 흔들며 반기었다.

울프는 인범이가 수업을 받는 동안 인범이가 올 쪽을 목을 빼고 하염없이 바라보며 기다리는 것이다. 그러다 수업을 마치고 인범이가 다가오면 반갑다고 꼬리를 살래살래 흔들며 반겼다. 신기하게도 쏘다니지 않고 인범이가 지정해 준 담벼락에서 기다리는 것이다. 어쩌다 지겨우면 잠깐 쏘다니다 곧 돌아오는 것이다.

"울프, 안녕."

미란이가 가까이 다가온 울프에게 손을 내밀었다. 울프가 미란이의 손을 핥으며 꼬리를 흔들며 반가이 맞았다. 그동안 미란이는 울프에게 종종 먹을 것을 주며 친숙해져 있었던 것이다.

인범과 미란은 어깨를 나란히 하고 아이들 틈에 섞여 교정을 향해 걸어 나오고, 바로 뒤에 울프가 따라오고 있었다. 아이들이 울프를 보고 '울프, 울프' 하고 불렀다. 울프와 셰퍼드의 싸움이 있고 난 후 울프를 모르는 아이들이 거의 없었다. 그래서 울프를 보면 불러도 보고 대담하게 만지기도 했다. 그러면 울프는 언제나 가만히 있었다. 아이들이 자신을 해코지를 하지 않는다는 것을 알기 때문이었다.

인범은 미란이와 함께 교문 가까이 갔을 때 지난번 인범이를 손 봐 주겠다는 문제의 아이들이 서 있는 앞으로 걸어가게 되었다. 인범은 각오한 대로 먼저 알은 체를 했다.

"안녕."

인범은 손을 흔들어 보였다.

인범의 인사를 받은 아이들이 같이 손을 흔들어 주며 미소를 지었다. 역시 아이들이라 천진한 데가 있었다.

"그래, 짜아식. 이제 가니. 개 똥 싸게 하지 마."

아이들이 까르르 웃었다. 한 아이가 인범이에게 묘한 말을 했다.

"야, 인마. 미란이가 네 이거니?"

아이가 새끼손가락을 치켜세워 보였다. 순간 인범은 미란이의 얼굴을 힐끔 보았다. 미란이는 금세 얼굴이 발갛게 물들며 어쩔 줄 몰라 했다.

너, 이거냐는 말에 어색한 얼굴로 땅만 보고 걸어가던 미란이가 고개를 들고 옆에서 묵묵히 걸어가는 인범의 옆얼굴을 보며 걱정스러운 듯 말했다.

"인범아, 저 아이들 조심해. 황보철이라는 저 애는 우리 학교에서 싸움을 제일 잘해. 쟤들은 문제 아이들이야. 아직 초등학생이면서 꼭 깡패 흉내를 내는 아이들이야. 담배도 피우고 술도 마신다고 해. 너를 때릴지 몰라, 황보철이를 제일 조심해."

"……."

황보철은 학교에서 싸움을 제일 잘하고 공부를 싫어하는 아이였다. 그는 중학생만 되면 최병태가 주축이 된 불량 서클에 가입하여 한 패거리가 되기를 원하고 있었다.

2

며칠 후였다. 인범이가 신문배달을 마치고 집으로 가는 길인데, 골목 안에서 여학생의 앙칼진 소리가 들렸다. 목소리가 귀에 익은 소리라 잠시 걸음을 멈추고 귀를 기울였다.

"왜 때려요! 오늘은 돈이 없다고 하잖아요!"

다시 앙칼진 소리가 빠져 나왔다. 귀에 익은 목소리였다. 아니, 미란이 목소리 같았다. 인범은 가다 말고 소리가 나는 골목 안으로 한 발 들어섰다.

여자 중학생인 듯한 다섯 명이 나약하게 보이는 소녀를 구타하고 있었다.

"이, 계집애. 순순히 말할 때 돈을 내 놔!"

"오늘은 없단 말예요! 진짜예요!"

구타를 당하던 소녀가 얼굴을 들고 여중생에게 대들다 인범의 눈과 마주쳤다. 미란이었다. 미란이는 깜짝 놀라 멍하니 인범이의 얼굴을 바라보았다.

"호주머니를 뒤져야 내어놓겠어? 넌 부잣집 딸 아니냐? 왜 돈이 없다고 해."

한 여학생이 미란이를 때리기 위해 손을 치켜드는 순간, 인범이가 소리를 지르며 급히 다가갔다.

"그만 둬!"

인범은 학생과 미란이 사이를 막아섰다. 난데없이 나타난 인범이가 키는 컸지만 초등학생인 것을 안 여학생들은 가슴을 내밀고 인범이를 막아섰다.

"애, 넌 너 갈 길이나 가."

"너희들은 누구야? 왜 우리 학교 아이를 때려? 너희들 깡패야?"

"어휴, 초등학생이 겁도 없이 어디에 나서. 너 좀 맞을래? 맞기 전에 남의 일에 참견하지 말고 조용히 네 갈 길이나 가라고 하잖아."

여중생이 주먹으로 인범이의 머리를 툭툭 쳤다. 인범은 때리는 소녀의 왼 손목을 오른손으로 잡아 자신의 머리 위로 올려 돌려세우니, 여중생은 자연스럽게 관절이 꺾이면서 묘하게 여중생의 등이 인범의 가슴 앞에 돌려세워졌다. 인범은 여중생의 손목을 강하게 꺾었다. 신문보급소 박 소장에게서 배운 상대에게 폭력을 쓰지 않고 제압하는 합기도 기본 기술이었다. 관절이 꺾인 여중생이 금세 고통으로 얼굴이 일그러져 비명을 질렀다.

"아, 아파! 이 손 놔!"

적의를 띤 여중생들이 인범이를 에워쌌다. 인범은 여중생들에게 폭력을 쓰지 않으면 해결될 수 없다고 생각했다. 여중생을 끌고 한 발자국 물러섰다. 손목 관절이 꺾인 여중생은 고통으로 일그러진 얼굴로 인범이가 끄는 대로 끌려가지 않을 수 없었다.

"물러서! 그러지 않으면 너희들에게 폭력을 쓰지 않을 수 없어."

"뭐, 폭력? 조그만 것이 폭력을 쓰겠다고. 야, 우리들이 여학생이라고 깔보지 마. 너 같은 아이 한둘은 식은 죽 먹기야. 어디서 까불고 있어!"

그 중 덩치가 크고 키가 우뚝한 꼭 남학생 같이 생긴 여중생이 가슴을 내밀고 인범이에게 덤벼들었다. 인범은 관절을 꺾은 여중생을 힘껏 떠밀어 덤벼드는 여중생과 부딪치게 했다. 두 여중생이 부딪치면서 주춤했다. 인범은 미란이를 데리고 나오면서 앞에 막아선 여중생의 배를 앞발을 높이 올려 정확히 명치를 찍었다. 급소를 찍힌 여중생이 비명을 지르며 복부를 움켜쥐고 주저앉았다. 다른 여중생들이 멈칫 놀라 물러서는 사이 인범은 미란이를 데리고 골목을 빠져나왔다.

"야, 이 새끼! 어딜 달아나!"

등 뒤에서 앙칼진 여중생들의 소리가 따라왔다.

"미란아, 돈 뺏겼어?"

미란은 소녀들에게 맞은 얼굴이 불그스레했다.

"종종 뺏겨. 그런데 오늘은 돈이 없어 주지 않았더니 때리잖아. 며칠 전에 주었는데. 그런데 인범아, 저 언니들은 깡패들이야. 그리고 저 애들과 한패인 남자 중학생 깡패들이 있어. 너 어쩔래? 너 많이 맞을 거야 어떡해, 어떡해."

미란이가 발을 동동 굴렀다.

"걱정 마. 내가 알아서 할게."

인범이는 태연하게 말했다.

"네가 어떻게 알아서 한단 말이야? 저 애들과 한패인 중학생 남학생들은 덩치도 크고 싸움도 잘하는, 한두 명이 아닌 무리들로 조직된 깡패들이야. 걱정 말라니…… 넌 이제 깡패들에게 죽도록 맞을 거야."

미란이는 얼굴이 사색이 되어 있었다. 그러나 진작 걱정을 해야 할 인범은 여전히 태연했다. 얼굴 표정이 두려워하는 기색이 전혀 보이지 않았다. 사색이 된 미란이와는 대조적이었다.

"인범아, 우리 아버지에게 이야기할까? 우리 아버진 경찰서 자문위원이야. 경찰에게 알려 너를 때리지 못하게 해야 해."

"안 돼. 그건 안 돼."

"왜, 안 된다고 그래?"

"아무튼 안 돼. 난 맞지 않을 거야."

"……."

여중생들이 인범이에게 혼이 나고 바로 거리를 뒤져 남학생 깡패들을 만났다. 어둠이 밀려들 저녁 무렵이었다.

"병태야, 여기 있었구나. 우리가 얼마나 너희들을 찾았는데……."

"왜 찾았는데? 우리 떡볶이 먹으러 간다. 같이 가. 가서 이야기하자."

그들 십여 명이 거리를 쓸며 몰려가다 서달수를 만났다.

"야, 달수, 마침 잘 만났다. 우리 떡볶이 먹으러 간다. 같이 가자."

여자 중학생들이 떡볶이를 먹으며 인범이의 이야기를 남학생들에게 하고 있었다.

"그래, 초등학생 한 명에게 당했단 말이야?"

"어쩔 수 없었어. 초등학생이지만 키가 너희들만큼 커. 그리고 어떻게 손 비틀림을 잘하는지…… 발길질도 잘해……. 선 자리에서 앞발을 이만큼 올려 복부를 찍어. 싸움엔 자신을 갖고 있나 봐. 대담하고 당당해. 우리 여러 명이 꼼짝 못했어. 보통 초등학생이 아니야."

"걱정 마, 그 애송이를 우리가 혼내 줄 테니. 떡볶이 값이나 너희들이 쏘아."

달수가 떡볶이를 먹다 이상한 예감이 들어 이야기에 끼어들었다.

"야, 인순아. 그 초등학생 키가 크고 눈썹이 시커멓고 개를 데리고 다니는 애 아니야?"

"어? 달수, 그 애 아니? 맞아, 개를 데리고 있었어."

골목에서 한바탕 싸우고 미란이라는 초등학생을 데리고 갈 때 개가 따라가는 것을 본 이경애가 말했다.

"아니, 몰라. 나도 누구에게 이야기를 들었는데, 그 애는 안 건드리는 것이 좋을 텐데……."

"달수, 너 초등학생 한 놈 손보는데 안 건드리는 것이 좋다고, 그 무슨 말이야?"

"야, 달수, 너도 겁쟁이 다 되었구나. 너에게 힘 보태 달라고 안 할 테니 걱정 마."

성호가 달수에게 볼멘소리를 했다.

그들과 헤어져 돌아오는 길에 달수는 그 초등학생이 틀림없이 인범이라고 단정 지었다. 놈이 어쩌다 남의 시비에 끼어들었는지 궁금했다.

3

　다음 날 오후, 기세가 등등한 여중생들과 남학생들이 교문 앞에서 떼를 지어 인범이를 기다리고 있었다. 교문을 나가던 아이들이 이상한 옷차림과 이상한 머리 모양을 한 십여 명이 넘는 남녀 중학생들이 모여 서서 교문을 나서는 초등학생들을 날카로운 눈초리로 훑고 있는 것을 보고 고개를 갸웃거리며 나가고 있었다. 사뭇 살벌한 분위기였다. 아이들이 서로 중학생들이 왜 그러는지 묻고 있었다. 그러나 한결같이 모른다고 고개를 저으며 교문을 나서고 있었다.

　저만치에서 황보철과 서인호가 아이들에 섞여 교문 가까이 가다 얼굴이 익은 중학생들을 발견했다.

　"어! 저 형들이 우리 학교에 왜 왔어?"

　황보철이가 중학생 형들에게 뛰어갔다. 서인호도 보철이의 뒤를 따랐다.

　"형들이 여기서 뭘 해요? 누나들까지……."

　"황보철이, 너 잘 만났다. 너희 학교에 개를 데리고 학교에 다니는 놈이 있니?"

　"아, 있어요. 머저리 같은 놈이 하나 있어요. 아직 안 나갔어요? 안 나갔으면 곧 나올 거예요. 그 아인 신문배달을 해요. 그런데 그 아이 왜요?"

　"그 아이가 신문배달을……? 그 새끼를 혼내 주려고 왔어."

　"예, 그 애 신문배달을 해요. 고아예요."

　"뭐? 고아?"

　"어! 달수도 신문배달 하잖아."

"그런데 달수가 그 애 건드리지 말라고 하던데 혹시 아는 애가 아니야?"

"맞을 거야. 달수가 아는 사이니까 때리지 말라는 것 아니야?"

"몰라, 꼭 때리지 말라는 말은 없고 건드리지 말라는 말은 무슨 말일까?"

"이상하네."

인범이가 수업을 마치고 집으로 가다 교문에 초등학생이 아닌 낯선 남녀 중학생들이 무리를 지어 있는 것이 시력이 좋은 인범의 시야에 들어왔다. 순간, 어제 미란이에게 돈을 빼앗던 여중생들이 떠올랐다. 인범은 예상한 여학생들의 보복이 빨리 다가온 것에 조금은 당황했다.

인범은 달아나 버릴까 하다 생각을 달리했다. 어차피 부딪쳐 해결해야 한다고 체념했다. 여학생들 옆에 있는 남학생들이 미란이 말대로 불량한 남자 중학생들임을 단박에 알 수 있었다. 인범은 각오한 대로 당당하게 맞서야겠다고 결심했다. 달아난다고 피할 수 있는 것이 아니라고 생각했다. 부딪쳐 해결하지 않고는 결말이 나지 않는다는 것은 너무나 명확했다.

인범은 등산복 호주머니를 손으로 확인했다. 호주머니에 묵직한 돌멩이가 손에 감지되었다. 어제 미란이에게서 여학생들이 남자 중학생 깡패들과 한패라는 말을 듣고 아침에 동굴을 나서면서 던지기에 알맞은 돌멩이 몇 개를 양 호주머니에 넣어 온 것이다.

인범은 힐긋 울프를 보았다. 충견 울프가 어김없이 옆에 있었다. '그래, 나에겐 돌멩이와 울프가 있다.' 인범은 남학생들의 숫자를 눈으로 헤아렸다. 남학생이 7명, 여학생이 5명이었다. 인범은 고개를 빳빳이 세우고 당당하게 그들 앞으로 걸어갔다.

집으로 돌아가던 미란이가 한 반인 효순이 숙희와 걸어가다 앞에 가는 인범이를 발견했다.

"저 애, 인범이 아니야?"

"응, 맞아. 인범이야. 나는 왠지 부모도 없이 신문배달을 하는 인범이가 불쌍하더라."

"그래, 나도 인범이가 불쌍해. 항상 얼굴이 그늘져 있어. 웃는 것 아니 미소 짓는 것, 한번도 못 봤어."

"그래, 맞아."

학생들 틈에서 고개를 빳빳이 세우고 걸어오는 인범이를 먼저 발견한 황보철이가 손가락으로 가리키며 말했다.

"형, 저기 나오네요. 저 애예요."

"그래, 병태야. 저 애야. 등에 커다란 배낭을 멘, 키가 큰, 개를 데리고 오는 저 애 맞아."

인범이에게 복부를 차인 경애가 손가락질을 하며 말했다.

병태가 인범이를 노려보았다. 초등학생이라고 설익은 아이라고 생각했는데 놈이 키도 크고 균형이 잡힌 몸매가 초등학생 같지 않았다. 병태는 인순이 말대로 아이가 호락호락하지 않을 것 같았다.

"형, 저 머저리 같은 한 놈 손보는데 형들이 왜 이래요? 누나들까지…… 나 혼자 손보아도 되는데, 쟤는 우리에게 꼼짝 못 해요. 내가 혼내줄까요?"

황보철이 중학생들에게 인범이가 별놈 아니라고 너스레를 떨었다.

"황보철, 넌 가만있어."

옆에 있던 성호가 잔뜩 인상을 쓰고 눈을 부라리며 인범이 앞으로 걸어가 위협적인 말로 인범을 불러 세웠다.

"야, 이 새끼. 거기 서!"

"나 말인가?"

인범은 가슴을 펴고 자신을 불러 세운 중학생을 노려보며 다가왔다.

"야, 인범이. 너 오늘 형들에게 존나게 터지게 됐다."

인호의 어깨에 기댄 채 황보철이 느물느물 웃고 있었다.

중학생들은 이제 겨우 초등학생인 놈이 중학생이고 무리를 이룬 자신들의 위세에도 조금도 위축됨이 없이 당당한 걸음으로, 아니 도전적인 자세로 자기들을 노려보며 걸어오는 것을 보고 잠시 어리둥절했다.

"조그마한 놈이 누구인데 말을 놓고 그래."

성호가 위협적인 몸짓을 하고 인범이를 당장 요절을 낼 듯 다가섰다. 얼굴이 험악하게 굳어 있었다.

"넌, 나보다 크지도 않은데……."

인범은 냉소를 지으며 말했다. 그 냉소는 누가 보아도 상대를 조롱하고 무시하는 미소였다. 그리고 자기들을 조금도 무서워하는 기색이 아니었다. 인범이의 당당한 태도를 보고 당황한 것은 병태와 성호였다.

"뭐, 너?"

병태는 겁을 내기는커녕 맞서는 것을 보고 놈이 보통 놈이 아님을 확인했다. 그리고 자기들을 노려보며 고개를 꼿꼿이 세우고 걸어오는 것을 보고 놈이 호락호락 굴복할 것 같지 않을 것 같다는 생각이 들었다. 초등학생이라고는 도저히 믿어지지 않는 당당한 도전이었다. 놈이 혼자서 인순이 서클에 대담하게 덤벼들 정도면 그만한 힘이 있을 것이라고 생각했다.

그러면서 놈의 뒤에 따라오는 유난히 머리가 크고 목이 굵은 개가 신경이 쓰였다. 특히 개가 까불지도 않고 고개를 들어 자기들을 노려보는 노란 눈이 더욱 신경이 쓰였다. 그 눈은 예리하고 날카로웠다. 꼭 맹수의 눈초리였다.

"어마! 쟤들은……?"

미란이는 어제의 여학생들이 교문에서 남학생들과 같이 인범이와 대치하고 있는 것을 보고 깜짝 놀라 제자리에 우뚝 섰다. 효순이도 숙희도 섰다. 효순이와 숙희가 의아한 얼굴로 미란이의 얼굴을 자세히 보았다. 미란이의 얼굴이 새파랗게 질려 있는 것을 보고 더욱 의아해 했다.

"왜 그래? 미란아, 가자."

새파랗게 질린 미란이는 발걸음이 얼어붙은 듯 움직일 줄 몰랐다.

"이를 어째! 인범이가 많이 맞을 거야."

"왜, 인범이가 맞아? 저 중학생들은 누구야?"

"어제 저 언니들이 나에게 돈을 빼앗는 것을 보고 인범이가 혼내 주었어. 그래서 보복하려고 오늘 남학생 깡패들을 데리고 온 거야. 인범이가 오늘 심하게 맞을 거야. 이를 어째."

"어머, 그래?"

효순이도 숙희도 얼굴을 찡그리며 안타까워했다.

"미란아, 가까이 가 보자."

효순이와 숙희가 미란이를 떼밀 듯 하여 가까이 다가갔다. 교문을 나가던 아이들이 불량하게 보이는 여자 중학생들과 남자 중학생들이 떼를 지어 있는 것을 보고 모여들며, 무슨 일이냐고 서로 물으며 가지 않고 사태를 지켜보고 있었다.

"철수야, 왜 그래?"

"나도 몰라, 중학생들이 인범이를 때리려고 하나 봐."

"인범이를 왜 때려?"

"나도 몰라."

궁금해 하는 아이들에게 효순이가 설명을 하고 있었다. 효순이의 말을 들은 아이들은 걱정스러운 얼굴로 사태의 귀추를 계속 지켜보고 있었다.

"그런데 인범이가 달아나지 않고 왜 혼자서 저 형들과 맞서고 있는 거야?"

"그러게 말이야."

교장선생님이 조례 때 말한 인범이를 모르는 아이들은 없었다. 그리고 셰퍼드와 싸운 울프의 이야기를 듣지 않은 아이들도 거의 없었다. 퇴교하는 학생들이 꾸역꾸역 모여들고 있었다.

금세, 아이들이 중학생과 인범이를 에워쌌다.

"성호야, 놈을 학교 뒤로 데리고 가자."

"야, 이 새끼. 따라와!"

인범은 다행이라고 생각했다. 이곳은 교문이라 수업을 마친 많은 학생들이 집으로 가지 않고 모여들고 있었다. 그리고 곧 종례를 마친 선생님들이 나올 시간이었다. 학우들과 선생님들에게 싸우는 것을 보이고 싶지 않았는데…….

성호가 앞장을 서 교문을 나가 담을 끼고 걸어 나가고 있었다. 아이들이 중학생들의 뒤를 우르르 따랐다. 인범이도 천천히 따랐다. 담벼락을 끼고 걸어가던 성호가 인범이가 따라오는지 뒤를 돌아보았다.

"이 새끼! 빨리 오지 않고 뭘 해."

성호가 눈을 부라리며 인범이를 재촉했다.

초등학생들이 적당한 간격을 두고 따르고 있었다.

"야! 너희들 따라오지 마! 저리 가!"

아이들을 향해 성호가 고함을 질렀다. 그 소리에 따라가던 아이들이 움찔 놀라 몇 발자국 물러나다 다시 슬금슬금 따라갔다. 미란이도 효순이도 숙희도 아이들 틈에 끼여 있었다.

성호가 인범이를 학교 뒤 으슥한 공터에 데리고 갔다.

"야, 이 새끼. 네 놈이 저 여중 학생들을 때렸다지. 왜 때렸어?"

"때릴 만한 이유가 있어 때렸다."

옆에 있던 황보철의 얼굴이 붉으락푸르락 했다. 자기에겐 고분고분하던 인범이가 형들에게 당당히 맞서는 것을 보고 놀라지 않을 수 없었다.

이 기회에 인범이를 혼을 내 주고 형들에게 자기의 용맹과 주먹 실력을 인정받아 중학생이 되면 형들의 서클에 가입을 해야겠다고 생각했다. 황보철이 주먹을 불끈 쥐고 느닷없이 옆에 서 있는 인범의 얼굴에 주먹을 날렸다.

"퍽."

인범의 눈에 불이 번쩍 튀겼다.

"아악!"

이 소리는 인범의 입에서 나온 비명이 아니고 구경을 하던 미란이와 효순이 숙희의 입에서 동시에 터져 나온 소리였다.

아까부터 싸움이 벌어지려는 낌새를 채고 잔뜩 긴장하고 있던 울프가 인범이 곁에 다가와 주위를 경계하고 있었다. 주인을 해코지하는 것을 몇 번 보았던 울프였다. 충견인 울프는 또다시 주인을 때리면 상대를 물어뜯을 태세를 취하고 코를 벌름거리고 노려보고 있었다. 울프는 어느 누구도 자기 주인을 해치는 것을 용납하지 않는 훈련을 받은 호신용 맹견이었다.

'아, 당했구나! 지난번 달수도 예고 없이 기습공격을 했었지.' 인범은 중학생들을 경계했지, 옆에 있는 황보철을 전혀 의식하지 않았기 때문에 방비를 못했던 것이다. '내가 방심했구나!'

금세 인범이의 코에서 붉은 피가 흘러내렸다. '아! 나는 코피가 잘 터진다.' 붉은 피가 흘러 일부는 입으로 들어가고 일부는 턱에 머물다 떨어지고 있었다. 인범은 피를 닦을 생각을 하지 않고 황보철을 한참 동안 노려보다 두 손을 코에 대고 힘껏 풀었다.

두 손에 붉은 피가 흥건히 묻어 나왔다. 인범은 코피를 땅바닥에 뿌렸다. 그리고 입에 고인 피를 뱉고 배낭을 천천히 벗었다. 인범은 벗은 배낭을 들고 계속 황보철을 노려보다 시선을 옮겨 중학생들 한 명 한 명을 노려보는 것을 잊지 않았다. 황보철과 중학생들의 별다른 움직임이 없는 것을 확인한 인범은 천천히 몇 발자국 물러나, 싸움을 구경하고 있는 초등학생들 옆에 배낭을 놓은 다음 황보철 앞에 다가가 무섭게 노려보았다. 중학생들이 인범이의 행동을 관망하고 있었다.

아이들 틈에서, 황보철에게 맞아 코피를 흘리고 있는 인범이를 눈살을 찌푸리며 안타깝게 보고 있던 미란이가 재빠르게 나와 인범의 배낭을 낚아채듯 가져갔다. 울프가 으르렁거리며 자기 주인의 배낭을 들고 가는 아이를 노려보다 미란이임을 알고 다시 인범이 곁에서 주위를 경계하고 있었다.

"이 새끼, 어딜 째려봐. 이 새끼가 어디서 겁도 없이 형들에게 대들고 있어 더 맞고 싶어?"

보철이의 주먹이 다시 인범의 얼굴에 날아갔다. 동시에 울프가 보철이에게 덤벼들려는 순간 인범이가 먼저 기다렸다는 듯 황보철의 손목을 움켜잡았다. 황보철은 인범의 손목에서 벗어나려고 버둥거렸지만 인범의 손아귀 힘이 얼마나 센지 꼼짝할 수 없었다. 황보철은 형들에게 자신의 싸움 실력을 과시하려다 망신만 당하게 되자 사색이 된 얼굴이 마치 길거리에 버려져 짓밟힌 상추처럼 구겨져 있었다. 인범은 황보철의 손목을 잡고 있으면서 시선은 중학생들에게서 떼지 않았다. 중학생들의 움직임이 없는 것을 확인한 인범은 황보철의 손목을 슬며시 놓아주면서 말했다.

"황보철, 나하고 싸우고 싶으면 저 치들과 싸우고 난 후 다음에 싸우자. 그리고 황보철, 저 불량한 중학생들과는 가까이 하지 마. 너만 때를 묻힌단 말이야."

"뭐? 때……."

황보철은 인범이의 강한 악력에 위압감과 두려움을 느끼며 기가 꺾였다.

인범이가 겁도 없이 자기들과 싸우겠다는 말을 듣고 흥분한 성호가 '저 새끼가……!' 하며 나서려는 것을 최병태가 속삭이듯 말했다.

"가만있어. 저 개 봐. 목이 다른 개와 달리 굉장히 굵어. 그리고 머리도 크고 보통 개가 아닌 것 같다."

조금 전 개가 황보철에게 덤벼들려는 것을 본 병태가 손으로 성호의 가슴을 막으며 제지했다. 중학생 깡패의 두목격인 최병태는 처음은 어린놈이 맹랑하고 보통 놈이 아니라고 생각했는데, 놈의 하는 짓이 점점 대담해 더욱 흥미를 갖고 지켜보고 있었던 것이다.

학생들 틈에서 미란이가 얼굴을 찡그리며 안절부절못하고 발을 동동 구르고 있었다.

'인범이가 나 때문에 맞고 있구나! 이를 어째. 저 피! 잘못했다고 빌면 초등학생이라 많이 때리지는 않을 것인데……'

초등학생들은 인범이가 숫자가 많고 깡패들인 중학생들에게 심하게 맞을 것이라고 생각했는데, 겁을 내기는커녕 대담하게 맞서는 것을 보고 놀라고 있었다. 초등학생들은 점점 흥미를 갖고 싸움을 지켜보고 있었다.

"수철아, 인범이가 싸움을 잘해?"

"몰라. 아무리 잘해도 중학생이고 숫자도 많고 그것도 중학생 깡패들에게 저렇게 겁도 없이 맞설 수가……. 이상하네."

"그러게 말이야."

황보철이 조금 전과는 달리 기가 꺾여 있는 것을 확인한 인범은 빙긋이 웃으며 여중생들 앞으로 다가갔다. 어제 인범이에게 배를 찍힌 경애가 움찔 놀라며 한 발자국 물러나니 다른 여중생도 한꺼번에 물러났다.

인범은 중학생들에게 순순히 맞고 싶지 않았다. 비겁하게 겁을 내어 고분고분 대한다고 덜 맞을 것이 아니라고 생각했다. 당당하게 싸우고 싶었다. '오늘을 대비하여 나는 돌멩이를 준비하고 왔지 않은가. 그리고 나에겐 울프가 있다. 만약 한꺼번에 덤벼든다면 맨 앞에서 덤벼드는 놈을 돌멩이로 박살을 내야겠다.'고 생각했다.

"너희들은 어제 나에게 맞은 분풀이로 저 깡패들을 데리고 왔나?"

이렇게 말하는 인범의 이빨과 입안에 피가 묻어 있어 흡혈귀 같았다. 그러나 그 아귀 같은 얼굴은 인범이를 더 강하고 질기게 보이게 했다.

지금까지 인범이의 대담한 행동을 지켜보고 있던 중학생들이 인범이가 깡패라고 말하는 것을 듣고 발끈했다.

"이 새끼, 누굴 깡패라고 해! 우리가 누군 줄 알고 조그만 놈이 겁도 없이 대들어. 죽으려고 환장을 했나?"

"너희들이 깡패들이 아니면 뭐냐? 저, 여학생들이 우리 학교 학생에게서 돈을 빼앗지 못하게 한다고 떼거리로 나하고 싸우려고 몰려왔니?"

"이 새끼야, 너와 싸우려고 온 것이 아니고 네놈 혼내 주려고 왔다. 이 새끼야!"

"그럼, 떼거리로 나를 혼내 줄래, 한 놈이 나를 혼내 줄래?"

"뭐, 놈? 이 새끼가 누굴 보고 놈이래."

"오는 말이 고와야 가는 말도 곱지."

인범이가 계속 당당하게 맞서는 것을 보고 구경하던 아이들이 안타까움과 놀라움에 가슴을 죄며 바라보고 있었다.

"네놈 한 놈 조지는데 왜 우리 모두가 나서?"

"그러면 누가 나와 일대 일로 싸울래?"

"뭐, 이 새끼. 조그마한 놈이 건방지게 맞짱을 뜨자고…… 한 주먹에 죽여주겠다."

중학생답지 않게 어깨가 딱 벌어진 성격이 감사나운 성호가 인범이를 당장 요절낼 듯 주먹을 불끈 쥐고 인범이 앞으로 저돌적으로 돌진했다.

이때다. 아까부터 싸움 분위기를 낌새챈 울프가 기다리고 있었다는 듯 벌떡 뛰어 성호의 양어깨에 두 앞발을 걸치고 성호의 얼굴을 물려고 흰 이빨을 까뒤집었다. 성호가 이빨을 드러낸 울프를 보자 기겁을 하고 울프를 밀치고 저만치 달아났다. 울프가 달아나는 성호를 뒤쫓았다.

"울프, 그만둬!"

인범이의 큰소리에 울프는 쫓는 것을 멈추었다. 인범은 울프를 멈추게 하지 않으면 끝까지 따라가 물어뜯는다는 것을 아저씨에게서 들었기 때문이었다.

중학생들이 개가 아이보다 먼저 덤벼드는 것을 보고 놀랐다. 아이가 개를 믿고 큰소릴 치고 있다는 것을 비로소 알았다.

"저 아이가 개를 믿고 큰소릴 치고 있었구나!"

"그러게 말이야."

인범은 빨리 신문배달을 가야 하는데 마음이 조급했다. 인범은 중학생들을 노려보며 하회(下回)를 기다렸다. 먼저 공격할 수도 그냥 갈 수도 없었다.

병태는 처음부터 개가 신경이 쓰였는데, 아이가 개를 믿고 겁도 없이 대드는 것으로 판단했다.

개의 출현에 놀란 중학생들이 어쩔 줄 모르고 엉거주춤 서 있었다. 병태가 앞으로 나섰다. 그리고 개를 의식하면서 천천히 인범이에게 다가갔다. 예견한 대로 개가 여느 개와 달랐다. 주인을 보호하기 위해 잔뜩 긴장을 하고 주위를 경계하고 있음을 알았다. 개가 자신들의 말을 알아들을 수는 없지만 행동으로 판단한다는 것을 알고 개를 흥분시키지 않기 위해서였다.

"그래, 좋다. 맞짱을 뜨자. 내가 상대할게. 그 대신 저 개를 싸움에 끌어들이지 마! 약속할 수 있지?"

"약속할 수 있어."

"그럼 이리와. 맞짱을 뜨자."

병태는 인범을 노려보며 후닥닥 잠바를 벗었다.

"오늘은 안 돼. 난 지금 신문배달을 가야 해. 내일 붙자."

"이 새끼야 한 방이면 끝장나."

"너 혼자 싸우는 것이 아니야. 네가 이길지 내가 이길지 싸움은 붙어 보아야 알아. 오늘은 안 돼. 내일 토요일 이 장소에서 맞짱을 뜨자."

"이 새끼가⋯⋯."

병태는 아이가 굳이 내일 싸우자는 것을 안 된다고 고집을 피울 수가 없었다. 붙어 봐야 누가 이길지 안다는 아이의 말에 병태는 화가 치밀었지만 꾹 눌러 참았다.

"내일? ⋯⋯ 좋아. 시간은 몇 시로 할래?"

"오후 다섯 시로 하자."

인범은 신문배달을 마치는 시간을 가늠하여 말했다.

"그럼 내일 오후 다섯 시다. 만약 약속을 지키지 않으면 넌 비겁자가 된다. 그리고 우리가 가만두지 않을 테다."

"⋯⋯."

"인마, 왜 대답을 안 해."

"알았어."

병태가 벗었던 잠바를 도로 입고 앞장을 서자, 중학생들이 자기들끼리 뭐라고 떠들며 병태의 뒤를 한 덩어리가 되어 가고 있었다.

배낭이 보이지 않았다.

'어? 여기 두었는데⋯⋯.'

"인범아, 배낭 여기 있어."

아이들 틈에서 미란이가 빠르게 인범이에게 다가왔다. 그 뒤에 효순이도 숙희도 보였다. 또 구경하던 초등학생 수철이도, 우철이도, 철우도 가지 않고 인범이 가까이 왔다.

인범은 미란이를 보고 당황했다. 그리고 의외로 학우들이 많이 보고 있었다는 것을 알고 약간은 창피스럽기도 했다.

"너희들, 보고 있었어?"

"인범아! 어쩌려고 싸우려고 해."

미란이는 울상이었다. 인범은 미란이를 물끄러미 보다가 미소를 지었다. 아직도 피가 이빨에 묻어 있어 보기가 흉했다.

"······ 걱정 마, 내가 알아서 할게."

"또 그 소리. 어떻게 알아서 한단 말이야. 저 애들은 중학생이고 깡패란 말이야. ······ 입에 묻은 피나 닦아."

미란이가 손수건을 내밀었다. 인범은 미란이가 내미는 손수건은 받지 않고 입안의 피를 내뱉고 손으로 입 주위를 쓰윽 훔치며 말했다.

"미란아, 난 잘못한 것도 없으면서 굴복하긴 싫어. 그리고 그냥 맞기도 싫어."

"그럼 어쩔 테야? 쟤들은 울프가 겁이 나 너를 때리지 못하는데, 왜, 맞짱을 뜨자고 해? 바보, 바보."

"······."

"왜, 나 때문에 네가 맞아야 해. 돈을 빼앗기든 말든 나의 일인데, 왜 네가 나서서 이렇게······."

미란은 원망이 가득 담긴 눈으로 인범을 쏘아보았다. 인범은 멍하니 미란이의 얼굴을 맞바라보고 있었다. 미란이는 인범이의 얼굴에서 시선을 거두고 울프를 찾았다. 말 못 하는 울프는 무엇을 생각하는지 인범이 곁에서 땅만 내려다보고 있었다. 미란은 울프 앞에 앉아 울프의 머리를 쓰다듬으며 말했다.

"울프야, 네가 인범이를 지켜 줘. 인범인 바보고 고집쟁이야. 인범이가 내일 많이 맞으면 울프가 막아 줘야 해 알았지? 넌 용감하잖아."

이렇게 말하는 미란이의 목소리가 축축하게 젖어 있었다.

울프는 알았다는 듯 꼬리를 살래살래 흔들며 혀로 미란이의 손을 핥았다.

"······."

울프를 쓰다듬던 미란이가 벌떡 일어나 원망이 가득 찬 눈으로 인범이를 노려보았다.

"맞든 안 맞든 난 몰라. 잘못했다고 빌면 적게 맞을 텐데. 바보, 바보."

미란이의 눈에 눈물이 그렁그렁했다. 미란은 원망스런 얼굴로 다시 한 번 인범이를 쏘아보더니 손수건을 꺼내어 흐르는 눈물을 닦고는 몸을 홱 돌려 빠른 걸음으로 걸어갔다. 그 뒤를 효순이와 숙희가 따라갔다. 미란이가 나가자 수철이가 인범이 앞에 다가갔다.

"인범아. 너, 싸움 잘하지? 일대 일로 싸우면 지지 않을 수 있지?"

"……."

수철이는 중학생들에게 조금도 겁도 없이 당당하게 맞서는 것을 보고 느낀 궁금한 것을 묻지 않을 수 없었던 것이다. 인범이가 몸도 중학생에 비해 약하지 않고 키도 중학생보다 작지 않았다. 무엇보다도 어린 나이에 운동을 한 것 같은 균형 잡힌 날렵한 인범의 몸매를 보고 지지 않을 것 같아서 확인하기 위해 물었다. 그러나 인범은 대답을 피하면서 긍정도 부정도 하지 않았다. 그래서 수철은 굳이 인범이가 울프를 믿는 것만이 아니고 싸움에는 어느 정도 자신을 갖고 있다고 확신했다. 그러지 않고는 그렇게 당당하게 맞서지 않을 것이고, 일대 일로 맞붙자고 하지 않았을 것이다. 그리고 일대 일로 맞붙어도 지지 않을 것이라는 성급한 판단을 했다.

인범은 수철이의 질문에 답변은 하지 않고 배낭을 짊어지고 발걸음을 옮겼다. 그 뒤를 울프가 따랐다.

"수철아, 나 먼저 간다. 신문배달 갈 시간이 지났어."

"그래, 잘 가. 인범아, 내일 잘 싸워. 우리 응원 갈게. 철우야, 우리도 가자."

산길을 걸어가는 인범은 마음이 축축하고 한없이 우울했다. 또 싸움을 해야 하는구나. 달수하고 몇 번을 싸웠고, 또 개싸움이지만 울프와 셰퍼드와 싸움을 했다. 이젠 중학생 깡패들과 싸워야 한다. 바보라고 울먹이며 눈물을 글썽이던 미란이의 얼굴이 떠올랐다.

'미란아, 걱정 마. 난 지지 않을 거야. 꼭 이길 거야. 그리고 미란아. 네가 돈을 빼앗기든 말든 왜 관여하느냐고 했지만 난 내 힘으로 할 수만 있다면 네가 아니라도 불의에 짓밟히는 억울한 아이들을 도울 거야. 넌 모르지? 나의 아버지가 날치기들에게 맞아 죽었어. 그때 난 힘이 없어 아버지를 구할 수가 없었어. 구경하던 청년들 아무도 우리 아버지를 구해 주지 않더군. 나는 아버지의 시신 앞에서 나쁜 사람에게 억울하게 당하는 사람을 도와주겠다고 맹세했어. 그러니 난 싸움을 자주 해야 할지 몰라. 싸움을 많이 해야 싸움을 잘할 수 있지 않겠어. 그래야 아버지의 원수를 갚을 수 있어.'

인범은 입술을 지그시 깨물며 내일의 싸움을 각오했다.

인범은 가난하지도 않으면서 목은 코스모스처럼 가늘고 몸이 가냘프고 얼굴이 환자처럼 흰 미란이를 보면 언제나 안타까웠다. '미란인 왜 그렇게 몸이 약할까?' 아버지가 살아생전 몸이 약한 사람을 고삭부리 체질이라고 하던데 미란이도 고삭부리인가?

인범의 싸움은 언제나 필연적이었다. 달수와의 싸움은 달수가 강제로 돈을 쓰게 하는 것에 굴복하지 않으려다 싸웠고, 이번엔 미란이가 불량한 여중생들에게 돈을 빼앗기고 구타당하는 것을 지나칠 수 없어 싸웠다.

'나는 미란을 지켜야 한다. 미란은 가난하고 촌무지렁이고 비렁뱅이 같은 나에게 갈비찜도 주고 따뜻이 대해 주었다.'

인범이가 최병태와 맞짱을 뜬다는 소리를 들은 서달수는 고개를 모로 저었다. 병태는 인범이 적수가 못 되기 때문이었다. 병태는 나보다 싸움 실력이 몇 수 아래다. 그들 몇 명이 한꺼번에 인범에게 덤빈다면 몰라도……. 그렇게 생각하다가 달수는 다시 한 번 고개를 저었다. 인범에겐 용맹한 개가 그림자처럼 따라다니고, 인범의 돌팔매 솜씨를 병태가 모르기 때문이라고 생각했다. '나는 개와 인범의 돌팔매에 혼이 나지 않았던가.' 그러면서 은근히 병태 패거리들이 인범을 실컷 패 주었으면 싶었다.

다음 날 토요일, 5시가 30분이나 남았는데도 초등학생 몇 명이 인범이가 맞짱을 뜰 장소에 나와 이야기를 나누고 있었다. 인범이가 싸움을 벌일 학교 뒤 빈터는 벽돌과 플라스틱 조각, 그 외 자잘한 쓰레기들이 널브러져 지저분했다. 일부러 심어 놓지 않은 것 같은 씨앗이 바람에 흩날리다 뿌리를 내려 자랐는지 이름 모를 나무 한 그루가 있었다. 그 나무에 핀 꽃잎이 바람에 분분하게 떨어지며 나무 밑에 서 있는 아이들의 머리에 내려앉고 있었다. 봄이라지만 4층 높이의 학교 건물에 햇빛에 가려 그늘진 빈터는 음산했다. 한 아이가 추운지 잠바 깃을 귀밑까지 당겨 올리며 목을 움츠렸다.

"인범이가 중학생 깡패와 일대 일로 싸워 이길 수 있을까?"

우철이가 말했다. 아이들이 곧 벌어질 싸움에 흥미를 갖고 이야기를 나누고 있었다.

"인범이가 오늘 존나게 터질 거야. 상대는 중학생이고 깡패잖아. 깡패는 싸움을 잘하잖아."

"인범이가 뭘 믿고 싸우려고 하지? 잘못했다고 빌면 몇 대 얻어맞고 말걸. 미란이 말대로 바보인가 봐."

"그러게 말이야."

아이들은 깡패라면 체격이 좋고 싸움을 잘한다는 통념을 갖고 있기 때문에, 초등학생인 인범이가 깡패이고 중학생인 그들과 상대가 되지 않을 것이라고 생각했다.

수철은 아이들 대부분이 인범이가 많이 맞을 것이라고 하는 말을 듣고 자신 있다는 듯 말했다.

"아니야, 인범이가 일대 일로 싸운다면 그 중학생에게 지지 않을 거야."

"뭐? 지지 않는다고? 그럼 이긴단 말이야?"

"이길 수는 없지만 지지는 않을 거야."

"수철아, 그런 말이 어디 있어. 이기면 이기고 지면 지는 거지."

"그래, 이길 수 있어."

"수철이 넌 뭘 보고 인범이가 깡패 두목인 그 중학생에게 이긴다고 해?"

"인범인 맞짱을 뜰 중학생보다 키도 작지 않고 당당하게 일대 일로 싸우자고 하는 것 못 들었어? 자신 없으면 그렇게 말하겠어? 그리고 인범이 몸매 자세히 봤어? 초등학생답지 않게 날렵하고 단단해. 그보다도…… 황보철이 인범이에게 잡혀 꼼짝 못 하는 것 너희들 봤잖아."

수철은 우리 학교에서 제일 싸움을 잘하는 황보철도 인범이 상대가 못 된다는 말을 하려다 그만두었다.

인범이가 중학생과 싸울 약속을 한 5시가 되어 가자, 미란은 싸움 현장에 가야 하나 가지 말아야 하나를 두고 고민했다. 오른손을 턱에 괴고 한자리에 있지 못하고 불안하고 초조한 마음으로 거실을 왔다 갔다 하는 미란이를 보고 미란이 어머니가 이상한 듯 물었다.

"미란아, 너 왜 그래? 무슨 걱정 있니?"

"아, 아니야. 엄마."

엄마에게 건성으로 대답한 미란이의 머릿속엔 인범이 생각으로 꽉 차있었다. 인범이가 중학생에게 맞아 피투성이가 되는 모습이 상상이 되자 비명을 질렀다.

"아, 안 돼!"

"미란아, 너 또 왜 그래."

"아, 아니야."

미란은 똑같은 대답을 하고 거실을 뛰쳐나와 학교로 달려갔다.

미란이 어머니는 불안한 눈으로 급히 현관문을 밀치고 뛰쳐나가는 미란이의 뒷모습을 보며 복잡한 눈으로 고개를 갸웃거렸다.

미란은 인범이가 무참하게 맞는 것을 차마 볼 수 없어 가지 않으려고 했는데, 끝내 집을 나서고 말았다.

인범이가 신문배달이 끝나는 지역에 노인정이 있었다. 노인정의 마당 앞쪽에 늙은 나무 한 그루가 있었다. 수살나무인 느티나무였다. 이 수살나무는 그 옛날 명절 때나 보름날, 단오날이면 무속을 믿는 마을 여인들이 온갖 잡다한 색깔의 천 조각들을 새끼줄이나 나뭇가지에 매달아 놓고 가족의 병마나 집안의 우환에 염원을 빌었다. 마을의 안녕을 지켜 주는 수호신격인 영험한 고목으로 받들어졌다. 요즈음은 무속의 풍습이 많이 없어지면서 수살의 역할은 없어졌다.

인범은 의자에 앉았다. 이 나무는 이 동네가 개발되기 전 마을의 수호신이어서 그런지 나무 뒤쪽엔 오래된 집이 많지만 앞 동네엔 모두 신축 건물들이었다. 이곳은 인범이가 배달을 마치고 돌아가는 길에 한 번씩 이 걸상에 앉아 잠깐 다리쉼을 하는 장소였다. 여름이면 이 수살나무 아래 노인들이 모여 땀을 식히고 환담들을 나누곤 하는 곳이었다.

인범은 오늘도 습관처럼 걸상에 앉으려다 아직도 노인정 안에 노인들이 있는 것을 보고 다가갔다. 토요일이 아닐 땐 한낮동안 노인정에서 놀던 노인들이 모두 집으로 가고 텅 비어 있는데, 오늘은 토요일라 그런지 아직도 노인들이 놀고 있었다. 노인들 몇 명이 둘러앉아 화투를 치고 있고, 두 노인은 장기판을 사이에 두고, 열심히 장기를 두고 그 옆에는 한 노인이 구경을 하고 있는 모습이 보였다.

걸상에 앉은 인범은 오늘은 왠지 마음이 우울했다. 이제 중학생 병태와 싸움을 하러 가야 하기 때문이었다. 울프도 두 시간 이상을 걸어 다리가 아픈지 인범의 옆에서 먼 산을 쳐다보고 있었다. 인범은 조금 후 병태와 싸울 여러 가지 생각을 하다 각오를 한 듯 일어났다. 피할 수 없는 싸움이었다.

"울프, 가자! 후회 없는 싸움을 하자."

인범은 신발 끈과 혁대를 단단히 죄어 매고 울프에게인지, 자신에게인지 힘주어 말하고 기운차게 일어났다. 등산복 조끼 호주머니에 어제 넣어둔 돌멩이가 있는 것을 확인했다. 이번 싸움은 달수와의 싸움과는 다르다. 인범은 혼자이지만 이번 상대는 무리를 이룬 집단이다. 일대일로 싸우기로 약속은 했지만 병태가 나에게 지면 약속을 팽개치고 한꺼번에 덤벼들 것이 자명하다고 생각했다. 내가 돌멩이를 사용하는 것은 결코 반칙이 아니다. 비겁한 것도 아니다. 상대가 먼저 약속을 어겼기 때문이다. 인범은 지난번 달수와 골목에서 싸울 때 돌멩이의 위력을 실감한 후부터 아침에 일어나면 돌멩이로 강하고 정확하게 나무 둥치를 맞히는 연습을 게을리하지 않았다.

'나는 지지 않는다. 아니 져서는 안 된다. 아버지의 원수를 갚기 위해 태권도를 배우고 있지 않은가. 난 나와 나이가 비슷한 상대에겐 져서는 안된다. 져 본 적도 없었다. 나는 도장에서 대련할 때 나보다 나이가 많고 급수가 높은 관원들을 골라 대련을 많이 하지 않았던가. 그리고 밀리지도 않았다. 그보다 나는 소장님에게서 비술을 배우고 있지 않은가……. 나는 이긴다. 반드시 이긴다. 져서는 안 된다.' 그것이 인범이의 신념이었다.

인범은 깊은 생각에 잠긴 채 산길을 내려오며 앞서가는 울프에게 눈길을 보냈다. '불쌍한 울프, 넌 왜 동물로 태어나 가난한 나에게 와서 오직나를 위해 사느냐. 미란이가 바보라고 한 것처럼 너도 나처럼 바보구나.'

여자 초등학생 몇 명이 오늘 인범이가 중학생과 맞짱을 뜰 학교 뒤로 가고 있었다. 효순이와 숙희, 그리고 인순이도 가고 있었고 그 뒤에 또 몇 명이 가고 있었다.

4

다섯 시가 가까이 되자 떡볶이 집에서 나온 어제의 남녀 중학생들이 기세 좋게 어깻짓을 하며 거리를 휩쓸며 걸어가고 있었다. 그들은 오늘 인범이와 싸울 중학생들이었다. 최병태, 이성호, 박인수, 심은철, 차갑수 등이다. 그 속에 황보철과 서인호가 끼어 있었다. 이들은 강서중학교 언저리에 사는, 공부를 싫어하는 불량 학생들로서 선량한 학생들의 돈을 뺏고 눈에 거슬리는 학생들을 구타하기도 했다. 지금 함께 가는 중학생들은 최병태가 조직한 서클의 멤버들이었다. 그들은 한결같이 몸이 건강하고 다른 학생들에 비해 키도 덩치도 컸다.

"어이, 중학생인 우리가 겨우 초등학생하고 맞짱을 뜨러 간다는 것이 창피하잖아. 그것도 주먹이라면 한 가닥 하는 우리가 말이야. 소문나면 어떻게 할 테야?"

성호의 불만의 소리였다.

"그러게 말이야. 놈을 혼내 준다는 것이 그놈의 개 때문에 엉겁결에 약속해 버렸잖아. 내 참."

병태도 볼멘소리를 했다.

"그까짓 아이와 약속은 무슨 약속."

"야, 지봉수! 너 우리 서클에 가입한 신고식으로 네가 놈을 상대해서 혼내 버려."

"야, 그래. 그게 좋겠다. 그렇게 하자."

그들은 간단히 결정을 했다.

"지봉수, 네가 놈을 혼내 알았어?"

"알았어. 내가 할게."

가만히 있던 민수가 말했다.

"나는 생각이 달라. 지봉수 대신 성호 네가 그 아이를 상대했으면 해."

"민수, 너 왜 그래?"

"그 아이 그렇게 얕잡아 볼 아이가 아닌 것 같아. 나는 어제 놈을 자세히 관찰했는데, 그 아이 우릴 조금도 겁내지 않더군. 오히려 우릴 무시하고 압도하는 태도였어. 키도 몸도 우리와 조금도 뒤지지 않아. 초등학생이라기보다 중학생 같아. 나이가 우리와 비슷한지 몰라. 학교를 늦게 입학했는지 모르잖아. 황보철에게 선수를 한 방 맞았지만 황보철을 자기상대로 보지 않잖아. 그리고 황보철이 그 아이에게 손목이 잡혀 꼼짝 못 하는 것을 봤잖아. 그 아이가 무술을 배우는지 싸움에 자신을 갖고 있는 것 같아."

민수의 말을 아니꼽게 듣던 성호가 볼멘소리를 했다.

"민수, 너 그 새낄 두둔하는 거야. 겁먹은 거야? 인마, 아무렴 병태가 초등학생에게 질 것 같아. 말이 안 되잖아."

성호가 발끈 화를 내며 가다 말고 잠시 멈추어 서서 눈을 부라리며 민수를 노려보았다.

"그건 아니고 걱정이 돼서 하는 말이야. 지봉수 대신 성호 네가 나서면 안 돼?"

민수가 슬며시 꼬리를 내렸다.

"와, 저기 중학생들이 온다."

초등학생 우철이가 가리키는 쪽에 중학생들이 들까불며 들어오고 있었다. 잔뜩 어깨에 힘을 주고 공터에 들어선 중학생들이 인범이를 찾는지 초등학생들이 모여 있는 쪽을 훑어보았다.

"지금 몇 시야? 이 새끼 아직 안 왔군."

"아직 다섯 시가 안 됐어."

"야, 정말 창피하네. 어린아이하고 맞짱을 떠야 하니 말이야."

"그래 말이야. 봉수, 놈을 박살을 내 버려."

중학생들은 자기들끼리 그렇게 결정을 했다.

5시가 되자 트레이드마크처럼 언제나 커다란 배낭을 짊어진 인범이가 고개를 푹 숙이고 천천히 걸어오고, 그 옆엔 그림자처럼 따라다니는 울프가 오고 있었다. 울프는 인범이의 그림자였다. 인범이 있는 곳에 울프가 있다. 그렇다. 울프는 인범이의 그림자였다. 인범은 개 아저씨가 울프를 보신탕감으로 팔려는 것을 살려 주었고, 울프는 폭우가 쏟아지는 날 토굴이 무너지는 것을 알고 인범의 생명을 구해 주었다. 서로 몽혜(蒙惠)를 입고 시혜(施惠)를 주어 그런지 인범은 울프를 끔찍이도 아꼈다. 아니면 외돌토리인 인범이가 산속 동굴에 살아서 그런지 인범과 울프, 사람과 짐승과의 가족관계는 특이하고 기이했다. 울프는 인범에겐 없어서는 안 될 버팀목이고 가족이었다.

"야, 저기 인범이가 온다."

초등학생들이 인범이를 보고 환호성을 올렸다. 그 소리를 들은 중학생들이 초등학생들 쪽을 일제히 고개를 돌렸다. 초등학생들이 모두 "인범이 파이팅! 인범이 파이팅!"이라고 외치며 두 손을 높이 들어 흔들고 있었다. 중학생들도 초등학생들이 보는 쪽으로 고개를 돌렸다. 어제의 그 인범이란 아이가 개를 데리고 묵묵히 걸어오고 있는 것이 보였다.

공터에 다다른 인범은 걸음을 멈추고 중학생들의 숫자를 헤아려 보는 것을 잊지 않았다. 어제 숫자보다 몇 명이 많았다.

중학생들은 인범과 시선이 마주치자 능글능글 거리며 한결같이 여유 있는 태도였고 모두가 인범을 아예 그들의 상대로 생각지 않는 표정들이었다.

한편 한쪽에 모여 앉은 초등학생들은 중학생들과는 달리 불안하고 안타까운 얼굴로 인범이를 무연히 바라보고 있었다.

인범은 먼저 미란이를 찾았다. 미란이는 의식적으로 인범과 눈을 맞추지 않으려고 그러는지 시선을 다른 곳에 두고 있었다. 미란이의 얼굴은 그늘져 있고 근심이 가득한 표정이었다.

'미란아, 걱정 마. 나, 지지 않을 거야.' 인범은 다짐을 했다.

효순이도 숙희도 수철이도 철우도 있었다. 아이들은 인범이와 눈이 마주치자 손가락으로 V 자를 만들어 흔들며 어색한 미소를 짓고 있었다. 조금 전 손을 흔들며 환호성을 지르던 것과는 대조적이었다. 아이들은 인범이가 중학생들과의 싸움에 승산이 없다고 생각하고 있는 것이다. 그래서 그런지 손 흔듦은 힘이 없었고 인범을 동정하는 흔듦이었다. 그러나 수철이만은 V 자가 아닌 두 주먹을 불끈 쥐고 힘껏 흔들고 있었다. 인범은 수철이의 응원에 수철이 주먹처럼 불끈 힘이 생겼다.

중학생들 틈에서 나온 지봉수는 간단한 준비 운동을 하고는 인범이를 불러내었다.

"야, 이 새끼. 나, 지봉수라고 해. 빨리 나와."

"······?"

인범이가 의아한 눈으로 오늘 자신과 싸울 병태를 바라보았다. 병태는 팔짱을 끼고 인범에게 어서 나가 싸우라는 눈짓을 하고 있었다.

"야, 인마. 빨리 나와."

지봉수가 망설이고 있는 인범을 빨리 나오라고 독촉을 했다.

"······ 상대가 다르잖아. 왜 바꿨어?"

인범이가 최병태의 얼굴을 보며 말했다.

"야, 인마. 우리가 널 봐주는 거야. 아무하고나 붙어. 봐줄 때 적당히 맞고 때워, 인마."

성호가 상대가 바뀌었다고 하는 인범을 보며 인심을 쓰듯 말했다.

"싸워 보지도 않고 어떻게 알아?"

"넌 병태와는 아예 상대가 안 돼. 병태에게 한 방 맞으면 넌 죽어. 이 새끼야."

"싫다. 그래도 약속대로 난 병태하고 싸울 테야."

인범은 지봉수라는 중학생과 싸워서는 안 된다고 생각했다. 지봉수를 이기면 어차피 다음 상대가 병태가 될 것이라고 판단했다. 그러면 이중 싸움이 되고 그만큼 체력이 소모된다고 생각했다. '나는 결코 지지 않는다.' 인범은 자신에게 다짐했다.

"이 새끼가 좀 돌았나? 모자라나?"

약속대로 병태와 싸우겠다고 부득부득 우기는 것을 보고 중학생들이 기가 찬다는 듯 멍하니 인범이를 바라보았다. 미란이는 더욱 안타깝고 가슴마저 답답했다. 약한 자에게 적게 맞고 때워야 하는데…….

'저 바보. 저 바보.'

인범은 지봉수에게는 아예 시선을 두지 않은 채 병태에게 시선을 멈추고 있었다. 병태와 싸우겠다는 자신의 뜻을 지봉수를 무시하는 것에서 보여 주었다.

"야, 이 새끼! 빨리 안 나와!"

지봉수가 버럭 고함을 질렀다.

"난 너와 싸우자고 하지 않았다. 나의 상대는 병태야."

병태는 아이가 자기와 꼭 상대하겠다고 부득부득 우기니 싸우지 않을 수 없었다. 성호 말대로 아이가 좀 모자라는지 돌았는지 헷갈렸다.

"그래, 인마! 네놈이 원하면 내가 상대해 주지. 나중에 후회하지 마."

병태는 느긋한 미소를 흘리며 천천히 잠바를 벗어 성호에게 던져 주고 빈터 중앙으로 나갔다. 웃옷을 벗은 병태의 몸은 중학생답지 않게 어깨와 가슴이 제법 근육질이었다.

병태가 빈터 한가운데로 가자 인범은 싸우다 시계가 부서질까봐 혁대에 끈을 달아 호주머니에 넣어 둔 시계를 끌러 배낭에 넣고 잠바를 벗었다. 인범에겐 시계가 소중한 보물이었다.

인범의 몸은 병태와는 달리 날렵한 몸매였다.

웃옷을 벗은 병태가 준비 운동을 하느라고 팔과 다리를 움직이다 주먹을 허공에 대고 빠른 동작으로 연달아 뻗더니 발길질도 허공에 뻗었다.

"병태, 상대도 안 되는 아이에게 뭘 준비 운동까지 해."

"인마, 모르는 소리하지 마. 준비 운동은 필수야. 그래야 근육이 놀라지 않거든……."

인범은 준비 운동을 하는 병태를 물끄러미 바라보다 허리띠를 졸라매고 천천히 중앙으로 걸어갔다. 그리고 호주머니에서 소장에게서 선물 받은 손가락 없는 검은 가죽장갑을 끼었다. 갑자기 주먹이 무쇠처럼 단단해지고 힘이 불끈 솟았다. 싸움을 할 때 끼는 가죽장갑은 이상했다. 주먹에 힘이 없다가도 가죽장갑을 끼면 주먹이 갑자기 무쇠처럼 강해지고 온몸에 투지가 생기는 것이다.

인범은 투지가 가득한 날카로운 눈으로 병태를 노려보며 속다짐을 했다. '나는 지지 않는다. 아니 결코 져서는 안 된다. 내가 네놈에게 진다면 아버지의 원수를 갚을 수 없다. 나는 도장에서 나보다 한두 살 많고 급수가 나보다 높은 중학생들을 골라 대련을 하고 있지 않은가.' 인범은 또다시 이렇게 되뇌며 자신에게 격려를 하고 다짐을 했다.

인범이가 가죽장갑을 끼는 것을 보고 중학생들의 눈이 화등잔 같이 커졌다.

"저 새끼 좀 봐! 이제 겨우 초등학생이 싸움을 하기 위해 가죽장갑을 준비해 왔잖아."

그러면서 옆의 친구에게 인범이가 가죽장갑을 끼는 것을 손가락으로 가리키며 놀란 듯 말했다.

"어! 그래, 가죽장갑을 끼고 있네. 저 장갑은 싸움할 때만 끼는 장갑 아니야?"

중학생들이 이제 초등학생인 인범이가 싸움할 때만 끼는 가죽장갑을 준비하고 온, 전혀 예상치 않은 것을 보고 기가 찬 듯, 아니 놀란 듯 벌린 입을 다물지 못하고 멍하니 인범이를 바라보고 있었다. 놀란 것은 중학생들만이 아니었다. 인범이를 응원하러 온 초등학생들도 인범이가 싸움을 하기 위해 가죽장갑까지 준비하고 온 것을 보고 놀라 서로의 얼굴을 쳐다보며 뜨악한 눈으로 말하고 있었다.

더 놀란 것은 미란이었다. 싸움 준비를 하고 나왔다는 것은 오늘 단단히 각오를 한 것에 놀라지 않을 수 없었다. 그러나 그 놀람은 다른 아이들과 다른 놀람이었다. 미란은 인범이가 죽도록 맞을 각오를 한 것을 보고 더 놀란 것이다.

'바보, 맞으려면 폼이나 내지 말 것이지……'

병태가 몸을 풀다 아이를 보았다. 아이가 가죽장갑을 끼고 있는 것을 보고 어이가 없었다. 병태는 가죽장갑을 준비하지 않았다. '저 새끼가.' 아직은 어린놈이라고 생각했는데 의아했다. 언뜻 민수가 한 말이 생각났다. 그렇게 쉽게 볼 아이가 아니니 성호가 상대하라고 한 말이……

그러나 병태는 자신이 아이에게 지리라는 생각은 추호도 하지 않았다. 병태는 놈이 초등학생이라 적당히 혼내 주려고 했는데, 놈이 가죽장갑을 끼고 있는 것을 보고 감정이 꿈틀 꼬여 이젠 아이를 그냥 둘 수 없다고 생각했다. 분노의 감정이 가슴 밑에서 울컥 솟구쳤다. 한 방으로 놈을 무참하게 KO 시켜야겠다고 주먹을 불끈 쥐고 돌진하려다 아이 옆에 버티고 자신을 공격할 듯 노려보고 있는 개를 보고 움칠 놀라 멈추었다. 그 눈깔 색깔이 기분 나쁜 독수리 눈깔 같이 노랑 색깔이었다.

"야, 인마, 개를 싸움에 끌어들이지 않기로 약속했잖아?"

"걱정 마, 일대 일로 싸우면 개는 가만있을 거야. 울프, 저리 가 앉아 있어."

개가 인범이가 가리키는 쪽으로 얌전히 가서 앉는 것을 보고 아이들은 놀랐다. 개가 주인의 말을 사람처럼 알아듣는 것을 보고 중학생들과 초등학생들이 놀란 눈으로 바라보았다.

미란이가 효순이와 숙희에게서 급히 떨어져 나와 울프에게 와서 울프의 목을 끌어안았다. 울프가 미란이를 보더니 가만히 있었다.

"울프야, 인범인 바보야. 인범이가 많이 맞으면 네가 덤벼서 인범이가 안 맞도록 구해 줘. 알았지?"

미란이가 울프의 목을 껴안고 속삭이자 울프는 알았다는 듯 눈을 슴벅거리며 미란의 손을 핥았다.

인범이가 중앙으로 천천히 걸어가 병태를 노려보며 싸울 자세를 취했다. 이를 본 병태가 인범을 요절낼 듯 주먹을 불끈 쥐고 저돌적으로 돌진하여 인범이의 면상에 주먹을 날렸다. 그러나 병태의 공격을 계산하고 있던 몸이 빠른 인범이가 병태가 바짝 다가올 때까지 제자리에 가만히 있더니 병태가 필살의 주먹을 날리는 찰나에 피한 것이다. 헛방을 친 병태가 방향을 바꾸려는 순간, 인범이의 주먹이 전열이 흐트러진 무방비상태인 병태의 얼굴에 정확히 명중했다. 병태는 자신이 아이에게 공격하는 것만 생각했지 아이가 자기를 공격한다는 것은 전혀 예상치 않았던 것이다. 병태는 아이의 주먹이 자신의 얼굴에 가격되자 아이의 주먹이라고는 믿어지지 않는 강펀치에 충격을 받았다. 눈앞에 불똥이 번쩍 튀며 별이 왔다 갔다 했다. 병태는 아이의 주먹이 의외로 강한 것에 두려움이 앞섰다. 병태는 아이라고 얕잡아 본 것을 후회했다. 중학생들은 병태의 한 주먹에 아이가 나가떨어질 줄 알았는데, 아이의 주먹을 맞는 것을 보고 병태가 실수한 줄 알았다. 병태가 곧 아이를 KO 시킬 것이라고 믿어 의심치 않았다.

"병태가 왜 저래?"

한 중학생이 혀를 찼다.

'아! 내가 아이라고 놈을 너무 얕잡아 봤구나. 그래, 얕보지 말자.'

병태는 스스로 자신을 달래고 눈을 부릅뜨고 아이를 몰아붙이며 또다시 필살의 주먹을 날렸다. 그러나 이번에도 주먹이 빗나갔다. 아이가 너무 빨랐다. 크게 공격한 만큼 몸이 중심을 잃고 휘청하는 순간, 인범의 주먹이 또다시 병태의 면상을 가격했다. 코가 찡하더니 코에서 뜨거운 액체가 흐르는 것이 감지되었다. 병태는 상대가 초등학생이라고 생각하고 일방적으로 공격만 한 것이다. 그것이 잘못이었다. 그리고 아이가 몸이 매우 빠르고 주먹이 강하다는 것을 비로소 알았다. 아이는 절도 있게 피하고 절도 있게 공격했다. 그리고 아이의 주먹이 아니었다.

"엇! 진짜 병태가 왜 저래?"

놀란 중학생들이 모두 벌떡 일어났다.

기가 찬다는 실망의 얼굴로 벌린 입을 다물지 못했다. 인범이가 일방적으로 중학생에게 당할 줄 알았는데 반대로 인범이가 중학생을 이기자 초등학생들이 주먹을 불끈 쥐고 모두 자리에서 일어났다.

"엇! 인범이가 주먹을 날렸다. 중학생이 얻어맞았다."

"그래, 맞다. 인범이가 이긴다."

"내가 인범이가 이긴다고 했잖아."

수철이가 의기양양한 자세로 말했다.

두 번째 병태의 공격이 빗나가고 악에 받친 병태는 머리를 세차게 흔들어 정신을 가다듬고 다시 돌아섰다. 병태는 인범이를 무섭게 노려보았다. 아이도 자신을 노려보고 있었다. 그 눈은 자기를 조롱하는 눈매였다. 이번엔 실수를 하지 않아야겠다고 아이를 살금살금 몰았다. 아이가 조금 물러가다 더는 물러가지 않았다. 병태가 다시 아이를 사정권에 몰아 놓고 주먹을 날렸다. 그러나 아이가 자신보다 빨랐다. 빠른 동작으로 피하고 다시 주먹을 날렸다. 병태는 아이가 자신의 움직임을 읽고 공격하고 있음을 알았다.

인범은 상대보다 빠르지 않으면 상대를 제압할 수 없다는 관장의 말에 스피드를 중요시했다. 그래서 인범은 대련할 때 스피드를 이용하여 상대를 몰아붙였다. 아이의 빠른 공격에 병태는 번번이 허점을 노출함으로써 아이에게 공격을 당했다. 인범은 병태에게 빠른 동작으로 치고 빠지며 병태를 지치게 하여 스스로 무너지도록 작전을 지구전으로 바꾸었다. 병태는 아이가 어떻게나 빠른지 번번이 헛방을 쳐 몸의 중심을 잃은 상태라 인범의 주먹을 피할 수 없었다. 병태는 이성을 잃었다. 인범에게 마구잡이로 덤벼들었다.

인범은 작전을 바꾸었다. 이젠 몸을 피하지 않고 병태의 주먹과 발길질을 도장에서 배운 대로 방어하며 공격을 했다. 병태가 주먹과 발길질을 날리면 인범은 피하지 않고 팔로써 가로막기를 했다. 병태는 당황했다. 아이는 지금까지는 몸을 피하더니 이번엔 자신의 주먹을 팔로써 걷어 막았다. 자신의 주먹이 아이의 얼굴에 명중하기 전에 아이가 정확히 팔을 뻗어 걷어 올리니 자신의 팔이 가로막기에 막혀 허공에 뻗어 자신의 얼굴이 무방비 상태로 아이의 정면에 노출되는 것이다. 아이는 그 순간을 놓치지 않고 정확히 노출된 자신의 얼굴을 주먹으로 강타하는 것이다. 아이의 주먹은 강했다. 그리고 자신의 발길질도 무쇠 같은 팔뚝으로 가로막아 자신의 자세를 흩트려 놓고 정확한 발길로 자신의 옆구리를 타격하는 것이다. 그러나 진작 주먹을 날린 인범은 강타를 날리지 않았다. 인범은 병태가 동작도 느리고 싸움 실력이 생각과는 달리 별로라고 생각했다. 나약한 학생들에게 주먹을 휘두르는 얼치기 정도였다. 병태는 도장에서 매일 실전과 같은 대련을 익힌 실력과 야성에서 자라는 강인한 몸인 인범이의 적수가 못되었다.

인범은 강한 주먹을 만들기 위해 동굴 가까이 있는 굵은 나무 둥치에 새끼를 감아놓고 피나게 주먹과 수도를 단련하고 또 붉은 벽돌을 격파하는 연습을 하고 있었다. 그래서 병태에게 강펀치 대신 자신의 체력의 한계를 시험하기 위해 지구전으로 계획을 세워 싸우고 있었다.

병태는 인범에게 한 방도 명중시키지 못했다. 너무나 빠른 인범이의 공격과 방어에 속수무책이었다. 인범을 잡으려다 그때마다 인범의 주먹이 자신의 턱과 얼굴에 명중했고 발길질이 옆구리와 허벅지를 강타했다. 이제 병태는 두려움이 앞섰다. 스피드, 싸움실력, 체력에 뒤진 병태는 발악에 가까운 맹목적인 돌진을 하다 인범이의 방어에 막혀 공격다운 공격 한 번 못했다. 번번이 인범의 주먹에 얼굴을 강타 당해 눈을 제대로 뜨지 못해 허공에 대고 주먹질을 하고 있었다. 뭇매와 탈진으로 지친 병태는 가쁜 숨을 몰아쉬며 허우적거리고 있었다.

인범이가 무참하게 얻어터질 줄 알고 맘 졸이며 맞짱을 지켜보던 초등학생들이 반대로 인범이가 중학생을 일방적으로 이기자 일제히 환호했다.

"와! 인범이 잘한다."

초등학생들이 손뼉을 치고 있었다. 벌떡 일어나 두 손을 번쩍 들고 고함을 치는 아이도 있었다. 그 중에 수철이가 한술 더 떴다.

"죽여 버려, 개새끼! 큰소리만 치더니."

고함을 질렀다. 철우가 얼른 고함을 지른 수철이의 손을 잡고 앉혔다. 중학생 두 명이 수철이의 소리를 듣고 벌떡 일어나 수철이를 무섭게 노려보는 것을 보았기 때문이었다.

인범은 도장에서 매일 수련하는 대련을 통해 실전에서 상대의 동작을 읽을 수 있어 방어와 공격에 자신감이 생겼다. 게다가 병태가 인범의 싸움 실력을 모르고 마구잡이로 공격해 왔고 인범이가 워낙 빠르기 때문에 제대로 공격을 못하여 허점이 생긴 것이다. 도장에서 매일 실전에 대비하여 자유 대련으로 연습하는 인범이와 패거리들만 믿고 약한 상대를 골라 위협으로 상대를 억압하는 병태와 혼자서 상대와 싸워야 하는 인범과는 극명하게 달랐다. 병태는 일대 일의 싸움 경험이 별로 없었던 것이다.

중학생들과 초등학생들은 병태의 일방적인 싸움으로 끝날 것이라는 예상이 완전 빗나가는 것에 너무 실망했다. 아니, 놀랐다. 이건 누가 보아도 병태가 일방적으로 초등학생인 인범에게 무참하게 두들겨 맞는 병태의 완전 패배였다. 맞짱이 아닌 그냥 스파링 파트너였다. 처음부터 싸움을 느긋하게 즐김으로 구경하겠다던 중학생들이 자기들 중에 주먹 실력이 제일 강한 병태가 어린 초등학생에게 일방적으로 얻어맞는 것을 보자, 중학생들의 실망이 분노로 변해 어쩔 줄 모르고 서로 얼굴을 바라볼 따름이었다. 이제 겨우 초등학생이 이렇게 싸움을 잘한다는 것은 누가 상상이나 했겠는가. 병태의 일방적인 싸움이 될 것이라고 예상했던 싸움 결과가 빗나가자 중학생들도 초등학생들도 모두가 놀랐다. 황보철도 놀랐다. 아니 놀라기보다 두려웠다. 특히 미란이가 놀랐다. 아직 어린 인범이가 기막힌 싸움 실력을 지녔다니 상상도 못 한 것이다. 미란은 인범이가 알아서 하겠다는 말이 지지 않는다는 말임을 비로소 알았다.

미란은 이제 걱정에서 벗어나 어느덧 쾌재를 부르고 있었다. 이성을 잃은 병태는 인범이에게 계속 마구잡이로 덤벼들었다. 인범은 강인한 지구력과 스피드 그리고 태권도 실력으로 병태의 마구잡이 공격을 역이용했다. 병태의 얼굴이 피투성이가 되었다. 옆구리를 얼마나 맞았는지 움직임이 둔하고 허우적거리면서도 계속 덤벼들었다. 악돌이인 병태는 발악이었다. 중학생들의 얼굴이 일그러지고 있었다. 싸움 발단이었던 여중생들의 얼굴은 통곡에 가까웠고 끝내는 경애가 고함을 질렀다.

"어머, 저를 어째 저를 어째! 누가 가서 말려!"

경애의 고함을 신호로 성호가 자리에서 벌떡 일어나 웃옷을 던지고 고함을 지르며 싸움판에 뛰어들었다.

"다들 나가서 저 새끼 죽여 버려!"

성호가 나서자 한꺼번에 중학생들이 인범이를 에워쌌다. 여중학생들도 합세했다. 이때다 미란이의 비명이 찢어졌다.

"울프! 인범이를 구해 줘!"

미란이의 고함보다 울프가 먼저 중학생들 속을 뛰어들어 인범이를 에워싼 중학생들을 마구 물어뜯었다. 중학생들이 흰 이빨을 까뒤집고 덤벼드는 울프를 보고 기겁을 하고 우르르 흩어지기 시작했다.

"아악!"

개에 물린 중학생들이 비명을 지르며 달아났다. 울프는 달아나는 여학생의 스커트를 물었다. 스커트가 들려 여중생의 허벅지가 드러나고 팬티가 훤히 보였다.

"어머!"

비명을 지른 여학생은 스커트를 움켜잡고 그 자리에 풀썩 주저앉았다.

"그래, 울프 잘 한다!"

미란이가 환호를 했다.

그래도 몇 명의 중학생이 악착같이 인범이에게 덤벼들었다. 인범은 호주머니에서 돌멩이를 꺼내어 양손에 쥐고 맨 앞에서 덤벼드는 성호의 면상을 향해 던졌다.

"딱!"

"아악!"

성호가 손으로 이마를 움켜쥐고 그 자리에 주저앉았다. 손에 액체가 감지되었다. 성호는 손을 펴 보았다. 붉은 피가 묻어 나왔다.

중학생들이 개를 피해 흩어지고 인범이의 돌멩이에 맞고 순식간에 약속이나 한 듯 우르르 달아났다.

아이들과 조금 떨어진 곳에서 모자를 깊이 눌러쓰고 이 싸움을 지켜보던 달수가 지난번 자신과 싸울 때와는 달라진 인범이의 싸움을 지켜보고 놀라지 않을 수 없었다. 자신과 싸울 때와는 너무나 판이하게 달라진 것에 놀랐던 것이다. 그 사이 몰라보게 키가 커져 있었다. 놈이 가난할 것인데 뭘 먹고 저렇게 자랐는지 궁금했다. 싸움 실력도 대단했다. 물론 병태가 자기보다 싸움 실력이 못하지만……. 인범이가 병태를 얼마든지 한 방에 케이오시킬 수 있는데도 가지고 놀듯 병태가 다가가면 피하다 병태가 물러서면 다가가 치고 병태를 아이 다루듯 하는 것에 더욱 놀랐다. 그리고 병태의 공격을 가로막기로 막는 솜씨는 태권도를 하지 않으면 할 수 없는 공격과 방어법이었다. 무서운 놈이다. 놈이 태권도를 배우고 있구나! 달수는 혀를 내둘렀다.

그렇게 기세 좋던 중학생들이 병태를 부축하여 슬금슬금 달아나고 있었다.

인범은 중학생들이 가는 뒷모습을 물끄러미 바라보고 있었다. 초등학교 아이들이 한꺼번에 인범이를 에워쌌다.

"와! 인범이 이겼다. 인범이가 우리 학교에서 제일 싸움 잘한다. 황보철인 인범에게 잽도 안 돼."

"내가 인범이가 지지 않는다고 말했잖아."

수철이가 큰소리로 떠벌리며 의기양양하게 어깨를 으쓱했다.

아이들이 인범이를 추켜세우고 좋아라고 야단들이었다. 미란은 말없이 감격의 눈물을 흘리고 있었다. 미란은 흐르는 눈물을 닦지 않고 말없이 인범이의 팔을 꽉 잡고 인범이의 눈동자를 후벼 파듯 가까이서 바라보았다. 그 눈은 연정이 가득 담긴 동자였다. 눈물을 가득 담은 까만 눈동자가 뭐라고 말을 하고 있었다. 미란의 감동은 말할 수 없었다. 인범이가 싸움을 이렇게 잘 할 줄 몰랐다. 비로소 인범이가 알아서 하겠다는 말의 뜻을 알 수 있었다.

미란은 싸움의 발단이 자기 때문이라 인범이가 중학생들에게 심하게 맞을까 얼마나 가슴을 졸이고 애를 태웠던가. 그러나 인범이는 중학생에게 한번도 맞지 않고 통쾌하게 일방적으로 이긴 것이다. 인범은 눈물이 가득 괸 미란이의 얼굴을 보니 무언지 모를 감동이 가슴에 울컥 밀려 올라왔다. 인범은 미란이가 자신을 위해 울고 있다는 것을 알았다.

'미란아, 내가 지지 않는다고 말했잖아. 내가 맞을까 가슴을 많이 졸였구나!'

인범은 마음속으로 가만히 말을 했다.

무참하게 패해 어깨를 축 떨어뜨린 중학생들이 떡볶이 집에 둘러앉아 있었다. 모두들 기가 완전히 꺾여 있었다.

그 속에 달수만이 거드름을 피우며 중학생들을 나무라고 있었다.

"내가 건드리지 말라고 했잖아."

"왜, 건드리지 말라고 했어?"

인범에게 맞아 얼굴이 퉁퉁 부어, 특히 눈이 거의 파묻힌 병태가 한쪽 눈을 겨우 뜨고 의아한 얼굴로 물었다. 눈 흰자위에 벌겋게 핏자국이 서려 있어 보기가 흉했다.

"내가 몇 번 붙어 본 아이야."

달수의 말에 중학생들의 시선이 일제히 달수의 얼굴에 집중되었다.

"뭐? 네가 붙어 봤다고? 그래 어떻게 됐어?"

"내가 세 번이나 졌어. 오늘 보니 그 아이 태권도 도장에 다니는 것이 틀림없어."

"뭐, 세 번이나? 뭐, 태권도도?"

"그 아이에게 보복할 생각 마. 너 개 봤지. 유명한 싸움개래. 그 아이 말을 사람처럼 다 알아들어. 훈련받은 투견이래. 나도 뒤에 알았어. 그리고 너희들 그 아이 돌멩이 맛봤지? 성호 너 그 상처 흉터 질 거야. 빨리 성형외과에 가 봐. 넌 부잣집 아들이 아니냐. 내 눈 밑 흉터 봐. 나는 돈이 없어 성형외과에 못 갔어. 그놈의 돌멩이에 맞은 상처야. 나는 이 흉터를 볼 때마다 놈을 죽이고 싶어. 내가 놈을 죽이려면 내가 놈에게 죽을 것 같아 포기했어. 그래도 난 언젠가 놈에게 복수할 거야. 그리고 그놈 뒤엔 태권도 3단인 보급소장이 있어. 서초동 건달들도 실력을 인정한다고 해."

"달수 너, 왜 건드리지 말라는 말을 확실히 하지 않았어?"

"내가 건드리지 말라고 하면 너희들이 초등학생인 그 아이를 그냥 두겠어? 내가 건드리지 말라고 하니 콧방귀만 뀐 건 누구야? 그보다 그 사이 그 아이 실력을 한번 보고 싶었어. 그리고 너희들이 그놈을 실컷 패 주었으면 하는 바람도 있었고."

달수는 비아냥거림과 으스댐이 뒤섞인 말로 능글능글 거리며 너스레를 떨고 있었다.

"……."

달수의 말을 들은 중학생들이 모두 입을 닫았다. 누구보다도 공포에 질린 것은 황보철이었다. 생각만 해도 몸서리쳐졌다. 만약 내가 인범이를 때렸다면……, 인범이가 무서운 아이라고 생각했다. 그렇게 대단한 싸움 실력을 지녔으면서 자기에겐 고분고분 말을 잘 듣는 것에 의문스러웠다.

'정말 무서운 놈이구나!'

인범은 중학생들의 보복을 기다렸지만 아무런 보복이 없었다. 인범은 달수가 중학생들에게 보복을 하면 너희들만 당하니 보복을 하지 말라는 말을 한 것을 모르고 있었다.

키가 크고 골격이 큰 부모의 내림인지 인범은 자라면서부터 다른 아이들보다 키가 크고 뼈대도 굵었다. 특히 손과 발이 유달리 컸다.

산속과 들판에서 자란 때문인지 인범은 점점 야성의 기질이 몸에 배고 있었다.

소녀의 풋사랑

1

미란이가 대문 앞에서 햇빛의 반사를 막기 위해 손 채양을 하고 이마를 찡그리며 신문을 가져올 시간에 맞추어 대문 앞에 서서 인범이가 올 길 쪽을 바라보고 있었다.

미란은 오늘 인범이가 신문을 배달하는 곳에 따라가고 싶었다. 신문배달이 얼마나 힘들며 시간은 얼마가 소요되는지 알고 싶었다. 아니, 인범이와 같이 가고 싶었다. 조숙한 편인지 사춘기에 들어가는 미란은 인범이가 자기 때문에 중학생들과 싸우고 난 후부터 남자다운 인범이가 왠지 좋았다. 깡패인 중학생들에게 당당히 맞서 그들을 물리치는 인범이가 너무나 멋있게 보였다. 그리고 부모도 없이 어린 나이에 혼자 언덕배기 토굴에서 생활한다는 인범이가 너무나 불쌍했다. 전기도 없는 토굴에서 어떻게 사람이 살고 있을까. 토굴은 어디다 어떻게 팠을까? 그것도 어린아이가 그런 곳에서는 짐승이나 살지 사람이 살 곳이 아니지 않은가.

미란이는 인범이가 어떻게 살고 있는지 궁금했고 보고 싶었다. 그 옛날 원시인들이 토굴에서 살았지만 지금은 가난한 옛날과는 달리 1970년대를 지나 우리나라도 잘 산다는 1980년대에 들어서지 않았나. 어떻게 현대에 사람이 토굴 속에서 산단 말인가. 기인 같은 인범이의 생활이 궁금하기만 했다.

우리나라가 가난할 땐 거지들이 많았고 주로 넝마주이들이 다리 밑에 많이 살았다고 하지 않았나. 미란이가 유치원 다닐 1970년대만 하여도 다리 밑에 넝마주이가 살고 있었다. 지금도 넝마주이가 있다면 인범이는 거지 옷을 입은 영락없는 똘마니 넝마주이였을 것이라고 생각하니 더욱 가련한 생각이 들었다.

들판에 살면 얼마나 외롭고 무서울까. 추운 겨울은 어떻게 살아갈까. 그래서 인범이가 언제나 침울하고 말이 없는 것일까. 미란이는 인범이가 나타날 길 쪽을 바라보고 있었다. 오늘 신문배달을 따라가서 토굴에 한번 데리고 가 달라고 졸라야겠다고 생각했다.

저만치에서 등에 커다란 배낭을 짊어진 눈에 익은 인범이가 빠른 걸음으로 오고 그 옆엔 그림자처럼 울프가 따라오고 있었다. 미란은 이윽한 눈길로 다가오는 인범을 보고 있었다.

인범은 미란이 집 대문이 가까워지자 신문 뭉치에서 신문 한 부를 대문 밑으로 넣다 말고 미소를 짓고 있는 미란이를 보고 의아한 눈으로 마주 바라보았다.

"인범아, 나 네가 신문배달 가는 곳에 같이 가려고 기다리고 있었어."

멍하니 미란이의 얼굴을 바라보던 인범이가 퉁명하게 물었다.

"…… 왜 가려고 그러는데?"

"그냥 가보고 싶어."

"안 돼. 세 시간 이상을 걸어야 한단 말이야. 놀러 가는 곳이 아니야. 난 일하러 가는 거야."

"그래. 나도 알아, 너 일하러 가는 거. 너 일하는 것 구경하고 싶단 말이야."

"구경?"

인범은 구경이라는 미란의 말에 어이가 없었다. 신문배달이 구경이라니, 부모 밑에서 사는 아이가 자신의 처지를 모르고 구경이라고 하니 말문이 막혀 멍하니 미란의 얼굴을 바라보았다.

"그래, 구경."

"미란아, 걷는 것이 쉬운 것이 아니야."

"나도 걸을 수 있어. 자, 봐. 나 잘 걸어."

미란은 자신이 있다는 듯 팔을 앞뒤로 크게 흔들며 몇 걸음 힘차게 걸어갔다.

이러는 미란이를 보고 인범은 피식 웃었다.

"왜 웃어? 내가 못 갈 줄 알아? 빨리 가."

미란이는 인범이가 들고 있는 신문을 빼앗듯 받아 쪽문 안으로 던져 넣고 앞장을 섰다. 그때야 인범은 정색을 하고 물었다.

"미란아, 왜 그러는지 몰라도 난 빨리 가야 해."

"그래, 나도 빨리 걸을게. 너 신문배달 하는 걸 오늘 꼭 한번만 따라가고 싶어. 그리고 꼭 가보고 싶은 곳이 있어."

"…… 어디 또 가보고 싶어?"

"그건 나중에 말할게."

미란은 인범이가 자신의 삶을 보이지 않으려고 한다고 생각했다.

인범은 앞장선 미란이를 기가 찬 표정으로 멀거니 서서 보고 있었다.

"인범아. 뭐 해, 안 가고?"

앞장을 선 미란이를 보고 인범은 미란이의 고집을 꺾을 수 없다고 생각했다. 부잣집 아이들은 신문배달을 재미로 하는 것으로 알고 있다는 것이 슬펐다.

'그래, 돈 버는 일이 얼마나 힘든 줄 직접 봐.'

인범은 걷고 또 걸어야 했다. 걷지 않으면 돈을 벌 수 없는 것이 인범의 삶이었다. 자신의 삶을 미란이가 알지도 못할 것이라고 생각하고 말없이 걷기 시작했다. 미란이가 인범이의 뒤를 재빠르게 따랐다. 인범은 미란이가 조금만 걸으면 제풀에 지칠 것이라고 생각했다. 그러나 미란이는 결심하고 나선 듯 인범이 옆에 바짝 붙어 걷고 있었다.

인범은 미란이가 옆에서 걷는다는 것을 의식하지 않았다. 정해진 시간에 배달을 마치고 정해진 시간에 소장의 저녁밥을 지어야 했다. 미란이를 생각해 천천히 걸을 수도 없었다. 그리고 미란이 같이 사치스런 생각을 할 수 없었다. 재미로 걷는다는 생각 자체가 사치인 것이다. 이따금 울프가 미란이를 힐긋힐긋 뒤돌아보며 걷고 있었다. 짐승인 울프도 미란이가 같이 가니 이상한 것 같았다.

몇 골목을 지났다. 인범은 미란이에게 한 마디도 말을 걸지도 보지도 않고 대문 밑으로 또는 담 너머로 부지런히 신문을 밀어 넣거나 던져 넣었다. 미란이도 인범이가 말을 하지 않으니 말을 나눌 수가 없었다. 아니, 말을 할 시간적 여유가 없었다. 그리고 오직 신문을 배달하는 것에만 온 정신이 집중되어 있으니 감히 말을 걸 수가 없었다. 그보다 숨이 가빠 말을 할 수가 없었다. 천천히 걸어야 말이라도 할 수 있을 것인데, 인범이와 보조를 같이하려면 미란은 가볍게 뛰어야 했다. 30분 정도 지나자 미란이의 얼굴이 발그레해지기 시작했다. 그리고 얼마 있지 않아 호흡이 거칠어지고 발걸음도 둔해지고 있었다. 인범은 미란이가 색색거리는 숨소리를 듣고 힐긋 뒤를 돌아보았다.

"인범아, 좀 천천히 걸으면 안 돼?"

미란은 가쁜 숨을 몰아쉬며 인범의 얼굴을 바라보았다. 그 얼굴은 애원이 담겨 있었고 상기된 얼굴이었다.

"미란아, 난 정해진 시간에 배달을 마쳐야 해. 사람들이 신문이 올 시간을 기다려. 그리고 소장님의 밥을 해야 한단 말이야. 이제 집으로 돌아가.

난 아직도 배달해야 할 곳이 많이 남았어."

"그럼 갈게. 그 대신 다음에 꼭 네가 살고 있다는 산속 집을 구경시켜 준다고 약속해 줘. 그 말 하려고 오늘 신문배달에 따라 나섰어."

미란은 차마 토굴을 보고 싶다는 말을 할 수 없어 산속이라 했다.

"…… 구경?"

인범은 다시금 어이가 없었다.

"왜? 싫어? 난 가보고 싶단 말이야."

"그곳은 네가 갈 곳이 아니야."

"네가 사는 곳인데. 왜 못 간단 말이야? 인범아, 난 네가 사는 곳을 꼭 보고 싶단 말이야. 부탁해, 날 한번만 데리고 가 줘."

"그렇게 가보고 싶어?"

"응, 가보고 싶어."

인범은 멍하니 미란이를 바라보았다. 미란인 왜 내가 사는 곳을 가보고 싶어 하는지 의아했다. 그러나 굳이 보이지 않으려고 할 필요가 없다고 생각했다. 아니, 숨기고 싶지 않았다. 가난은 죄가 아니다 다만 불편할 따름이란 말이 기억났다. 세상엔 자기처럼 가난한 자도 미란이처럼 부자도 있는 것이다. 그걸 어른들이 팔자이고 운명이라고 하지 않던가.

"그래, 언제 한번 가보자. 아니, 데리고 갈게."

"정말? 인범아, 약속했어. 그럼 손가락 걸고 약속해. 그러면 나 집으로 갈게."

미란은 가느다란 새끼손가락과 엄지손가락을 인범이 앞으로 쑥 내밀었다. 인범은 미란의 손가락을 내려다보며 픽 웃었다.

"왜 웃어?"

"약속했으면 됐지. 왜 그래?"

"약속했으니 손가락 걸자는 것 아니야. 말만 약속하는 것보다 확실히 손가락을 걸어야 믿을 수 있어."

인범은 한참을 미란이가 내밀고 있는 손가락을 보더니 인범이도 새끼손가락과 엄지손가락을 내밀었다. 미란은 얼른 새끼손가락은 새끼손가락과 걸고 그리고 엄지손가락으로 인범의 엄지손가락을 꾹 눌렀다.

"자, 인범아. 도장까지 찍었다. 꼭 약속 지켜야 해."

미란은 해맑은 미소를 지으며 깡충거리고 왔던 길로 발길을 돌렸다. 인범은 돌아가는 미란이의 뒷모습을 복잡한 표정으로 한참이나 좇고 있었다. 그러면서 부잣집에 살면서 왜 저렇게 몸이 약할까. 아버지가 약한 체질을 타고난 아이를 고삭부리 체질이라고 하던 말이 또다시 생각났다. 미란은 고삭부리체질인가. 그래서 부잣집 귀한 딸로 태어났으면서 저렇게 몸이 약할까? 인범은 언제나 미란이를 보면 안쓰러운 생각이 들었다.

미란이가 가다 말고 뒤돌아보았다. 인범이가 조금 전 자신과 헤어진 그 자리에 서서 자신이 걸어가는 것을 보고 있는 것을 보았다. 내가 힘들어하니 걱정이 되어 지켜보고 있었구나! 미란이는 걱정 말라는 뜻으로 말갛게 웃으며 두 손을 번쩍 들고 X 자로 흔들었다. 그제야 인범은 빙긋이 미소로 답하고 몸을 돌려 빠르게 걸어갔다. 미란이는 인범이가 자기를 걱정해 주는 것이 고마웠다. 같은 학년이면서 꼭 자기를 동생으로 취급하는 것이 한편 고맙고 한편 섭섭했다.

미란은 걸어가다 서서 돌아보았다. 인범이가 골목을 돌아 막 사라지고 있었다. 미란이는 인범이가 사라진 골목을 한참이나 바라보았다. 해가 질 무렵 긴 산 그림자가 서서히 길을 덮고 있었다. 미란은 하늘을 쳐다보았다. 하늘에만 햇살이 있고 마주 보이는 검단산 멧부리에 담담하고 엷은 햇살이 남아 있었다.

인범인 참 건강하구나! 걷는 것이 인범이가 돈 버는 일이구나. 신문배달을 하며 3시간 이상 걷는다고 했지. 그리고 먼 산에서 학교까지 걷고, 한

낮의 반 이상을 걷는구나. 그래, 인범이가 건강하지 않으면 어떻게 혼자 살 수 있을까. 부모도 없는데 누가 잠자리를 주고 먹여 주고 입혀 줄 것인가. 인범이의 유일한 재산은 건강이구나! 가난한 인범이가 영양가가 있는 음식을 먹을 수 없어 다른 아이보다 살이 찌지 않을까? 그런데도 인범은 키도 크고 싸움도 잘하고 힘도 세었다. '내가 왜 다른 친구보다 머슴아인 인범이를 좋아하지…….' 미란은 자신도 모르게 얼굴이 발갛게 달아오름을 느꼈다. 여자로 태어나 아련한 풋사랑이 싹트고 있다는 것을, 그리고 그것이 첫사랑이라는 것을 미란은 아직은 알지 못했다.

2

일요일이었다. 미란이는 인범이와 약속한 학교 앞으로 갔다. 인범이가 먼저 와서 교문 앞에 우두커니 서 있었다. 언제나 따라다니는 울프가 그림자처럼 인범의 옆에 있었다. 어떻게 사람과 짐승이 저렇게 붙어 다닐까?

인범의 얼굴은 날씨만큼 어두워져 있었다.

"미란아, 산에 꼭 가야 해?"

"왜 그래? 오늘 가기로 손가락 걸고 약속했잖아."

"……."

인범은 미란이의 단호한 말에 고개를 들고 어둡고 칙칙한 하늘을 쳐다보았다. 오전부터 잔뜩 흐려져 있는 하늘은 비를 잔뜩 머금은 짙은 먹구름이 낮게 깔려 있었다. 간간이 세찬 바람도 불었다. 그때마다 미란은 머리를 매만지며 목을 움츠렸다. 인범은 미란이를 데리고 가기 싫은지 모호하고 애매한 말과 행동을 했다. 인범은 지난번 미란이가 자신이 사는 산속을 보고 싶다고 할 때 마지못해 약속을 했지만, 아무리 생각을 해 보아도 보이고 싶지 않았다. 산속 동굴에 사는 것을 어떻게 알았을까…… 짐승 같은 자신의 동굴 생활을 미란이가 보고 아이들에게 소문이라도 내면 아이들이 자신을 어떻게 대할까. 인범은 아이들에게 무시도 동정도 받고 싶지 않았다. 한참을 걱정스럽게 하늘을 향해 두었던 시선을 거두고 미란이의 얼굴을 바라보다 결심을 한 듯 말을 했다.

"그래, 가자. 그런데 날씨가 안 좋구나. 비가 쏟아질 것 같아."

"괜찮을 거야. 빨리 가."

인가를 벗어나 십여 분지나 산길을 접어들었다. 미란은 지금까지 걷던 길과는 달리 산길에 들어서자 새로운 전경에 이리저리 시선을 옮기며 구경하기가 바빴다. 들풀들이 누렇게 색깔이 변하고 있었다. 날씨만 화창했더라면 산야가 더 아름답게 보일 것인데, 찌푸린 날씨는 산야를 칙칙하고 음산하게 보이게 했다. 그러나 미란은 마냥 즐거운 듯 깡충거리는 발걸음이 걷는지 뛰는지 분간이 안 되었다. 언제나 조용하던 울프가 미란이가 깡충거리니 덩달아 깡충거리고 있었다.

미란은 무엇을 보고 싶어 굳이 짐승처럼 사는 동굴을 보려고 하는지…… 하긴 집도 아닌 동굴에서 생활하는 나의 삶이 궁금할 것이다. 그러나 보여 주고 싶지 않았다. 짐승과 같은 삶을……

미란의 옆에서 깡충거리던 울프가 전에 살던 토굴이 보이자 언덕배기로 뛰어가고 있었다.

"인범아, 울프가 어디 가는 거야?"

"전에 살던 토굴에 가는 거야."

"전에 살던 토굴? 저 언덕배기 흙더미가 토굴이 있었던 곳이야? 그럼, 너 지금은 토굴에 살지 않는단 말이야?"

미란은 인범이가 토굴에 살고 있는 것으로 알고 있었다. 그래서 토굴을 보고 싶었던 것이다.

"응, 폭우에 토굴이 무너지기 전엔 저 곳에서 울프와 같이 살았어."

어쩜, 저런 곳에서 사람이 살 수 있었는지, 미란이는 상상만 했던, 인범이가 살았다는 토굴 쪽을 바라보았다. 토굴은 보이지 않고 흙더미만 쌓여 있었다.

평상은 정씨 아저씨가 가져가고 평상을 덮은 천막만 아직 그 자리에 남아 있었다. 인범은 이곳을 지날 때마다 자신도 모르게 고개를 돌려 한참을 보곤 발걸음을 옮기는 곳이었다.

"그럼 지금은 어디 살아?"

"산속에 동굴이 있어."

"뭐, 산속? 산속에서 어떻게 살아?"

"그럼, 어떡해. 잘 곳이 없는데."

미란이가 어떻게 산속에서 사느냐고 물을 때, 인범은 가슴이 찢어지는 아픔을 느끼며 울컥 눈물이 솟구쳤다. 들판의 침묵과 음산한 괴기가 있는 울프마저 없는 토굴에서 얼마나 무서움에 잠 못 이룬 밤을 지새워야 했던가.

미란은 아버지로부터 인범이가 토굴에서 생활한다고 들었지만 막상 흙더미를 보니 너무나 비참했다.

"…… 그랬어. 아버지는 교장선생님에게서 언덕배기 토굴에 산다고 들었다는데."

"……."

울프는 이곳을 지날 때는 한 번씩 달려가 그 곳에서 땅에 코를 묻고 한참이나 냄새를 맡고 오는 것이다. 아마 짐승 본능으로 자신의 냄새가 배어 있는 것을 아는 것 같았다. 울프가 역시 무너진 토굴에서 주위를 빙빙 돌며 냄새를 맡고 있었다. 오래되었는데도 냄새가 아직 남아 있는지, 아니면 토굴에 살던 때가 기억이 나서 그러는지 울프만이 알 수 있는 것이다.

인범은 미란이에게 동굴로 옮기기 전 울프와 함께 토굴에 살았던 이야기, 울프가 투견과 호신견 훈련을 받은 이야기, 울프가 투견에서 지고 아저씨가 개고기 값으로 팔아버리려는 것을 사정하여 함께 살게 된 것, 그리고 폭우에 토굴이 무너지는 것을 울프가 살린 이야기를 했다.

"아, 그랬었구나! 그럼 서로가 생명의 은인이네. 인범아, 울프가 없다면 너 이렇게 산속에서 살려면 무섭겠다. 울프와 넌 꼭 가족이야. …… 그래서 울프가 용감하고 싸움을 잘하고 영리하구나!"

"……."

미란은 울프와 인범이가 그냥 아무렇게나 맺어진 사이가 아님을 알았다. '아, 사람보다 더 질긴 인연이구나!'

인범은 미란이의 말이 꼭 맞는 말이라고 생각했다. 울프는 인범이에게는 유일한 가족으로 울프가 없다면 산속에서 살 수 없을 것 같았다. 처음 토굴에 살 때 무서웠던 그때가 생각났다.

또다시 갑자기 세찬 바람이 사람을 떠다밀듯 휩쓸고 지나갔다. 먼지와 지푸라기를 동반한 세찬 바람이 미란이와 인범이를 휩쓸어 버릴 듯 불어왔다. 인범이는 얼른 바람을 피하기 위해 미란이의 어깨를 잡아 바람에 밀려가지 않도록 미란이의 등을 돌려세우고 어깨를 꼭 잡았다. 미란이도 무의식적으로 몸을 움츠리고 버티면서 인범에게 꼭 안겼다. 세찬 바람이 인범이와 미란이를 떠밀고 지나갔다. 주인을 걱정해서 그런지 울프가 바람을 헤치고 뛰어왔다. 심상치 않은 날씨였다. 굵은 빗방울 하나가 인범이의 얼굴에 떨어졌다. 태풍의 조짐이지만 어린 인범은 확실하게 알지 못했다.

"미란아, 비가 올 것 같다. 다음에 다시 오면 안 돼?"

"여기까지 왔으니 잠깐 보고 갈래. 빨리 가."

미란은 조금 전 인범이가 가슴에 꼭 안아 주었던 촉감이 그렇게도 좋을 수가 없었다. 더 안기고 싶었다. 미란은 살며시 인범의 팔을 끼듯 밀착해 오더니 가만히 인범이의 팔짱을 꼈다. 인범은 깜짝 놀라 밀착해 온 미란을 밀치며 미란을 내려다보았다. 미란이 머리에서 새물내 같은 향긋하고 풋 풋한 냄새가 코에 물씬 박혔다. 인범은 그 묘한 냄새가 좋아 코를 헉헉거 리며 냄새를 빨아들였다.

"인범아, 추워. 팔 끼고 가."

미란은 또다시 인범의 팔을 꼈다. 인범은 어색했지만 춥다고 팔을 끼는 것을 거절할 수가 없었다. 다만 자기의 몸이나 옷에서 냄새가 나지 않을까 걱정이 되었다. 자기는 짐승 같은 옷을 입었고 짐승의 잠자리에 살지 않는 가. 그리고 아직 어린 나이에 남녀가 어른처럼 팔짱을 끼는 것이 어색했 다. 인범은 혹시 누가 볼까 사방을 둘러보았다. 개 아저씨가 지나갈까 몇 번이나 힐끔힐끔 길 쪽을 바라보았다.

밀착한 미란이의 따뜻한 체온이 인범이의 가슴에 전달되었다. 인범과 미란은 빠른 걸음으로 걷기 시작했다. 미란은 추위에 몸을 움츠리며 맑은 계류를 보고 감탄을 토했다.

"아! 좋다. 인범아, 계곡 물이 많고 너무 깨끗해. 넌 여름이면 좋겠다."

먹장 같은 짙은 구름이 더욱 낮게 깔리고 낮인데도 해가 진 저녁처럼 어 두워지고 있었다.

"인범아, 아직 멀었어? 이렇게 먼 길을 어떻게 매일 다녀?"

"……."

초소 가까이 도착했을 때 갑자기 바람을 동반한 굵은 빗방울이 우두둑 내리더니 소나기가 되어 쏴쏴 소리를 내며 쏟아졌다. 금세 인범이와 미란 이의 옷이 흠뻑 젖었다.

초소 안에서 태풍의 조짐을 걱정스럽게 지켜보던 최 상병과 김 일병이 비를 맞으며 빠른 걸음으로 걸어오는, 인범이와 소녀를 의아한 눈으로 바 라보고 있었다. 지금까지 인범은 단 한 번도 친구든 누구든 데리고 오지 않았는데, 얼굴이 희고 예쁘게 생긴 부잣집 소녀같이 보이는 몸이 가냘픈 미란의 모습을 자세히 보았다.

"같은 반 아이에요."

"응, 그래. 인범아, 오늘 일기예보에 폭우가 온다는데 몰랐어? 빨리 동굴에 가. 옷이 다 젖었잖아."

최 상병이 빨리 가라고 손사래를 쳤다. 소나기가 본격적으로 퍼붓기 시작했다. 숲 속이라 나뭇잎에 내린 비가 잠시 머물다 아래로 떨어졌다. 소나기에 인범과 미란의 옷이 흠뻑 젖어 물이 뚝뚝 흘러내렸다.

걸음을 빨리 하려고 했지만 황톳길인 바닥이 물기를 머금어 미끄러웠다. 미란이가 넘어지려다 가까스로 중심을 잡으며 인범이의 팔을 꽉 잡았다. 인범은 어쩔 수 없이 미란의 손을 잡아 주어야 했다. 작고 가냘픈 미란의 손은 날씨와는 달리 따스하고 부드러웠다.

인범이와 미란은 비에 옷이 흠뻑 젖어 생쥐 꼴이 되었다. 인범은 몸이 약한 미란이가 감기가 들지 않을까 걱정이 되어 미란이의 얼굴을 자세히 보았다. 미란의 얼굴이 창백해져 있었고 푸르죽죽한 입술이 파르르 떨고 있었다.

갑자기 하늘에서 우르르 꽝꽝 천둥소리가 나더니 파란 불빛이 번쩍번쩍 일었다. 천둥소리를 신호로 비가 거세게 내렸다. 비를 맞으며 울프는 부지런히 앞서서 걷고 있었다. 인범은 힘들어하는 미란이를 보면서도 어쩔 수 없이 걸음을 빨리 하였다. 추위에 오래 있으면 몸이 약한 미란이가 감기가 들까 걱정이 되었기 때문이었다.

미란은 울퉁불퉁하고 미끄러운 산길을 인범의 팔을 꼭 잡고 열심히 걸었다. 세찬 바람에 나뭇가지들이 거칠게 흔들리고 굵은 빗줄기가 더욱 사납게 퍼부었다. 무엇보다도 온몸이 비에 젖어 추웠고 걸음을 빨리 하니 숨 쉬기가 힘이 들었다.

"미란아, 다 왔어. 조금만 참아. 저기 바위 밑이야."

미란은 인범이가 가리키는 쪽을 바라보았다. 커다란 바위가 보였다. 바위에 도착하자 울프가 구멍 속으로 쏙 들어갔다.

인범은 미란이의 고개를 수그리게 하고 동굴 안으로 데리고 들어갔다. 동굴 안은 먹물처럼 캄캄했다.

"미란아, 가만히 서 있어, 불을 켤게."

인범은 가방에서 손전등을 끄집어내어 비추며 동굴 구석 쪽에 걸려 있는 석유램프에 불을 붙였다. 석유램프는 개 아저씨가 고물상을 뒤져 어렵게 구했다고 했다. 캄캄하던 동굴 안이 서서히 밝아지고 있었다. 그러나 촉광은 전깃불에 비해 너무나 미약했다. 인범은 미란이를 위해 촛불 두 개에 불을 붙여 적당한 곳에 놓았다. 그래도 환한 전깃불에 익숙한 미란이에겐 물체만 구별할 수 있을 정도였다.

미란이는 추위에 떨면서도 밝아지는 동굴 안을 살펴보았다.

아, 이럴 수가! 사람이 어떻게 이런 동굴에서 살 수 있을까. 상상만 했던 짐승의 삶에 입이 벌어졌다. 전깃불도 없었다. 말로만 듣던 그 옛날의 원시적 삶이었다. 이건 사람의 집이 아니다. 짐승이나 살 수 있는 곳이다. 미란은 인범이가 너무 불쌍하여 눈물이 울컥 치밀어 올랐다.

"인범아, 왜 이런 곳에 살아?"

미란은 묻지 말아야 할 말을 했다.

"…… 그럼, 어떻게 잠잘 곳이 없는데……."

인범은 다시 한 번 말했다. 인범이는 공허한 대답을 하면서 그렇지 않아도 짐승이나 사는 동굴을 미란이에게 보여주어 부끄럽고 서글퍼져 가슴이 아팠다. 미란이가 그런 말을 묻지 않으면 좋았을 텐데. 미란이가 무심하게 뱉은 말이 속절없이 원망스러워 미란이를 막연히 바라보았다.

젖은 미란이의 옷에서 물이 뚝뚝 떨어지고 있었다. 미란이의 옷에서만 물이 떨어지는 것이 아니었다. 인범이의 옷에서도 떨어지고 있었다. 밖에서는 더욱 세찬 비바람이 몰아치는 소리가 들렸다. 한쪽 구석 제 자리에 간 울프는 몸을 부르르 털어 물기를 털고 혀로 털을 핥고 있었다.

"미란아, 우선 옷을 벗어. 감기 들겠어."

그래도 미란은 멍하니 인범과 동굴 안을 살펴보고 있었다. 너무나 굴곡진 비참한 인범의 삶에 자꾸만 눈물이 쏟아질 것 같았다.

'아, 부모가 없는 가난한 고아란 이런 거구나!'

"미란아, 잠깐 돌아서 줄래. 나 옷 좀 갈아입어야겠어."

미란은 조용히 돌아섰다. 인범은 젖은 옷을 벗고 수건으로 몸을 닦았다. 볼 박스에 든 러닝셔츠와 팬티를 찾아 입고 바지도 갈아입었다. 그리고 박스에서 빨래를 하여 둔 겨울옷을 집어 들었다. 옷이라야 한 계절에 한 벌밖에 없었다. 한 벌밖에 없기 때문에 일요일 햇빛이 나는 날을 택해 아침 일찍이 빨래를 해야 했다. 그래야 다음 날 옷을 입고 학교에 갈 수가 있었다.

인범은 미란이에게 젖은 옷을 그대로 입고 있으라고 할 수 없었다. 철이 아닌 옷이지만 미란이에게 옷을 갈아입도록 해야 했다. 인범은 팬티를 집으려다 잠깐 망설였다. 그러나 차마 머슴애 팬티를 미란이에게 입으라고 할 수 없어 다시 잠깐 망설이다 팬티도 집어 들었다.

"미란아, 옷 다 입었어. 너도 옷 벗어 말려야 하잖아. 우선 내 옷이라도 입어. 비에 젖은 옷을 그냥 입고 있으면 감기 들어."

미란은 망설였다. 아무리 초등학생이지만 머슴애의 옷을 입는다는 것은 망설이지 않을 수 없었다. 인범이가 주인답게 다가와 미란이에게 자신의 러닝과 티셔츠를 미란이 손에 쥐어 주었다. 미란은 다시금 몸을 부르르 떨었다. 그리고 재채기가 튀어 나왔다.

"미란아, 감기 들겠다. 빨리 갈아입어. 미안해, 남자 옷이라……."

인범은 몸이 약한 미란이가 감기에 걸릴까 매우 걱정이 되었다.

"인범아, 이젠 네가 돌아서 줘."

미란은 젖은 원피스를 벗었다. 그리고 조금 망설이다 몸을 돌려 힐끔 인범이를 보았다. 인범이는 조용히 돌아서 있었다. 미란은 피식 웃음이 났다. 그리고 속옷을 하나하나 벗었다.

미란이의 영글지 않은 알몸이 드러났다. 미란은 6학년 13살이 되고 초경이 있고 얼마 후부터 몸에 변화가 오기 시작했다. 엉덩이도 제법 커졌고 밋밋한 가슴이 부풀기 시작하더니 젖꼭지가 조금씩 커지고 있었다. 허리도 굴곡이 지면서 처녀의 몸으로 변화하고 있었다.

팬티를 벗으려다 잠깐 망설였다. 미란은 다시 인범을 힐끔 보고 팬티마저 벗었다. 미란은 자신도 모르게 얼굴이 화끈 달아올랐다. 미란은 수건으로 몸을 닦고 러닝셔츠를 손에 들었다. 빨아 놓은 러닝셔츠인지 낡은 러닝셔츠에 작은 구멍이 숭숭 나 있었다. 팬티도 있었다. 미란은 인범이가 입었을 팬티를 자신이 입으려니 또다시 망설여졌다. 미란은 평생 처음 머슴아이의 팬티 아니 인범의 팬티를 입으려니 묘한 감정이 일렁거렸다. 그러면서 인범이의 체취가 있는 팬티를 입고 싶었다.

미란의 얼굴이 다시 화끈거렸다. 가슴도 벌렁거렸다. 여자로 태어나 처음 느껴보는 묘한 두근거림이었다. 미란은 얼른 팬티를 입었다. 순간 가슴이 또다시 벌렁거리고 호흡도 거칠어지면서 심장이 콩닥거렸다. 심장의 박동소리가 인범이에게 들릴까 가만히 손으로 가슴을 눌렀다.

값싸게 보이는 티셔츠와 바지였다. 남자 옷이라 그런지 아니면 인범이가 키가 커서 그런지 옷이 모두 컸다. 미란은 소매를 걷었다. 그리고 바지도 한 단 걷었다.

"인범아, 옷 다 입었어. 그런데 젖은 옷은 어디에 말려?"

미란의 목소리가 떨리고 있었다. 인범의 티셔츠와 바지를 입은 얼굴이 아까보다 더 화끈거렸다.

인범은 머슴애 옷을 입은 미란이의 모습이 우스꽝스러워 히죽이 웃으며 미란이의 젖은 옷을 받아 한쪽 구석에 가서 비틀어 짜고 힘껏 털었다. 그리고 동굴에 걸쳐둔 대나무 작대기에 널었다. 미란은 어색한 분위기를 바꾸려는 듯 명랑한 목소리로 농을 쳤다.

"인범아, 머슴애 옷을 입은 내 모습이 어때?"

"좀 이상하다. 그래도 예뻐."

"정말?"

인범은 머슴애의 옷을 입은 미란이의 아래위를 훑어보며 또다시 피식 웃었다.

"왜 웃어?"

"아니야. 가만있어. 내가 불을 피울게. 금방 따뜻해질 거야. 미란아, 이불 속에 들어가 있어."

미란은 인범이가 이끄는 대로 이불 속에 들어갔다. 머슴애의 냄새가 물씬 났다. '아, 머슴애의 냄새가 이런 냄새구나.' 바닥에 군용 담요가 깔려 있었다. 그런데 바닥이 의외로 폭신했다. 인범이가 땅기운을 차단하기 위해 마른 풀을 겹겹이 깔았기 때문이었다.

미란은 울프를 찾았다. 울프가 자기 잠자리인지 동굴 구석에 마른 풀이 깔린 자리에 얌전히 누워 있었다.

인범은 반을 잘라 만든 드럼통에 불쏘시개로 준비해 둔 마른 낙엽을 넣고 불을 지피고 그 위에 마른 장작을 얹었다. 연기가 동굴 안에 가득하더니 불길이 살아나면서 동굴 안을 밝게 비추었다. 평소 매캐한 연기를 접하지 않았던 미란은 연기에 기침이 나고 눈이 따가워 눈물이 났다.

"미란아, 조금만 참아. 곧 연기가 빠져나갈 거야."

인범이 말대로 동굴 안에 가득하던 연기가 일부러 뚫어 놓은 것 같은 구멍으로 서서히 빠져나가고 있었다. 구멍이 자연스럽게 굴뚝 역할을 하고 있었다. 기침도 멈추어지고 눈물도 더 나오지 않았다.

미란은 조금 전 인범이가 불쌍해 우울하고 두근거렸던 감정이 어느덧 사라지고 새로운 환경에 점점 재미가 나고 있었다. 장작에 불이 붙어 불꽃이 동굴 안을 환히 밝히자 미란은 담요 속에서 얼른 나와 인범의 곁에 바짝 붙어 불을 쬐었다. 인범이가 자기 옆에 바짝 다가앉는 미란이를 힐끔 보더니 약간 비켜 앉았다. 미란이가 다시 바짝 붙어 앉으니 인범은 다시 한 번 미란이를 힐긋 보더니 그대로 가만히 있었다. 불꽃이 잘 마른 장작에 붙어 활활 타고 있었다. 인범이가 장작 몇 개를 더 불꽃 위에 얹고는 미란이와 조금 떨어져 앉았다.

"인범아, 왜 자꾸 떨어져 앉아? 나 추워."

미란은 두 팔로 인범이의 팔을 잡으며 옆구리에 파고들었다. 부드러운 미란이의 살의 촉감이 인범에게 전달되었다. 인범은 여자아이의 살결이 머슴아이와는 달리 너무 부드러워 묘한 감정이 인범이를 혼란하게 했다.

동굴 안이 서서히 열기로 채워지면서 따뜻하게 데워졌고 장작불이 피면서 점점 밝아졌다. 미란이는 두 팔로 인범이의 팔을 잡고 머리를 인범이의 어깨에 기댄 채 찬찬히 동굴 안을 살펴보았다. 동굴 안은 아늑하고 제법 넓었다. 의외로 동굴은 잘 정돈돼 있었다. 부엌도 있었고, 낡았지만 작은 밥상 하나가 있고, 널판자 위에 양념통 같은 뚜껑이 있는 병 몇 개가 있었다. 그릇은 밥과 반찬을 함께 담을 수 있는 스테인리스로 만든 군용 식판 하나가 전부였다. 그리고 컵에 큰 숟가락과 작은 숟가락, 그리고 쇠젓가락 두 개가 꽂혀 있었다. 세간 옆에 물을 담아 놓는 독 하나와 세숫대야, 너무나 간단한 살림살이였다. 이불도 간단했다. 옷은 동굴의 바위 사이에 꼭 끼워 고정시켜 둔 대나무 장대에 걸쳐 있었다. 한쪽 구석엔 각목으로 만든 것도 있었다.

동굴 한 구석에 장작과 마른 나뭇가지들이 가지런히 쌓여 있고 그 옆에 땔감과 불쏘시개로 쓸 낙엽도 쌓여 있었다.

"인범아, 장작은 네가 준비했니?"

"아니야. 개 아저씨가 주셔서 가져왔어. 이젠 내가 겨울 준비를 할 거야. 아저씨가 도끼랑 낫이랑 톱도 주셨거든."

"인범아, 저 각목으로 만든 게 뭐야?"

"응, 여름에 모기장을 치기 위해 만든 거야."

갑자기 머리 위에서 우르르 꽝꽝 동굴이 무너지는 듯한 천둥소리가 들렸다.

"엄마!"

천둥소리에 깜짝 놀란 미란이가 인범이의 목을 끌어 안았다.

울프도 놀라 벌떡 일어나 귀를 쫑긋 세우며 바깥의 동정에 귀를 기울였다. 세찬 빗소리가 굴 안까지 들려 왔다.

"천둥소리가 그렇게 겁이 나니?"

"……."

인범은 목을 안고 있는 미란이의 팔을 풀며 미란이를 달랬다. 화초처럼 자란 미란이와 야생에서 들개처럼 자란 인범이와는 삶의 본질이 극명하게 달랐다. 같은 학년이면서 꼭 어린이와 어른의 차이였다.

인범은 널판자로 동굴 입구를 막으면서 내리퍼붓는 소낙비에 불안했다. 폭우가 그쳐야 하는데, 이렇게 폭우가 쏟아지면 계곡 물이 넘쳐 미란이가 집에 갈 수 없을 것이다.

인범은 동굴 밖을 보기 위해 조금 전에 막았던 널판자를 들어내고 밖으로 얼굴을 내밀었다. 줄기찬 비가 얼굴에 금세 물세례를 퍼부었다. 손으로 얼굴의 비를 닦아 내는 인범의 얼굴은 짙은 그늘이 졌다.

그러나 인범이의 걱정과는 달리 미란은 재미가 쏠쏠했다. 동화 속에서만 보았던 꿈같은 낭만을 현실로 즐기는 것이었다. 모든 것이 신기했다. 인범이와 소꿉살림 놀이를 하는 것 같았다. 인범이는 아빠고 나는 엄마라는 착각이 들었다. 엄마, 아빠가 나란히 자듯이 인범이와 나란히 자고 싶었다. 미란이는 그런 상상을 하다 얼굴이 화끈거리고 왠지 가슴이 벌렁거렸다.

동굴은 묘하게도 인범이를 위해 생긴 것 같았다. 연기가 나가고 공기가 통하도록 구멍이 세 개 뚫어져 있었다. 겨울에는 구멍으로 찬바람이 들어와 추울 것 같았다.

이곳은 골이 깊은 산이라 비가 많이 오면 큰 계곡은 범람하고 초소로 가는 작은 계곡은 물이 넘쳐 길이 막혀 버리곤 했다. 인범은 수영을 하여 물살이 약한 곳을 골라 건너갈 수 있겠지만 미란이는 건너갈 수도 없을 것이다. 그보다 옷을 입고 계곡을 건너면 젖은 옷을 입은 채로 집까지 가야 한다. 만약 계속 폭우가 쏟아지면 오늘 집에 갈 수 없을 것이다.

걱정이 자꾸만 인범의 뇌리를 무겁게 짓눌렀다. 인범의 얼굴이 깊은 수심에 젖었다. 그러나 인범이와는 달리 미란이는 전혀 걱정을 하는 기미가 보이지 않았다. 인범은 걱정을 털어 버릴 듯 장작을 불꽃 위에 얹었다. 미란은 인범이가 방금 얹은 장작 타는 소리가 타닥타닥 나는 것이 퍽 운치가 있어 재미가 있었다. 여름에 학교에서 걸스카우트 야영장에서 캠프파이어 할 때가 떠올라 기분이 좋았다.

불꽃이 피어나면서 동굴 안은 밝고 훈훈했다. 인범은 일어나 젖은 옷을 만져 보았다. 옷에서 모락모락 김이 나고 있었다. 그러면서 폭우에 신경이 날카로워져 구멍에서 떨어지는 물방울을 치어다보았다. 쉽게 그칠 것 같지 않았다.

점심때가 지나고 있었다. 미란이에게 밥을 먹여야 했다.

"미란아, 배고프지? 우리, 라면 끓여 먹자."

인범은 반찬이 없다는 것을 생각했다. 미란은 부잣집 딸이라 자기처럼 반찬이 겨우 말린 멸치와 보리쌀이 많이 섞인 보리밥을 먹게 할 수 없었다. 그래서 라면을 먹자고 한 것이다.

　미란이는 인범이와 단 둘이 동굴에 있는 것이 너무 좋았다. 인범인 사내아이라 아직 이성에 눈을 뜨지 않았지만 초경을 시작한 미란은 아련히 이성의 감정을 느끼고 있었다. 그것이 동갑내기 남녀의 성장 차이이고, 생리 차이인 것이다.

　"라면 잘 끓일 줄 알아?"

　"응, 라면을 자주 끓여 먹어."

　미란은 인범이가 쇠로 만든 쓰레받기에 벌겋게 이글거리는 드럼통의 불더미 아래쪽의 숯불을 가득 담아 화로에 옮겨 넣고 냄비에 물을 부어 끓이는 것을 지켜보았다. 화력이 좋아 그런지 냄비의 물이 금세 끓었다. 인범이가 라면을 냄비에 넣고 양념을 풀어 넣는 익숙한 솜씨를 보아 라면을 한두 번 끓여 본 것 같지 않았다. 미란이는 엄마가 있고 가정부가 있어 아직까지 라면 한번 끓여 보지 않았는데 인범이는 살림을 사는 주부 같았다.

　"인범아, 너 라면 많이 끓여 봤구나."

　"…… 응, 자주 끓여 먹어."

　인범은 냄비에서 라면을 한 그릇 덜어 낡은 밥상에 놓았다. 그러나 바닥이 고르지 않아 밥상이 비스듬히 기울자 밥상을 이곳저곳으로 옮겨 조금 평평한 곳에 밥상을 고정시켰다. 인범은 구석에 놓여 있는 찌그러진 알루미늄 그릇에 라면을 나누어 담았다. 그리고 찬물을 부었다.

　"인범아, 왜, 찬물을 부어? 누가 먹을 거야?"

　"이건 울프가 먹을 거야. 울프에게 뜨거운 것을 먹이면 안 돼."

　그러고는 인범은 냄비를 밥상에 놓았다. 그리고 작은 통을 열고 멸치 한 주먹을 작은 그릇에 담긴 고추장과 함께 밥상에 내어놓았다. 미란은 조용히 인범이가 하는 것을 보고만 있었다.

"자, 미란아. 라면 먹자. 그릇에 담긴 라면은 네가 먹어."

미란은 밥상을 보았다. 지금까지 미란이가 받아 본 중에 가장 초라한 밥상이었다. 반찬은 달랑 말린 멸치가 전부였다. 라면에서 김이 모락모락 나고 있었다. 미란은 시장기가 동했다. 젓가락을 들고 라면을 먹으려니 울프가 대야에 담긴 라면 앞에 얌전히 앉아 먹고 싶은지 혀로 입 주위를 핥고 있었다.

인범은 냄비에 담긴 라면을 후르르 소리를 내면서 먹기 시작했다. 인범은 라면을 먹다 말고 그 사이 플라스틱 통에 담긴 라면이 식었는지 새끼손가락을 담가 보았다. 그러고는 보리쌀이 많이 섞인 찬밥을 라면에 넣고 나무 막대기로 라면과 밥을 섞고는 울프에게 내밀었다. 울프가 배가 고픈지 게걸스럽게 먹었다. 미란은 집에서 먹는 라면과 맛이 달랐다. 마른 멸치를 달콤한 고추장에 찍어 먹는 맛이 너무 좋았다.

미란은 인범이가 라면을 먹고 국물에 보리밥을 몇 숟가락이나 덜어 먹는 것을 보고 의아해 했다.

"인범아, 넌 살도 찌지 않았으면서 밥을 많이 먹는구나."

인범은 숟가락으로 입안 가득히 보리밥을 떠 넣다 말고 미란이의 얼굴을 물끄러미 바라보며 부끄러운 표정을 짓더니 밥을 꿀꺽 삼키고 말을 했다.

"미란아, 난, 밥 외는 아무것도 먹지 않아. 그리고 난 많이 걸어서 살이 찌지 않는 것 같아. 그리고 배가 쉽게 고파져."

미란은 인범이처럼 라면 국물에 밥을 넣어 먹고 싶었다. 미란은 분위기와 환경에 따라 식욕이 달라진다는 것을 알았다. 집에서는 전혀 느껴보지 않은 식욕이었다.

"인범아, 나도 라면 국물에 밥 좀 넣어 줘."

인범은 의외라는 듯 미란을 보더니 말없이 보리밥 한 숟가락을 덜어 라면 국물에 넣어 주었다.

"인범아, 멸치를 고추장에 찍어 먹으니 참 맛있다. 고추장이 달구나."

인범은 미란이가 밥을 잘 먹지 않는 줄 알았는데 많이 먹는 것을 보고 기분이 좋았다.

"응, 고추장에 설탕을 조금 넣었어."

"어쩜 넌 그런 것도 할 줄 알아?"

"개 아주머니에게서 배웠어."

"개 아저씨와 아주머니는 너에게는 부모 같은 분이구나."

"응, 그래. 고마운 분들이야. 그런데 미란아, 너 반찬도 없는데 밥 많이 먹는구나. 그렇게 먹으면 몸이 약하지 않을 것인데 왜 몸이 약해?"

"나, 밥 많이 먹지 않아. 동굴에서 너와 같이 밥을 먹으니 많이 먹혀. 이상해. 다음에 나, 종종 여기와도 돼?"

"……."

"왜, 내가 오는 게 싫어?"

"미란아, 네가 올 곳이 아니야. 다른 사람은 못 들어오는 곳이야. 오늘은 군인 아저씨가 그냥 출입을 시켜 주었지만, 개 아저씨도 여기 한번도 못 들어왔어. 나도 돈 벌면 아저씨처럼 판잣집을 지어 나가야겠어. 그런데 언제 돈이 모아질는지."

허황한 공상을 말하는 인범의 얼굴에 깊은 그늘이 드리워졌다.

"인범아, 너 돈 모으는데, 나도 보탤까?"

"…… 아니, 그러지 마. 이건 나의 일이야. 내 힘으로 할 거야."

"……."

미란은 인범이의 가난한 삶을 보았다. 반찬은 너무나 초라했다. 미란의 어머니는 음식을 고루 먹고 영양가 있는 음식을 잘 먹어야 몸이 튼튼하고 키가 큰다고 하면서 언제나 맛있는 음식을 차려 주었지만, 미란은 늘 밥을 떼즉떼즉 먹었다. 어머니는 고양이처럼 밥을 적게 먹으니 건강할 수 있느냐고 잔소리를 했지만 미란은 밥맛이 없어 적게 먹었다.

그때 또다시 연거푸 우르르 꽝꽝 천둥소리가 터지더니 벼락이 치는지 새파란 빛이 구멍으로 들어왔다. 미란이는 아까보다는 덜 놀랐지만 눈을 동그랗게 뜨고 인범을 보았다. 인범은 생각보다 비가 많이 내려 걱정이 짙어졌다. 이렇게 비가 계속 오면 미란이는 오늘 집으로 갈 수 없을 것이다.

"미란아, 천둥소리가 겁나니?"

"산속이라 무섭게 들려, 네가 있어 겁이 덜 나지만. 인범아, 너 이렇게 깊은 산속에 혼자 자면 밤에 무섭지 않아?"

"왜 혼자야, 용감한 울프가 있는데. 토굴에 혼자 잘 땐 무서웠어. 한밤중에 짐승이 내려와 부스럭거리는 소리가 나곤 했어."

"어머! 산속은 더 무섭지 않아?"

"걱정 없어, 울프가 있잖아. 그리고 무기를 준비해 두었어."

"무슨 무기?"

인범은 일어나 머리맡에 둔 긴 창을 들고 나왔다. 창은 끝이 날카로웠다.

"어머, 무서워! 위험하지 않아? 어디서 구했어?"

"아저씨가 이 산은 통제구역이라 산돼지 같은 짐승이 있다며 무기가 있어야 한다고 했어. 아침에 갈 때 초소에 두고 동굴에 올 때 들고 와. 난 토요일 외에는 저녁 늦게 집으로 오거든."

"정말 너에겐 좋은 분이시구나."

미란이는 학교에선 말이 없던 인범이가 주인 노릇을 하느라고 이런 저런 말을 하는 것을 보고, 평소 말이 없는 무뚝뚝한 성격이라고 생각했었는데, 오늘 보니 인범이가 다정하고 자상한 아이 임을 알 수 있었다. 환경이 인범이를 그렇게 만든 것이라고 생각했다.

라면을 맛있게 먹은 미란은 길게 기지개를 켰다. 미란은 이렇게 라면을 맛있게 먹어 본 것은 처음이었다. 인범이와 이렇게 매일 같이 밥을 먹으면 금세 살이 찔 것 같았다. 아마 미란이가 집에서 먹는 음식이 아닌 음식이라 그런지 몰랐다. 미란은 피곤이 엄습했다.

"인범아, 나 졸려. 잘래."

미란은 잠을 자기 위해 이불 속으로 파고들었다. 깨끗한 주택에서 생활하는 미란이지만 더럽다든지 냄새가 난다는 생각은 전혀 들지 않았다. 오히려 인범이의 체취가 배인 잠자리가 아늑하게만 느껴졌다. 미란은 자신도 모르게 인범의 체취를 맡기 위해 코를 킁킁거렸다. 미란은 여자로 태어나 아련한 풋사랑이 아니, 첫사랑이 모락모락 피어나고 있었다.

3

인범은 바깥에 신경이 곤두섰다. 밖에서는 여전히 비가 줄기차게 내리고 있었다. 비가 그쳐야 하는데, 지금 그쳐도 계곡의 물이 줄어들려면 오랜 시간이 걸릴 것이다. 어둡기 전에 동굴을 나서야 하는데……. 어느새 잠이 들었는지 미란은 가볍게 코를 골며 잠이 들어 있었다.

인범은 잠을 자는 미란의 모습을 물끄러미 바라보았다. 하얀 피부에 새카만 눈썹, 코가 오뚝하고 입술이 도톰했다. 미란이가 참 예쁘다고 생각했다. 미란은 부잣집 딸이다. 자신과는 무엇 하나 비교할 수 없는 환경에서 사는 미란이가 짐승이나 자는 동굴에서 잠을 자니 괜히 미안했다. 미란이는 무엇이 부족해서 쓰레기 같은 삶을 살아가는 산속을 구경하고 싶다고 하는지 의문스러웠다. 짐승이나 살 수 있는 동굴을 보고 어떻게 생각할지 궁금했다.

훨훨 타던 드럼통의 불꽃이 사위어지고 있었다. 인범은 일어나 불꽃이 일어나도록 장작 몇 개를 X 자로 불 위에 더 얹었다. 인범이가 아저씨 집에서 장작불을 뗄 때, X 자로 얹어야 불이 잘 붙는다고 가르쳐 주었기 때문이었다.

사위어 가던 장작불이 되살아나면서 불꽃이 일었다. 장작불이 타닥타닥 타는 소리가 장작끼리 속삭이는 것 같았다. 타오르는 불꽃을 보니 평화스럽고 운치가 있었다. 장작은 아저씨가 참나무를 일 년 내내 양지쪽에 말려 둔 것을 리어카에 실어 인범이에게 가져가게 했다.

참나무 장작은 소나무나 다른 장작보다 연기가 덜 나고 불땀이 좋다고, 동굴에서 피우기가 안성맞춤이라고, 무엇보다도 타고 난 다음 재가 되지 않고 숯이 된다고 일부러 챙겨 주셨다. 숯을 모아 사용하면 연기도 나지 않고 불땀이 좋았다.

인범은 무릎에 두 팔을 깍지를 하고 시름에 잠겼다. 동굴은 적막이 흐르고 있었다. 바깥은 쇄쇄 하는 소리를 내며 비가 줄기차게 내리고 있었다. 빗소리가 인범의 가슴에 젖어드는 것 같아 까닭모를 서글픔과 외로움이 밀려들었다. 적막한 시간이 흘렀다. 인범은 미란이의 머리맡에 앉아 잠이 든 미란이의 모습을 물끄러미 내려다보다 깜빡 잠이 들었다.

한참을 잔 미란이가 잠에서 깨어 주위를 둘러보았다. 램프의 불이 동굴을 비추고 촛불이 바람에 일렁거리는 것이 보였다. 아, 동굴이구나! 미란은 잠깐 잠이 들어 자신이 동굴에 있다는 것을 잊었다. 인범이가 머리맡에서 두 무릎에 깍지를 하고 졸고 있는 것이 보였다.

"어머, 인범아. 그렇게 자면 어떻게 해. 나 때문에 눕지를 못하는구나. 이리 들어와."

미란은 대담한지 순진한지 같이 눕자고 이불을 들어 틈새를 만들어 주었다.

"일어났어? 나도 깜빡 잠이 들었네. 미란아, 너의 부모님 걱정 많이 하겠어. 이렇게 비가 많이 오면 계곡에 물이 불어 오늘은 갈 수가 없을 거야. 연락을 해야 하잖니?"

인범은 지난번 토굴이 무너졌을 때, 계곡에 물이 많아 건널 수 없었다는 것이 기억이 났다. 오늘 비가 그때보다 더 많이 내리고 있음을 알고 걱정이 되었다.

"괜찮아, 전에도 친구 집에서 자고 가긴 했어. 전화하면 돼."

"미란아, 여긴 전화가 없어. 내가 초소에 가서 전화하고 올게. 너희 집 전화번호 알려 줘."

"물이 불어 갈 수 없다면서."

"나는 갈 수 있어. 수영을 해서 건너면 돼."

"위험하지 않아?"

"그래도 전화해야 해. 전화번호 알려 줘."

"위험하면 가지 마. 내일 가면 돼. 나 여기서 너하고 자고 싶어."

미란은 인범이와 자고 싶다고 힘주어 말했다. 인범은 그 말의 의미를 몰랐다. 친구 집에 하룻밤 자고 가는 것이라고 생각하면서도 미란이가 여자아이란 것에 왠지 모를 묘한 감정이 가슴을 복잡하게 흔들었다.

"미란아, 전화번호 알려 줘. 비가 많이 와서 못 간다고 내가 연락하고 올게."

미란이의 부모에게 알려야 한다. 미란은 어린아이처럼 아직도 응석을 부리고 있다. 미란은 부잣집 고명딸이다. 나처럼 죽어 없어져도 슬퍼해 줄 사람이 없는 천애의 고아가 아니다. 딸이 폭풍우가 몰아치는 날 집에 오지 않으면 밤새 잠 못 이루며 기다릴 것이다. 내가 계곡을 건너다 죽을지라도, 초소에 가서 미란이가 여기 있다고 알려야 한다.

그래, 가자! 각오를 한 인범은 일어나 박스에서 반바지를 끄집어내어 입고 혁대를 단단히 졸라매었다. 급류에 바지가 벗겨지면 안 된다. 미란이는 골이 깊은 이 산골의 급류가 얼마나 무서운지 모른다. 인범은 웃옷을 벗었다. 웃옷은 수영을 하는데 불편하다. 그보다 어차피 비에 흠뻑 젖을 것이다. 다시 한 번 혁대를 단단히 죄어 매고 배낭을 짊어졌다.

미란은 군살이 없어 여위게 보이는 인범이의 초라한 상체를 물끄러미 바라보았다.

"미란아, 빨리 전화번호 알려 줘 빨리."

"전화 안 해도 된다니까."

"안 돼, 알려 줘, 빨리."

"위험하다며."

"난 수영을 잘해. 걱정 마, 빨리 알려 줘."

미란은 인범의 단호한 말에 전화번호를 알려 주었다.

"78-5004번이야. 꼭 가야 해?"

인범은 종이에 적으려다 종이가 물에 젖으면 지워진다는 것을 알고 그만 두었다. 암기할 수 있을 것 같아 몇 번이나 외었다.

"인범아, 웃옷을 벗으면 추울 텐데."

미란은 안쓰러운 얼굴로 인범을 보았다.

"안 추워."

"춥게 보여."

"어차피 밖에 나가면 흠뻑 젖어."

어른 같은 소리였다.

인범이가 동굴을 나가려니 울프가 따라 나섰다.

"울프, 오지 마. 나 혼자 갔다 올게, 넌 미란이와 같이 있어, 알았어?"

인범이가 눈을 부라리며 울프를 노려보며 동굴을 나섰다. 판자를 젖히자 바람과 비가 한꺼번에 들어왔다. 인범이가 동굴을 나서자 비가 인범에게 쏟아졌다. 동굴은 지대가 높아 물이 들어오지 않지만 계곡의 물이 범람하여 길을 덮어버려 길이 보이지 않았다. 그러나 인범은 눈에 익은 지점을 찾아 물속을 걷기 시작했다.

물이 무릎까지 차올랐다. 인범은 맨발이었다. 신을 신으면 수영하기가 어렵기 때문이었다. 인범은 물을 박차고 걷기 시작했다. 신을 신지 않아 돌에 차일까 물을 헤치며 조심조심 걸었다.

길은 완전히 없어졌다. 계곡은 나무를 뿌리째 뽑을 듯 격류가 노도처럼 콸콸 소리를 내며 흐르고 있었다. 겁을 먹은 인범은 급류를 바라보다 발길을 돌렸다. 헤엄을 쳐 건널 자신이 없었다. 등산 용구점에서 빨랫줄을 하기 위해 사다 둔 암벽을 타는 줄을 가져오기 위해서였다.

물을 흠뻑 뒤집어쓰고 돌아온 인범이를 보고 미란이가 걱정이 되어 물었다.

"인범아, 왜 돌아왔니? 물이 너무 많아 못 가겠니? 가지마. 내일 가면 돼, 인범아."

미란이가 말렸다.

"걱정 마, 줄을 가져가면 돼."

인범은 적당한 길이로 잘라 양끝을 촛불에 태웠다. 나일론이 섞인 섬유라 끝이 타면서 플라스틱 타는 냄새가 났다. 불을 끄고 줄이 풀리지 않도록 손가락으로 진득진득한 한쪽 끝을 뭉치려다 얼른 손을 떼었다. 굳지 않은 플라스틱 액체가 뜨거웠기 때문이었다.

인범은 줄 끝이 식기를 기다려 손끝으로 뭉치고는 비장한 각오를 한 듯 굳은 표정으로 다시 동굴을 나섰다. 동굴을 나서는 인범이를 근심이 가득한 미란이의 시선이 따라 가고 있었다. 인범은 범람한 물길에서 길을 찾으며 미란의 집 전화를 잊지 않으려고 '78-5004'를 암송하면서 걸었다.

계곡 앞에 선 인범은 성난 폭도처럼 포말 덩어리가 되어 내려가는 세찬 격류를 한참 동안 두려운 눈으로 바라보며, 어떻게 건너갈까 생각을 하며 줄을 풀었다. 두려움이 가슴을 죄었다. 죽을지도 모른다는 두려움에 망설여졌다. 그러나 미란이의 부모에게 알리기 위해서는 건너야 한다는 압박감이 인범이를 격류로 몰아넣고 있었다.

인범은 한쪽 끝을 계곡 가까이 있는 굵은 나무에 감아 당겨 길이가 똑같이 되게 하여 끝을 묶어 허리에 단단히 묶었다. 물살에 떠내려가면 줄에 매달리기 위해서였다. 인범은 고향에서 형들처럼 먼저 심장마비를 예방하기 위해 찬물을 가슴에 적시고 격류에 뛰어 들었다.

거센 물결이 어린 인범이를 물속으로 집어삼켰다. 인범은 물속에 파묻혀 떠내려가면서 두 손으로 끈을 단단히 잡고 악착같이 끈에 매달렸다. 줄이 탱탱해지면서 물속에서 인범이의 머리가 나왔다. 인범이는 더 이상 떠내려가지 않았다. 있는 힘을 다하여 악착같이 두 발, 두 팔을 허우적거리며 자유형으로 건너편 나무를 잡으려고 안간힘을 썼지만 세찬 물살에 떠밀려 몇 번을 실패했다. 세찬 물살이 인범의 몸을 물 중앙으로 끌고 가려고 했지만 줄이 인범의 몸을 잡아 주었다.

물살이 주기적으로 세어졌다 약해졌다를 반복하고 있었다. 인범은 물살이 약한 때를 기다려 다시금 헤엄을 쳐 간신히 오른손으로 물가에 쳐진 나뭇가지를 잡아당겨 땅에 올랐다.

탈진한 인범은 땅 위로 올라서자마자 큰 대 자로 땅바닥에 누웠다. 기진한 몸을 추스르기 위해 숨을 몰아쉬며 한참이나 누워 있었다. 힘을 저장하고 일어난 인범은 허리에 묶인 줄을 풀고 한쪽 끝을 당겼다. 줄이 풀리면서 줄 끝이 돌아왔다.

인범은 계곡을 건너면서도 '78-5004'를 잊지 않으려고 되풀이 암송하면서 초소를 향해 걷기 시작했다. 번호를 잊어버리면 다시 동굴로 돌아가야 하기 때문이었다.

초소에 도착하니 김 일병이 생쥐 꼴이 된 인범이를 보고 깜짝 놀랐다. 인범이의 입술이 파랗게 변해 있었다.

"인범아! 너 어떻게 계곡을 건너왔니?"

그러면서 인범이가 손에 든 줄을 보고 더욱 놀란 표정으로 보았다.

"너 인마, 위험한 짓 했구나! 잘못하면 죽어 인마! 왜 미련한 짓을 하는 거야?"

"아저씨, 전화 좀 빌려 줘요. 우리 반 아이가 오늘 집에 못 간다고 전화 해야 해요."

"인마! 이 폭풍우에 당연히 못 가지."

김 일병은 공무로 쓰는 국방색 전화기 옆에 있는 검정색 일반 전화기를 가리켰다.

김 일병은 마른 수건으로 얼른 인범의 몸을 닦아주었다.

인범은 전화기를 들었다. 그리고 심호흡을 하고 다이얼을 돌렸다. 전화 통 앞에서 미란이의 전화를 기다리고 있었는지 첫 신호에 전화를 받았다

"미란이야?"

"……."

미란이 어머니인 듯한 다급하고 불안한 목소리가 전화선을 타고 인범의 귀에 빨려 들었다. 인범은 뭐라고 말을 해야 할지 몰라 잠시 머뭇거렸다.

"미란아, 어디 있니? 이렇게 폭풍우가 치는데, 미란아! 미란아!"

계속 다급한 목소리로 미란이의 어머니는 애타게 미란이를 확인하고 있었다.

"아주머니, 저 미란이 같은 반 친구 고인범이라고 합니다."

"누구? 미란이랑 같은 반, 고 누구라고?"

"고인범입니다."

"고인범? 아, 너 신문배달 아이 아니야?"

미란이 어머니는 인범이란 고아가 자기 반에 전학 왔다는 말을 미란이에게서 여러 번 들었다. 아이가 불쌍하다고 하는 말도.

"네, 맞습니다. 아주머니, 미란이가 저와 같이 있습니다. 걱정하실 것 같아 전화했습니다."

"너희 집이 어디야? 데리러 갈게."

다급한 목소리였다.

"아주머니, 이곳은 깊은 산속이라 차가 올 수도 없고 물이 넘쳐 미란이가 갈 수가 없습니다."

"뭐? 산속……?"

잠시 말이 끊어지더니 이내 굵직한 남자 목소리가 인범의 고막을 박살낼 듯 뇌성벽력이 쳤다.

"야, 인마! 네놈이 감히 우리 미란이를 꼬셔 산속에 데리고 가! 이 고아 놈의 거지새끼. 이 새끼, 우리 미란일 어찌 하면 죽여 버릴 거야, 이 개새끼!"

"……."

인범이는 아무 소리도 못하고 가만히 듣기만 있었다. 고아 놈의 거지새끼, 이 한 마디가 인범의 가슴을 비수로 찌르듯이 격심한 고통을 주었다. 눈물이 울컥 솟구쳤다. 인범은 이를 악물고 솟구치는 눈물을 삼키었다. 눈물을 삼키는 턱이 실룩거렸다.

전화선을 타고 들려오는 독한 고성이 소화기를 빠져나가 김 일병에게도 들렸다. 분노한 김 일병이 죄지은 듯 말을 못하고 있는 인범이를 보고 있었다. 김 일병은 지금까지 고아인 인범이가 너무나 어렵게 산속에 삶의 터전을 잡고 사는 것이 안쓰러워 지켜보고 있었는데, 오늘 보니 같은 반 소녀의 부모에게 알려 주기 위해 목숨을 걸고 계곡을 건너온 인범이가 이렇게 용감하고 의리가 있는 줄 몰랐다.

그런데 딸의 안전을 알려 주기 위해 위험을 무릅쓰고 계곡을 건너 딸의 거처를 알리는 인범이에게 욕설을 퍼붓고 야단을 치는 것을 듣고 울분이 차올라 더 이상 듣고 있을 수가 없었다. 김 일병은 인범의 손에서 전화기를 날름 낚아챘다.

"여보세요! 너무 심하지 않습니까? 인범이가 위험을 무릅쓰고 계곡을 건너와 당신 딸의 거처를 알리는데 고맙다는 말은 못 할지라도 그렇게 욕을 하고 야단을 쳐야 합니까?"

"당신은 뭐야?"

잠시 여자와 남자가 다투는 소리가 들리더니 여자가 전화를 바꾸었다.

"미안합니다. 우리 미란이 아빠가 성질이 급해서 실례했습니다. 누구세요?"

김 일병은 아주머니의 사과의 말을 듣고 분노를 삭이고 말을 했다.

"아주머니, 인범이가 살고 있는 산의 경비병입니다. 인범이가 위험한 계곡을 몸에 줄을 묶고 건너와 딸과 같이 있다고 전하려고 전화가 있는 이곳까지 왔습니다. 아이가 있는 곳엔 전화가 없습니다. 그리고 아이가 돌아갈 때 물에 떠내려가지 않고 안전하게 갈 수 있을지 걱정입니다."

"그래요. 전화를 하려고 위험하게 왔군요. 인범이라는 아이 좀 바꾸어 주세요."

김 일병은 말없이 전화기를 인범에게 주었다.

"인범이냐? 미안해. 미란이 아버지가 성질이 급해서."

"……."

"인범아, 어떻게 해? 돌아갈 때 위험하다며."

"괜찮습니다. 조심해서 돌아……갈게요. 미란인 내일 물이 줄어들면 보낼게요. 걱정을 끼쳐 드려서 죄송합니다."

인범은 미란이 아버지에게 야단을 맞아 서러운지 울먹이며 말했다.

"인범아, 며칠이 걸려도 좋으니 물이 줄어들면 와. 그럼, 너만 믿는다. 우리 미란이 안전하게 보살펴 줘."

인범이와 말하는 도중에도 옆에서 미란이 아버지의 고함이 수화기에서 터져 나오고 있었다. 전화기를 내려놓은 인범은 김 일병에게 내일도 계곡 물이 줄어들지 않으면 계곡을 건널 수 없어 못 올 것 같으니 미란의 어머니에게 전화를 해 달라고 부탁하고, 또 신문 보급소의 전화번호도 적어 주며 배달을 갈 수 없을 것이라는 말도 전해 달라고 하고 어두운 얼굴로 초소를 나왔다.

"아저씨, 저 갈게요."

"인범아, 잠깐 기다려. 커피 끓고 있어. 따뜻한 커피 한 잔 마시고 가. 그래야 속이 풀려. 너무 추우면 감기도 들고 심장마비가 돼."

김 일병이 끓여 주는 뜨거운 커피를 마시며 짙은 먹구름을 머금은 잔뜩 찌푸린 음산한 하늘을 쳐다보는 인범이의 얼굴이 내내 어두웠다. 뜨거운 커피가 위장을 타고 내려가면서 몸을 데우고 있었다. 커피는 쓰면서 한편 달콤했다. 처음 먹어보는 커피 맛이 묘했다. 김 일병은 걱정스러운 표정으로 인범의 얼굴을 물끄러미 바라보고 있었다.

"아저씨, 고마워요. 저 갈게요."

"인범아, 위험할 텐데 갈 수 있겠니?"

"……."

인범은 밧줄을 들고 말없이 초소 밖으로 나갔다.

"인범아, 같이 가자. 만약 위험하면 내가 도와줄게."

"괜찮아요."

"인마, 같이 가."

김 일병은 우비를 입고 군화를 벗었다. 그리고 초소 뒤에 가더니 긴 장대를 가지고 나왔다.

"자, 가자. 가을에 밤을 딸 때 쓰던 장대야. 필요할 것 같아. 조금만 기다려."

김 일병은 장대의 굵은 쪽 끝에 수건을 뭉쳐 싸서 끈으로 단단히 묶었다.

"자, 가자, 인범아. 네가 안전하게 건너는 것을 보아야겠어. 네가 잘못되면 우리가 책임을 져야 해."

"왜, 아저씨가 책임을 져야 해요?"

인범은 군인 아저씨가 책임을 져야 한다는 말이 궁금해서 물었다.

"인마, 여기 통제구역에 살도록 한 것이 우리가 아니냐."

"……."

인범과 김 일병은 걸어서 계곡까지 갔다. 콸콸 흐르는 물소리가 계곡을 울리며 노도 같은 물살이 바위에 무섭게 부딪치며 커다란 하얀 포말을 만들고 소용돌이치고 있었다. 김 일병은 어린 인범이 정말 대단히 용기 있는 아이라고 생각했다. 자기는 어른이라도 감히 건너지 못할 것 같았다. 김 일병은 말리고 싶었다. 힐긋 인범을 보았다. 입을 한 일 자로 굳게 다물고 계곡의 물살을 노려보는 인범의 날카로운 눈초리에 계곡을 건너겠다는 결연한 의지가 배어있었다. 못 가게 한다고 건너지 않을 인범이 아닐 것 같았다. 무엇보다도 동굴에 소녀가 기다리고 있는 것이다.

"인범아, 건너가겠니?"

"네, 갈 수 있어요."

인범은 물살이 약한 쪽을 택해 줄을 나무둥치에 감고 끝을 묶어 허리에 감았다. 그리고 물에 들어갔다. 물살이 인범이를 또다시 삼켰다. 김 일병이 가슴을 졸이며 지켜보고 있었다. 인범이가 몇 번이나 물에 잠겼다 올라오기를 반복했다. 그래도 인범은 악착같이 줄에 매달려 자유형으로 헤엄을 쳤다. 내려올 때보다 힘이 들었다. 내려올 땐 떠내려 오면서 헤엄을 치면, 되지만 올라갈 땐 물을 헤치며 수영을 해야 하기 때문이었다.

김 일병이 긴 장대로 인범의 등을 강하게 밀어 주었다. 김 일병의 도움으로 겨우 계곡을 건너자 김 일병이 안도의 숨을 길게 토했다. 계곡을 건넌 인범은 한참을 그 자리에 앉아 있었다. 큰 대 자로 땅바닥에 눕고 싶었지만 김 일병이 보고 있어 차마 누울 수가 없었다.

김 일병이 걱정스런 얼굴로 앉아 숨을 몰아쉬고 있는 인범이를 안쓰러운 얼굴로 바라보고 있었다. 김 일병은 만약 자기가 따라오지 않았다면 물을 건너지 못하고 섬뜩한 일이 일어났을 것이라고 생각하며 몸서리를 쳤다.

한참을 앉아 있던 인범이가 일어났다. 김 일병은 인범이가 초등학생 같지 않은 대담한 행동에 혀를 내둘렀다. 저놈은 아이가 아니다. 우리 군인보다 더 강인한 정신이고 몸도 강하다. 용기가 대단하다는 것을 알았다. 그래 저렇게 강인한 정신과 체력을 가졌으니 산속에서 살려고 하지, 웬만한 아이 같으면 혼자서 이 깊은 산속에 살지 못할 것이다. '아, 외톨토리와 가난이 저렇게 아이를 강하게 만들었구나!' 김 일병은 아이가 너무 불쌍하여 가슴이 뭉클했다.

"아저씨, 고마워요."

김 일병은 인사를 하고 손을 흔들고 가는 인범이에게 마주 손을 흔들어 주고 한참이나 인범의 뒷모습을 보고 있었다. '불쌍한 인범이, 그래 어서 자라 어른이 되어 훌륭한 사람이 되어라.' 김 일병은 목을 젖히고 나뭇잎 사이로 보이는 하늘을 바라보았다. 하늘에는 낮게 깔린 짙은 먹구름이 비를 잔뜩 머금고 있었다. 또다시 비를 퍼부어 댈 것 같았다.

인범은 '개새끼, 고아 놈의 새끼. 우리 미란일 어찌 하면 죽여 버릴 거야.' 란 미란이 아버지의 말이 무슨 말인지 영문을 몰랐다. 그리고 고아 놈의 새끼란 모진 소리가 가시가 되어 가슴에 박혔다. 인범은 동굴에 돌아오면서 우리 미란이 어떻게 하면 죽여 버릴 거야란 말이 내내 인범이를 불안하게 했고 혼란스럽게 했다. 만약 인범이가 사춘기가 지난 나이였다면 미란이 아버지 말의 의미를 알 수 있었을 것인데, 남녀의 성을 알기엔 인범은 아직 어렸다.

인범은 동굴로 돌아가다 미란이 아버지의 말을 되뇌다, 아, 하며 뇌리를 때리는 생각이 번쩍 떠올랐다. 갑자기 얼굴이 화끈거렸다. 그것은 도시와는 달리 1980년대 전엔 시골에선 부잣집 아이가 아니면 영화나 TV를 볼 수 없었던 때라, 인범이는 다른 아이들처럼 조숙하지 않았다. 그래서 처음에는 몰랐다. 고향에서, 아이들이 남녀가 성장하면 ×××를 한다는 말이 떠올랐다.

인범은 비로소 미란이 아버지의 걱정을 알 수 있었다. 그러나 인범은 고개를 모로 저었다. 인범은 키는 중학생만큼 컸지만 육체적으로 아직 사춘기는 되지 않았다. 그보다 그런 짓은 성장을 해도 아무나 하는 행위가 아니고 불량한 학생이나 나쁜 사람이 하는 것이라 자기와는 아무 관계가 없다고 생각했다. 그것은 결혼을 해야만 할 수 있다는 것만 알았다. 인범은 먹고 살기에 너무나 지쳐 있었고 순진하였다. 설사 미란이 아버지의 말이 무슨 말인지 알았더라도 인범은 결코 그런 것과는 무관했을 것이다.

4

인범이가 나가자 동굴은 적막이 감돌았다. 다만 빗소리만이 적막을 깨트리고 있었다. 미란은 울프를 보았다. 울프는 동굴 입구에 앉아 무언가 불안해하고 초조해 하는 모습이 역력했다. 주인이 빗속으로 혼자 나가 돌아오지 않으니 불안한 것 같았다. 언제나 그림자처럼 따라다니며 주인의 안전을 지키던 울프가 귀를 쫑긋하고 바깥에 신경을 곤두세우고 있었다.

미란은 인범이가 다시 돌아와 줄을 가지고 나가는 것을 보고 위험하다는 것을 알 수 있었다. 혹시 인범이에게 무슨 일이 일어난다면……. 미란은 왠지 불안했다.

그리고 오늘 같은 날엔 아빠가 집에 있을 것이다. 아마 아빠가 전화를 받는다면, 그냥 넘어가지 않을 것이다. 아빤 인범이가 고아라고 인범이를 싫어했다. 고아는 평범한 아이들과는 다르니 가까이하지 말라고 몇 번이나 말하지 않았던가. 아빠가 내가 산속에 인범이와 같이 있다고 한다면 인범이에게 호되게 야단을 칠 것이다.

미란은 아빠가 인범이에게 경을 치는 상상을 하니 걱정이 되었다. 그러나 언제나 조용하고 마음씨가 고운 엄마는 인범이에게 야단은 치지 않을 것이다.

미란이는 걱정을 덜어 버리려고 다시 한 번 찬찬히 동굴을 관찰했다. 머슴아이가 자잘한 살림 도구를 여자처럼 갖추어 놓았다. 미란은 피식 웃음이 나왔다. '머슴아이가 제법 살림을 준비해 두었네.' 그러면서 다른 아이처럼 뛰놀고 할 나이에 신문배달을 하며 비참하게 동굴에 살고 있는 인범이가 너무나 불쌍하고 가련했다.

미란인 무서움을 덜기 위해 이불 속에 들어가 동굴의 천장을 쳐다보았다. 박쥐들이 매달려 있을 것 같았다. 희미한 램프와 촛불에 비치는 천장엔 미란이가 무서워하는 박쥐는 보이지 않았다.

밖엔 비가 멈추었는지 빗소리는 들리지 않았다. 미란은 인범이가 다시 돌아와 줄을 가지고 나가는 것을 보고 위험하다는 것을 느꼈다. 인범이가 물을 건너다 죽으면……. 미란은 움칠 놀라 자신도 모르게 두 손을 모아 인범이가 안전하게 돌아오도록 신을 믿지 않는 미란이지만 간절히 기도 했다.

"하느님, 전 하느님을 믿지 않습니다. 그러나 간절히 빕니다. 인범이는 정말 불쌍한 고아입니다. 이렇게 동굴에서 살고 있잖아요. 인범인 저를 걱정하는 우리 아버지, 어머니께 걱정을 말라고 알리러 갔어요. 그런 인범이를 하느님이 안전하게 돌아오도록 도와 주셔야 해요. 인범인 죽으면 안 돼요. 인범인 너무 불쌍한 아이예요. 하느님."

미란은 간절히 기도를 드렸다. 간절히 기도를 드린 미란은 인범을 기다리다 깜빡 잠이 들었다.

미란은 울프가 낑낑거리는 소리를 듣고 잠이 깼다. 울프가 인범의 주위를 맴돌며 안전하게 돌아온 인범이를 반기고 있었다. 짐승인 울프가 인범이를 걱정하고 있었던 것 같다. 미란이도 걱정했던 인범이가 안전하게 돌아와 안도의 가슴을 쓸어 내렸다.

미란은 벌떡 일어나 인범의 얼굴을 자세히 보았다. 인범의 얼굴은 그늘이 져 있었고 추위에 입술이 새파래져 있었다. 미란은 장대에 걸린 수건을 가져와 인범의 몸을 닦아 주었다. 인범은 말없이 미란이에게서 수건을 받아 머리와 상체를 닦았다. 미란은 입을 굳게 다문 인범의 표정을 자세히 살피며 말했다.

"인범아, 나 네가 걱정이 되어 기도했다."

"뭐, 기도! 무슨 기도?"

"네가 안전하게 계곡을 건너라고 기도했어."

"…… 너 예수 믿니?"

"아니."

"그런데 어떻게 기도를 해?"

"예수를 믿지 않아도 하느님께 기도를 할 수 있어."

인범은 언젠가 자기도 기도를 한 기억이 났다.

"미란아, 나는 언젠가 성당에 나갈 거야. 동물병원 의사 선생님이 성당에 나가면 착하게 사는 길이 있대."

"그래, …… 나도 갈 거야. 인범아, 전화 했어? 울 아버지가 뭐라고 해?"

인범은 미란의 물음에는 대답을 하지 않고 동굴 구석으로 갔다.

"미란아, 나 옷 갈아입어야겠어."

미란은 돌아서서 우중충한 동굴 벽에 시선을 두며 인범에게 궁금한 것을 묻지 않을 수 없었다.

"인범아, 우리 엄마는 뭐라고 해."

"응, 내일 오래."

"그래, 아버지는?"

"너의 아버지에게도 말씀드렸어."

"다른 말은 안 해?"

"무슨 말? …… 아무 말 없었어……."

그렇게 말하는 인범의 얼굴이 어두웠고 목소리가 착 가라앉아 있었다. 미란은 인범이가 아버지에게 야단을 맞았다고 생각했다. 생각이 깊고 말이 없는 인범은 아버지가 어떠한 심한 말을 해도 말할 아이가 아니라고 판단했다. 미란은 고아이고 가난하기에 어느 누구에게도 아픔과 슬픔을 하소연할 사람도, 할 수도 없기에 온갖 수모와 무시를 감내해야 하는 인범이가 한없이 불쌍하고 가련했다.

미란은 더 묻지 않고 아무 말 없이 장작더미에서 장작 세 개비를 불 위에 얹었다. 사위어졌던 불꽃이 타닥타닥 소리를 내며 타면서 불꽃이 일고 동굴이 밝아졌다.

"미란아, 동굴에 갇혀 있으니 갑갑하지? 비만 오지 않았다면 산속에서 가재도 잡고 과일도 딸 수 있을 텐데, 미안해."

"아니야, 난 너와 이렇게 단 둘이 있으니 좋아. 집에 가지 않고 너하고 이렇게 매일 살았으면 싶어."

"……."

미란은 이렇게 말을 하며 하얗게 웃었다. 인범은 미소를 짓는 미란이의 하얀 치아가 참으로 예쁘게 보였다.

적막한 동굴 속으로 빗소리와 바람에 나무들이 부딪혀 서걱거리는 소리만이 고요를 깨뜨리며 하루가 저물어 가고 있었다.

"인범아, 나 배고파."

침묵을 깨트리고 미란이가 말했다.

"배고파?"

인범은 미란이가 배가 고프다는 말에 의아했다. 점심을 라면을 먹어 배가 고플까? 라면을 다 먹고 국물에 밥까지 말아먹었는데……. 인범이 다시 한 번 반찬이 없다는 것을 의식했다. 밥은 쌀밥을 하면 되지만…….

'그래, 오늘 특별 요리를 하자.'

아저씨 집에서 얻어 와 심어 둔 파를 생각했다. 파를 썰어 왜간장에 비벼 먹자. 미란이가 좋아할지 모르지만 내가 준비할 수 있는 유일한 파 반찬인 것이다. 다만 달걀이 없어 안타까웠다. 아저씨 집에 가면 어쩌다 따뜻한 밥에 파를 숭숭 썰어 넣은 것에 달걀을 깨어 넣고 왜간장을 조금 섞어 비벼 먹으면 꿀맛이었는데…….

인범은 바깥 동정을 살폈다. 비가 멈춘 것 같아 파를 자르러 갈 수 있을 것 같았다. 촛불 두 개 중 하나가 가물가물 바닥까지 타 들어가 촛농이 돌에 흐르고 있었다. 인범은 다 탄 초를 뜯어내고 그 자리에 새 초에 불을 붙여 놓았다.

인범은 예상치 못한 미란이라는 벅찬 손님이 동굴에 방문하여 절약이 빛나가고 있었다. 장작도 초도 많이 들었다. 미란이가 아니면 초를 안 켜도, 장작을 피우지 않아도 될 것인데, 겨울을 위해 준비해 둔 장작을 때니 아까웠다. 인범은 절약이 몸에 배어 있어 경제관념이 투철했는데, 어쩔 수 없이 쌀밥을 하지 않을 수 없었다. 인범은 말없이 플라스틱 통에서 쌀을 퍼 씻었다.

미란은 인범이가 밥을 짓는 것을 보고 미안했다. 한 번도 밥을 해보지 않아 물을 얼마나 하며 어느 때 밥이 다 되는지 몰라 인범이가 하는 것을 가만히 보기만 했다. 인범이처럼 밥을 직접 해서 먹으면 재미있고 맛이 있을 것 같았다. 다음에 어머니에게 배워서 인범이에게 밥을 지어 주어야겠다고 생각했다.

인범은 점심때처럼 장작불에서 담아온 벌겋게 핀 숯불을 화로에 넣고는 솥을 숯불에 얹었다. 그리고 바가지를 가지고 바깥에 나갔다.

"인범아, 어디 가?"

"파 자르러."

"뭐, 파를?"

"응, 밖에 파를 심어 두었어."

"인범아, 지금 비 안 오지? 같이 가."

미란이가 따라 나섰다. 인범은 따라 나오는 미란이를 보고 또다시 싱긋이 웃었다.

"인범아, 왜 웃는 거야?"

"……."

인범은 아무 말도 없이 미소를 지으며 미란의 옷을 보고 있었다.

"내 꼴이 우스워?"

"그래, 얼굴은 계집애고 몸은 머슴애네."

인범은 싸구려 남자옷을 입은 우스꽝스런 미란이의 모습에 웃음을 짓지 않을 수 없었다.

"인범아, 너 농지거리도 할 줄 아네."

"……."

미란은 인범이처럼 신발을 벗고 인범이를 따라 나섰다. 어느새 밖에는 비가 멈추어 있었다. 그러나 하늘엔 짙은 먹구름이 낮게 깔려 있었고 바람이 여전히 불고 있었다. 인범은 물에 잠긴 길을 눈어림으로 조심스럽게 걸어갔다. 바위를 조금 벗어나자 나무들이 없는 곳에 돌무더기로 울타리를 해 놓은 한 평 정도의 조그만 텃밭이 있었다. 밭 중간에 배수가 되도록 골도 파져 있었다. 텃밭은 세찬 비에 파와 아직 뿌리를 덜 내린 부추가 뿌리째 드러나 있었다.

"비가 그치면 흙을 더 덮어야겠어."

"이 텃밭 네가 만든 거니?"

"응, 이곳은 나무가 없는 곳이라 햇볕을 쬘 수 있어 텃밭이 가능해."

미란은 인범이가 채소를 먹기 위해 텃밭을 가꾸었다고 생각하니 왠지 모르게 가슴이 찡했다. 부모가 없는 인범은 어른들만이 할 수 있는 텃밭 가꾸는 발상은 아이들로써는 상상도 할 수 없을 것인데, 이제 겨우 초등학생인 인범이가 채소를 섭취하려고 이렇게 산속에 한 평도 안 되는 텃밭을 만든 것이라고 생각하니 가슴이 찡했다.

인범은 가져온 작은 군용삽으로 물이 잘 빠지도록 고랑을 깊이 파고 흙을 퍼 와 파뿌리를 덮고는 손으로 다독거렸다. 그리고 가위로 파의 하얀 부분 조금 위에서 잘랐다.

"인범아, 파를 뽑지 않고 베니?"

"대파가 아닌 잔 파는 베면 잎이 또 자라난다고 아주머니가 말했어."

"그래?"

서서히 어둠이 먹물처럼 산속을 덮고 있었다. 세찬 바람이 한 차례 몰아치고 지나갔다. 인범과 미란은 바람을 피해 급히 동굴로 돌아갔다.

입구에 들어선 인범은 미란이를 그 자리에 세워 두고 세숫대야에 물을 담아 왔다.

"미란아, 발을 씻고 이불 속으로 들어가야 해. 가만있어 내가 발을 씻어 줄게."

"……."

인범은 미란이에게 한쪽 발을 들게 하고 두 손으로 작고 하이얀 미란이의 발을 만지작거리며 씻었다. 미란은 한쪽 발을 들고 있으니 넘어질 것 같아 인범의 어깨를 잡고 중심을 잡았다. 인범이가 자신의 발을 뽀드득 뽀드득 씻어 주니 기분이 너무 좋았다. 미란은 인범이의 머리를 쓰다듬어 주고 싶었다. 미란은 자상한 인범이에게 시집을 가면 행복하겠다고 생각하면서 얼굴을 붉혔다.

인범은 미란이의 발을 씻은 후 수건으로 닦아주고는 잠시 망설이더니 두 손으로 미란이를 번쩍 안았다.

"인범아, 왜 그래?"

"발을 씻었는데 땅을 밟으면 발에 흙이 묻잖아."

미란이가 인범의 목을 꼭 안았다. 미란이를 이불 위에 내려놓으려고 했다. 미란은 어린애처럼 내리지 않으려고 인범의 목을 놓지 않았다.

"미란아, 목 놓아."

"인범아, 이렇게 더 안기어 있고 싶어."

"……."

인범은 미란이를 조금 더 안고 있더니 허리를 굽혀 미란이를 가볍게 내려놓았다. 그리고 미란이를 씻겨 준 물에 자신의 발을 씻었다.

인범은 파를 깨끗이 씻어 썰고는 그릇에 담아 왜간장을 한 숟갈 부어 버무렸다. 미란은 인범이가 저녁 준비를 하는 것을 보고 있었다. 이것이 말로만 듣던 소꿉살림이구나! 미란은 인범의 일상을 소꿉놀이로 생각하는 것이다. 그것은 인범과 미란의 판이한 현실이었기에 미란의 판단인 것이다.

인범이가 솥에서 김이 무럭무럭 나는 밥을 퍼 왔다. 참으로 초라한 반찬이었다. 미란은 밥 한 숟가락을 입 안에 넣었다.

하얀 쌀밥은 윤기가 자르르 흐르고 밥알이 혀에 달라붙었다. 쫀득쫀득하게 씹히는 밥알이 꿀맛이었다. 가스불이 아닌, 그리고 전기밥솥이 아닌 숯불에 밥을 해서 그럴까. 물 조절을 잘해서 그럴까? 무슨 머슴애가 어떻게 밥을 잘하는지 얄미울 정도였다. 반찬은 점심처럼 멸치에다 왜간장에 버무린 파 조림이었다.

미란은 집에서 먹는 밥맛이 전혀 아니었다. 뜨거운 밥에 파 졸임을 섞어 비벼 먹으니 꿀맛이었다. 설탕을 넣은 고추장에 멸치를 찍어 먹는 맛도 꽤나 맛이 있었다. 미란은 입안에 밥을 가득 넣고 씹으며 궁금한 것을 물었다.

"인범아, 매일 쌀밥을 해 먹니?"

미란은 속어림으로 인범이는 자기만 없다면 쌀밥을 하지 않을 것이라고 판단했다. 보리쌀이 그릇에 담겨 있는 것을 보았기 때문이었다.

인범은 대답을 하지 않고 멀거니 미란의 얼굴을 바라보았다. 얼른 대답을 못 해 머뭇거리더니 어눌하게 말을 했다.

"아…… 니."

"그럼 왜 쌀밥을 했니?"

"넌 귀한 손님이잖아."

"……."

미란은 말없이 고개를 끄덕였다. 괜히 침울해졌다. '귀한 손님' 미란은 인범이가 한 말을 되뇌어 보았다.

미란은 인범이가 자신을 위해 쌀밥을 한 것임을 알 수 있었다. 밖에서는 빗소리가 간헐적으로 멈추었다 들렸다를 반복하고 있었다.

미란과 인범은 많은 이야기를 했다. 학교에서는 그렇게 말이 없던 인범이었는데……. 역시 인범은 아이였다. 다만 환경이 인범이를 과묵한 아이로 만든 것이다.

동굴 벽에 매달린 램프 불이 졸고 있었다.

"인범아, 나 졸려. 우리 자자."

미란은 아직은 어리지만 여자로 태어나 처음으로 남자와 함께 밤을 지낸다는 미지의 신비에 들떠 있었다. 막연한 기대감, 두려움, 희열, 신비감이 범벅이 된, 무언가 꼭 꼬집어 말할 수 없는 기대였다. 미란은 두려움보다 철없는 아이들이 저지르는 불장난에 신비감과 호기심이 더 강렬했다.

"졸려? 그래 자자."

인범은 큰 장작 한 개비를 골라 와 머리맡에 놓고 그 위에 수건을 몇 겹으로 접어 장작 위에 얹었다. 베개를 만들기 위해서였다.

인범은 사위어가는 장작불을 힐끗 보고 일어나 장작더미에서 장작 몇 개비를 가지고 와서 불 위에 얹었다. 불꽃이 다시 피어났다. 인범은 장작이 아깝지만 미란이를 춥게 자게 할 수는 없었다.

인범은 조금 전 베개를 하기 위해 수건을 얹은 장작을 들고 미란이 반대편에 놓고 램프 쪽으로 가더니 불을 껐다. 장작불이 타오르는 불빛만이 동굴 안을 밝혀 주고 있었다.

인범은 언제나 머리맡에 두고 자는 창을 가지고 미란의 반대쪽 발 아래쪽에 누웠다. 신비감에 들뜬 미란은 인범이가 장작으로 베개를 만들고 불을 끄고 자신의 반대편에 눕는 것을 지켜보던 미란이가 시무룩한 표정으로 말했다.

"인범아, 이쪽에 나하고 같이 자면 안 돼?"

그 말엔 섭섭함과 불만이 담겨 있었다. 그러나 인범은 아무런 대꾸도 하지 않았다. 인범은 다른 때와는 달리 쉽게 잠을 이루지 못했다. 미란이도 누웠다. 왠지 섭섭했다. 쉽게 잠이 올 것 같지 않았다. 미란은 괜히 심술이 났다. 발로 인범의 발을 힘껏 찼다. 인범은 아무런 반응을 보이지 않았다.

인범은 미란이가 왜 그러는지 몰랐다. 인범이도 다른 때와는 달리 쉽게 잠을 이루지 못했다. 미란이가 있어 그런지 몰랐다. 인범은 뒤척거리다 아슴푸레 잠이 들었다.

밤이 깊어지자 초저녁에 멈추었던 비바람이 한밤중이 되자 폭풍우로 변했다. 동굴 구멍으로 새파란 번갯불이 번쩍번쩍 하는 것이 보였다. 뒤이어 바로 머리 위에서 우르르 쾅쾅, 하늘이 아니 동굴이 무너져 내릴 것처럼 요란한 천둥소리가 나더니 굵은 빗줄기가 거세게 쏟아졌다.

"인범아, 무서워!"

천둥소리에 놀라 잠이 깬 미란이가 베개를 들고 미란이의 반대쪽에 누운 인범의 옆구리를 파고들며 무섭다고 인범의 가슴에 안기었다. 폭우가 천둥소리를 동반하고 밤새도록 무슨 일이 일어날 것 같이 거세게 내리퍼붓고 있었다.

인범은 동굴 구멍을 통해 들어오는 파란 번갯불과 천둥소리를 공포에 질린 채 동굴 밖에 귀를 기울이고 있었다. 밖에서는 폭풍이 숲의 나뭇가지를 마구 꺾어 버릴 듯, 아니 뽑아 버릴 듯 날뛰고 있었다.

인범은 세찬 바람에 하늘과 원시림이 비명을 지르며 날뛰는 밖의 폭풍우보다 동굴의 이불 속에서 천둥소리에 놀라 인범의 가슴을 파고드는 미란이에게 신경이 더 쓰였다.

인범이의 품을 파고드는 미란이의 몸이 너무 부드러웠다. 순간 여자의 몸이 남자와는 달리 솜처럼 부드러운 촉감에 묘한 쾌감 같은 복잡한 감정에 흔들리고 있었다. '이 새끼, 우리 미란일 어찌 하면 죽여버린다.'는 미란이 아버지의 비수 같은 말이 가슴을 찔렀다. 인범은 두려움에 정신이 번쩍 들었다.

"미란아, 걱정 마. 동굴 무너지지 않아."

인범은 미란이를 달래며 미란의 몸을 조금 밀어내었다.

그럴수록 미란인 더 인범의 가슴을 찰거머리처럼 파고들었다.

"인범아, 아무 말 하지 마. 그냥 꼭 안아 줘."

말을 하는 미란이의 몸은 뜨겁게 달구어져 있었고 호흡이 거칠고 열에 들떠 있었다. 심장은 심하게 콩닥거리고 뛰더니 가슴과 몸이 무언지 모를 묘한 폭풍이 일고 있었다. 미란이의 가슴과 밀착돼 있는 인범이의 가슴에 심하게 뛰고 있는 미란이의 심장의 고동이 전달되었다. 인범은 미란이의 가슴에서 왜 콩닥거리는 소리가 나는지 알 수 없었다.

인범은 무서움에 떨며 안아 달라는 미란이를 떼어낼 수 없었다. 남자의 구실을 하기엔 아직은 어린 인범은 혼란한 의식 속에 자신도 모르게 묘한 희열에 본능적으로 미란이를 끌어안고 싶은 충동에 어쩔 줄 몰라 당황하는 순간 또다시 '너 이 새끼 우리 미란일 어찌하면 죽어.' 미란이 아버지의 고함이 귀를 찢었다. 인범은 흠칫 놀라 일어나 앉았다. 미란이가 목을 잡고 따라 일어나며 얼굴을 비비며 인범의 입술을 더듬고 있었다. 미란의 온몸은 뜨거웠고 입김에서 열기가 쏟아져 나왔다.

"미란아, 너 감기에 걸렸구나. 몸에 열이 있어."

인범은 이불을 당겨 덮어 주었다.

"아니야, 아니야, 감기 아니야! 이 바보야, 바보!"

미란은 감기가 아니라고 힘주어 말했다.

미란은 열기에 달아 오른 벌건 얼굴로 말했다. 그러나 인범은 어둠 속이라 미란이의 얼굴을 볼 수 없었다.

인범은 문득 생각나는 것이 있었다. '아! 이것이 ×××라는 것이구나!'

×××는 불량한 학생이나 나쁜 사람이 하는 것이라고 생각했는데, 혹시 어린 미란이가 그 짓을 하려고 하는 것이 아닌가, 하는 생각이 얼핏 들었다. 미란이는 불량한 학생이 아니다. 학교에서 모범학생이고 공부 잘하

는 부반장이다. 착한 미란이가 그 짓을 하려고……. 인범은 나쁜 아이가 아닌데도 ×××를 할 수 있다는 것에 의아심이 갔다. 그러면서 그 짓은 어떻게 하는지? 그리고 여자의 몸이 어찌 이토록 부드러운지 놀랐다. 아, 계집애의 몸은 머슴아와는 다르구나!

어둠은 수치를 모르게 하는 인간의 본능이고 고향임을 어린 인범은 알지를 못했다. 그리고 초경으로 설익었지만 여체로 영근 미란이와 아직 사춘기에 들어서지 않은 인범이와 생리의 차이였다.

미란과 인범은 한참이나 나란히 어둠 속에 말없이 앉아 있었다. 장작 불꽃만이 하느작거리며 졸고 있었다.

먼저 미란이가 이불 속에 들어갔다. 조금 전처럼 인범에게 안기려고 하지 않았고 얌전히 누워 있었다. 거칠던 호흡은 차츰 식어 있었다. 인범은 그 자리에 앉아 깊은 생각에 잠겼다. 잠은 확 달아났다. 멀리서 간헐적으로 들리는 천둥소리와 비바람 소리만이 여러 가지 잡다한 의식을 깨우고 있었다.

동굴 입구에서 덜커덩 소리가 났다. 입구를 막아 놓은 판자가 넘어지는 소리였다. 그 소리는 바람이 아니면 무엇이 판자를 밀고 들어오는 증거였다. 인범은 귀를 쫑긋하고 동정을 살폈다. 짐승인지 무엇이 동굴 안으로 들어오는 부스럭거리는 소리가 났다. 울프가 으르렁거렸다. 울프가 으르렁거리자 짐승이 후닥닥 달아나는 소리가 들렸다. 동굴은 다시 조용해졌다. 다만 세찬 바람소리와 거세게 퍼붓는 빗소리만 들렸다. 조금 후, 다시 짐승이 들어오는 소리가 들렸다. 인범은 노루나, 고라니, 오소리가 아니면 산돼지가 도저히 폭풍우에 견딜 수 없어 본래 그들의 잠자리였던 동굴을 찾아 들어왔다고 생각했다. 또다시 울프가 으르렁거렸다.

"울프, 조용히 해."

낮고 단호한 인범의 소리에 울프가 으르렁거리기를 그쳤다. 인범은 머리맡에 있는 손전등을 켜면서 창을 잡았다. 만약 산돼지라면, 그리고 산돼지가 얌전히 비바람을 피하지 않고 울프와 자신을 해치려고 하면 창으로 방어적 공격을 하기 위해서였다. 손전등을 동굴 입구에 비추었다. 고라니 두 마리가 눈에 불빛을 받아 파랬다. 인범은 손전등을 껐다. 그리고 조용히 있었다. 풍우를 피해 동굴에 들어온 고라니가 머물도록 하기 위해서였다.

"인범아, 짐승이 들어왔어? 무서워."

미란이가 잠을 자지 않았는지 또다시 인범의 품을 파고들었다. 그러나 조금 전처럼 열기도 없었고 호흡도 거칠지 않았다.

"걱정 마, 본래 이 동굴의 주인은 저 짐승들이니 비를 피해 들어온 것 같아."

구렁이와 독사도 이미 동굴에 들어와 있는 것을 인범은 알지 못했다. 울프가 본능적으로 독사가 위험한 존재이지만 가만두면 자신이나 주인을 해치지 않는다는 것을 알고 공격을 하지 않았던 것이다.

인범이가 새벽 6시가 조금 넘어 습관처럼 잠에서 깨었다. 동굴 입구가 희붐하게 밝아 오는 것으로 보아 비는 그쳐 있는 것을 알 수 있었다. 인범은 손전등으로 동굴을 비추었다. 고라니 두 마리가 언제 나갔는지 보이지 않았다. 울프에게서 조금 떨어진 곳에 징그러운 능구렁이 두 마리와 독사 몇 마리가 똬리를 틀고 있는 것이 보였다. 인범은 촌에서 뱀은 건드리지 않으면 사람을 해치지 않는다는 것을 알기 때문에 가만히 두었다. 울프도 본능적으로 알고 그냥 두는 것 같았다.

미란이가 잠을 자고 있었다. 인범은 습관처럼 동굴에서 나오려다 뱀이 동굴에 머물고 있어 미란이를 두고 밖으로 나올 수가 없었다. 인범은 창으로 뱀들을 굴 밖으로 몰아내려다 혹시 뱀들이 물려고 하든지 달아나다 미란이가 자는 이불 속으로 파고 들 것 같아 그만두었다.

인범은 램프에 불을 켜고 아침밥을 하기 위해 쌀을 씻었다. 미란이가 깰까봐 소리를 죽이고 조용조용 밥을 했다. 밥을 하면서 왠지 모를 불안이 가슴을 짓눌렀다. 계곡의 물이 줄어들지 않았으면 오늘 집으로 미란이가 갈 수 없을지 모른다. 그러면 학교에도 갈 수 없다.

인범은 무엇보다도 미란이 부모가 걱정이 되었다. 결석까지 한다면 미란이 아버지가 화를 더 많이 낼 것이다. 신문배달도 걱정이 되었다. 소장님이 혼자서는 400곳이 넘는 집에 배달을 할 수 없을 것이다. 나는 계곡을 건널 수는 있지만 미란이가 못 건널 것이다. 인범은 걱정에 젖어 미란이가 잠자는 모습을 내려다보며 미란이 머리맡에 앉아 있었다.

밥이 다 되었는지 솥에서 피 하는 김 소리가 났다. 이제 미란일 깨워야 한다고 생각했다. 어젯밤에 늦게 잠을 잤는지 미란인 깊은 잠에 빠져 있었다. 잠자는 미란이의 어깨가 너무 얇아 안쓰러웠다. 인범은 미란이가 부잣집에서 영양가 있는 음식을 많이 먹을 것인데 왜 밥맛이 없는지, 왜 몸이 여위었는지 쉽게 이해가 안 되었다.

한참을 미란이가 잠자는 것을 보고 있는데 미란이가 눈을 떴다. 바로 눈앞에서 인범이가 내려다보는 눈과 마주쳤다.

"어머! 내가 늦잠을 잤네."

"잘 잤어?"

미란은 두 팔을 벌려 기지개를 펴며 일어났다. 손으로 입가에 지르르 흐르는 느침을 훔쳤다.

"인범아, 너 언제부터 날 보고 있었니? 나 잠자는 모습 추하지 않았어?"

"왜 추한데?"

"입을 헤벌리고 침을 흘리지 않았어?"

"아니야, 잠자는 모습 참 예뻤어."

"정말?"

"그래. 미란아, 비가 안 와. 밖에 나가 세수하자."

어젯밤 밤새도록 퍼붓던 비가 대기 중에 묻어 있던 온갖 오염들을 구름 솜으로 닦고 소나기로 깨끗이 씻어 말린 구름 한 점 없는 파아란 하늘은 너무나 청명하고 상쾌했다. 소낙비가 동물의 배설물과 썩은 나무의 잔해들과 낙엽들을 모두 쓸어 가 버려 숲속은 나뭇잎과 풀잎이 뿜어내는 상큼한 공기가 코에 물씬 스며들었다. 부엽토 속에 숨어 있던 연초록 새싹들이 함초롬하게 돋아나고 있었다. 그렇게도 모질게 온 숲을 쑥대밭으로 유린하던 폭풍우 속에서 어느 바위틈 어느 숲에서 피해 있었던지 작은 새들이 이 가지 저 가지로 날아다니며 지지배배 지저귀며 재잘거리고 있었다.

미란은 물기를 머금은 푸른 잎에서 발산하는 산속의 달달한 공기를 마음껏 가슴 깊이 마셨다.

"아, 맑다! 공기가 풋풋하고 상쾌해!"

미란의 얼굴은 공기만큼 밝고 맑았다. 미란은 인범의 손을 당겨 잡고 걸었다. 인범은 쑥스러웠지만 미란의 손을 뿌리치지 않았다. 미란의 손은 너무 가냘프고 부드러웠다. 온갖 일을 하는 인범이의 손은 거칠고 투박했다. 인범은 미란에게 잡힌 자신의 손이 민망하다고 생각했다. 언뜻 아담과 이브가 생각났다.

"미란아, 오늘 학교에 갈 수 없어. 미안해."

"괜찮아, 난 감기가 심하면 종종 학교를 결석해."

미란은 별로 걱정을 하지 않았다. 걱정을 하는 쪽은 오히려 인범이었다. 무엇보다도 미란이의 부모에게 미안했다. 미란이 아버지는 어제 화를 많이 내었다. 그래, 나 때문이야. 미란이가 아무리 떼를 써도 내가 산속으로 데리고 오지 말았어야 했는데……. 무엇보다도 오늘 신문배달은 꼭 해야 한다. 소장님 혼자서는 내 구역과 달수의 구역을 배달할 수 없을 것이다.

인범은 미란이를 큰 계곡에 데리고 갔다. 세찬 물소리가 아침 산속의 적막을 울렸다. 미란이는 폭이 8m가 넘는 계곡의 물이 하얀 포말을 일으키며 노도처럼 흐르는 격류를 보고 너무 놀라 벌린 입을 다물 줄 몰랐다.

"인범아, 어제 우리 집에 전화하러 갈 때 저 물을 건너갔어?"

"아니야, 큰 계곡이 아니고 작은 계곡이야. 그곳은 물이 이렇게 많이 흐르지 않아."

미란은 비가 그쳤는데, 무슨 물이 이렇게 많으냐고 물었다. 인범은 이 산은 골이 깊고 또 비가 그쳐도 나무뿌리가 빗물을 머금고 있다가 서서히 흘려보내기 때문에 오랜 가뭄에도 산은 언제나 물이 마르지 않는다고 설명을 했다.

"그렇구나! 어쩜, 인범이 넌 참으로 많이 알고 있구나."

인범은 작은 계곡으로 미란이를 데리고 갔다. 작은 계곡엔 어제처럼 물살이 거칠지는 않지만 물이 많았다.

"인범아, 지금도 물이 많네. 어제는 물이 더 많았겠구나! 인범아, 어제 이 계곡 물을 줄을 매고 건넜단 말이야?"

"……."

"인범아, 그랬었구나! 위험했겠다. 미안해. 나 때문에……. 언제쯤 건널 수 있어?"

"점심 먹고 건너야 할 것 같아. 너의 부모님이 걱정 많이 할 거야. 그리고 나는 신문배달을 가야 하거든."

"나중에 얼마나 물이 줄어들지 몰라도 난 물이 많으면 무서워 못 건너겠어."

"걱정 마. 내가 안전하게 건너도록 해 줄게. 미란아, 우리 세수하고 아침밥 먹으러 동굴에 가자."

미란은 굉음을 내며 노도같이 흐르는 물이 커다란 바위에 부딪치면서 크고 하얀 포말을 만들며 계곡 가득히 넘쳐나는 물을 겁먹은 얼굴로 멀거니 바라보다 인범을 따라 물살이 약한 곳으로 갔다.

도심에만 살아온 미란은 맑은 공기, 깨끗한 물, 숲이 우거진 자연이 있는 산속이 이렇게 좋을 수가 없었다. 미란은 숨을 크게 쉬며 공기를 폐 깊숙이 빨아들이고 세수를 하기 위해 물가로 갔다.

미란이는 물살이 약한 곳을 택해 조심조심 물 가까이 다가가 원피스의 자락을 두 무릎에 두 손으로 끼우고 앉았다. 손을 뻗어 세수를 하려고 했지만 손이 물에 닿지 않았다. 더 물에 다가가려니 물에 빠질 것 같아 겁이 났다. 미란이가 도와 달라는 듯 힐끗 인범이를 보았다.

"미란아, 세수해. 내가 잡아 줄게."

인범은 미란이의 어깨를 잡았다.

"인범아, 뒤에서 나의 허리를 좀 잡아 줘, 손이 물에 안 닿아."

인범은 잠시 망설이더니 미란의 허리를 뒤에서 안았다. 부드러운 미란이의 가느다란 허리가 인범의 팔에 감기면서 미란이의 궁둥이가 인범의 앞섶에 밀착되었다. 어색한 자세지만 인범은 미란이가 물에 빠질 것 같아 미란이의 허리를 꽉 잡았다. 미란이의 허리가 너무 가냘팠다.

"인범아, 꼭 잡아 줘."

인범은 미란이의 허리를 꽉 잡은 손에 힘을 주었다. 미란은 허리를 굽혀 손바가지를 만들어 세수를 했다.

미란은 인범이가 뒤에서 안아 주니 기분이 좋았다. 이대로 오랫동안 인범이에게 안겨 있고 싶었다. 미란은 자신이 인범이를 무지무지 좋아하고 있다는 것을 알았다.

미란은 천천히 맑은 물에 세수를 하고 일어섰다. 너무나 상쾌했다. 미란은 인범이가 내미는 수건을 받아 얼굴을 닦았다. 인범은 미란이의 얼굴을 바라보고 있었다. 미란이의 앞머리가 물에 젖어 있었고 뽀송뽀송한 얼굴이 희다 말고 푸르렀다. 인범은 여자가 세수한 얼굴을 가까이에서 보는 것이 처음이었다.

"아, 상쾌해!"

미란은 희고 가지런한 이빨을 가지런히 드러내고 해맑은 미소를 지으며 인범이의 눈과 자신의 눈을 맞추려고 빤히 인범의 눈을 바라보았다. 인범은 타는 듯한 미란의 눈길을 피해 슬며시 눈을 아래로 내렸다.

울프가 이리저리 코를 땅에 박으며 다니고 있었다. 울프가 자신이 배설한 장소를 찾고 있는 것 같았다. 소나기가 울프가 묻혀 둔 온갖 냄새를 몽땅 쓸어가 버려 자신의 채취를 맡으려고 하는 것 같았다.

"인범아, 너도 세수해."

동굴에 돌아오니 그 사이 똬리를 틀고 있던 뱀들이 언제 나갔는지 보이지 않았다. 미란이가 뱀을 보면 기겁을 하고 놀랄 것이라고 걱정을 했는데 보기 전에 나갔으니 다행이었다. 그래도 혹시 이불 속에 들어갔는지 이불을 들추어 보았다. 뱀이 보이지 않았다.

"뭘 찾아, 인범아?"

"아…… 아무 것도 아니야."

이 산엔 뱀이 많이 있을 것 같았다. 인범은 다음에 뱀을 잡아먹어야겠다고 생각했다. 어릴 때 아버지가 뱀을 잡아먹는 것을 자주 보았다. 아버지는 아버지 친구들과 뱀을 잡아 껍질을 벗기고 또 뼈를 추리고 살을 토막토막 내었다. 살아 있을 땐 징그러웠는데 토막을 내니 꼭 뱀장어 같았다. 그 토막 낸 뱀을 파를 잘게 썰어 고추장과 간장을 섞어 묽게 만든 양념에 버무려서 석쇠에 얹어 숯불에 구웠다. 맛있는 고기 냄새가 물씬 코에 스며들어 입맛을 다셨다.

아버지는 먹고 싶어 하는 인범이에게 뱀 고기를 입에 넣어 주었다. 쫄깃쫄깃 씹히는 것이 기가 차게 맛이 좋았다. 뱀은 살아 있을 땐 징그럽고 무서웠지만 고기는 참으로 맛이 있었다. 아버지가 무엇보다도 뱀 고기는 영양가가 많다고 했다. 뱀 고기를 먹은 해는 겨울에 추위도 덜 타고 감기도 들지 않는다고 했다.

인범은 튼튼하게 자라야 했다. 한창 성장할 나이에 영양은 무엇보다도 필요했다. 인범의 형편으로는 영양가 있는 음식을 먹을 수 없었다. 어쩌다 아저씨 집에 가면 곰국을 얻어먹을 수 있었지만…….

미란이가 거울을 보려고 했지만 동굴 안에 거울이 보이지 않았다.

"인범아, 왜 동굴에 거울이 없어?"

"…… 응, 거울? 거울이 왜 필요한데?"

"거울 없이 어떻게 살아."

"……"

미란이는 거울이 왜 필요한지를 모르는 원시적인 삶을 살아가는 미적 의식이 없는 인범이가 가련했다. '아, 인범은 문화와는 거리가 멀구나! 인범은 다만 먹고 자고 입는 것 이외는 다른 생각을 하지 않는구나!'

5

미란은 아침밥을 먹고 인범이와 나란히 누워 언제 고아가 되었는지, 싸움은 언제 배웠는지, 왜 토굴에서 살아야 하는지 여러 가지 궁금한 것을 물었다.

인범은 미란이의 물음에 시골에서 자란 어린 시절과 서울로 와서 날치기 때문에 아버지, 어머니가 죽게 된 이야기를 하고, 싸움을 배워 아버지, 어머니의 원수를 갚겠다는 것과 동생들만 고아원에 간 이야기를 조근조근 털어놓았다. 그리고 인범은 자기의 소망은 판잣집을 지어 동굴을 벗어나는 것이라고 했다. 그래서 열심히 돈을 모으고 있지만, 동생들도 도와주어야 하니 언제가 될지 모른다고 했다.

언제나 말이 없던 인범은 또래의 미란이와 이야기할 땐 천진난만한 소년이었다. 미란은 인범이가 싸움을 잘하는 이유를 알고 머리를 크게 끄덕이었다. 인범이가 굳세고 건강하게 자랄 것이라고 생각했다.

미란은 인범이가 좋았다. 여자로 태어나 이성을 좋아해 보긴 처음이었다. 미란이와 인범은 천장을 향해 누워 있었다. 미란은 인범이에게 안기고 싶었지만 아직 철부지라 그런지 인범은 냉랭했다. 그러나 미란은 왠지 인범이에게 확인하고 싶었다.

"인범아, 난 네가 참 좋다. 넌, 내가 안 좋아?"

"……."

그러나 정신적으로 어린 인범은 미란의 생각을 알지 못했다.

"인범아, 난 널 좋아해. 이다음에 커서 너에게 시집갔으면 차암 좋겠다."

미란은 '차암'이란 말을 씹으면서 말했다. 그러면서 인범이를 안았던 팔에 힘을 주었다. 그리고 얼굴을 비비었다. 인범은 부드러운 미란이의 얼굴이 닿자 어쩔 줄 몰라 했다. 소녀의 순수한 사랑의 행동이고 고백이었다. 그러나 그 행동과 고백을 듣는 인범은 이성적으로 몸과 마음이 아직은 영글어 있지 않았다. 그럴 환경도 아니었다.

그러나 인범은 미란이에게서 좋아한다는 말을 처음 듣는 말이고 처음 느끼는 혼란한 감정이고 새로운 충격이라 인범이의 눈동자가 심하게 흔들렸다. 인범은 애써 답변을 피하고 일어났다. 그리고 조금 전 미란이가 비비대었던 부드러운 피부의 촉감이 너무나 감미로웠다. 아! 계집애의 피부는 머슴아이와 판이하게 다르구나! 인범은 미란이와 살갗의 접촉이 있을 때마다 느끼는 감미로운 감각에 혼란스러웠다.

미란이와 인범은 한동안 나란히 누워 아무 말 없이 천장을 쳐다보고 있었다. 미란이와 인범은 이것이 소년 소녀의 불장난이면서 첫사랑임을 알지 못했다.

"미란아, 그냥 누워 있어. 준비 좀 하게."

"인범아, 이렇게 좀 더 누워 있고 싶어."

"물이 많이 줄어들었을 거야. 집에 가야지. 나도 신문배달 가야 해."

인범은 미란이와 나란히 누워 있는 것이 부자연스럽고 어색해 먼저 일어났다. 미란이도 부스스 일어났다. 인범은 시계를 보았다. 3시가 가까워지고 있었다. 어떻게 하든 계곡을 건너야 한다는 결심을 했다. 준비를 한 인범은 미란이를 데리고 동굴을 나섰다.

계곡 물은 넘쳐나지만 새벽처럼 노도같이 세차게 흐르는 격류는 아니었다.

인범은 계곡 이곳저곳을 살피며 물살이 제일 약하고 폭이 좁은 곳으로 미란이를 데리고 갔다. 그리고 계곡 가에 서서 어떻게 건널 것인가 궁리를 했다. 미란이가 그냥 물을 건너기는 어렵겠지만 줄을 사용하면 건널 수 있을 것 같았다.

인범은 티셔츠를 벗어 배낭에 넣었다. 미란이는 인범이가 하는 것을 보고만 있었다.

"미란아, 너도 러닝을 벗어. 옷이 물에 젖으면 안 되잖아."

"인범아, 난 무서워. 도저히 못 건널 것 같아."

"걱정 마. 줄을 잡고 건너면 돼. 나만 믿어. 얼른 옷 벗어."

미란이는 주위를 둘러보았다. 주위에는 울프와 인범이 외는 아무도 없었다. 미란은 망설이다 원피스를 벗었다. 이제 러닝셔츠와 팬티만 남았다. 미란은 두 손으로 러닝을 끌어올리려다 말고 인범이를 바라보며 머뭇거리고 있었다.

"미란아, 빨리 벗지 않고 뭘 해."

인범은 재촉했다. 인범은 초경을 맞은 미란이의 영글고 있는 여자의 몸을 알기에는 아직은 어렸다. 자기처럼 가슴이 밋밋한 아이라고만 생각했다. 미란은 인범의 재촉에 결심을 한 듯 러닝셔츠를 벗었다. 제법 볼록한 젖가슴과 유두가 드러났다. 겉으로 보기에는 연약한 미란이었는데 젖가슴이 포동포동 살이 쪄 있었다. 아니, 살이 찐 것이 아니고 유방이 불룩하게 돋아나 있었다. 제법 도톰하고 탱글탱글한 젖꼭지가 탐스럽게 영글고 있었다.

인범은 미란이가 옷을 입었을 때에 보이지 않던 굴곡진 허리와 엉덩이와 유방을 보고 신비한 듯 멍하니 바라보고 있었다. 여자의 몸으로 성장하고 있는 미란이의 가슴이 머슴아이와는 판이하게 달라 너무나 신기했다. 인범은 여자의 몸이 부드러운 것만이 아니라는 것을 알았다.

미란은 인범이가 자신의 가슴을 보고 있다는 것을 알고 그제야 두 팔로 가슴을 감싸 안았다. 부끄러운지 얼굴이 홍당무가 되었다. 그러면서 미란은 왠지 모르게 자신의 젖가슴을 인범이에게 보이는 것이 싫지 않았다. 아니, 여물고 있는 자신의 여체를 왜 보이고 싶었는지 몰랐다.

"인범아, 뭘 봐?"

"……."

이렇게 말하는 미란은 발그레한 얼굴에 묘한 미소를 머금고 있었다. 인범은 미란의 미소의 의미를 몰라 어색하고 멋쩍은 미소를 머금다 말았다. 어색한 미소였다.

미란은 인범이가 아직 사춘기에 접어들지 않은 머슴아이에 지나지 않다고 단정했다. 왠지 서운했다. 그러나 인범은 자신도 의식하지 못한 채, 시선을 거두지 않고 미란이의 핑크색 팬티에 도톰하게 불거진 여자의 은밀한 곳에 눈길을 쏟고 있었다.

미란이 아버지가 한 말 '이 새끼, 우리 미란이 어찌하면 죽여 버린다.'는 말이 다시 한 번 고막을 울렸다. 떨떠름하고 개운치 않은 감정의 찌꺼기가 뇌리를 짓누르고 있었다.

"인범아, 옷 받아."

미란은 벗어 둔 원피스와 러닝과 팬티를 인범이게 내밀었다.

"응, 이리 줘."

인범은 미란이의 옷을 받아 배낭에 넣고 배낭 안에 몇 개의 돌을 넣었다. 그리고 배낭을 빙빙 돌리더니 반대편으로 힘껏 던졌다. 배낭이 반대쪽에 툭 소리를 내며 떨어졌다.

인범은 어제처럼 줄을 굵은 나무에 감고 어깨와 겨드랑이에 대각선으로 줄을 끼웠다.

"미란아, 여기 있어. 내가 저쪽에 건너갔다 올게."

인범은 가슴에 물을 몇 번 적시고 물속에 들어갔다. 물살이 어제처럼 세지 않아 헤엄쳐 가기가 어렵지 않았다.

인범은 물살에 잠깐 떠밀려 내려가다 곧 반대편에 도착했다. 땅에 올라선 인범은 줄을 나무에 단단히 묶고 양쪽 끝에 묶음을 하여 마디를 만들어 쥐고 다시 미란이쪽으로 헤엄쳐 왔다. 미란은 어제 전화를 하기 위해 인범이가 위험하게 헤엄쳐 건너갔을 것이라고 생각하니 인범이게 고맙고 미안했다.

인범은 줄 한쪽 끝을 자신의 허리에 묶었다.

"미란아, 겁먹지 말고 건너자. 내가 알아서 할 테니, 넌 내 허리에 맨 줄만 꽉 잡고 있으면 돼."

"인범아, 무서워!"

"미란아, 머리가 물속에 빠지더라도 당황하지 말고 줄을 꼭 잡고 있어야 한다. 줄을 놓치면 떠내려가 죽어. 그러니 절대로, 절대로 줄을 놓치면 안 돼. 알았지!"

"놓치면 죽어?"

"그래, 죽어."

"내가 죽으면 넌 어떻게 할 거야?"

"……."

"어떻게 할 거야. 말해 봐."

"……."

"말해 봐. 어떻게 할 거야?"

"나도 죽어."

"왜 죽어? 내가 죽는데."

인범은 미란이의 얼굴을 멀거니 바라보고 있었다. 미란이는 인범의 말을 기다리고 있었다. 내가 물에 떠내려가 죽는다면 인범이가 어떻게 할까 궁금했다. 인범이가 침을 꼴딱 삼키고 말했다.

"나도 죽어."

조금 전과 똑같은 말을 했다.

"어떻게 죽는단 말인데?"

"네가 떠내려가는데 내가 어찌 널 구하지 않고 보고만 있겠어. 나는 물에 뛰어들 거야. 그러나 이 물살에 널 구할 수 없을 거야. 나 혼자라도 땅 위로 못 올라올 거야. 그보다 나만 살고 네가 죽는다면……."

"내가 죽는다면……."

미란은 인범의 다음 말이 궁금했다.

"난 너의 아버지에게 맞아 죽을 거야."

이 말을 듣는 순간 미란은 가슴이 아팠고 감격에 가슴이 벅찼다. 뜨거운 눈물이 목구멍에 울컥 솟구쳤다. 그리고 네가 떠내려가는데 내가 어찌 보고만 있어. 그리고 네가 죽으면 난 너희 아버지에게 맞아 죽을 거야 하는 인범의 말은 맞는 말이었다. 나를 두고 인범이 혼자 살려고 하지 않을 것이고, 저 격류에 살아남지 못할 것 같았다. 그보다 만약 인범이 혼자 살아남는다면 아버지가 인범이를 그냥 두지 않을 것이라고 단정했다. 인범은 어떻게 우리 아버지를 저렇게 정확히 알까, 신기했다.

"응, 알았어. 절대로, 절대로 줄을 놓지 않을게. 내가 죽으면 너도 죽을 테니까."

"……"

인범은 손 바가지로 물을 담아 미란의 가슴과 배에 물을 몇 번 끼얹었다.

"차가워. 왜 그래, 인범아."

"갑자기 찬물에 들어가면 심장마비가 온대."

"뭐? 심장마비?"

인범은 형들이 갑자기 차가운 물에 들어갈 땐 심장마비에 대비하여 몸에 물을 끼얹는 것을 보았기 때문이었다. 인범은 먼저 계곡 안으로 한 발자국 들어갔다.

"미란아, 내 허리의 줄을 단단히 잡아. 자, 물에 들어간다."

울프도 함께 물을 건너려고 물에 들어가려고 하고 있었다.

"울프, 넌 가만있어. 알았어."

인범은 천천히 물속으로 들어갔다. 미란이도 인범이의 허리에 감긴 줄을 단단히 잡고 물속으로 한 발자국, 한 발자국씩 들어갔다. 차가운 물이 무릎에서 허리로 허리에서 가슴으로 올라오자 세찬 물에 몸의 중심을 잡을 수가 없었다. 물에 빨려 들어갈 것 같았다. 철없는 두 아이는 위험한 짓을 하고 있었다. 그럴 수밖에 없는 상황에 인범은 위험한 곳으로 발을 밀어넣고 있었고, 미란은 인범이를 믿고 또한 죽을지도 모르는 모험에 빠져들고 있었다.

"자, 미란아. 들어간다. 머리가 일시 물에 들어가도 줄을 절대로 놓으면 안 돼. 내가 줄을 당기면 곧 머리가 올라와."

인범이가 물속에 잠겼다. 노도 같은 물이 두 아이를 삼켰다. 미란이의 몸도 물속에 잠겼다. 미란은 머리가 물에 잠겨도 인범의 허리에 감긴 줄을 꼭 잡았다. 놓치면 죽는다는 인범의 말이 귀에 박혀 있었기 때문이었다.

인범이가 줄을 힘껏 잡아당겼다. 미란이의 머리가 잠깐 물속에 빠졌지만 인범이가 줄을 잡아 당겨 줄이 탱탱하게 되자 머리가 물속에서 빠져 나왔다. 미란은 한편 무서웠고 한편 재미가 있었다.

"미란아, 잘했어. 줄을 꼭 잡고 있어. 곧 물가에 닿을 거야."

"인범아, 무섭고 재미있어."

미란은 역시 어렸다. 무서움 중에도 미란은 재미를 느꼈다. 세찬 물살이 인범이와 미란이를 떠밀었다. 인범은 이를 악물고 줄을 천천히 당겨 물가로 다가갔다. 드디어 물가에 닿았다. 인범은 작은 나뭇가지를 잡고 뭍에 올랐다.

먼저 올라간 인범이가 미란이의 손을 잡아 땅 위로 당겨 올렸다. 땅에 올라온 미란이의 젖가슴이 먼저 인범의 눈에 들어왔다. 인범은 얼른 시선을 떼고 배낭을 찾았다. 흠뻑 젖은 미란이의 긴 머리가 미란이의 얼굴을 온통 덮고 있었다. 꼭 귀신같았다. 미란이는 물에 흠뻑 젖고 얼굴을 덮고 있는 긴 머리를 두 손으로 뒤로 힘껏 젖혀 넘겼다. 머리의 물이 뚝뚝 떨어지며 인범이의 몸에도 뿌려졌다. 인범이가 배낭에서 수건을 끄집어내어 미란이에게 내밀었다.

"인범아, 내 등 좀 닦아 줘."

등을 닦아 달라며 말갛게 미소를 짓는 미란은 꼭 응석을 부리는 어린아이 같았다 인범은 옷을 벗을 때처럼 미란이의 미소의 의미를 몰랐다. 미란이가 돌아섰다. 미란이의 좁고 여윈 어깨와 부드럽고 하얀 살결, 겉보기와는 달리 잘록한 허리가 물에 젖어 팬티에 착 달라붙은 노출된 엉덩이가 제법 크게 보였다. 인범은 수건으로 미란이의 등을 닦아주면서 밋밋한 자기 궁둥이와는 다른 곡선이 진 미란이의 엉덩이에 자신도 모르게 눈길이 갔다. 인범은 미란이의 등을 닦아 주었다.

"미란아, 앞은 네가 닦아."

인범은 미란이가 수건으로 몸을 다 닦는 것을 보고 배낭 안에 든 미란이의 원피스와 러닝셔츠를 꺼내 주었다.

"인범아, 돌아서 줘, 옷 입게."

햇빛이 나무 사이를 파고들며 땅에 온갖 나무 무늬를 만들었다. 싱그러운 산속이었다.

미란이는 인범이의 등 뒤에 서서 원피스와 러닝을 입고 물에 젖은 팬티를 벗었다. 물에 젖어 엉덩이에 착 달라붙은 팬티가 잘 벗겨지지 않았다. 미란은 고무줄을 힘껏 당겨 팬티를 벗었다. 물이 뚝뚝 떨어지는 팬티를 인범의 등위로 넘겨주었다. 인범의 등에 물이 뚝, 뚝 떨어졌다.

인범은 미란이의 팬티를 들고 물에 흔들어 씻었다.

미란은 얼른 아랫도리를 닦고 원피스를 입었다.

인범은 미란의 팬티를 힘껏 비틀어 짜고는 힘껏 털었다. 가느다란 물방울이 안개처럼 하얀 입자가 되어 허공에 날렸다. 인범이가 미란의 팬티를 들고 미란이에게 다가왔다.

"인범아, 돌아서 줘, 팬티 입게."

인범은 얌전히 돌아서서 가만히 눈을 감고 서 있었다.

눈을 감은 시야에 탱글탱글한 미란이의 유두와 굴곡진 엉덩이가 명멸(明滅)해 인범이를 묘한 감정으로 몰아넣었다.

"인범아, 다 입었어."

"그럼, 난 다시 물을 건너 울프를 데리고 와야 해."

건너편에 울프가 아까부터 귀를 쫑긋하고 인범의 명령을 기다리다 껑껑

짖고 있었다. 그리고 물에 들어가려고 준비를 하고 있었다.

"안 돼! 울프 위험해! 기다려 내가 건너갈게."

인범이가 줄을 감고 다시 물속으로 들어갔다. 인범이의 몸이 물속에 잠겼다. 그러나 이내 인범이의 머리가 줄에 당겨 올라왔다. 건너편에 도착한 인범이가 울프의 몸에 줄을 묶고 물속에 들어갔다. 울프와 인범이가 한 덩어리가 되어 소용돌이치는 하얀 포말의 격류에 파묻혔다.

인범은 물속에 잠기면서 줄을 놓지 않았다. 줄이 탱탱해졌을 때 인범은 힘껏 줄을 당겼다. 인범의 목이 물속에서 나왔다. 그리고 뒤이어 울프의 머리도 물속에서 나왔다. 미란은 인범이와 울프가 물속에 잠겨 보이지 않을 때는 불안했다. 만약에 내가 줄을 놓아 버렸다면 나는 저 격류에 떠내려가 죽었을 것이라고 생각하며 몸서리를 쳤다.

이를 악다문 인범이가 탱탱한 줄을 안간힘을 다하여 두 손으로 힘껏 당기고 있었다. 인범이의 얼굴에 힘줄이 불끈 솟았다. 인범이가 줄을 당길 때마다 인범이와 울프의 몸이 계곡 가까이 다가갔다. 지켜보던 미란이가 두 손을 불끈 쥐고 힘을 썼다. 드디어 인범이가 줄을 당겨 땅으로 올라왔다. 미란이가 맘 졸이며 지켜보고 있었다. 울프를 위해 위험한 물속에 뛰어 들어가는 인범이가 그지없이 용감하고 강한 남자로 보였다.

땅에 올라온 울프는 온몸을 힘껏 흔들어 물을 털었다. 이슬 같은 하얀 알갱이의 입자가 안개처럼 퍼져 나갔다.

인범이는 두 번을 왔다 갔다 하여 힘이 소진되었는지 기진한 몸을 추스르려고 한참이나 앉아 있었다. 미란이는 안쓰러운 얼굴로 인범이를 말없이 바라보고 있었다. 한참 후 일어난 인범은 미란이에게 다가왔다.

"미란아, 이제 네가 돌아서 줘."

인범은 반바지와 팬티를 벗어 물에 흔들어 씻고는 힘껏 비틀어 짜서 펴고는 힘껏 털었다. 그러나 미란이는 돌아서지 않고 인범이의 여리고 밋밋한 궁둥이를 보고 있었다.

인범은 팬티를 입고 돌아서다 미란이가 자신의 벗은 알몸을 눈을 말똥 말똥 뜨고 배시시 미소를 짓고 보고 있는 눈과 마주쳤다. 깜짝 놀라는 인범이와 짓궂게 미소 짓고 있는 미란이와는 대조적이었다.

"미란아, 돌아서 있으라고 했잖아."

"넌, 내 가슴을 다 봤잖아. 볼 것 없는 머슴아이 궁둥이 좀 보면 어때."

"……?"

미란은 능청스럽고 짓궂은 표정으로 여전히 배시시 웃고 있었다. 인범은 마뜩찮은 표정으로 멀거니 미란이의 얼굴을 바라보았다.

초소까지 내려오면서 인범이와 미란은 아무 말도 하지 않았다. 왠지 서먹했다. 초소에 도착하니 김 일병과 최 상병이 걱정스러운 얼굴로 인범을 맞았다. 김 일병이 미란이 집과 보급소에 전화를 해 놓았다고 했다. 그러면서 미란이와 인범이가 추위에 입술이 새파래진 것을 보고 어제처럼 따뜻한 커피를 끓여 주었다.

미란이가 집에 전화를 했다. 엄마가 전화를 받았다.

"미란이냐, 그래 물은 잘 건넜니? 점심나절에 군인이 아직 물이 줄지 않아 물을 못 건너면 오늘도 못 갈지 모른다고 전화가 와서 엄마는 그렇게 알고 있었다. 그래, 지금 물을 건넜다고? 다행이구나. 빨리 와. 그리고 미란아, 집에 와서 아빠가 야단을 쳐도 그냥 잘못했다고 해, 알았지. 인범에게 고맙다고 전하고."

말하는 도중에 아버지의 굵고 화난 고성이 전화기에서 터져 나왔다. 미란이 아버지는 미란이가 걱정이 되어 회사에도 가지 않고 집에 있었던 것이다.

인범이와 미란은 산길을 내려왔다. 미란은 인적이 없는 호젓한 산야의

길을 내내 인범이의 팔을 끼고 내려왔다. 인범은 아저씨를 만날까봐 몇 번이나 미란이의 손을 뿌리쳤지만 춥다고 하며, 또 아무도 없는데 어떠냐고 떼를 써서 그냥 두었다. 미란은 인범이와 달리 적극적이었다. 어른의 흉내를 내는 성숙한 처녀 같았다. 인범은 태어나서 처음으로 여자의 팔을 껴보았다. 자꾸만 자신이 불량소년 같아 마음이 꺼림칙했다. 그럴 적마다 인범은 무서운 미란이의 아버지를 떠올리며 깜짝깜짝 놀랐다.

신문 보급소에 도착하니 소장님이 못 올 것 같다는 군인의 전화를 받았다고 하면서 왜 왔느냐고, 자기가 배달을 하려고 했다고 했다.

분노의 구타

1

다음날, 학교에서 미란이를 만났다. 평소와는 달리 미란이의 얼굴이 어두웠다. 조용한 가운데 미소를 담고 인범이를 만나면 언제나 얼굴에 보조개를 만들며 하얀 미소를 짓던 미란이었다. 그러나 오늘은 미소도 담지 않았고 짙은 그늘이 미란이의 얼굴에 드리워져 있었다. 아침에 아버지가 인범이를 죽여 버리겠다고 하면서 운전수에게 우선 인범이를 반쯤 죽여 잡아오라고 하던 아버지의 화가 난 얼굴이 떠올랐기 때문이었다.

미란은 이따금 힐긋힐긋 인범을 바라보았다. 눈이 마주치자 미란은 그늘진 얼굴에 어색한 미소를 잠깐 머금다가 얼른 시선을 피했다.

이러는 미란이를 보고 인범은 행여 미란이가 아버지에게 호되게 야단을 맞지나 않았는지 걱정이 되었다.

수업을 마치고 교실을 나오니 미란이가 먼저 나와 있었다.

"인범아, 미안해. 아버지가 널 혼낼 거야. 그리고 운전수 아저씨가 널 때릴지도 몰라. 나 때문에 미안해. 정말 미안해."

그리고 획 돌아서서 가 버렸다. 인범은 미란이의 뒷모습을 멍하니 바라보았다.

인범은 울프와 교문을 나서고 있었다. 미란의 말을 들은 인범이도 마음이 어둡고 무거웠다. 미란이가 아버지에게 심하게 야단을 맞은 것 같았다.

교문을 막 나서니 키가 크고 몸이 호리호리한 청년이 인범이 앞으로 다가왔다.

"애, 네가 고인범이지?"

그렇게 말하는 청년의 얼굴이 험상궂게 변하더니 무서운 표정으로 인범을 노려보았다.

"……."

"인마! 신문배달 하는 인범이 맞지?"

"…… 네."

인범은 미란이 아버지가 보낸 운전기사임을 직감하고 담담하게 청년의 얼굴을 마주 쳐다보았다. 운전수 아저씨가 너를 때릴지 모른다는 미란이의 말이 떠올랐다.

예상했던 대로 청년이 느닷없이 세차게 인범의 뺨을 때렸다. 어른의 힘은 아이들과는 달랐다. 뺨을 맞은 인범의 얼굴은 얼얼했다. 지나가는 아이들이 가다 말고 청년과 인범을 번갈아 쳐다보며 지나갔다. 그 중에 인범이의 한 반 아이도 있었다. 청년은 아이들이 보고 있는 것을 보더니 인범이를 학교 담 뒤 으슥한 곳으로 데리고 갔다. 인범은 순순히 따라갔다. 청년이 또다시 뺨을 때렸다. 반항하지 않고 있는 인범을 청년이 또 때렸다. 어떻게 힘껏 때렸는지 몸이 넘어질 것 같았다. 아마 주먹으로 때렸다면 인범은 기절하였을 것이다. 또다시 때리려고 손을 치켜들었다. 그때서야 울프가 흰 이빨을 드러내고 으르렁거리며 청년에게 덤벼들려고 했다. 청년이 다시 인범이를 때리려고 하다 울프를 보고 겁을 먹고 당황하고 있었다. 치켜들었던 청년의 손이 허공에 머물렀다. 울프는 주인인 인범이가 지금까지 또래의 아이들과 맞싸우는 것만 보았기 때문에 인범이가 몇 번 맞는 것을 보고도 어른이라 망설이고 있었던 것 같았다.

인범은 아무리 어른이지만 이유 없이 청년에게 맞을 수 없다고 생각했다.

"아저씨, 왜 때려요?"

"나에게 잘못한 것이 아니고 미란이 아버지에게 잘못한 것을 내가 혼내는 거야, 인마! 미란이 아버지가 널 혼내 주고 데리고 오라고 했어."

"......"

"인마, 더 때리지 않을게. 차 타."

"먼저 가세요. 저는 개를 데리고 가야 합니다."

청년은 울프를 보았다. 하긴 더러운 개를 고급 차에 태울 수 없었다.

"그럼, 빨리 와. 달아날 생각 마."

인범이가 미란이의 집 대문 앞에 도착하니 청년이 기다리고 있었다. 청년이 인범이만 대문 안으로 밀어 넣고 문을 닫았다. 울프를 집안으로 못들어가게 하였다.

대문에 들어서니 얼굴에 잔뜩 노기를 띤 미란이 아버지가 인범이를 무섭게 노려보았다. 그 얼굴은 험악하게 일그러져 있었고 분을 참지 못해 얼굴이 붉으락푸르락 했다. 인범은 미란이 아버지 앞으로 걸어가 허리를 굽히고 가볍게 인사를 했다. 마당 중앙에 푸른 잔디가 심어져 있고 고급 관상수가 심어져 있어 밖에서 볼 때보다 더욱 고급스러웠다. 그러나 인범은 집 안을 살펴 볼 여유가 없었다.

"인범이 왔니?"

미란이 어머니가 걱정이 가득한 얼굴로 어색한 미소를 머금고 말을 했다. 처음 대하는 미란이 어머니였다. 퍽 좋은 분 같았다.

미란이 어머니와 미란이가 붉고 선명하게 손자국이 난 인범의 얼굴을 보고 얼굴을 찡그렸다. 운전사에게 심하게 맞았다는 것을 알고 한없이 가슴이 아팠다. 집안 분위기가 무겁게 가라앉아 있었다.

"너, 이 새끼! 네놈이 감히 우리 미란일 꼬드겨 짐승들이나 사는 산속으로 뭐 하려고 데리고 갔어? 이 거지 같은 고아 놈의 새끼야!"

인범은 '거지같은 고아 놈의 새끼'란 말에 심장을 비수로 찌르듯 쓰리고 아프더니 끝내 가슴 한 구석이 무너져 내리고 있었다.

미란이 아버지의 구두 발길이 인범의 가슴을 느닷없이 찼다. 사십 대의 미란이 아버지는 아침마다 축구를 하여 그런지 발길질이 강하고 매서웠다.

"퍽!"

"아빠!"

"여보!"

미란이와 미란이 어머니의 입에서 동시에 비명이 터져 나왔다. 가슴을 차인 인범은 비실비실 하더니 몇 걸음 물러났다. 뒤이어 이성을 잃은 미란이 아버지의 주먹질과 발길질이 인범에게 무차별 가해졌다. 인범은 맞지 않으려고 굵은 정원수의 나무 사이사이를 이리저리 피하면서 급소와 이빨을 맞지 않으려고 두 팔과 두 손으로 가슴과 얼굴을 감쌌다. 흥분을 한 미란이 아버지의 주먹이 이리저리 피하는 인범을 따라다니며 때렸다. 주먹이 손등을 때렸다. 손등이 아파 손등을 떼면 어김없이 주먹이 얼굴에 명중했다. 미란이 아버지의 주먹질을 인범은 피하기에 급급했다. 얼굴은 코피가 터져 피범벅이 되었지만 미란이 아버지의 주먹질과 발길질은 멈추지 않았다.

"여보, 그만해요! 아이를 그렇게 때리면 죽어요."

"아빠! 인범이 때리지 마세요! 인범인 아무 잘못 없어요."

미란이 어머니와 미란이가 울부짖으며 말렸지만 이미 도살장의 도수가 된 미란이 아버지의 주먹과 발길질이 계속 인범의 몸에 가해졌다.

"이 새끼야! 넌 오늘 나에게 맞아 죽어야 해! 내가 벌레 같은 네놈을 그냥 두지 않겠어."

"여보! 너무 심하지 않아요. 그 아이 잘못한 것 없어요."

얼굴이 사색이 된 미란이 어머니가 남편에게 대들었다.

"당신은 왜 이런 놈을 두둔해. 이 고아 놈은 죽여야 한단 말이야!"

미란이 아버지는 또다시 모진 말을 하며 어린 인범이에게 마구 주먹을 휘둘렀다. 인범은 비명 한 번 지르지 않고 이 나무 저 나무 사이로 몸을 옹송하게 웅크리고 피하지만 미란이 아버지는 피하는 인범이를 계속 때렸다. 미란이 아버지는 인범을 막다른 곳에 몰아넣었다. 더 피할 곳이 없었다. 인범은 고스란히 미란이 아버지의 주먹을 받았다. 무저항 상태의 어른의 주먹은 무서웠다.

미란이 아버지는 아이놈이 맷집으로 버티며 비명도 지르지 않고 잘못했다고 빌지도 않고 고스란히 맞는 것에 더 화가 났다.

"아빠, 그만해요! 제가 억지로 따라갔다고 몇 번이나 말했잖아요."

"여보, 그만 때리세요! 아이 죽어요."

미란이와 미란이 어머니가 울부짖으며 말렸다.

담 밖에서 울프가 고함을 지르는 소리를 듣고 집 안의 동정에 불안한 듯 왕왕 거리면서 마구 짖고 있었다. 인범은 미란이 아버지의 주먹과 발길을 맞으며 반항을 전혀 하지 않았다. 인범은 발길이 자신의 가슴과 옆구리에 강타를 할 때 뼈가 부러질 듯 고통스러웠지만, 치명타를 맞지 않으려고 주먹이 멈출 때까지 계속 두 팔로 몸을 감싸고 맞았다.

자기 자신의 분노에 이성을 잃은 미란이 아버지의 주먹질과 발길질이 멈추지 않고 계속 인범이를 때리자 미란이 어머니와 미란이가 인범의 몸을 덮으며 막았다. 그제야 미란이 아버지는 주먹질을 멈추고 가쁜 숨을 몰아쉬며 씩씩거리고 있었다.

"인범아! 어떡해! 어떡해! 미안해, 미안해! 인범아, 미안해!"

미란이 어머니는 계속 미안하다고 절규를 하며 눈물을 마구 쏟았다.

얼굴은 콧물, 눈물로 범벅이었다.

"인범아! 네가 아무 잘못도 없이 짐승처럼 맞는구나! 왜 잘못한 것이 없다고 말하지 못하고 맞고만 있는 거야. 불쌍한 인범아, 불쌍한 인범아! 당신은 벌 받을 거예요."

미란이 아버지는 아내의 저주의 말을 듣고 우락부락한 얼굴로 분을 삼키지 못하고 씩씩거리고 있었다.

미란의 엄마는 수건으로 얼굴이 퉁퉁 부어 있고 온통 피투성이가 된 인범이의 얼굴을 손수건으로 정성껏 닦아주었다.

"아주머니, 전 신문배달 하러 빨리 가야 해요."

"그렇게 맞고 가겠니? 인범아, 미안해! 인범아, 미안해!"

미란이 어머니는 억울함도 참고 아픔도 참으며 변죽을 울리는 인범이가 너무 불쌍해 한없이 울었다.

그렇게 맞으면서도 나는 잘못이 없노라고 한 마디 변명도 않고, 아프다고도 하지 않고 눈물 한 방울 흘리지 않던 인범이가 미란이 어머니가 울면서 미안하다고 하는 말에는 억울함과 아픔과 서러움이 울컥 솟구쳤다. 그러나 소리 내어 울지 않으려고 이를 앙다물었다. 그 앙다문 입이 실룩거리고 있었다.

인범은 겉으로 눈물을 흘리지 않았지만 가슴에 괴는 눈물이 더 많았다. 그 뜨겁고 진한 눈물은 억울함과 아버지, 어머니를 잃고 고아가 된 서러움의 눈물이었다. 아버지, 어머니가 없는 고아이기에 짐승처럼 맞아도 어느 누구에게 하소연할 곳이 없기에 더욱 서러웠다. 음지의 산자락인 인범의 둥지인, 짐승의 삶을 들여다보려는 철없는 소녀의 궁금증의 결과가 인범에게 매타작을 맞게 했고 어린 가슴을 갈가리 찢어 놓았다.

눈물을 삼키고 인범은 배낭을 짊어지고 급히 대문을 나섰다. 미란이 어머니와 미란이가 울면서 따라 나왔다. 울프가 인범이를 보고 왕왕거리며 짖었다.

　인범이가 대문을 나가자 아직도 분이 풀리지 않는지 미란이 아버지는 미동도 하지 않고 씩씩거리며 숨을 헐떡이고 있었다.

　아, 어쩌랴! 후일 미란이 아버지가 부도가 나 사채업자에게 피를 말리는 시달림을 당할 때 인범이의 도움을 받는 그때가 있을 줄 모르고……

　"아주머니, 안녕히 계세요."

　"인범아, 미안해, 미안해!"

　미란은 한없이 울고 있었다.

　대문을 나선 인범의 얼굴엔 눈물이 비죽비죽 눈꺼풀을 밀치고 흘러나왔다. 너무나 억울하고 사고무친의 고아의 설움에 엉엉 소리 내어 울고 싶었다. 그러나 인범은 이뿌리가 아프도록 어금니를 맞물어 울음보를 씹었다. 그래도 복받치는 서러움이 터져 나오려고 했다. 인범은 다시 어금니를 앙다물고 울음을 참느라고 걸음을 빨리 했다. 시야가 흐려 걸음을 빨리 할 수 없었다. 눈을 끔벅이고 눈물을 씻어 내고 하늘을 바라보았다. 뿌옇게 흐려져 있는 하늘에 눈물을 머금은 어머니가 명멸하며 말했다.

　'인범아, 고아의 설움이란다. 참아, 인범아.'

　인범은 걸음을 빨리 했다. 빨리 미란이와 미란이의 어머니 시야에서 벗어나고 싶었다. 인범은 미란이 어머니가 볼까 봐, 돌아서지 않았고 눈물을 훔치지도 엉엉 울지도 않았다. 인범이의 뒷모습을 미란이 어머니의 눈물의 끈이 따라가고 있었다. 인범은 표표히 가고 그 뒤에 말없이 울프가 따라가고 있었다. 아이가 그렇게 맞았으면 몸 어딘가 부서졌을 것인데, 아픈 표도 없이 등에는 커다란 배낭을 짊어지고 언제 심하게 맞았느냐는 듯 빠르게 걸어가는 인범이가 너무나 애처로워 길모퉁이에 사라져 보이지 않을 때까지 미란이 어머니는 눈물을 흘리며 바라보고 있었다.

　'저 아이는 짐승처럼 강한 아이구나! 불쌍하고 착한 아이……'

아이가 처절히도 불쌍해, 미란이 어머니는 뜨겁고 진한 눈물을 한없이 흘렸다. 아무 잘못도 없이 짐승처럼 맞았구나!

"인범아, 미안해, 미안해!"

미란이 어머니는 대문 앞에 서서 오랫동안 늘켜 울고 있었다. 얼굴엔 느침과 눈물로 범벅이 되어 있었다.

2

인범이가 보급소에 도착하니 박 소장이 수심이 가득 찬 얼굴로 초조하게 기다리고 있었다. 배달 시간이 이미 한 시간 가까이 지나 있었지만, 박 소장은 신문배달을 쉴 인범이가 아니라고 생각하고 기다리고 있었던 것이다.

개를 데리고 급히 문을 밀고 보급소로 들어선 인범이의 얼굴을 박 소장은 자세히 바라보았다. 인범의 얼굴이 온통 상처투성이고 퉁퉁 부어 있었고, 입술은 심하게 터져 있었다. 계곡을 건너다 다친 얼굴이 아니었다.

"인범아, 너 또 싸웠구나! 너, 그러다 인마 제 명에 못 살아. 때론 참기도 하여야 하고 상대를 무시할 때도, 싸움을 피할 때도 있어야 한다. 넌, 아직 어려. 너 병신이 되든지 맞아 죽으면 너만 억울하잖니 인마! 이 고집쟁이야!"

박 소장은 고함을 질렀다. 오늘 따라 인범이가 한없이 미웠다. 누구에게도 지기 싫어하는 인범이를 잘 알기 때문이었다. 몸을 아낄 줄 모르는 인범이가 밉고 싫었다. 박 소장의 얼굴은 노기가 가득했다.

"……."

"인마, 인범아, 내 말이 무슨 말인가 알고 있나?"

"…… 알고 있습니다. 주의하겠습니다."

"앞으로 조심해. 몸은 귀하고 생명은 하나밖에 없어. 잘 보존해. 달수 구역은 내가 갈게."

"아닙니다. 제가 할 수 있습니다. 제가 가겠습니다."

인범은 단호하게 말하고 소장이 뭉쳐 둔 신문 다발을 배낭에 넣었다. 그리고 말없이 문을 밀고 나갔다.

"인범아, 갈 수 있겠니? 얼굴이 말이 아니다."

"가겠습니다. 그리고 오늘은 집으로 바로 가겠습니다."

'저놈은 제 명에 못 살 것 같다. 저놈은 굴복할 줄 모른다. 그래서 적을 많이 만든다. 지독한 놈, 미련한 놈.'

소장은 인범이의 뒷모습을 보며 혀를 찼다. 조금 전 박 소장은 마음을 가라앉히고 참았다. 만약 참지 않았다면 인범이를 앞세워 때린 놈들을 찾아 이성을 잃고 무참하게 구타를 했을 것이다.

인범이를 참렬하게 때린 그날 저녁, 미란이의 가족들은 저녁도 먹지 않은 채, 아니 하지도 않은 채, 각자의 방에서 나오지 않고 있었다. 전등도 켜지 않은 무거운 공기가 깔린 거실은 적막 같았다. 김 사장은 아이를 때리려고 작정하고 가정부를 자기 집으로 보냈던 것이다.

대문 밑으로 그날 저녁 인범이가 배달한 신문만이 시멘트 위에 널브러져 있었다.

침대 위에 앉아 불도 켜지 않고 무릎을 깍지하고 오도카니 앉아 있던 미란이가 시계를 보더니 무슨 생각이 났는지, 이층 자기 방에서 내려와 거실에 불을 켜고 대문으로 갔다. 역시 미란이의 생각대로 인범이가 넣고 간 신문이 보였다. 신문을 보자 미란은 왈칵 눈물이 솟구쳤다.

'불쌍한 인범이, 그래도 신문은 넣었구나!'

눈물이 신문지 위로 흘러 신문을 적셨다. 미란은 신문을 들고 아버지 방에 들어갔다. 아버지가 심각한 얼굴을 하고 앉아 있는 앞에 미란은 말없이 신문을 놓고 나왔다. 미란이 아버지 김 사장은 미란이가 놓고 간 신문을 보고 일그러진 얼굴이 더욱 일그러졌다. 김 사장은 힐긋 신문을 보면서 생각했다.

'아! 내가 아이에게 못할 짓을 했구나! 나에게 심하게 맞아 운신하기가 힘들 것인데⋯⋯.'

아이는 배달의 의무를 다한 것이다. 김 사장은 미란이가 방바닥에 놓고 간 눈물이 젖은 신문을 멍하니 바라보며 고뇌를 했다. 왜 미란이가 신문을 나에게 가져왔을까 하는 의문이 먼저 들었다. 잘못한 것도 없는 아이를 때렸다는 무언의 항의일까? 다른 날엔 미란이가 신문을 가져다 놓는 적은 거의 없었는데, 가정부가 없어 가져다주었을까?

김 사장은 아닐 것이라고 생각했다. 무언의 항의⋯⋯. 과연 내가 그렇게도 잔인하게 때려야 했던가. 내가 이성을 잃을 만큼 아이가 내가 생각한 만큼 잘못을 저질렀단 말인가. 아이는 이제 겨우 초등학생이 아닌가. 김 사장은 깊은 회한의 한숨을 길게 내뿜었다. 미란이와 아내는 아이가 꾀어간 것이 아니라 미란이가 아이가 토굴에서 어떻게 사는지 보려고 억지를 부려 산속으로 간 것이라고 울부짖으며 말했는데, 그런데도 김 사장은 가난하고 고아라는 선입감과 편견감에 제 자식 귀한 것만 생각하고 아무도 돌볼 이가 없는 고아를 때린 것에 일말의 죄의식을 느꼈다. 아이는 그렇게 맞고도 신문을 배달한 것에 생각을 깊이 하지 않을 수 없었다.

'대단한 아이구나! 나는 그 아이보다 속이 좁구나.'

김 사장은 비로소 자괴를 금치 못했다. '아, 내가 옹졸한 짓을 했구나.' "아빠, 미워, 미워."라고 절규하는 미란이에게 미안했다. 그렇다. 미란은 사람이, 특히 아이가 어떻게 토굴에 사는지 궁금해서 가 보았다고 했다. 그래 그 아이가 토굴에 산다고 말한 것도 바로 자신이었지 않은가.

'내가 심했구나!' 아내가 "당신은 벌 받을 거예요."라며 자신을 저주하던 말이 귀에 박혀 가슴을 헤집었다. 재삼 아이를 심하게 때린 것이 후회가 되었다.

3

그날 밤 인범은 밤새도록 끙끙 앓았다. 그래도 인범은 아침에 일어나 밥을 해 먹고 여느 때처럼 학교에 갔다. 인범은 얼굴이 무겁고 온몸이 아팠지만 동굴을 나섰다. 동굴에 거울이 없는 인범은 자신의 얼굴이 어떠한지 몰랐다. 학교로 오는 도중 길거리에서 마주친 사람들이 놀란 눈으로 자신의 얼굴을 유심히 보고 가는 것에 의아해했지만 별 관심을 두지 않았다.

교실에 들어서니 아이들이 인범이의 얼굴을 보고 벌린 입을 다물지 못했다.

"인범아! 너 얼굴이 왜 그래, 누구하고 싸웠니?"

아이들은 인범이가 중학생 깡패들에게 보복을 당한 것으로 생각하고 심각하게 물었다. 인범의 얼굴이 온통 시퍼렇게 멍이 들어 있고 얼굴이 통통 부어, 길에서 보면 인범이를 못 알아볼 정도였다. 모든 아이들이 인범이 가까이 와서 얼굴을 찌푸리고 바라보았다. 한 아이가 물었다.

"인범아, 너 중학생 깡패들에게 몰매 맞았지? 달아나지 않고 어떻게 이렇게 심하게 맞은 거야?"

"……"

미란이가 인범의 얼굴을 보더니 '흑!' 비명 같은 신음을 토하고 자기 자리에 가서 실신하듯 엎디었다. 그 엎딘 미란이의 어깨가 심하게 출렁이고 있었다.

인범은 급히 변소로 갔다. 거울에 비친 얼굴이 자신의 얼굴이 아니었다.

제민수 선생님이 반장의 이야기를 듣고 아침 조례도 하지 않고 급히 교실로 왔다. 인범의 얼굴을 보고 선생님은 너무 놀라 벌린 입을 다물지 못했다. 누가 어떻게 저토록 아이를 잔인하게 때렸을까? 또 무슨 잘못을 저질러 저렇게 맞아야 했던가? 눈이 파묻힐 듯 통통 부어 축구공 같았고 얼굴은 온통 시퍼런 멍투성이었다. 사람의 얼굴이 아닌 괴물의 얼굴이었다. 제민수 선생님의 목소리는 떨리고 있었고 분노에 차 있었다.

"인범아! 너 얼굴이 왜 이래, 말해 봐!"

"……."

"말 못 하겠어?"

"……."

"너, 누구와 싸웠지, 맞지?"

"……."

그래도 인범은 한 일 자로 입을 꽉 다물고 눈만 슴벅이며 멍하니 선생님의 얼굴을 쳐다보고 있었다. 눈은 통통 부어 거의 파묻혀 있었다. 한 아이가 선생님 곁에 가 귀에 대고 귀엣말을 했다.

제민수 선생님은 미란이 자리로 갔다. 책상에 엎디어 있는 미란이는 아직도 흐느끼고 있는지 어깨가 흔들리고 있었다. 제민수 선생님이 미란이의 어깨를 가만히 흔들었다.

"미란아, 선생님이야. 일어나 봐! 넌, 인범이의 얼굴이 왜 그런지 알고 있지? 너도 어저께 인범이처럼 결석했잖아?"

미란이가 얼굴을 들었다. 미란이의 얼굴이 온통 눈물로 범벅이 되어 있었다. 미란은 울먹이며 말했다.

"인범이가 어제 우리 아버지에게 맞았어요. 인범은 아무 잘못이 없어요. 선생님, 인범이가 불쌍해요."

'흑!' 미란은 다시 책상에 엎디어 오열했다. 아이들이 의아한 얼굴로 서로 얼굴을 보며 궁금해 했다. 조금 떨어진 자리의 아이들이 미란이의 말을 듣지 못해 다른 아이들에게 묻고 있었다.

선생님이 인범이를 데리고 양호실로 갔다. 선생님은 미란이 집에 전화를 했다.

얼마 후, 미란이 어머니가 무거운 얼굴로 양호실에 들어와 인범이를 찾았다. 양호 선생님이 눈으로 인범이를 가리키며 눈을 흘겼다. 미란이 어머니가 병상에 누운 인범의 얼굴을 보자 숨을 '흑!' 하고 숨을 들이키며 놀란 입을 다물지 못했다. 그리고 왈칵 눈물을 쏟았다. 인범의 얼굴은 사람의 얼굴이 아닌 괴물의 얼굴이었다. 미란이 어머니는 하염없이 눈물을 흘리고 있었다.

양호 선생님이 눈물을 흘리며 울고 서 있는 미란이 어머니를 한참 보더니 인범이에게 다가가 얼굴에 부기와 멍이 없어지도록 달걀로 마사지를 하였다. 미란이 어머니는 쉴 새 없이 흐르는 눈물을 닦지도 않고 장승처럼 그 자리에 서 있었다. 제민수 선생님이 미란이 어머니의 등을 떠밀어 걸상에 앉혔다.

선생님과 이야기를 나눈 미란이 어머니는 인범이에게 병원에 가자고 했다. 인범은 선생님과 미란이 어머니에게 아무렇지도 않다고 했지만 미란이 어머니는 병원에 가자고 했다. 미란이 어머니는 어제 인범이가 미란이 아버지에게 주먹질과 발길질로 심하게 맞은 것을 알기 때문이었다. 병원에 들어서자 치료를 하기 위해 대기하고 있던 환자들과 간호사들이 폭행으로 엉망이 된 인범이의 얼굴을 놀란 눈으로 자세히 보며 궁금해 하는 표정이 역력했다. 미란이 어머니의 얼굴이 심하게 구겨져 있었다.

병원에서 엑스레이를 찍었다. 그러나 뼈는 다친 곳이 없었다. 미란이 아버진 학교 육성회 회장이었다. 그래서 그런지 아무 일 없이 넘어갔다. 무엇보다도 인범이가 아무런 문제를 제기하지 않았다. 아니, 할 수 없었다. 분노해 줄, 억울함에 이성을 잃을 부모가 없기 때문이었다. 하소연 할 곳이 없는 인범인 오직 자신이 고아이기 때문에 억울함도 아픔도 스스로 감수해야 했다. 오히려 자기가 미란이를 뿌리치지 못해 잘못했다고 했다. 그것이 인범이었고 사고무친인 인범인 그렇게 밖에 할 수 없는 처지였다.

다음 날, 제민수 선생님이 인범이를 불러 어느 한 교실에 밀어 넣고 갔다. 인범은 빈 교실 창 곁에 서서 창밖을 바라보고 있는 미란이 어머니를 발견하고 다가가 꾸벅 절을 했다. 미란이 어머니가 돌아섰다. 아직도 온통 얼굴이 부어 있고 멍투성이인 인범이의 얼굴을 보는 순간, 미란이 어머니는 금세 눈에 눈물이 가득 고여 그렁그렁 했다. 미란이 어머니가 인범이의 얼굴을 보려고 했지만, 눈물이 고여 어룽어룽 잘 보이지 않자 눈을 슴벅이었다.

굵은 눈물이 코 옆으로 주르르 흘러 내렸다. 인범은 미란이 어머니가 울자 자신도 모르게 눈물이 울컥 솟구쳤다. 인범은 얼른 눈물을 손으로 훔치고 고개를 숙였다. 미란이 어머니가 말없이 손으로 인범이의 턱을 잡고 숙인 고개를 치켜 올렸다. 인범은 미란이 어머니의 얼굴을 정면을 바라보지 않을 수 없었다. 인범은 울고 있는 미란이 어머니의 얼굴을 보자 눈물이 눈꺼풀을 밀치고 비죽비죽 흘러나왔다. 어제 그렇게 이를 악물고 보이지 않으려는 눈물이 염치도 없이 흘러나와 인범이를 당황하게 했다. 가슴에 괴여 있던 응어리진 눈물의 찌꺼기인지 몰랐다.

"인범아, 울고 싶으면 실컷 울어. 그래야 병이 들지 않고 가슴 응어리가 풀린단다."

미란이 어머니는 핸드백에서 손수건을 꺼내어 인범이의 눈물을 닦아 주었다. 그러나 진작 닦아야 할, 미란이 어머니는 자신의 얼굴에 흐르는 눈물을 닦는 것은 잊었는지 눈물이 코 옆으로 흘러내려 턱에 고여 잠깐 머물더니 굵은 눈물이 뚝 떨어졌다. 미란이 어머니는 하염없이 흐르는 눈물을 닦을 생각을 잊은 듯 퉁퉁 붓고 시퍼렇게 멍이 든 인범이의 얼굴을 한참이나 쓰다듬고는 핸드백에서 봉투 하나를 끄집어내어 인범이의 호주머니에 넣어 주며 말했다.

"인범아, 우리가 사람의 도리를 못하는구나! 맛있는 것 사 먹고, 그래도 병원에 가 보아라. 할 말이 없구나! 우린 너에게 이렇게밖엔 하지 못하는구나! 미안하다. 용서해다오!"

인범은 말없이 미란이 어머니 얼굴을 맞바라보며 아무 말을 하지 않았다. 미란이 어머니는 인범이의 눈물이 묻은 손수건으로 눈물을 훔치고는 코를 풀었다. 그리고 인범이의 어깨를 가볍게 두드리고 교실 문을 열고 말없이 돌아갔다. 돌아가는 미란이의 어머니의 등이 가볍게 흔들리고 있었다.

인범은 호주머니에 든 봉투를 끄집어내었다. 생각한 대로 봉투에 적지 않은 돈이 들어 있었다.

수업을 마친 인범은 먼저 교실을 나가 미란이를 기다렸다. 인범이와 마주친 미란은 미란이 어머니처럼 눈물을 머금고 인범이의 얼굴을 멀거니 보았다. 그 눈은 슬픔과 미안함이 가득 고여 있었다.

"미란아, 이것 너의 어머님 드려, 병원에 안 가도 된다고……."

인범은 미란이 손에 봉투를 쥐어 주고 급히 울프가 있는 곳으로 갔다. 미란은 인범이가 주고 간 봉투를 한참이나 보고 서 있었다. 효순이와 숙희가 교실을 나오다 보았다.

"미란아, 너 들고 있는 봉투가 뭐니?"

효순이와 숙희가 봉투를 자세히 보며 물었다.

"인범이가 우리 엄마가 주는 돈을 안 받고 도로 나에게 주잖아."

"인범인 가난하면서 너희 집에서 맞은 값으로 주는 돈을 왜 안 받지? 이상하네."

인범은 소장님에게 전화를 했다. 며칠 간 신문을 배달하지 못하겠다고 했다. 어제는 멍이 들지 않았고 붓지도 않았지만, 오늘은 소장님이 자신의 얼굴을 보면 그냥 넘어가지 않을 것 같았기 때문이었다.

인범이의 착 가라앉은 음성의 전화를 받은 박원철 소장은 심각한 얼굴이었다. 인범이의 신변에 무슨 문제가 있다고 생각했다. 그러지 않고는 결석을 할 아이가 아니라는 것을 너무나 잘 알기 때문이었다.

그날 저녁, 미란이 어머니와 아버지가 미란이에게서 인범이가 돌려준 봉투를 놓고 아무 말 없이 한참이나 앉아 있었다.

"여보, 아이가 보통 착한 아이가 아니에요. 올곧은 아이에요."

"그래, 특별한 아이야. 소명도 안 하더군."

"소명이라니요?"

"변명 말이야."

"그래요. 그렇게 맞으면서 아프다고 비명도 지르지 않고 당신의 주먹과 발길질을 피하기만 하고 한마디 말도 안 하더군요."

미란이 아버지는 고개를 끄덕이며 긴 회한의 한숨을 쉬었다.

어느 날, 인범은 신문배달을 하고 보급소로 돌아가고 있었다. 산 밑 커다란 집 앞을 지날 때였다. 학교에서 배운, 귀에 익은 동요 '고향생각'의 심금을 울리는 애상하고 애잔한 하모니카 소리가 높은 담을 넘어와 인범의 귀에 파고들었다.

인범은 하모니카 소리와 낭랑한 소녀의 노래 소리에 취해 가다말고 담벼락에 기대어서서 한참을 듣고 있었다. '고향생각'이 끝나자 이어 '반달', 그리고 '오빠 생각'의 애조 띤 곡이 차례로 인범의 폐부 깊숙이 박히며 외로움과 삶에 지친 인범의 심금을 울렸다. 인범이가 슬프고 외로울 때 되뇌던 동요였다. 하모니카 소리는 낮고 길게 허공에 퍼지고 있었다. 인범은 하모니카 소리에 맞추어 입속으로 노래를 불렀다. 하모니카는 누가 부르고 또 노래는 누가 부르는지 궁금했다.

이 집은 며칠 전에 신문을 넣어 달라고 하여 인범이가 신문을 넣고 있는 집이었다. 인범은 발걸음을 옮겼다. 불현듯 하모니카를 가지고 싶었다. 그러나 하모니카는 비쌀 것이라는 생각이 들자 고개를 저었다. 돈을 많이 벌면 다음에 꼭 사고 싶었다.

무덤 속의 괴한

1

인범은 빨리 자라고 싶었다. 그리고 누구보다도 튼튼하고 싶었다. 그러나 인범은 가난하기 때문에 튼튼하게 자랄 수 있는 영양을 섭취할 수 없었다. 문득, 폭우가 쏟아진 날 미란이가 잠을 잔 그날 밤 동굴에 구렁이와 독사가 들어온 것이 생각났다.

'그래, 뱀을 잡아먹자.'

인범은 뱀을 잡아먹을 계획을 세우고 준비를 했다. 아저씨가 만들어 준 창을 가지고 철공소에 갔다. 인범은 약 10cm로 T 자를 창 끝 반대편 스테인리스 파이프에 끼울 수 있도록 만들었다. T 자로 뱀의 목을 눌러 잡기 위함이었다. 뱀을 구워 먹기 위해 석쇠도 샀다.

인범은 일요일에 울프를 데리고 산을 뒤졌다. 뱀은 변온동물이기에 햇볕에 몸을 쬐기를 좋아하는 습성이 있다는 것을 학교에서 배웠고 아버지도 그러셨기 때문이었다. 산에는 들판과 달리 독사들이 대부분이고 독사에게 물리면 수 시간 안에 죽을 수도 있다는 것을 알기 때문에 조심에 조심을 했다.

뱀이 있을 만한 곳을 뒤지고 다닌 지 얼마 되지 않아 바위 위에 두 마리의 독사가 똬리를 틀고 햇볕을 쬐며 느긋하게 잠을 즐기고 있는 것을 발견했다. 가만가만 다가갔다. 울프가 독사를 보고 짖기 시작했다. 울프가 짖는 소리에 잠이 깬 독사 두 마리가 가까이 다가서는 인범이를 경계하며 머리를 쳐들고 혀를 날름거리며 노려보았다. 머리와 온몸에 붉은 줄이 있는 살무사였다.

인범은 가져간 창대 반대쪽 T 자로 뱀의 목을 누르려고 했지만 쉽지 않았다. 뱀이 이리저리 목을 움직이며 물려고 인범이에게 덤벼들었다. 울프가 뱀을 물려고 마구 짖으며 이리저리 움직이는 것을 제지하고 뱀과 몇 번을 승강이를 하다 얼른 T 자로 그 중 조금 큰 한 마리의 목을 힘껏 눌렀다. 목이 눌린 뱀이 온몸으로 창대를 칭칭 감았다.

뱀은 통통하게 살이 올라 있었다. 나머지 한 마리도 목을 쳐들고 덤벼들더니 부리나케 바위 밑으로 달아났다. 달아난 뱀을 쫓아 울프가 따라가려고 몸을 날리고 있었다. 인범은 울프에게 못 가게 했다.

"울프, 가지 마! 위험해."

인범은 한 손으로 계속 뱀의 목을 누르고 바위를 도마 삼아 군용 칼로 뱀의 목을 잘랐다. 머리가 바위 아래로 굴러 떨어졌다. 머리가 잘려 나갔는데도 뱀은 계속 창을 감고 놓지 않았다. 지독한 놈이었다. 잘려진 목에서 붉은 피가 흐르며 바위를 적시고 있었다. 인범은 머리가 잘린 뱀을 계속 누르고 있었다. 한참을 버티던 뱀이 힘을 잃었는지 스르르 몸을 풀었다. 뱀을 들고 동굴로 돌아왔다. 뱀이 길어 꽁지가 질질 땅에 끌리었다.

시골에서 자란 인범은 뱀을 전혀 무서워하지 않았다. 시골은 뱀이 많았다. 인범은 친구들과 함께 뱀들을 수없이 죽였다. 어떤 아이는 뱀을 들고 자기 아버지에게 가져다주기도 했다. 인범은 어머니가 야단을 치기 때문에 집에는 가져가지 못해 못내 아쉬워했었다. 아버지에게 가져가면 맛있게 구운 고기를 얻어먹을 수도 있었는데, 이제 인범은 맛보다 몸을 튼튼하기 위해서는 뱀을 잡아먹어야 했다. 뱀은 돈이 들지 않기 때문이었다.

인범은 동굴 앞에 뱀을 놓고 뱀의 껍질을 벗기려니 미끄러웠다. 면장갑을 끼고 목을 자른 부위에 칼로 껍질을 조금 벗겨 한쪽 발로 뱀의 몸을 밟고 두 손으로 껍질을 힘껏 당겼다. 껍질이 서서히 벗겨지며 하얀 속살이 드러났다.

인범은 뱀을 도마 위에 얹었다. 길이가 1m 20cm 정도 되었다. 날카로운 군용 칼을 뱀의 살과 뼈 사이에 넣어 뼈를 추려 내었다. 뻣뻣하던 뱀이 뼈를 추려 내니 부드러운 살코기가 되었다. 꼭 뱀장어 같았다. 먹기 좋게 토막토막 잘랐다. 그리고 고추장에 간장과 물을 섞어 숟가락으로 휘저어 묽게 하고는 파를 썰어 넣어 버무렸다. 식초도 조금 넣었다.

둥글게 쌓은 돌덩어리 안에 불을 피웠다. 불꽃이 피자 조금 굵은 나무를 얹었다. 불꽃이 사위어지자 숯불만 일렁거렸다. 인범은 석쇠를 숯불 위에 얹고 고기에 양념을 묻혀 석쇠 위에 얹었다. 지지직하며 고기가 익기 시작했다. 고소한 냄새가 진동하며 산에 퍼져 나갔다. 울프가 코를 컹컹거리더니 혀를 날름거리며 입맛을 다시기 시작했다. 울프가 고기 냄새를 맡고 환장하는 것을 보고 인범은 미소를 지었다.

"울프, 이제 우리 뱀 고기 많이 먹자. 이 산엔 뱀이 지천으로 많은 것 같다. 냄새를 맡으니 먹고 싶지? 나도 먹고 싶어. 기다려, 곧 익을 거야."

인범은 문득 산돼지 생각이 났다. 아저씨가 이 산에는 산돼지가 있다고 창을 만들어 주지 않는가. 산돼지가 진동하는 고기 냄새를 맡고 올 지도 몰라 인범은 주위를 두리번거리며 울프에게 쉬익 소리를 내며 주위를 경계하도록 했다. 울프가 훈련받은 대로 귀를 쫑긋 하며 주위를 휘둘러보며 경계 태세를 취했다. 언제나 든든한 울프였다.

인범은 창을 옆에 두었다. 산속은 새소리 물소리 뿐 고요한 적막이 감돌았다. 산돼지가 나타나면 즉시 동굴 속으로 달아날 준비를 하고 주위를 살피면서 뱀을 구웠다.

인범은 고기가 익는 냄새가 고소하여 입에 군침이 돌았다. 벌겋게 바른 양념이 더욱 식욕을 돋웠다. 이젠 징그럽던 뱀이 아니고 맛있는 고기일 뿐이었다. 젓가락으로 고기 한 점을 집어 입에 넣고 씹었다. 약간 질긴 듯 하지만 쫄깃쫄깃 씹히는 맛이 아주 좋았다. 옆에 울프가 혀를 날름거리고 있는 것이 안쓰러워 고기 몇 점을 식혀 그릇에 담아 주었다. 울프가 뱀 고기를 날름 받아먹고는 더 먹고 싶은지 또다시 혀를 날름거렸다.

"그래, 울프야. 맛있지? 우리 앞으로 많이 잡아먹자."

고기는 씹을수록 맛이 있었다. 더 먹고 싶었다. 인범이가 어릴 때, 아버지는 뱀 고기에는 단백질이 풍부해 한꺼번에 많이 먹으면 설사를 한다고 하셨다.

인범이가 뱀 고기를 먹은 다음날 소변을 보니 소변이 탁하고 맛좋은 냄새가 나는 것 같았다. 그리고 몸이 든든하고 피로도 별로 느껴지지 않았다.

인범은 그 해 여름방학 동안 많은 뱀을 잡아먹었다. 때론 큰 뱀인 능구렁이도 잡아먹었다. 인범은 뱀을 먹어 그런지 무럭무럭 자랐다. 보급소 소장도 인범이가 몰라보게 키도 커지고 몸도 튼튼해지고 혈색도 좋아졌다고 했다.

인범은 여름방학 때 산속을 샅샅이 뒤지며 버섯과 산나물도 캐어 먹었다. 여름은 먹을거리가 풍부했다. 다래도 따 먹었다. 인범이 또래의 고향 아이들은 대부분 송이버섯과 몇 종류의 먹는 버섯 그리고 산나물은 알고 있었다. 그러나 정확히는 알고 있지 못했는데 아주머니를 따라 다니면서 먹는 버섯과 못 먹는 산나물을 구별할 수 있었다.

친구가 없는 인범은 여름방학 동안 내내 온 산을 헤매며 송이버섯과 산나물을 캐어 먹고 겨울에 먹기 위해 말려 놓기도 했다. 특히 송이버섯이 맛있었다. 시골에서 송이버섯 캘 철이 되면 아버지를 따라 깊은 산속 소나무 밑에 자라는 송이버섯을 캐 보아서 인범은 잘 알고 있었다.

소나무 밑에 있는 낙엽을 갈고리로 헤치면 도톰한 송이버섯 머리가 올라오는 것이 너무나 탐스러웠다. 뾰족한 막대기를 뿌리 밑에 깊이 넣어 들추어 캐었다. 송이버섯은 때맞추어 캐지 않으면 자라면서 삿갓이 생겼다. 송이버섯은 다른 버섯과는 달리 자라면 삿갓 바로 밑에 목도리 같은 띠가 있었다.

삿갓이 생기면 맛도 없고 구워 먹기가 쉽지 않았다. 삿갓이 생기기 전 뭉뚝할 때 캐어서 프라이팬에 소금을 뿌려 익혀 먹으면 향긋한 냄새가 물씬 나는 그 맛이 너무 좋았다.

인범은 시골에서 어머니에게서 배운 대로 송이버섯을 냄비에 넣고 소금을 조금씩 뿌려 익혀 먹었다. 상큼한 맛은 어느 것에 비교할 수 없었다. 다만 프라이팬이 없어 냄비에 구워야 했다. 인범은 송이버섯을 미란이 집에 신문과 함께 넣어 주기도 했다. 때론 산나물을 주기도 했다.

미란이 어머니는 남편에게 심하게 맞았는데도 산나물이나 송이버섯을 몰래 신문 속에 넣어 대문 밑으로 밀어 놓는 인범이가 불쌍하고 고마워서 밑반찬을 만들어 미란이를 통해 주기도 했다. 미란이 어머니는 인범이가 가져온 산나물과 송이버섯을 밥상에 놓았다. 맛이 있다고 하는 남편에게 인범이가 가져다 준 것이라고 말하지 않았다.

가을이 되었다. 산속은 밤나무에 밤이 벌겋게 익어 갔다. 인범은 나무 위에 올라가 장대로 알밤을 많이 땄다. 굳이 장대로 따지 않아도 알밤들이 많이 떨어졌다.

인범은 새벽마다 한 광주리씩 주워 왔다. 그 밤을 개 아저씨 집에도 주었고, 미란이 집에도, 최 상병과 김 일병에게도 주었다. 소장님, 형준이, 용수에게도 나누어 주었다. 언제나 남에게 얻어먹기만 했던 가난한 인범은 비록 산에서 주운 밤이지만 남에게 나누어 줄 수 있다는 것이 좋았다.

그리고 개 아저씨가 시키는 대로 겨울에 먹기 위해 밤을 자루에 넣고 땅을 파서 땅속에 저장했다. 땅속에 저장하면 벌레가 생기지 않는다고 아저씨가 말했기 때문이었다.

2

산속의 겨울은 혹독하게 추웠고 칼바람이 불었다. 칼바람은 숲의 나뭇가지를 마구 분질러 낼 듯 무섭게 불었다. 눈이 자주 왔고 폭설이 쏟아지기도 했다. 눈은 소나무, 참나무 등 모든 나무들의 가지와 잎에도 설화를 피웠고, 땅도 풀밭도 온통 은색으로 치장을 하여 놓았다. 눈이 1m가 넘을 때도 있었다. 온 산의 나무에도 바위에도 땅에도 순백의 눈이 덮였다. 인범은 밖으로 나오지도 못하고 눈이 녹을 동안 며칠을 속절없이 동굴에 갇혀 있어야 했다. 눈이 많이 쌓여 산을 내려갈 수 없는 날은 신문배달을 소장이 대신 하여 주었다.

인범은 가을에 아저씨가 보내 준 장작을 동굴 앞에 쌓아 두고 불을 피워 따뜻하게 했다. 아저씨가 고마웠다. 인범은 장작을 아끼기 위해 일요일마다 마른 나무들을 열심히 주워 모아 두었다. 산속에서는 땔나무를 준비하지 않으면 겨울을 날 수 없다는 것을 이제는 아저씨에게 듣지 않아도 스스로 알 수 있었다. 그것이 산속 삶의 경험이었다.

겨울방학 동안 인범은 신문배달 외에는 바깥으로 거의 나가지 않았다. 날이 따뜻하면 아저씨 집으로 가는 것이 유일한 나들이였다. 눈은 한 번

내리면 며칠을 멈추지 않고 내렸다. 산속의 겨울은 끝이 보이지 않았다. 다행히 땔나무가 충분하여 동굴 안의 추위는 견딜 수가 있었다.

인범은 햇빛이 들지 않는 동굴에서 감옥살이 아닌 감옥살이를 해야 했다. 이웃이 없는 인범은 속절없이 동굴에 갇히어 말 못 하는 울프와 나날을 지새워야 했다. 밖은 춥고 눈이 많아 나가 놀 수도 없었다. 그러나 먹이와 따스함이 있어 겨울을 견딜 수 있었다. 땔감이 충분했고 가을에 묻어 둔 밤도 충분히 있었다. 먹어도, 먹어도 배부름을 모르는 인범은 이글거리는 숯불 위에 석쇠를 얹어 밤을 구워 먹었다. 칼로 밤 밑쪽을 깊이 긋고 구우면 묘하게도 그은 자리가 갈라지면서 밤의 속살이 드러나 먹음직스럽고 껍질을 까기가 수월했다. 밤은 너무나 맛이 좋았다.

그리고 인범은 방학 동안 예습 복습을 열심히 하고 예쁜 글씨를 쓰려고 글씨 공부를 열심히 했다. 간혹 덜 춥고 눈이 적게 쌓였을 아무도 걷지 않은 눈길을 인범의 두 발자국과 울프의 네 발 자국을 남기며 걸으면 상쾌하고 기분이 좋았다. 때론 아무도 보아 주지 않는 눈사람을 만들기도 했다. 개라는 짐승은 참으로 묘했다. 같은 동족이 아닌 사람을 의지하고 산다는 것은 먹이를 얻어먹기 위함만은 아니라고 생각했다. 인범은 울프를 배고 프지 않게 해야겠다고 생각했다.

겨울이 영원히 계속될 것 같은 산속의 눈이 녹기 시작하더니 계절의 윤회에 의해 어김없이 봄이 찾아왔다. 산속의 봄은 늦게 찾아왔다. 그러나 봄이 찾아 들었다 하면 서둘러 마른 가지에 물이 배어 오르고 땅을 밀치고 갑작스레 파릇파릇 잎이 돋아나고 꽃이 피기 시작하면서, 숲속은 온갖 새소리가 숲을 울리며 푸른 기운이 산 전체를 순식간에 푸름으로 장식하고 있었다.

완연한 봄기운이 온 산야를 포근히 감싸는 화사한 봄이지만 인범은 우울했다. 이제 얼마 있지 않으면 초등학교를 졸업해야 했다. 다른 아이들은 모두 중학교에 진학하지만 인범은 중학교 진학을 할 수가 없었다. 중학교를 가지 못하는 아이는 초등학교 전체에서 오직 인범이 뿐이었다. 제민수 선생님도 교장선생님도 안타까워하며 중학교에 진학하라고 했지만 인범은 가만히 듣고만 있었다. 신문배달 수입으로 생활을 하기도 힘들었다. 또 동생들을 돌보아야 하기 때문에 진학을 포기하지 않을 수 없었다.

졸업식을 마치고 졸업장을 들고 교문을 나오면서 인범은 고개를 들고 하늘을 쳐다보았다. 하늘은 푸르고 높았다. 인범은 가만히 속삭이었다.
'아버지, 어머니, 저 오늘 초등학교를 졸업했습니다. 이 학교도 오늘로써 마지막입니다.'
어머니가 '인범아, 미안해. 열심히 살아. 그리고 인철이, 인순이를 부탁해.' 하며 눈물을 흘리고 있었다. '엄마, 아버지. 열심히 살게요.' 인범의 눈에 눈물이 괴었다. 인범은 교문을 나서면서 학교를 뒤돌아보았다.
신문배달은 중학교까지만 하려고 했지만 어차피 그만두려면 일찍 그만두어야겠다고 생각했다. 자신에게 맞는 직장을 찾아야겠다고 나름대로 계획을 세웠다. 언젠가 순희 아버지가 인범이가 몸이 튼튼하고 많이 자랐다며 건축 일을 해도 되겠다고 한 말이 떠올랐다. 순희 아버지에게 건축 공사장에서 막노동 자리라도 부탁하여 목수 기술을 배우고 야간 중학교를 다녀야겠다고 계획을 세웠다.

간첩 신고

1

학교를 졸업한 후 어느 날이었다. 그날은 날씨가 유난히 포근하고 맑았다. 인범은 가재를 잡기 위해 울프를 데리고 깊은 산속으로 들어갔다. 계곡에서 한참 가재를 잡다 아픈 허리를 쉬기 위해 일어서서 무심코 울프를 보고 있는데, 울프가 귀를 쫑긋하고 어느 지점을 노려보며 코를 벌름거리며 잔뜩 긴장하고 있었다. 울프가 하는 행동이 예사롭지 않았다.

인범은 울프가 노려보는 지점에 시선을 쏘았다. 커다란 바위 옆에 무덤이 하나 있었다. 누가 이 깊은 산속에까지 묘를 썼을까 생각을 하고 있는데, 무덤 옆에 있는 뗏장이 조금씩 움직이는 것이 보였다.

순간, 인범의 눈이 화등잔 같이 커지고 머리끝이 곤두섰다. 언제부터 그랬는지 울프가 그 뗏장에 눈을 박고 있었던 것이다. 인범은 얼른 계곡에서 나와 작은 나무가 우거진 수풀 뒤로 몸을 숨기며 손가락 하나를 입술에 대고 쉬 하며 울프에게 짖지 말라는 신호를 보냈다. 울프는 훈련을 받은 명견이라 주인의 명령을 잘 따랐다.

인범은 울프를 데리고 급히 굵은 소나무 둥치 뒤에 숨어 뗏장을 노려보았다. 방석보다 조금 작은 뗏장이 아주 천천히 허공에 뜨더니 뗏장 밑에 사람의 얼굴이 나타났다. 또다시 울프가 으르렁거리려고 하는 것을 인범은 얼른 두 손으로 울프의 입을 다물게 했다. 그리고 땅에 납작 엎디었다.

갑자기 가슴이 벌렁벌렁 뛰고 호흡이 거칠어졌다. 적막이 죽음처럼 고요한 인적이 없는 깊은 산속, 땅 속에서 사람의 머리가 소리 없이 솟구쳐 나오는 것을 보자. 어린 인범은 귀신을 보는 것 같았다. 심장이 마구 뛰고 다리가 후들 떨렸다.

뗏장을 조심스럽게 머리에 이고 있던 사나이는 눈만 빼꼼이 내밀고 주위를 살피고 있었다. 인범은 얼른 나무 잎이 많은 쪽으로 얼굴을 감추며 울프의 머리를 낮추게 했다. 자세히 보지 않으면 뗏장만 조금 솟아올라 있을 따름이고 사람의 얼굴은 보이지 않았다.

사나이는 시야에 아무것도 보이지 않음을 확인 했는지 살그머니 머리의 뗏장을 내려놓고 밖으로 나와 숲 속으로 들어갔다. 손에 무엇을 들고 있었다. 사나이는 얼굴에 시커면 수염이 많이 나 있었다. 인범은 달아나야 한다고 하면서도 발이 땅에 붙은 듯 움직일 수 없었다.

인범은 다시 한 번 울프의 목덜미를 당기고 몸을 더 땅에 바짝 엎디었다. 인범은 울프가 으르렁거리고 짖을까봐 간이 조마조마하였는데 다행히 영리한 울프는 인범의 의도대로 잘 따라 주었다. 인범은 눈을 크게 뜨고 사나이의 한 동작이라도 놓치지 않고 지켜보았다. 사나이가 다시금 조심스럽게 주위를 휘둘러보았다.

인범은 낮추진 몸을 더욱 낮추었다. 사나이가 수풀 속으로 조심스럽게 걸어갔다. 손에 든 것이 군용 야전삽이었다. 숲에 가려 완연히는 보이지는 않았지만 사나이는 낙엽을 손으로 가만가만 쓸었다. 그러고는 엉거주춤 일어나 발로 야전삽을 힘껏 밟아 땅을 파고는 궁둥이를 까고 똥을 누고 있었다. 울프가 똥 냄새를 맡았는지 코를 벌름거렸다. 똥을 다 눈 사나이는 다시금 조심스럽게 주위를 둘러보고는 조금 전 나왔던 땅속으로 들어갔다. 곧이어 또 한 사나이가 처음 사나이처럼 뗏장을 들고 역시 주위를 경계하며 바깥으로 나왔다. 처음 사나이 보다는 세심하지는 않았다.

인범은 울프의 몸을 더 낮게 낮추게 하고는 이 모든 것을 놓치지 않고 지켜보았다. 사나이는 조금 전 사나이처럼 궁둥이를 까고 똥을 누고는 삽으로 흙을 떠 똥을 덮고 그 위에 처음대로 낙엽을 덮었다. 그리고 똥을 덮은 주위를 자세히 살피고 땅속으로 들어가 뗏장을 덮었다. 인범은 한참을 더 기다려도 더 이상 사람이 나오지 않았다. 그제야 인범은 몸을 일으켜 뗏장이 덮인 위치를 정확히 눈에 담았다. 사나이들이 죄를 짓고 깊은 산에 숨어 있다고 생각했다.

인범은 사나이가 잠적한 땅굴을 한참이나 자세히 살피고는 까치걸음으로 그 자리를 벗어났다. 발걸음이 휘청거려 걸음을 제대로 걷지 못했다. 긴장을 했던지 등에 어느새 땀이 흥건히 배어 있었다.

인범은 연신 뒤를 돌아보며 빠른 걸음으로 동굴에 돌아와 곰곰이 생각해 보았다. 그 사나이들이 무슨 죄를 지어 깊은 산속, 그리고 왜 하필이면 땅속에 숨어살까? 무서움과 의심이 꼬리를 물고 머리를 어지럽혔지만, 어린 인범이의 생각에는 나쁜 일을 하고 숨어 있다는 것 외는 생각지 못했다.

인범은 사나이들이 자신이 이 동굴에 살고 있는 것을 발견한다면 이 동굴을 자기들이 차지하려고 나를 해칠 것이라고 생각했다. 죄를 짓고 숨어 사는 나쁜 사람이니 무슨 짓을 할지 모른다고 생각했다. 사나이들이 인범이와 울프를 발견하는 것은 시간 문제였다. 울프가 종종 짖기 때문이었다.

인범은 안절부절못하며 어쩔 줄 몰라 했다. 먼저 울프가 짖을까봐 걱정이 되었다. 인범은 몇 번이나 사방을 둘러보며 울프가 짖지 못하도록 쉬하며 입에 손가락을 대고 단단히 주의를 주었다. 이 산엔 사람들이 들어올 수 없는 통제구역인데 어떻게 들어왔을까 의심이 갔다.

이 사실을 군인들에게 빨리 알려야겠다고 생각했다. 군인 외에는 도둑들에게서 인범이를 보호해 줄 사람이 없다고 생각했다. 인범은 부리나케 초소로 달음박질을 했다. 울프가 뒤를 따랐다. 인범은 한달음에 초소에 도달했다.

"아, 아, 저…… 저…… 씨! 크…… 큰일 났어요. 산에 나쁜 사람들이 숨어 있어요."

하얗게 질린 얼굴로 숨을 헐떡이며 말을 더듬는 인범이를 보고 일반 전화로 친구와 전화를 하던 최 상병이 의아한 표정을 하면서 친구에게 말했다.

"호철아, 잠깐 기다려. 전화 끊지 마. 인범아, 왜 그래? 찬찬히 말해 봐!"

"아저씨, 산속에 나쁜 사람들이 땅굴을 파고 숨어 있어요. 두 사람이에요."

"뭐, 뭐? 땅속에? 야! 호철아 전화 끊는다."

전화를 끊은 최 상병은 인범을 다그쳤다.

"인범아, 땅속에 사람이 숨어 있다고? 다시 한 번 똑똑히 말해 봐!"

"예, 땅속에 죄를 지은 어른들이 숨어 있어요. 제가 똑똑히 본 걸요."

"땅속에 어떤 남자 두 사람이 숨어 있다고 했지?"

"예, 틀림없어요. 두 사람이에요."

최 상병의 얼굴에 핏기가 싹 가시고 인범이보다 더 놀란 얼굴이 되었다. 얼굴이 하얗게 질려 있었다.

"어디쯤이냐?"

"좀 깊은 산속이에요."

최 상병은 옆에 놓아 둔 총에 실탄을 장전하고 막사에 가서 김 일병을 데리고 나왔다. 사태의 심각성을 듣고 김 일병도 얼굴이 하얗게 변해 있었다. 최 상병과 김 일병은 주위를 경계하더니 급히 국방색 경비 전화를 들었다. 그 손이 가늘게 떨리고 있었다.

"야전 사령부 나와라! 여기는 147 초소다. 김 일병, 인범이 데리고 막사로 가, 어서."

인범은 김 일병을 따라 초소 뒤 막사로 갔다. 김 일병이 무언가 겁을 잔뜩 먹고 있었고 얼굴에는 당황하는 기색이 역력했다. 인범은 영문을 몰랐다. 무언가 심각한 사태가 일어나고 있다고 생각했다.

"인범아, 너 오늘밤은 동굴에 돌아갈 생각 말고 막사에서 자야 한다. 알았지?"

"……."

김 일병은 막사 문을 닫고 나갔다.

조금 후, 열려진 창을 통해 최 상병과 김 일병의 모습이 보였다. 두 군인 아저씨는 나뭇가지를 꺾어 철모에 덮인 그물에 꽂았다. 잔뜩 긴장을 하고 있는 것이나 철모에 나뭇가지를 꽂아 완전 무장을 하고 당황하고 있는 모습은 평소와는 사뭇 달랐다.

총알이 주렁주렁 꽂힌 탄띠를 어깨에서 가슴 쪽으로 대각선으로 메고 굵은 혁대에 수류탄 두 개를 찬, 최 상병과 김 일병 아저씨는 보통 날과는 달리 나무 뒤에 바짝 붙어 총을 겨누고 사방을 살피고 있었다. 평소에 한 번도 보지 못했던 두 군인 아저씨들의 당황하고 긴장한 모습이었다. 인범은 총까지 가진 두 아저씨가 지나치게 도둑들을 겁내고 있다고 생각했다.

한 시간이 조금 지나자 차 소리가 났다. 인범은 나오지 말고 있으라는 말도 잊고 밖으로 나왔다. 완전 무장을 한 백여 명에 가까운 군인들이 입을 굳게 다문 채 상관의 지시를 따라 모두 나무 밑에 집결하여 나무와 나무 사이에 도열했다. 군인들은 모두 배낭을 짊어지고 있었고, 철모엔 김 일병과 최 상병처럼 나뭇잎이 꽂혀 있었다.

인범은 무언가 큰일이 벌어지고 있음을 직감했다. 세 마리의 개들도 있었다. 그 개들은 울프와 싸웠던 개와 같은 셰퍼드였다. 셰퍼드들의 목에는 튼튼한 가죽 끈이 매여 있었다.

군용 트럭이 네 대였고 지프차 몇 대도 보였다. 옆구리에 권총을 차고 지휘봉을 든 군인은 대장인지 철모엔 별이 두 개가 붙어 있었다. 잔뜩 긴장하고 심각한 얼굴을 한 대장 앞으로 최 상병과 김 일병이 가까이 다가가 차렷 자세로 경례를 올려붙였다. 그리고 무엇이라 작은 목소리로 보고를 하고 있었다.

"김 일병, 인범이를 데리고 나와."

"인범아, 저 분이 사단장님이시다. 가자."

인범이가 김 일병을 따라 나가 사단장 앞에 섰다.

"네가 인범이라는 아이냐."

부드러운 미소 뒤의 사단장의 눈이 날카로웠다.

"네."

"네가 봤던 그 장소를 알고 있느냐?"

"예, 알고 있습니다."

"넌, 큰일을 하고 있다. 어쩌면 넌 나라에 큰 공을 세울지 모른다. 앞장서라."

"울프, 가자."

"얘야, 개는 데리고 가면 안 돼."

"아저씨, 우리 울프가 그 장소를 더 정확히 알아요."

"그래, 그런데 개가 짖으면 안 되는데."

"아저씨, 이 개는 훈련받은 개예요. 못 짖게 하면 절대로 짖지 않아요. 저기 개들도 있네요."

"저 개들은 특수 훈련을 받은 개다."

"우리 울프도 개 아저씨에게서 훈련받은 개예요."

"그래? …… 그래, 그럼 개가 못 짖게 단단히 조심시켜야 한다."

"울프, 들었지. 절대로 짖지 마. 알았지?"

인범은 손가락을 입에 대고 주의를 주었다. 울프는 알았다는 듯 꼬리를 살래살래 흔들었다. 이러는 것을 군인 대장이 말없이 보고 있었다.

사단장은 잠깐 생각을 하더니 고개를 끄덕이었다.

인범이가 맨 앞에 서고 그 뒤를 최 상병과 김 일병이 따랐다. 그 뒤를 무장한 군인들 모두가 몸을 낮추고 따랐다. 갑자기 산엔 긴장감이 감돌았다. 적막 속에 군인들의 군화 소리와 나무를 밟는 소리만이 고요를 울리고 있었다. 인범은 중요한 도둑들이라고 생각했다.

인범이가 무덤이 있는 곳에서 멈추어 서서 손가락으로 가리켰다. 무덤 주위는 죽음같이 고요했다. 아무런 변화가 없었다.

"아저씨, 저 무덤 있죠? 그 옆에 있는 바위 앞에서 뗏장을 들고 땅 속에서 아저씨 두 사람이 나왔어요."

인범은 귓속말로 속삭이듯 말했다. 사단장은 군인들에게 주위를 완전 포위하라고 지휘봉으로 경계지점을 가리키며 지시를 했다. 백여 명의 군인들이 바위를 중심으로 일사불란하게 완전 포복 자세를 하고 에워쌌다. 모두 총부리를 바위 쪽을 향해 겨누었다. 그 많은 군인들은 숨소리마저 없었다. 서 있는 군인은 아무도 없었다. 사단장도 나무 뒤에 앉은 자세로 바위 쪽을 날카로운 눈으로 주시하며 작전을 지시하고 있었다.

인범은 그때서야 간첩을 생포하는 작전임을 어림짐작으로 알았다. 갑자기 다리가 후들거리고 가슴이 떨렸다. 지금 간첩을 체포하는 순간이라는 생각이 들자 갑자기 긴장감이 온몸을 휘감았다. 그러면서 인범은 비로소 자기가 대단히 큰일을 하고 있다는 것에 감격이 벅찼다. 사단장의 말대로 나라에 큰 공을 세울 것이라는 말에 가슴이 뿌듯했다.

사단장은 권총을 뽑아 들고 특공대원들을 불렀다. 대장 이하 7명의 특공대원들이 사단장 앞에 섰다. 대원들은 입을 굳게 다물고 긴장해 있었고 눈빛은 무섭도록 빛났다. 사단장은 뭐라고 지시를 하고 있었다. 지시를 받은 특공대원들이 완전 포복을 하고 엉금엉금 무덤 가까이 기어갔다.

대장이 손가락으로 잔디를 뒤적이며 뗏장을 세밀히 살피더니 대원들을 모두 일어나게 했다. 그리고 총 끝을 모두 뗏장을 향해 겨누었다. 대장이 사단장에게 손짓으로 뗏장이 있는 곳을 가리켰다. 사단장이 권총을 든 채로 발소리를 죽이고 가만가만 다가갔다. 방첩대장과 귓속말로 의논을 한 사단장이 고개를 끄덕이고는 물러섰다. 방첩대장이 한 손엔 권총을 겨누고 한 손으로 뗏장을 잡고 살그머니 들었다. 뗏장을 받치고 있는 널빤지가 보였다. 방첩대장은 빠른 동작으로 널빤지를 들어 옮기면서 급히 몸을 피했다. 혹시 바깥의 동정을 듣고 땅굴 안에서 총을 겨누고 있는 것에 대비한 것이다. 아무 반응이 없었고 땅굴 입구가 드러났다. 방첩대장은 땅굴 벽을 향해 권총 몇 발을 쏘았다. 아무런 반응이 없었다.

"너희들이 안에 있는 것을 안다. 너희들은 완전 포위되었다. 셋 셀 때까지 나와라. 나오면 우리 대한민국은 반드시 너희들을 살려 준다. 이 말은 대한민국이 간첩들에게 약속하는 말이다. 만약 셋 셀 때까지 나오지 않으면 수류탄을 까 넣겠다. 그리고 화염 방사를 하겠다. 하나, 둘."

안에서는 조용했다.

"다시 한 번 말한다. 하나, 둘, 셋!"

잠깐 침묵이 흘렀다. 그래도 아무런 반응이 없었다.

"너희들이 죽기를 원한다면 수류탄을 먼저 까 넣겠다. 각오해라. 자, 수류탄 투척!"

"나간다! 쏘지 마라!"

안에서 큰 소리로 외쳤다.

"알았다. 먼저 너희들이 소지하고 있는 총이나 수류탄 그 외 가지고 있는 무기를 밖으로 던져라!"

조금 기다리니 간첩들이 권총과 수류탄을 밖으로 던졌다.

"좋다. 머리에 손을 얹고 나와라!"

한 사나이가 머리에 손을 얹고 나왔다. 그리고 또 한 사나이가 나왔다. 한 사나이는 얼굴에 수염이 많이 나 있고 몸이 약하고 키가 컸다. 삼십 대 초반의 사내였다. 다른 사나인 이십 대 후반의 키가 작고 다부진 몸이었다. 대장이 재빠르게 수갑을 채우고 눈을 가렸다. 그리고 몸을 수색하였다.

"너희 두 사람 외는 없나."

"없다."

"최루탄 발사!"

방첩대장이 명령을 했다. 곧 최루탄 세 발이 발사되고 구멍을 덮었다.

오 분 후 널빤지 뚜껑을 열었다. 하얀 연기가 나고 지독한 냄새가 났다. 그리고 연기가 눈에 들어가니 눈물이 났다. 대장이 귀를 대고 안에서 기침 소리가 나는지 들었다. 기침 소리가 나지 않았다.

"안에 들어가 수색하라!"

방독면을 덮어 쓴 두 군인이 권총을 들고 땅굴 안으로 들어갔다. 밖에서 안으로 가방을 던져 넣었다.

한참 후 안에서 군인이 간첩들이 쓰던 물건들을 넣은 가방을 들고 나왔다. 이어서 사진기를 들고 들어가 현장을 촬영하고 나왔다. 간첩 생포 작전은 성공리에 끝냈다. 사단장이 인범이에게 다가와 장소를 정확히 알고 있었기 때문에 수색을 하지 않고 쉽게 생포할 수 있었다고 인범의 머리를 쓰다듬으면서 큰 일했다고 칭찬을 하고는 산을 내려갔다.

방첩대장은 십여 명의 군인들에게 무엇을 지시했다. 지시를 받은 군인들은 납작한 네 개의 텐트를 땅굴에서 약 30m 떨어진 숲속에 설치를 하고 나뭇잎으로 위장을 하였다. 텐트 색깔이 나뭇잎과 비슷한 보호색이라 나뭇잎만 보이고 텐트는 보이지 않았다. 그리고 낚싯줄을 땅 위 20cm 정도 높게 하여 나무 둥치에 연결했다. 낚싯줄은 간첩들이 오다 발에 걸리면 텐트에 장치한 기계에 신호가 켜지도록 한 것이다. 텐트를 설치한 것은 혹시 나머지 간첩들이 땅굴에 찾아올 것에 대비한 것이다.

완전 무장을 한 십여 명의 군인들이 텐트에 남아 불침번을 섰다. 인범은 최 상병이 시키는 대로 동굴에 있는 소지품을 모두 막사로 옮겼다. 그날 저녁은 인범은 막사에서 잤다.

2

그 다음날 아침 일찍 방첩대원 두 명이 인범을 찾아왔다. 김 상병이 방첩대 중령이라고 했다.

중령은 인범이에게 동굴에서 살지 못하게 했다. 그 대신 전세방을 얻을 돈을 보상금으로 주겠다고 했다. 중령도 인범이가 큰일을 했다고 칭찬을 했다. 인범은 벽보에서 그리고 라디오와 TV에서 간첩을 신고하면 보상금을 준다는 것을 알고 있었다.

인범은 간첩들이 자신이 동굴에 사는 것을 알았다면 자신을 죽였을 것이라고 생각하니 가슴이 떨리고 겁이 났다. 그리고 자신이 얼마나 큰일을 했는지를 알았다. 인범은 나라에서 주는 것이니 받자고 생각했다. 대장은 인범이에게 이번 사건을 절대로 어떠한 사람에게도 말을 하지 못하게 주의를 주었다. 특히 학교에서 다른 학생들에게 말을 하지 말라고 했다.

대장은 인범이가 학교에 다니는 줄 알고 있었다. 소문이 나면 신문에 난다고 했다. 신문에 나면 나머지 간첩을 잡지 못한다고 하면서 인범이도 위험하다고 했다. 군에서 하는 것이니 인범이는 꼭 약속을 지켜야 한다고 거듭 다짐을 했다. 인범은 약속을 지키겠다고 했다. 전세방을 얻을 때까지 초소 뒤에 있는 막사에서 자라고 했다. 대장은 최 상병과 김 일병에게서 인범이가 고아라는 것과 인범이에 대한 상세한 사정을 알고 있었다.

그 다음날, 방첩대장이 다른 군인 두 명과 같이 와 인범이 이름으로 된 통장을 주면서 돈 찾는 방법을 자세히 알려 주었다. 인범은 부모와 같은 개 아저씨와 목수 아저씨 곁을 떠나고 싶지 않았다. 그래서 인범은 전세방보다 개 아저씨나 목수 아저씨처럼 자기도 아저씨 집 가까이에 판잣집을 짓고 살고 싶었다. 아저씨들이 형편이 나아지면 판잣집이나 귀틀집을 마련해 주겠다고 한 말이 있어, 돈이 생겼다고 하면 집을 지어 줄 것 같았다.

집이 생기면 일 년 내내 햇살 하나 들어오지 않는 무섭고도 음습한 동굴에 살지 않아도 된다는 사실에 너무 기뻤다. 동굴에 사는 것이 무엇보다도 외롭고 고생스러웠다. 개 아저씨에게 나무 살 돈이 준비되었다고 집을 지어 달라고 해야겠다고 생각했다. 통장에 적힌 금액은 인범으로서는 상상도 못 할 큰돈이었다.

인범은 돈이 생기자 잘 먹지 못해 비쩍 마르고 얼굴이 꺼칠한 인철이와 인순이의 얼굴이 제일 먼저 떠올랐다.

인범은 은행에 들러 돈 얼마를 찾았다. 그리고 인철이의 이름으로 도장을 새기고 고아원을 찾았다.

인범이가 인철이와 인순이를 고아원에 맡기고 처음으로 고아원을 찾은 날, 달콤한 팥이 든 호떡을 허겁지겁 먹고 더 먹고 싶어 하는 두 동생에게 빵을 더 사 주지 못한 것에 돌아오면서 내내 마음이 아팠던 것이 생각났다. 그때는 아직 신문배달도 결정된 것이 아니라 돈이 없으면 굶어야 한다는 강박관념에 돈을 아껴야 했던 것이다.

인범이가 고아원에 도착한 것은 은행 문이 닫히지 않은 시각이었다. 어리둥절 하는 두 동생을 데리고 은행을 찾았다. 인범은 인철이 이름으로 통장을 개설하고 얼마의 돈을 넣었다.

인범은 인철이와 인순이에게 돼지고기와 밥을 푸짐하게 사 먹였다.

"형, 무슨 돈이 있어 이렇게 고기까지 사 주는 거야?"

"인철아, 저금통장과 도장 받아. 형이 얼마의 돈을 넣었다. 배고프면 인순이와 사 먹어. 돈 찾을 줄 모르면 은행 누나에게 얼마를 찾겠다고 말해. 이 통장 잘 보관해."

"형, 돈 많이 벌었어?"

"……."

인범은 판잣집을 짓는 데 돈이 얼마나 들지 모르지만 돈이 남으면 동생들에게 먹는 것을 잘 먹게 해야겠다고 생각했다.

인범은 꼭 사고 싶은 것이 있었다. 하모니카였다. 그리고 옷이었다. 가난한 인범은 한 철에 옷이 한 벌 밖에 없었다. 그 한 벌로 학교와 신문배달 그리고 집에서도 또 잠잘 때도 입고 잤다. 그래서 쉽게 더러워졌지만 빨래를 자주 할 수 없었다. 빨래를 하려면 철이 아닌 옷을 임시로 입어야 했다. 양지쪽에 말려 둔 빨래가 마를 때까지 몇 시간 동안 기다려야 하는 것이 귀찮았고 그것도 일요일 햇빛이 나는 날을 택해 빨래를 해야 하기 때문에 빨래를 자주 못 한 것이다.

목욕도 마찬가지였다. 학교에서 학우들과 함께 있을 때 옷에서나 몸에서 냄새가 날까봐 가까이 가기를 꺼려했다. 인범은 학우들이 가까이 오면 의식적으로 피했다 냄새가 날까 봐 불안했기 때문이었다. 그래서 자연 인범은 외톨이가 되어 학우들과 친하게 지내지도 못했다. 그러지 않아도 인범은 시간이 없어 학우들과 가까이 지낼 수도 없었다. 돈이 생겼으니 동굴에서 입을 옷과 잠을 잘 때 입는 옷을 사서 이제 등걸잠을 자지 않아야 옷에서 냄새가 나지 않을 것이라고 생각했다.

옷과 하모니카를 사러 가는 인범은 산길을 내려가는 발걸음이 날아갈

듯이 가벼웠다. 그렇게 갖고 싶은 하모니카를 살 수 있다는 즐거움이 인범이의 발걸음을 가볍게 한 것이다. 하모니카를 사면 '반달'과 '오빠 생각' 같은 동요도 부를 수 있다는 것이 마냥 즐거웠다. 친구가 없는 호젓한 산야에서 하모니카를 마음껏 불 수 있다는 기대감이 무엇보다도 인범이를 즐겁게 했다. 옷을 사고 하모니카 가게를 찾았다.

악기 가게에서 하모니카를 사려고 했지만 비쌌다. 가게 주인인지 종업원인지 인범이의 행색을 보더니 인범에게 중고품을 파는 가게를 친절하게 알려 주었다.

중고 하모니카를 사서 길을 걸으면서 보고 또 보았다. 중고지만 반짝반짝 빛나는 하모니카가 너무나 좋았다. 인범은 길을 가면서 주머니에서 케이스를 열고 하모니카를 몇 번이나 보고 보고 또 보았다. 그리고 불어보았다. 삑 하는 소리에 놀라 주위를 둘러보았다. 지나가는 사람들이 하모니카 소리에 돌아보았다. 인범은 얼른 하모니카를 감추었다. 그렇게 즐거울 수가 없었다.

생전 처음 가져보는 하모니카였다. 인범은 아무도 없는 산길에 접어들면서 하모니카를 불어 보았다. 삑 소리가 났다. 인범은 맨 왼쪽이 저음이 나오고 오른쪽으로 갈수록 고음이 나온다는 것을 알았다. 그것은 도, 레, 미, 파, 솔, 라, 시, 도라는 것을 쉽게 알 수 있었다. 큰 집의 사람은 멋지게 불던데 인범은 어떻게 부는지를 알 수가 없었다. 그러나 어쩌다 보면 어느 부분에 인범이가 부르고 싶은 음이 나오기도 했다.

그러나 다시 불면 그 음이 어느 쪽에서 났는지 알 수 없었다. 인범은 하모니카를 부는 큰 집의 사람은 어쩌면 어른이 아닌 아이인지 모른다고 생각했다. 어른은 동요를 잘 부르지 않으니까.

인범이가 신문배달을 하는 집이니 언젠가 찾아가 하모니카 부는 방법을 배워야겠다고 생각했다.

인범이가 며칠 동안 신문을 넣으면서 귀를 기울여도 하모니카 소리가 들리지 않았다. 토요일, 신문배달을 마치고 보급소로 돌아가는 길이었다. 지난번처럼 하모니카 소리와 노랫소리가 들리었다. 열려있는 대문 사이로 낭랑한 소녀의 노래 소리와 하모니카 소리가 삐어져 나왔다. 그 곡은 전에 듣던 구슬픈 동요가 아니었다. 처음 듣는 곡이고 노래였다.

인범이가 대문 가까이 다가가 열려진 대문 안으로 빼죽이 고개를 내밀었다. 하모니카와 노래를 부르는 주인공이 누구인지 보이지 않았다. 울프가 열려진 대문 안으로 날름 들어갔다.

"울프, 들어가면 안 돼. 나와!"

인범은 울프를 부르며 대문 안으로 한 발 들어갔다. 마당에 싱싱한 파란 잔디가 자라고 있고 잔디 위 나무 의자에 나란히 앉은 중학생과 소녀가 보였다. 하모니카를 불던 소년이 먼저 인범이를 발견하고 불던 하모니카를 멈추었다. 하모니카가 멈추니 노래를 부르던 소녀도 노래를 멈추었다.

"너, 누구니?"

"……."

중학생이 의자에서 일어났다. 빨강 티셔츠를 입은 소녀가 눈을 말똥말똥 뜨고 바라보고 있었다. 그 눈은 유달리 크고 새카맣게 보였다. 소녀는 인범이 또래 아이였다.

"너, 누구냐니까?"

중학생이 인범이가 누구냐고 재차 물었다.

"……."

"아! 너, 인범이 아니냐. 너, 고인범이 맞지?"

"……."

"신문 가져왔어? 대문에 신문 넣는 곳이 있잖아."

"아니, 신문은 아까 넣었는데……. 하모니카를 어떻게 부는지 배우려고 왔어."

"뭐? 하모니카를……."

그러면서 인범은 주머니에 든 하모니카를 끄집어내었다.

"은희야, 너 아는 아이야?"

"응, 오빠. 초등학교에 다닐 때 우리 학교에 다녔던 아이야. 그리고 우리 집에 신문을 넣고 있어."

"그래, 너 하모니카는 있는데 불 줄을 모른다고?"

"네, 지난번에 이 집에서 하모니카 부는 소리를 듣고 너무 듣기가 좋아 나도 하모니카를 샀는데 잘 안 돼요. 좀 가르쳐 주었으면 합니다."

"그래? 너도 음악 좋아하는 것 같네. 너, 악보는 볼 줄 알지?"

"네, 음계는 학교에서 배웠어요. 그러나 잘 몰라요."

"조금 기다려. 내가 배울 때 보던 동요 악보가 있는 책, 너 줄께."

중학생은 집안으로 들어갔다.

"애, 고인범. 너 나 몰라? 난 너를 학교에서 몇 번 봤는데……. 너 개 이름이 울프라고 했지?"

"……."

인범이도 울프가 보이지 않아 이상했다.

"울프! 울프!"

뒤뜰에서 울프가 나왔다. 그 뒤를 암캐가 따라 나왔다. 개끼리 어울려 놀았던 것 같았다.

중학생이 책을 가지고 나왔다.

"인범이라고 했지? 인범아, 하모니카는 배우기 쉬워. 자꾸 하면 저절로 배워져. 정확하고 빨리 배우려면 이 악보를 보고 불러 봐. 이 책에 많은 국내 동요와 외국 가곡이 들어 있어."

"조금 전에 부르던 노래가 무슨 노래예요?"

"응, 넌 모를 거야. 초등학교에서는 배우지 않으니까. 독일 가곡이야, '보리수'라고 중학교에 가면 배워."

중학생이 동요 책을 주면서 하모니카 부는 방법을 상세히 설명해 주었다. 인범은 그 집을 나오면서 은희라는 소녀도 미란이 집만큼 부자라고 생각했다.

인범은 틈틈이 하모니카를 익혔다. 얼마나 열심히 불었는지 입술이 부르트고 혓바닥에 돌기가 생겨 밥을 먹을 때마다 따갑고 아팠다. 인범은 자신의 감정처럼 언제나 슬픈 곡을 불었다. 특히, 어머니가 사는 것이 힘들고 지칠 때면 혼자 신음처럼 부르던 동요 '고향 생각'(해는 져서 어두운데 찾아오는 사람 없어)과 '봉선화'(울밑에선 봉선화야, 네 모양이 처량하다)를 잘 불었다. 그 노래는 어머니의 한탄이고 한이었다.

언젠가 가을걷이를 하던 날 어머니가 거둠질을 끝내고 탈곡한 볏섬을 보시고 긴 한숨을 쉬고 있었다.

"엄마, 이게 우리 식구가 일 년 동안 먹을 양식이야?"

"그렇단다. 올해도 아무리 잡곡을 섞어 먹도록 하여도 너희들의 배를 채워주지 못하겠구나! 논이 한두 마지기만 더 있었으면……."

어머니는 긴 한숨을 쉬면서 '울밑에서 봉선화야'를 부르며 시름을 노랫가락에 실어 보내곤 했다.

판잣집

1

인범은 개 아저씨를 찾아갔다. 군부대에서 동굴에 사는 것을 알고 동굴에서 못 살게 하는 대신 전세방을 얻을 돈을 준다고 하는데 전세방 대신 판잣집을 지어 달라고 했다. 방첩대 군인과 약속한 대로 간첩 생포의 말은 하지 않았다.

김상우는 인범이의 이야기를 듣고 너무 좋아했다. 그러잖아도 김상우는 인범이가 토굴과 동굴에서 사는 것을 보면서 마음이 아팠다. 언젠가는 판잣집이나 귀틀집을 지어 인범이가 동굴에서 벗어날 수 있도록 해 주어야 했는데, 너무 가난하여 그렇게 해 주지 못한 것이 미안하고 안타까웠다. 그런데 군에서 인범이를 산에서 못살게 하는 대신 전셋집을 얻어 나갈 수 있도록 하여 준다니 너무나 다행이었다. 군에서도 어린아이를 동굴에서 쫓아내지 못해 전셋집을 얻어 나가도록 한 것으로 알았다.

"그래, 인범아. 참 다행이야. 군에서 얼마를 줄는지 모르지만 정 목수와 의논하여 판잣집을 지어 줄게."

김상우는 인범이에게 헌 나무와 헌 문을 사면 돈이 많이 들지 않을 것이라고 말하고 목수인 정씨와 의논하겠다고 하였다.

정씨는 상우에게서 인범이의 이야기를 듣고 매우 반가워하며, 마침 그

동안 하던 아파트 공사가 마무리되었으니 내일부터라도 인범이 집짓기를 시작하자고 했다. 인범은 임시로 개 아저씨 집으로 옮겼다. 처음 아저씨를 따라와 잤던 방이었다. 다시 아저씨 집으로 돌아간 울프는 다른 개들과 잘 어울려 놀았다.

인범은 밤늦도록 중학생이 주는 동요의 음계를 먼저 열심히 외웠다.

김상우는 정 목수와 의논하고 판잣집을 지을 재료부터 사서 정씨 아저씨 마당에 쌓아 두었다.

상우와 정씨는 집터를 정씨 집 바로 위 평평한 산자락에 정하고 이리저리 실측을 하더니 말뚝을 박고 줄을 쳤다. 인범은 자신의 집이 생긴다니 마냥 즐거웠다.

집짓기가 시작되자 비록 판잣집이지만 하루가 다르게 집다운 모양이 갖추어지고 있었다. 그것은 10평 남짓한 작은 판잣집이고 일손이 빠른 정 목수와 개 아저씨가 열심히 일을 했기 때문이었다.

인범은 부엌이 만들어질 즈음에 겨울에 울프가 추울 것 같아 부엌 쪽에 울프가 드나들 수 있도록 통로를 만들어 달라고 했다. 이 말을 들은 정씨는 인범의 머리를 쓰다듬어 주면서 말을 했다.

"인범아, 넌 참 정이 많구나. 짐승인 울프를 꼭 가족같이 자상하게 챙기니."

아저씨가 울프가 드나들 수 있도록 땅 바닥에 통로를 만들어 주었다. 인범은 신문배달을 가기 전 시간까지 두 아저씨가 시키는 허드렛일을 했다.

"어이쿠! 인범이가 어른처럼 일을 잘 하네. 인범아, 신문배달 그만두고 건축 기술을 배워 봐. 신문배달보다 월급도 많고 한 가지 기술을 배워 두면 어른이 되어 살아가는 데 도움이 될 거야."

인범은 아저씨의 말에 귀가 솔깃했다. 그러잖아도 중학생 나이가 되면 신문배달을 그만두고 더 나은 직장을 구하려고 했는데, 건축 기술을 가르쳐 주겠다니 귀가 솔깃하지 않을 수 없었다.

"아저씨, 정말이세요?"

"그럼, 너 일하는 것 보니 데모도(조수) 일을 충분히 할 수 있어. 나에게 목수 기술을 배워 봐. 나처럼 가난하지만 먹고 살아가는 데는 어렵지 않을 거야."

"네, 아저씨. 그렇게 할게요."

이웃이 될 정씨 아저씨의 가족은 몸이 아픈 아주머니와 딸 순희 세 가족이었다. 이제 열 살인 순희가 집 짓는 것을 구경하느라고 매일 왔다. 순희도 이웃이 없는 외떨어진 곳이라 사람이 그리웠는데, 마침 자기 또래의 인범이가 집을 지어 이사 온다니 무지무지 좋아했다.

정씨 아저씨가 딸 순희에게 인범이를 오빠라고 부르라고 했다.

순희는 열 살이며 인범이 보다 세 살이 적었다. 순희는 처음에는 서먹서먹해 하더니 곧 오빠, 오빠라고 부르며 잘 따랐다. 순희는 이름 그대로 착하고 순했다. 그리고 부끄러움을 잘 탔다.

인범은 동굴에선 외롭게 살았는데 새 집터 앞에 정씨 아저씨의 집이 있어 외롭지 않았다.

한 달이 채 되지 않아 판잣집이 거의 완성되었다. 방이 햇빛을 받을 수 있도록 창이 동쪽과 남쪽에 위치했고 부엌이 북쪽에 위치했다. 겨울에 따스한 햇살이 쏟아져 춥지가 않아 좋았다.

십여 평 남짓한 판잣집은 방 하나, 부엌 하나, 창고 하나였다. 부엌을 통해 방으로 들어가야 했다. 그 흔한 마루가 없고 현관도 없었다. 토굴이나 동굴에 살 땐 햇살 한번 쬐이지 못해 음산했는데 이젠 산속이 아닌 햇빛이 쨍쨍 쬐이는 집에 살 수 있다는 것이 너무 좋았다.

판잣집이 마무리되는 날, 두 아저씨가 마당에 널브러진 각종 건축 자재를 치우고 주위를 깨끗이 청소했다. 인범이도 아저씨들을 도와 자질구레한 나무토막들을 치웠다. 아주머니는 소매를 걷어붙이고 방 안을 쉼 없이 쓸고 닦았다. 순희도 개 아주머니를 도왔다. 어지러웠던 방과 부엌이 금세 깨끗해졌다. 바깥출입을 잘 하지 않던 몸이 아픈 순희 어머니도 겨우 걸어 나와 새로 생긴 이웃집인 인범의 판잣집을 구경하고 있었다. 페인트칠을 한 판잣집은 꼭 피노키오의 집같이 아름다웠다.

"인범아, 집이 완성되었다. 비록 땅은 남의 땅이지만 무주공산이나 다름 없단다."

"아저씨, 무주공산이 뭐예요?"

"임자 없는 빈산이라는 말이야. 이제 이 집은 네 집이야. 이 산은 국가 소유의 산이고 인가에서 많이 떨어진 곳이라 나라에서 우리같이 가난한 사람들에게 쉽게 집을 뜯으라고 하지는 않을 거야. 걱정하지 않아도 된다. 오늘 오후에 짐을 옮기자. 살면서 불편한 것이 있으면 말해. 손봐 줄께."

개 아저씨가 미소를 머금고 말을 했다.

이제 인범은 토굴과 동굴이 아닌 비록 판잣집이지만 주택에서 새로운 삶이 시작되고 있었다.

집 가까이 화장실이 있었다. 순희 아버지가 변소를 별도로 지어주셨다. 너무나 좋았다. 집 가까이 화장실이 있어 이젠 비가 오는 날에도, 살을 에는 추운 겨울에도 걱정이 되지 않았다. 토굴에서는 소변은 아무 곳에서나 할 수 있었지만 가까운 곳에서 대변을 볼 수 없었다. 냄새도 나고 불결하기 때문에 멀리 떨어진 곳에 대변을 보려니 비가 오는 날이나 추운 겨울엔 너무나 고생이 되었다. 동굴에서도 그랬다. 비가 오는 날 바람이 불면 우산을 쓸 수가 없었다. 비를 맞으며 일을 보아야 했다. 겨울엔 궁둥이를 까 놓고 똥을 누면 궁둥이가 얼어 너무나 고생이 되었다. 궁둥이가 얼어 감각이 없어 동상이 걸릴까 봐 궁둥이를 한참 동안 주물러야 했다. 그러나 이젠 걱정을 하지 않아도 되었다.

그날 밤, 인범은 노란 비닐장판이 깔린 방에 큰 대 자로 누워 천장을 쳐다보았다. 천장은 흙이 아니고 바윗돌도 아닌 전등이 켜진 사람의 집이었다. 이리저리 뒹굴어 보았다. 아주머니가 온돌에 불을 지폈는지 방이 따스했다. 이제 겨울에도 온돌방에서 잘 수가 있구나! 새물내가 나는 방에 누워 있노라니 행복이 새록새록 피어나고 있었다.

인범은 벌떡 일어나 창문을 열었다. 언제 떠올랐는지 밝은 달이 키 큰 소나무 가지에 비스듬히 걸려 있고, 산야는 묽은 어둠에 물들며 어스름이 산야에 깔리고 있었다. 들녘 너머 아슴하게 보이는 지평선에 도심의 건물들과 간판에서 비치는 빛들이 하늘에 붉은 물을 들이고 있었다. 마당에 싱싱한 달빛이 쏟아지고 산야의 맑고 상쾌한 공기가 물씬 코에 스며들고 하늘엔 별들이 반짝이고 있었다. 은하수에 별 무더기가 빠져 있었다. 인범은 별들을 바라보며 어머니와 아버지를 생각했다.

'어머니, 아버지. 저 이제 무섭고 외로운 동굴에 살지 않아도 돼요. 집을 지어 이사를 했거든요. 개 아저씨와 목수 아저씨가 이렇게 좋은 집을 지어 주었어요. 인철이와 인순이를 데리고 와서 같이 살아야 하는지 모르겠어요. 어떻게 하면 좋아요? 그래도 내가 빨래하고 밥해 주는 어머니 노릇은 못 할 거예요.'

인범은 돌아가신 아버지, 어머니지만 괴롭고 외로울 땐 특히 어머니에게 말을 하였다. 그러면 왠지 가슴이 후련했다.

밤은 소리 없이 저물어 산의 침묵과 정적에 묻힌 판잣집은 동굴을 벗어난 인범이를 포근히 꿈나라에 빠지게 했다.

아침에 눈을 떠 마당으로 나오니 박명이 산야를 휘감고 있었고 짙은 안개가 들판을 채우고 산자락을 덮고 있었다. 작은 산새들이 안개 속을 헤치고 나뭇가지에 앉아 방울을 울리듯 낭랑한 울음소리들이 하모니를 이루고 있었다.

인범은 그 청량한 음향을 음미하며 마당에 서서 오랫동안 들판을 관망하고 있었다. 묽은 안개가 모락모락 피는 새벽 들판은 너무나 아름다웠다. 창이 없는 동굴과는 전혀 다른 선명한 아침이 황홀하고 상쾌했다. 막 산을 넘은 붉은 태양이 찬란한 빛줄기를 들판에 쏟아 내며 농무를 서서히 붉은 빛으로 채색하더니 청명하고 투명한 햇살이 퍼지면서 안개를 걷어 내고 있었다. 눈이 부신 빛줄기에는 감미로운 향내가 미약한 바람결에 섞여 인범의 코에 스며들었다.

집 서쪽 편에 실개천이 있고 그 여울목에는 깨끗한 계류가 빠르게 흘러내리고 있었다. 판잣집 아래에는 질펀히 뻗은 들판이 내려다보이고, 집 바로 옆엔 판잣집을 호위하듯 서 있는 커다란 소나무 여남은 그루가 더욱 풍치가 있었다. 인범은 가슴 부푼 행복감을 안고 세수를 하기 위해 실개천으로 내려갔다. 산골의 강강한 아침 날씨가 인범의 몸을 움츠리게 했다.

인범은 텃밭을 가꾸며 닭도, 토끼도 키우고 싶었다. 텃밭을 가꾸면 싱싱한 채소를 먹을 수 있을 것이다. 개 아저씨를 찾아가 어떻게 텃밭을 가꾸어야 하는지 의논을 할까 생각을 하다가, 두 아저씨가 한 달 내내 집을 지어 주느라고 고생을 했는데 더 신경을 쓰게 할 수 없었다.

인범은 세수를 하고 올라오다 순희의 집 쪽으로 갔다. 순희 아버지가 만든 텃밭에 싱싱한 여러 가지 채소가 자라고 있었다. 인범은 어른이 만든 정씨 텃밭을 자세히 살폈다. 정씨 아저씨의 텃밭은 집 앞 햇빛이 잘 드는 곳에 있었다.

깊이 판 고랑이 아래쪽으로 나 있었다. 그 텃밭에 상추도, 부추도, 파도 심어져 있었다. 그리고 집 주위에 호박도 심어져 있었다.

'그래, 나도 텃밭을 만들자. 그래야 돈이 들지 않고 싱싱한 채소를 먹을

수 있을 것이다.'

인범은 시골집에서 어머니가 텃밭을 가꾸던 것을 생각했다.

다음 날, 인범은 시장에 들러 큰 삽을 사 왔다. 땅을 파기 전에 텃밭을 가꿀 위치를 선정해야 했다. 인범이가 토굴을 팔 때 토굴 앞에 버려둔 밭이 있었다. 개 아저씨가 그 밭을 묵정밭이라고 했다. 묵정밭은 농사를 짓다 오랫동안 버려둔 땅을 묵정밭이라고 한다고 했다. 인범은 묵정밭을 텃밭으로 하려고 생각을 하였지만 거리가 멀어 가까운 집 앞에 만들기로 결정을 했다. 이곳은 민둥산이고 산자락이라 날땅은 얼마든지 있었다. 인범은 햇빛이 잘 쬐이는 남쪽 평평한 곳을 택했다.

'이제 이곳은 내가 살 집이다. 나는 언제까지 이곳에서 살아야 할지 모른다.'

어른들처럼 닭도 쳐서 달걀도 먹고 닭도 잡아먹고 싶었다. 인범은 생각만 해도 신바람이 나고 삶의 욕구가 솟구쳤다.

인범은 토굴을 팔 때처럼 아침 일찍 일어나 팔을 걷어붙이고 나섰다. 먼저 텃밭 경계를 만들어야 했다. 인범은 눈어림으로 막대기로 선을 그어 사각형을 만들어 막대기 네 개를 땅에 박았다. 그리고 줄을 땅에서 30cm 높게 막대기에 묶고는 삽을 힘껏 잡았다. 팔뚝에 불끈 힘이 솟았다. 고랑을 깊이 파기 시작했다. 흙이 폭신폭신 하여 삽이 깊이 들어가 파기가 쉬웠다. 산이라 그런지 황토였다.

한낮 내내 고랑을 팠다. 울프가 궁금한지 땀을 흘리며 일을 하는 인범이 가까이에 와서 물끄러미 들여다보다 무료한지 집 주위를 어슬렁거리다 자기 집에 들어가 누워 있기도 했다. 인범은 일을 하는 것이 즐거웠다. 토굴을 팔 때도 즐겁지 않았던가?

어느덧 해가 중천에 떴다. 배가 고팠다. 인범은 땀을 닦고 부엌으로 갔다. 라면을 끓이기 위해 불을 지폈다. 부엌이 있고 부뚜막이 있으니 너무나 편리했다. 오후엔 계곡에서 돌을 주워 고랑 30cm 밖에 담을 쌓아 경계를 만들었다. 닭을 키우려면 돌담과 고랑 사이에 그물을 쳐야 하기 때문이었다. 채소를 닭이나 토끼가 뜯어먹게 할 수가 없었다.

인범이의 통장엔 큰돈이 들어 있었다. 집을 짓고도 돈이 남았다. 두 아저씨가 새 나무가 아닌 헌 나무를 사고 인건비도 들지 않아 그런 것이다. 생각할수록 개 아저씨와 순희 아버지가 고마웠다.

이제 인범은 '개 아저씨와 아주머니를 부모같이 모셔야 한다.'고 생각했다. 아버지, 어머니가 돌아가시고 고아인 자기를 아끼고 돌보아주시는 개 아저씨와 아주머니가 너무나 고마웠다. 아버지, 어머니라고 부르고 싶었다. 그러나 아저씨와 아주머니가 아버지, 어머니라고 부르라고 하기 전에는 그렇게 부를 수가 없었다. 인범은 혼자 마음속으로만 부르리라고 생각했다.

인범이가 동굴에서 간첩을 발견한 것이 이렇게 행운을 가져다 줄 줄 몰랐다. 인범은 기쁨에 넘쳐 고된 줄도 몰랐다. 인철이, 인순이를 데리고 한 집에 살고 싶은 생각이 불현듯 들었다.

인범은 허리가 뻐근했다. 아니 아팠다. 질펀한 들녘을 내려다보았다. 산 아래 들판에 엷은 햇살이 퍼지고 있었다. 누렇게 변색해가는 풀들이 힘없이 누워 있는 가을 들판은 을씨년스럽고 소슬했다. 쓸쓸히 저무는 스산한 가을 풍경의 목가적인 산자락에 어린 인범은 판잣집을 짓고 새로운 삶의 터전을 마련하기 위해 안간힘을 쓰고 있었다.

흐르는 땀을 닦으며 잠시 허리를 펴고 산 아래를 내려다보았다. 둔덕을 넘어 아이가 논배미를 걸어오고 있는 것이 시야에 들어왔다. 학교를 파하고 혼자 산길을 걸어오고 있는 순희였다. 인적이 드문 산야에 사람이 지나가니 자연히 시선이 향했다.

인범은 자신이 만들고 있는 텃밭을 보았다. 황무지가 옥토로 바뀌고 텃밭에 푸른 기운이 감도는 싱그러운 채소가 자랄 것이다. 그 푸성귀가 인범의 식탁에 올려지고 인범의 몸에 영양가를 줄 것이다. 며칠만 땀을 흘리면 작은 텃밭이 완성될 것 같았다.

"오빠, 일하고 있네. 나 옷 갈아입고 도와줄게."

잠자리를 만들기 위해 토굴을 파고 동굴에 살며 인가하나 없는 산속에만 살았던 인범이와 외떨어진 산야에 사는 순희는 또래가 아쉬웠고 사람이 그리웠던 것이다. 그래서 그런지 둘은 만나자마자 오누이같이 가까워졌다.

인범은 토굴을 팔 때처럼 진한 땀을 흘렸다. 황무한 땅에 사람의 손길이 가자 이랑이 만들어지고 텃밭 모양이 만들어지고 있었다. 인범이와 순희는 부지런히 돌을 주워 와 작은 돌담을 만들었다. 누가 아이가 만든 텃밭이라 하겠는가.

인범이는 부지런히 일을 했다. 억척같이 일을 해야 하는 것이 인범의 삶이었다.

2

인범은 한가한 저녁 시간이면 소나무 밑에 놓인 나무로 만든 긴 의자에 앉아 하모니카를 부는 것이 제일 좋았다. 인범이가 하모니카를 불면 순희가 언제나 옆에서 노래를 따라 불렀다. 동요 '반달' (해는 져서 어두운데)와 '오빠 생각' (우리 오빠 말 타고, 서울 가시고)는 언제나 심금을 헤집는 구성지고 애잔한 곡과 노랫소리가 산자락을 퍼져 나가 밤하늘에 슬프게 메아리쳤다.

다음 날 새벽에 일어난 정 목수가 인범이가 만들고 있는 텃밭을 물끄러미 바라보며 고개를 끄덕이었다. 아이의 처절한 삶을 보니 왠지 가슴이 뭉클했다. '인범이는 잡초처럼 자랄 것이다.' 텃밭으로는 손색이 없었다. 정 목수는 인범이가 정 목수가 만든 텃밭을 보고 만든 것임을 몰랐다.

인범은 흙덩이를 잘게 부수고 내리 5일을 진한 땀을 흘려 텃밭을 완성했다. 순희 아버지가 물이 불보다 더 무섭다고 하면서 폭우가 오면 웬만한 돌은 다 쓸려 간다고 밭 위쪽에 큰 돌을 계곡에서 리어카로 실어 와 쌓아 주었다.

다섯 고랑의 텃밭이 만들어졌다. 아저씨가 인범이가 만든 텃밭을 살펴보고는 삽으로 고랑을 더 깊이 파 주었다. 그래야 배수가 잘 되어 물에 흙이 떠내려가지 않는다고 했다.

인범은 완성된 텃밭을 팔짱을 끼고 바라보았다. 가슴에 뿌듯한 기쁨이 퍼지고 있었다. 하루빨리 씨앗을 뿌리고 싶었다. 그리고 닭도 치고 싶었다.

아침에 정 목수 아저씨가 인범을 불렀다.

"인범아, 흙만 있다고 텃밭이 되는 것이 아니란다. 채소를 심으려면 땅에 거름을 주어야 한단다. 아저씨가 거름 만드는 방법을 가르쳐 줄게. 먼저 산에서 부엽토를 많이 가져와 흙에 섞어야 한다."

"아저씨, 부엽토가 무엇입니까?"

"부엽토 몰라? 학교에서 안 배웠어? 나무에서 낙엽이 떨어져 썩어 흙이 된 것을 말한단다."

"아! 그것을 부엽토라고 해요? 학교에서 배웠어요."

"인범아, 나하고 시장에 가자. 아저씨가 씨앗 파는 곳을 알려 줄게. 이제 인범이가 채소를 재배 하려면 씨앗 파는 곳을 알아두어야 한다. 그리고 그곳에서 씨앗 파종 시기와 방법 등을 듣고 적어 놓아야 한다."

"네. 같이 가요, 아저씨."

인범은 배낭을 짊어지고 순희와 같이 산을 오르락내리락 하며 부지런히 부엽토를 긁어 왔다. 산속은 부엽토가 지천으로 있었다. 인범은 아저씨를 따라 다 자란 단감나무, 대봉나무 몇 그루도 사 와서 집 주위에 심었다. 그리고 빨리 자랄 수 있도록 묘목 주위를 동그랗게 파고 순희와 부지런히 부엽토를 긁어와 넣었다.

이 단감나무가 자라면 먹음직한 감도 따먹을 수 있을 것이다. 인범의 노력으로 사람이 사는 집으로 가꾸어지고 있었다. 판잣집을 짓기 전에는 산자락에 지나지 않았는데…….

황토 위에 부엽토를 뿌려 삽으로 섞었다. 검은 부엽토가 황토에 섞여 황갈색으로 변했다.

상우도 인범이가 텃밭을 만든 것을 보고 칭찬을 해 주었다. 인범은 고된 줄 몰랐다. 텃밭이 완성되는 것을 보는 하루하루가 즐거웠다. 진한 땀을 쏟은 지 일주일 만에 다섯 고랑의 텃밭이 완성되었다. 텃밭이 완성되는 날 인범은 땀 흘려 성취한 만족감에 뿌듯한 행복을 느꼈다.

인범은 닭을 치기 전에 닭이 텃밭에 들어가지 못하게 하기 위해 그물을 쳐야 했다. 그물을 치려면 말뚝을 박아야 했다. 인범은 톱과 낫을 가지고 산으로 올라가 말뚝으로 쓸 나뭇가지를 잘라 낫으로 끝을 뾰족하게 깎았다. 인범은 돌담에 붙여 2m 간격으로 말뚝을 박았다. 웬만한 농기구와 공구는 아버지가 목수인 순희의 집에 다 있었다.

상우와 정 목수는 어린아이가 땀을 흘리며 일을 하는 것이 안쓰럽게 여겨졌지만 한편으로 기특하게 생각했다. 한편 어린 것이 안타까웠지만 상우와 정 목수는 아이가 혼자 할 수 있는 일은 스스로 하도록 하면서 지켜보자고 했다.

오늘은 그물을 사 와야 했다. 그리고 닭을 키우려면 먼저 닭장이 있어야 했다. 인범은 닭장은 도저히 만들 자신이 없어 순희 아버지에게 만들어 달라고 했다. 그 다음날, 순희 아버지는 닭장을 만들어 주었다. 순희 아버지는 목수라 그런지 나무로 만드는 일은 무엇이든지 척척 잘 만들었다.

　인범은 그물을 사서 울타리를 만들고 시장에서 어떤 할머니가 소쿠리에 가득 담아온 토종 암탉 일곱 마리와 수탉 한 마리를 사서 풀어놓았다. 닭들이 이제 자신의 집이라고 어떻게 아는지, 닭들이 본래부터 한 집에서 살아서 그런지 잘 어울려 놀며 산과 들판으로 다니며 먹이를 쪼아 먹었다. 닭들은 어두워지면 수탉을 따라 닭장으로 스스로 돌아와 잠을 자는 것이 신기했다. 대장은 수탉이었다. 닭들은 인범이가 주는 모이를 먹기도 했다.

　개 아저씨가 인범에게 닭을 키우는 방법을 알려 주며 곧 닭이 알을 낳을 것 같다며 짚으로 알 낳을 자리를 만들어 주었다. 개 아저씨와 순희 아버지가 여러 가지 필요한 것을 만들어 주고 도와주었다.

　암탉들은 수탉을 따라다니며 풀도 뜯어먹고 발로 땅을 뒤져 벌레도 잡아먹었다. 인범은 정씨 아저씨가 이곳은 산속이라 족제비가 닭을 잡아먹는다고 닭장 문을 꼭 닫으라고 하여, 닭이 다 들어가는 것을 확인하고 닭장 문을 닫고 아침이면 열어 주었다. 인범은 닭들이 노는 것을 바라보니 즐거웠다.

　건축 일을 못하는 비 오는 날, 인범은 순희 아버지를 따라 시장에 가서 씨앗과 플라스틱으로 만든 물뿌리개를 사 왔다. 아저씨가 여러 가지 씨앗을 심어 주었다. 인범은 아저씨가 씨앗을 뿌리는 것을 자세히 보아 두었다.

　씨앗을 심고 물을 뿌린 며칠 후 텃밭에 연노랑 싹이 수없이 올라왔다. 인범은 아저씨가 시키는 대로 해뜨기 전에 플라스틱으로 만든 물뿌리개 통에 계곡 물을 가득 담아 물을 뿌려 주었다. 싹이 소복이 올라왔다 싶더니 어느새 탐스러운 상추가 서로 다투듯 올라오기 시작했다. 인범은 신선

한 채소가 자라는 것이 신기하여 사랑땜을 하느라고 하루에도 몇 번을 밭에 가 보았다. 볼수록 탐스러웠다. 채소가 자라면 신선한 상추쌈을 먹을 수 있다고 생각하니 벌써부터 입에 군침이 돌았다.

닭들도 그 사이 많이 자랐다. 개 아저씨가 곧 닭이 알을 낳을 것이라고 했다. 개 아저씨와 아주머니가 자주 와서 살림을 챙겨 주고 상추가 자라면 쌈을 사 먹을 수 있도록 고추장도, 막장도, 된장도 가져다주었다. 꼭 부모님 같았다. 참으로 고마운 아저씨와 아주머니였다. 앞집에 순희의 가족이 있고 부모 같은 개 아저씨 부부가 있으니 이제 인범은 외롭지 않았다.

3

어느 날 밤중이었다. 닭장에서 푸드덕거리는 소리와 닭들이 요란하게 우는 소리가 들렸다. 아침에 일어나니 닭장 앞에 닭털이 어지럽게 널브러져 있고 핏자국이 보였다. 인범은 웬 닭털이 이렇게 흩어져 있고 피까지 흘렀는지 고개를 갸웃거리며 닭장을 자세히 살폈다.

닭장 문을 열었다. 다른 날과는 달리 닭들이 얼른 나오지 않았다. 이상했다. 다른 날에는 인범이가 닭장 문을 열자마자 닭들이 차례로 나왔는데 이상했다.

인범은 한참을 닭들이 나오도록 기다렸다. 닭 한 마리가 닭장 밖으로 머리를 내밀며 밖의 동정을 살피더니 살그머니 나왔다. 그리고 조금 있으니 다른 닭들도 연이어 조심스럽게 나왔다.

닭장을 자세히 살폈다. 닭장 뒤쪽에 커다란 구멍이 나 있었다. 저만치에서 순희 아버지가 걸어 올라오고 있었다. 아침 산책을 가는 길인 것 같았다. 인범이가 닭장 앞에 있는 것을 보고 가까이 다가왔다.

"아저씨, 어젯밤에 닭들이 요란하게 울고 하더니 이렇게 닭털이 흩어져 있고 피도 여기 묻어 있습니다. 그리고 이렇게 닭장에 큰 구멍이 나 있습니다."

"그럼, 족제비가 닭을 물어 갔나? 인범아, 닭을 세어 보아라."

인범은 눈으로 닭을 세어 보았다.

"아저씨, 여덟 마리가 아니고 일곱 마리입니다. 한 마리가 모자랍니다."

아저씨가 닭장을 살펴보았다.

"인범아, 이곳을 봐. 족제비가 닭장 판자를 뜯고 닭을 물어 간 흔적이야."

"엣! 족제비가 물어 갔다고요?"

"그래, 족제비인 것 같아. 종종 족제비가 나타난단다. 내가 다시 고쳐 줄게."

아저씨는 집으로 내려가더니 나무판자와 망치와 톱을 가지고 와서 찢어진 곳 위에 판자를 대고 못질을 했다. 그리고 약한 판자 쪽을 찾아 그 위에 판자를 덧붙였다.

"자, 이제 됐다. 인범아, 족제비를 잡아야겠다. 족제비가 한번 맛을 봤으니 낮에도 나타나 닭을 해칠 수가 있어. 내가 족제비 틀을 만들어 줄게 잡아 봐."

아침을 먹고 아저씨가 판자를 자르고 못질을 하여 점심나절이 될 무렵 단단한 족제비 틀을 만들었다. 아저씨는 나무로 만드는 것은 무엇이든지 척척 잘 만들었다. 아저씨는 족제비 틀을 닭장 뒤쪽에 놓고 생선 머리를 미끼로 달아 놓았다.

"인범아, 족제비가 닭고기 맛을 봤으니 또 올 거야. 닭장을 튼튼히 고쳐 놓았으니 닭을 잡아가지 못하여 족제비 틀 안에 미끼로 달아놓은 생선 대가리를 먹으려고 들어올 거야. 족제비가 먹이를 건드리면 문이 닫혀 지도록 장치를 해 두었으니 아침에 일어나면 족제비 틀부터 살펴봐."

그 다음 날은 족제비가 갇히지 않았다. 인범이가 신문배달을 하는 정육점에 들러 비계 덩어리를 얻어 와 미끼를 바꾸어 달았다.

그 다음 날, 인범이가 족제비 틀 그물망을 들여다보니 족제비가 말똥말똥한 눈을 굴리며 밖으로 나오려고 설레발과 발싸심을 치고 있었다. 인범은 급히 순희 아버지에게 뛰어갔다. 언제나 열려 있는 순희 집 현관문을 열고 들어갔다.

"아저씨, 족제비가 잡혔어요. 얼른 나와 보세요."

순희 아버지가 옷을 주섬주섬 입으면서 나왔다.

"족제비가 들어가 있다고……."

순희 아버지는 커다란 자루를 들고 나왔다. 언제 일어났는지 순희가 쪼르르 따라 나왔다.

안개가 산야에 자욱이 깔려 있었고 동쪽 하늘이 희부연히 밝아오고 있었다.

"아침 안개가 끼는 것 보니 오늘 햇빛이 나겠군."

"아저씨, 아침 안개가 끼면 햇빛이 나요?"

"그렇단다."

족제비가 아직도 달아나려고 그물망에 부딪치며 발싸심을 치고 있었다.

순희 아버지가 족제비 틀 앞쪽에 자루를 대고 문을 위로 올렸다. 족제비가 부리나케 자루 속으로 들어갔다. 아저씨는 자루를 들고 빙빙 돌리더니 땅에다 대고 툭 소리가 나게 내리쳤다. 몇 번을 반복했다. 자루 안의 족제비가 죽었는지 아무 반응이 없었다. 아저씨는 다시 한 번 확인 사살을 하듯 자루를 땅에 세게 내동댕이쳤다.

"인범아, 오늘 아침은 우리 집에서 아침밥 같이 먹자. 내가 족제비 고기를 요리 할게. 그리고 이 족제비 가죽은 비싸게 팔 수 있단다. 여자들의 고급 목도리로 사용되거든. 옛날에는 시골집에 족제비가 많았지. 그런데 요즈음은 족제비가 이런 산골에만 서식한단다. 족제비는 가족 단위로 사니까 또 있을 거야. 꼭 잡아야 닭들이 낮에도 산속과 들판에서 모이를 쪼아 먹을 수 있어. 그리고 울프가 영리하다며, 낮에 족제비가 닭들을 잡아먹지 못하게 해야 할 거야."

인범은 아저씨가 요리한다고 하니 족제비 요리하는 방법을 보아 두어야겠다고 생각하고 순희 아버지를 따라갔다.

피를 머금고 죽어 있는 족제비를 순희 아버지는 족제비 이빨 쪽에 날카로운 끌로 살과 털을 분리하여 벗겨내기 시작했다. 인범이와 순희가 구경을 하고 있었다.

"인범아, 아저씨가 어릴 때 우리 아버지가 족제비 벗기는 방법과 요리하는 것을 배웠단다."

아저씨는 끌로 살과 가죽을 참으로 잘 벗기었다. 인범이가 뱀을 벗기는 방법과 비슷했다. 다만 뱀은 껍질을 끝까지 벗기면 되지만 족제비는 네 다리 부분과 다리 발톱 부분에서 발톱이 손상하지 않고 털에 붙어 있도록 발을 분질러 벗기었다. 그 부분에서 아저씨는 매우 조심스럽게 칼질을 했다.

아저씨는 살만 추려낸 가죽을 말리기 위해 그늘에 걸어 두었다. 그리고 살코기를 큰칼로 잘게 다져 밀가루를 묻혀 새알처럼 동그랗게 만들어 순희 어머니에게 드렸다. 몸이 아픈 순희 어머니는 그래도 밥과 반찬을 손수 하시는 것 같았다.

"아저씨, 왜 고기를 밀가루에 묻혀요?"

"응, 그래야 누린내가 덜 난단다."

인범은 그날 아침은 고기와 순희 어머니가 해 주는 따뜻한 밥을 참으로 맛있게 먹었다. 인범은 순희의 가족과 이웃을 하여 함께 사는 것이 그지없이 행복했다.

인범이가 판잣집으로 이사를 하고 며칠 되지 않은 어느 날, 아침을 먹고 아저씨 집으로 가는데 산길에 픽업 차가 보이고, 아저씨가 차 보닛을 열어 놓고 열심히 들여다보고 있었다.

"아저씨, 뭐하세요?"

"응, 인범이냐. 차가 자꾸 말썽을 부리는구나. 어제 집으로 오는데, 차가 고장이 나더구나. 차가 오래되어 그런가 봐."

아저씨의 얼굴 여러 곳에 검은 기름 찌꺼기가 묻어 있었다. 인범은 아저 씨 옆에서 아저씨가 차를 고치는 것을 보고 있었다. 아저씨가 이 부속, 저 부속을 빼서 닦고 만지고 끼워 보곤 했다. 그러면서 몇 번 시동을 걸어 보았지만 시동이 걸릴 듯 말 듯 몇 번을 덜컹거리더니 이내 꺼져버렸다. 인범은 차를 고치느라고 땀을 뻘뻘 흘리는 아저씨가 안쓰럽고 불쌍했다. 아저씨가 가난하여 폐차하려는 남의 차를 얻어 사용하려니 그렇다고 생각 했다.

인범은 아저씨가 땀을 흘리며 차를 고치느라고 안간힘을 쓰는 것을 보 고 불현듯 저금통장이 생각이 나서 집으로 돌아왔다. '아저씬 나를 친아들 같이 보살펴 주었다. 이제 나에게는 아저씨, 아주머니가 아버지, 어머니와 같다.'

인범은 아저씨를 도와주고 싶었다. 인철이 인순이도 보살펴야지만, 지 금은 아저씨가 더 급했다. 인범의 통장엔 판잣집을 짓고도 돈이 남았다. 아저씨와 목수 아저씨가 헌 나무를 사고 인건비가 안 들어 돈이 적게 들었 기 때문이었다.

인범은 저금통장을 보았다. 적지 않은 돈이 저금되어 있었다.

'그래, 아저씨에게 성능이 좋은 중고차를 사 드리자. 나는 아저씨 내외 분을 부모처럼 모셔야 한다.' 인범은 이렇게 결정하고 나니 마음이 가벼웠 다. '아버지 제가 아버지에게 중고차를 사 드릴게요. 아저씨 아주머니는 이젠 저의 아버지고 어머니입니다.' 인범은 뛰듯이 다시 아저씨에게로 갔다. 아직도 아저씨는 차에 매달려 있었다.

"아저씨, 아직도 고장을 못 고쳤어요?"

"그래, 안 되겠어. 나는 젊었을 때 자동차 수리공이어서 웬만한 고장은 고치는데 이 차는 수명이 다된 것 같구나. 그래도 제법 굴러 다녔어."

"아저씨, 쓸 만한 중고차는 얼마나 해요?"

"그건 네가 알아 뭘 하려고. 백만 원 정도 주어야 쓸 만한 중고차를 살 수 있어. 차가 자주 고장이 나 며칠 전에 알아봤어. 그런데 네가 그건 왜 물어?"

"…… 그냥 물어 봤어요."

인범은 저금통장의 돈으로 차를 사 드릴 수 있다고 생각했다. 그러나 아저씨에게 돈을 드린다면 아저씬 결코 받지를 않을 것이라고 판단을 했다. 인범은 어떻게 하면 자신의 돈을 아저씨에게 드릴까 고심을 했다. 아저씨가 자신의 돈이라면 절대로 받지 않을 것이 틀림없다. 그러면 방법은 없을까. 아주머니는 어른이니까 방법이 있을 것이다. 인범은 갑자기 머리가 밝아졌다.

아저씬 차 보닛을 닫고는 수건으로 얼굴에 묻은 기름과 땀을 닦았다.

"인범아, 길옆으로 아저씨가 차를 밀 테니 너도 함께 밀자."

아저씨가 한 손으로 핸들을 잡고 한 손으로 운전석 옆문을 잡고 차를 밀었다. 인범이도 뒤에서 힘껏 밀어 간신히 길옆으로 밀어 놓았다.

"인범아, 시경 교통과에 가서 차를 예인해 가라고 해야겠다."

아저씨는 오토바이를 타고 먼지를 날리며 내려갔다. 인범은 아저씨가 내려가는 것을 보고 날아 갈 듯 산길을 올라갔다. 아주머니가 마루에 앉아 빨래를 손질하다 인범이를 보고 반색을 했다.

"오, 인범이냐. 이제 집이 정리가 되어 가니?"

"네, 아주머니."

그러면서 인범이가 머뭇거리는 것을 보더니 말을 했다.

"인범아, 뭐 할 말이 있니?"

"아주머니, 의논드릴 것이 있어요."

"무슨 의논?"

인범은 어떻게 말을 해야 할지 망설여졌다. 인범이가 또다시 머뭇거리자 아주머니가 채근을 했다.

"인범아, 무슨 말이야? 말을 해 봐."

아주머니가 독촉을 했지만 무슨 말부터 하여야 할지 몰랐다.

"무슨 말인데 그렇게 어려워 말을 못 하니?"

머뭇거리던 인범은 그제야 말꼭지를 떼었다.

"아주머니, 아저씨 차가 없으면 어떻게 해요?"

아주머니는 부드러운 미소를 머금고 말을 했다.

"난, 무슨 심각한 말이라고. 너, 아저씨 차가 고장이 나서 걱정을 하는구나! 어쩌겠니. 다시 오토바이를 타고 다녀야지. 차가 없으면 식육견 여러 마리를 실을 수도 없어 불편하지……. 차가 있으면 짐도 한꺼번에 많이 실을 수 있어 편리했는데."

"저…… 아주머니 제가 아저씨에게 쓸 만한 중고차를 사 드리고 싶어요."

"뭐, 네가 차를 사 주겠다고? 네가!"

"예."

"……."

아주머니는 인범이의 엉뚱한 말에 어안이 벙벙한지 멍한 표정으로 인범이의 얼굴을 멀거니 바라보았다.

인범이도 뭐라고 설명을 해야 할지 몰라, 아주머니의 얼굴을 마주 바라보았다.

"인범아, 내가 말을 잘못 들었나. 다시 한 번 말해 봐."

"……."

"인범아, 조금 전 말했던 말 다시 해 보라니까."

"아주머니, 제가 돈 가진 것이 있습니다. 그 돈으로 아저씨 중고 픽업차를 사 드리고 싶어요."

"뭐? 네가 차를 사 주겠다고 한 말은 내가 잘못 들은 것은 아니구나. 인범아, 방에 들어가자 차근차근 이야기하자."

순실은 인범이가 무슨 말이든 허황한 말을 할 아이가 아니라는 것을 잘 알고 있었다. 순실은 인범이의 말을 자세히 듣기 위해 무릎걸음으로 인범이 가까이 다가앉았다.

인범은 방첩대장이 말을 하지 말라고 하였지만 아저씨 아주머니에게까지 숨길 수는 없었다. 돈이 생긴 것을 사실대로 말을 해야겠다고 생각했다. 인범은 간첩을 신고하여 포상금을 받은 사실과 방첩대장이 보안상 절대로 비밀로 하라는 말을 했다. 방첩대장이 만약 신문기자가 알아 신문에 나면 나머지 간첩을 색출하지 못한다는 것과, 아무리 아이지만 북한 간첩이 알면 내가 위험하다고 하더라는 말도 했다.

"그랬구나! 너 큰일 했구나! 만약 간첩이 너를 먼저 발견했다면 네가 위험했겠구나! 큰일 날 뻔했다."

아주머니는 인범이가 그렇게 위험하고 큰일을 한 것을 알고 안도의 숨을 쉬었다.

"그래, 간첩 신고로 다행히 동굴을 벗어날 수 있어 다행이었어."

"그럼, 아주머니 그 돈은 아저씨에게 말을 하지 말고 주셨으면 해요. 아저씨가 저의 돈이라고 하면 절대로 안 받을 거예요."

인범은 신신당부를 했다.

"그럼, 그 사람이 네 돈이라면 안 받지. 그 사람 비록 가난하지만 경우가 밝은 사람이야. 내가 누구보다도 잘 알아."

"아주머니, 아저씨가 백만 원이면 중고차를 살 수 있다고 하시던데 성능이 나은 차를 안 사시면 또 고장이 날거예요. 제가 일백오십만 원 찾아 드릴게요. 괜찮은 중고차를 사라고 하세요."

장순실은 인범이의 마음 씀씀이가 너무 고마워 말을 잇지 못하고 눈물이 그렁그렁했다. 그렇게 말하는 인범이가 아이 같지 않았다. 그러면서 남편이 인범이를 돌봐 주자고 할 때 매몰차게 안 된다고 말한 것이 그렇게 마음 아플 수가 없었다. 사실 순실은 인범이가 어떤 아이라는 것을 알고부터는 인범이가 내 아들이었으면 얼마나 좋을까 하고 종종 생각했었다.

"인범아, 고맙구나! 네가 꼭 아저씨에게 차를 사 주겠다니 고맙게 받을게. 난 너에게 너무 못할 짓을 했는데."

"……."

순실은 인범이의 말을 듣고 고심을 했다. 과연 저 가난한 고아에게서 큰돈을 받아도 될 것인가. 물론 간첩 신고로 받은 보상금으로 준다고 했지만 아이는 너무 가난한 환경의 아이가 아닌가. 앞으로도 아이에게 돈 들 곳이 많을 것인데. 그러면서 아이가 꼭 차를 사 주겠다는 간곡한 말을 외면 아니, 거절할 수가 없었다. 순실은 다음에 돈 벌어 갚아 줄 생각을 하고 받아야겠다고 생각했다.

그날 저녁이었다. 저녁밥을 먹고 순실은 남편에게 의논할 말이 있다고 마주 앉았다.

"여보, 당신 얼굴 보니 무슨 심각한 말을 하려는 것 같네. 무슨 말인지 해 봐. 궁금하네."

"당신 차 어떻게 처리하려고 해요?"

"어떻게 처리 하긴, 그 차 너무 노후 되어 더 쓸 수가 없어. 고치면 계속 돈이 들 거야. 그래서 폐차 신청하고 예인해 가라고 했어."

"그게 아니고요. 당신 차 없이 불편하지 않아요?"

"그야 불편하지. 그렇지만 형편이 안 되니 어떻게 해. 오토바이를 타고 다녀야지."

"여보, 아무 말 묻지 않는다고 약속할 수 있어요."

"생뚱맞게 무엇을 약속하라고 해."

"그냥 약속한다고 해요. 그러면 말할게요."

상우는 아내 순실이 생뚱맞게 약속을 하면 말을 하겠다니 궁금했다. 무슨 말인지 말을 듣고 약속을 하겠다면 말을 하지 않을 것 같았다.

"그래, 약속하지."

"당신이 전혀 납득하지 못 할 거예요. 그 대신 그 납득하지 못할 사실을 멀지 않은 후일에 꼭 이야기하겠다고 약속할게요. 그러니 이번엔 저 하자는 대로 해주세요. 그리고 약속대로 아무것도 묻지 마세요. 약속해야 말을 하겠어요."

"심각하게 말하니 심각하게 들리네. 그러지. 어떤 이야기인지 당신이 내가 납득 못 할 것을 다음에 말하겠다니 더 묻지 않기로 할 테니 말을 해 보시오."

상우는 담배 한 개비를 끄집어내어 라이트를 켜 불을 붙여 담배 연기를 길게 내뿜으며 아내 순실의 말을 기다렸다. 미영이가 쪼르르 방에 들어와 어머니 무릎에 날름 앉았다.

순실은 침을 꿀꺽 삼키고 말을 했다.

"여보, 쓸 만한 중고 픽업차 얼마면 살 수 있겠어요?"

"어? 낮에 인범이도 얼마면 살 수 있느냐고 묻더니 당신도 묻네. 차가 너무 노후 되어 중고차 매매 시장에 알아보니 백만 원이면 적당한 것 살 수 있을 것 같더라고. 그런데 왜 중고차 가격을 물어?"

순실은 인범이도 묻더란 남편의 말에 가슴이 뜨끔했다. 순실은 남편의 얼굴을 자세히 쳐다보았다. 그러나 더 심각하게 묻지를 않았다.

"그럼, 제가 일백오십만 원 드릴 테니 조금 나은 차를 당장 골라 보세요."

"당신에게 무슨 돈이 있어? 얼마 전에 차 고장이 났을 때 부속 값도 없다고 하더니."

"묻지 않는다고 약속했잖아요."

"……."

4

며칠 후 인범이가 아저씨 집에 가니 아저씨가 색깔이 검정색인 중고차를 구입하여 열심히 왁스를 먹이고 광을 내고 있었다. 얼굴엔 희색이 만면했고 콧노래를 부르며 차를 닦는 손에는 힘이 넘쳐 나 있었다.

"아저씨, 중고차 새로 사셨군요."

"응, 인범이야. 그래 마누라가 꼬불쳐 둔 구렁이 알 같은 돈을 내어놓더군. 이번엔 괜찮은 차야. 중고차 사장이 나에겐 특별히 성능이 좋은 차를 싼값으로 주더군. 그놈의 차가 어떻게 자주 고장이 나던지……. 이 차라면 오랫동안 탈 수 있겠어. 참 여자란 알고도 모를 일이야, 언제 그런 돈을 꼬불쳐 놓았는지."

아저씨는 기분이 좋은지 차를 닦는 손에 힘이 들어 있었고 얼굴에는 싱글벙글 미소가 떠나지 않았다. 인범은 통장의 돈이 가벼워도 아저씨가 행복해 하는 것을 보니 덩달아 행복했다.

인범은 한가한 날이나 일요일이면 언제나 아저씨 집에 올라가 막사를 청소한다든지, 무슨 일이든 일을 도왔다. 때론 아주머니가 다른 일을 할 땐 미영이와 아직 어린 미숙이를 돌봐 주기도 했다. 인범은 아저씨와 아주머니를 부모로 여기고 있기 때문에 가족은 가족의 일을 함께 하는 것이라고 생각했다.

이제 순희 아버지에게 건축 일을 가르쳐 달라고 하여야겠다고 생각하고 저녁을 먹고 순희 아버지를 찾아갔다.

문을 열고 들어가니 아저씨가 저녁을 먹고 톱날을 손보고 있다가 인범을 맞았다.

"인범이냐? 이제 정리가 다 되어 가니?"

아저씨는 톱과 줄을 옆으로 밀어 놓았다.

"네, 아저씨. 텃밭의 상추와 파가 잘 자라고 있어요."

"그래, 다행이다. …… 무슨 할 말이 있니?"

인범이가 다소곳이 마루에 앉았다. 정 목수는 이사 온 지 한 달이 넘어도 한 번도 놀러 오지 않던 인범이라 무슨 할 말이 있다는 것을 알았다. 아이답지 않게 꼭 할 말이 아니면 말을 하지 않는 인범이라는 것을 잘 알고 있었다.

"어쩐 일인가?"

"아저씨, 전번에 말씀하시던 목수 기술을 가르쳐 주실 수 있나요?"

인범이가 조용히 입을 열었다. 언제 보아도 과묵한 아이였다.

"그럼, 가르쳐 줄 수 있지. 그런데 너 학교에 다니지 않아도 되니? 사람은 배우지 않으면 안 된단다."

"아저씨, 저 일하면서 야학에 다니려고 해요."

"그래."

정 씨는 옆에 있는 담뱃갑에서 담배 한 가치를 끄집어내어 라이터를 켜 불을 붙여 담배 연기를 길게 내뿜었다. 하얀 연기가 천장에 올라가고 있었다.

"오빠 왔어?"

순희가 방문을 열고 나오다 인범이를 발견하고 의아한 표정으로 물었다. 그동안 오지 않던 인범이가 찾아온 것이 의아했던 것이다.

"응."

순희가 인범이 옆에 얌전하게 앉았다.

"그래, 목수 일을 배워 보겠다고……?"

"네, 신문배달을 그만두고 아저씨 말씀대로 건축 기술을 배우고 싶어요."

방 안에서 몸이 아픈 순희 어머니의 기침하는 소리가 들렸다.

인범은 아저씨에게 목수 일을 배우겠다고 말했다. 순희 아버지는 인범이가 아직 어리니 보조 일을 하면서 목수 기술을 배우라고 했다.

"인범아, 넌 나의 들무새가 되어야 한다. 그래야 일을 야무지게 배울 수 있어?"

"아저씨, 들무새가 무슨 말이에요?"

인범은 들무새가 되라는 생소한 말이 무슨 말인지 몰랐다.

"우리 목수들이 쓰는 말이야. 내 옆에 붙어서 조수처럼 일을 하란 말이야. 쉽게 말해 내 조수가 되란 말이야."

"…… 아, 예."

인범은 아저씨의 말뜻을 알 것 같았다.

인범은 신문배달을 마치고 저녁을 먹은 후 소장에게 말을 했다.

"소장님, 저 신문배달을 그만두어야 할 것 같아요."

"왜, 배달을 그만두려고 해?"

"다른 일자리가 생겼어요."

"무슨 일자리?"

"이웃에 사시는 목수 아저씨가 목수 기술을 가르쳐 준다고 해요."

"목수 기술을……."

"예, 목수 기술을요."

소장은 인범이를 잃는 것이 무척 아쉽고 서운했다. 참으로 성실하고 똑똑한 아이라 오래 곁에 두고 싶었는데……. 그러나 더 나은 직장에 간다니 어쩔 수 없었다.

"그럼, 어쩔 수 없지. 운동은 계속 할 거야?"

"목수 일이 어떨지 저도 생각 중이예요. 운동은 계속하고 싶은데……."

인범은 소장님과 약속한 중학교까지 신문배달을 하지 못해 미안했다.

판잣집으로 옮기고 얼마 지난 일요일, 창문 앞에 심어 둔 화초에 물을 주고 있는데 산길을 올라오는 가녀린 한 소녀가 보였다. 인범은 걸음을 멈추고 낯선 소녀를 유심히 바라보았다. 이곳엔 사람이 거의 오지 않는 곳이라 의아했다. 그것도 어른이 아닌 소녀일까? 인범은 순희 집에 찾아오는 손님이라고 생각하고 계곡으로 내려가다 소녀가 어딘가 많이 본 걸음걸이고 모습이 익어 손 채양을 하고 소녀를 자세히 바라보았다.

걸어오는 소녀는 미란이었다. 중학생이 된 미란이가 많이 성숙한 것 같았다. 미란은 인범이의 시선과 마주치자 손을 흔들며 빠른 걸음으로 다가왔다. 한 손에는 쇼핑백이 들려 있었다. 다가온 미란이가 먼 거리를 걷기가 힘이 들었는지 이마에 송골송골 맺힌 땀을 손으로 훔치며 말갛게 미소를 지었다. 그 얼굴이 복사꽃처럼 발갛게 피어 있었다.

"인범아, 동굴에서 집을 지어 이사 왔네."

"어떻게 알고 찾아왔어?"

"응, 동굴을 찾아가니 군인 아저씨가 네가 이리로 집을 지어 옮겼다고 알려주어 왔어. 동굴이 보고 싶었는데……."

"혼자 오기 무섭지 않았어?"

"응, 조금 무서웠어. 인범아, 판잣집을 지어 사는 것이 네 소원이었는데 빨리 이루어졌구나! 어떻게 돈을 모았어? 집이 참 아담하네."

"……."

미란은 동굴이 그리웠다. 원시적인 동굴. 폭우가 쏟아지는 날 여자로 태어나 덜 영근 어린 남자였지만 열에 들떠 인범에게 안기었고, 여자로 태어나 처음으로 채 영글지 않은 가슴을 보여 준 그날이 언뜻언뜻 떠올라 감미로운 행복과 부끄러움이 교차되면서 그날이 평생을 두고 잊어지지 않을 것 같았다.

미란은 판잣집을 한 바퀴 돌아보며 살펴보았다. 판잣집 주위에 적당한 간격으로 유실수도 심어져 있었고, 집 앞에 텃밭이 가꾸어져있었다. 울타리도 담도 없는 그냥 산자락이었다. 목가적인 산야에 꼭 피노키오 장난감 같은 아담하고 작은 집은 인범이가 혼자 살기엔 알맞은 집이었다. 어쩜, 신문배달을 하면서 어떻게 일찍 돈을 모아 집을 마련하였는지 궁금했다.

"인범아, 집이 차암 아담하구나. 그리고 화초도 잘 가꾸어 놓았구나! 어떻게 집을 마련했니? 개 아저씨가 지어 주셨니?"

"응, 개 아저씨와 목수 아저씨가 지어 주셨어."

"고마운 아저씨들이구나! 텃밭도 가꾸고 닭장도 만들어 주셨구나! 너의 꿈이 이루어졌구나, 인범아."

인범은 간첩 이야기를 하지 않았다.

판잣집 주위엔 나무가 없지만 한쪽에만 굵은 소나무 여남은 그루가 초라한 집을 운치 있게 보이게 했다. 그 소나무는 벌목을 하면서 일부러 남겨 둔 것 같았다.

인범은 미란이를 소나무 밑에 놓아둔 긴 나무 걸상이 있는 곳으로 데리고 갔다.

"인범아, 받아. 너하고 먹으려고 도넛 사왔어."

미란은 도넛을 담은 쇼핑백을 인범에게 내밀었다. 인범은 미란이가 내미는 백을 받으며 미란이의 아래위를 자세히 훑어보았다. 교복을 입은 미란이의 모습이 더욱 예뻐졌고 그 사이 키도 크고 성숙해 보였다.

"자, 앉자."

"아! 참 좋다."

미란이가 주위를 둘러보며 인범이가 걸상에 앉자 인범이 옆에 나란히 앉았다. 미란이가 인범이 손에 든 쇼핑백에서 도넛 하나를 끄집어내어 인범의 손에 쥐어 주고 미란이도 도넛 하나를 집어 들었다. 도넛에는 설탕이 가득 묻혀 있었다. 보기만 해도 군침이 돌았다.

미란이와 인범이가 도넛을 먹고 있는 것을 순희가 자기 집 마당에 서서 멀거니 보고 있었다.

"미란아, 이 도너스 아랫집 순희에게 몇 개 줘도 돼?"

"그래, 가져다 줘."

인범은 도넛 두 개를 들고 순희에게로 갔다.

"순희야, 도넛 먹어. 초등학교 때 한 반이었던 친구가 사 왔어."

도넛을 받아 든 순희는 느티나무 아래에 놓여 있는 플라스틱 의자에 앉았다. 이제 열한 살인 순희는 인범에게 초등학교 한 반이었던 친구가 이곳 먼 곳까지 찾아온 것에 왠지 샘이 났다. 순희는 의식적으로 인범이가 소녀와 나란히 앉아 있는 것을 보지 않으려고 시선을 질펀히 뻗은 아래쪽 들판을 바라보고 있었다.

인범과 미란은 들판도 구경하고 텃밭에 물을 뿌리기도 하면서 놀았다.

닭들이 두 발로 나무 밑의 흙을 파헤치며 벌레를 잡아먹는 구경도 했다. 미란은 도심에서는 볼 수 없는 신기한 것들을 보는 재미가 쏠쏠했다. 저만 치에서 울프가 미란이를 보고 꼬리를 살래살래 흔들며 어슬렁어슬렁 걸어 왔다.

"울프야, 어디 있었니? 나 미란이. 울프, 날 알겠어?"

미란이가 울프에게 다가가 손을 내밀었다. 울프는 미란이를 알아보고 미란이의 손을 핥았다.

"인범아, 참 좋다. 나 종종 놀러오고 싶어. 와도 되지?"

"……."

"왜, 내가 오는 것 싫어?"

"미란아, 네가 올 곳이 아니야."

인범은 이렇게 말하면서 미란이 아버지에게 심하게 맞은 끔찍한 그때가 떠올라 몸서리를 쳤다. 그리고 미란이 아버지가 미란이가 자기와 가까이 하는 것을 싫어하는 것을 알기 때문이었다.

"넌, 어쩜 내가 올 곳이 못 된다는 말만 하니?"

"……."

"우리 아버지가 무서워서 그러지? 이곳은 큰비가 와도 건너지 못할 계 곡도 없잖아."

"……."

"인범아, 난 너를 평생 잊을 수 없을 거야. 넌 나의 첫사랑이야. 어떻게 첫사랑을 잊을 수 있어? 넌 내가 첫사랑이 아니니?"

"……."

미란은 이렇게 물으면서 인범의 눈을 자세히 보았다. 인범의 눈과 미란 이의 눈이 마주쳤다. 미란의 눈은 사랑을 확인하기 위한 애원이 가득 담긴 눈빛이었다. 인범은 미란의 눈물 젖은 애원의 눈빛을 마주볼 수 없어 고개를 떨어뜨렸다. 뭐라고 말할 수도 없었고 첫사랑이 무언인지도 몰랐다. 첫사랑은 아무나 하는 것이 아니라고 생각했다. 인범의 의식에는 사랑이라는 단어가 존재하지 않았다. 그것은 부자 아버지를 가진 미란이와 고아인 자기와는 극명한 환경의 차이였고 운명의 차이였다. 아직은 어리고 먹고 살기가 급급한 인범이에겐 사랑이라는 말이 어울리지 않았다.

다만 인범은 미란이가 가난하고 헐벗은 자신을 무시하지 않고 따뜻이 대해 주는 것이 고마웠고 그냥 미란이가 좋았을 따름이었다. 그때 미란이와 같이 산길을 팔을 끼고 걷고 동굴에서 잠을 잘 때 냄새가 나는 옷을 입었는데도 미란인 인범의 가까이 있고 싶어 했고 팔을 끼고 가자고 한 것이 너무나 고마웠다.

"말해 봐! 인범아, 나만 널 좋아했니?"

"······."

"인범아, 난 네가 정말 좋아. 내가 자라면 너에게 시집가고 싶다고 말했잖아."

"······."

"인범아, 말해 봐! 듣고 싶어, 응?"

인범은 미란의 독촉에 뭐라고 말을 하지 않을 수 없었다.

"미란아, 난 첫사랑이 무언지 몰라."

사실 인범은 첫사랑이 무엇언지 몰랐다.

"첫사랑이 무언지 모른다고? 이 바보야. 그럼, 넌 나를 좋아하지 않았어? 나만 널 좋아하는 거야? 그건 짝사랑이야. 짝사랑은 슬퍼. 인범아, 내 눈을 보고 말해."

미란은 손으로 인범이의 턱을 들어 올리고 자세히 보았다. 그 깊은 눈에는 슬픔이 괴어 있었다. 그리고 섭섭한 표정이 역력했다. 그러더니 눈물을 주르르 흘렸다.

"미란아, 나도 널 좋아했어. 고맙기도 하고……."

"그 봐, 너도 날 좋아했잖아. 남자와 여자가 처음으로 좋아하는 것은 첫사랑이야. 너, 나 말고 다른 여자애 좋아한 적 있어?"

"……."

"있었어? 없었어?"

"없었어."

"그 봐, 너도 내가 첫사랑이야."

미란은 순희라는 어린 소녀가 앉아 있는 쪽을 힐끗 보더니 갑자기 인범의 어깨를 잡아당겨 인범이의 입술에 뽀뽀를 했다. 아니, 키스를 했다. 인범은 깜짝 놀랐다. 그리고 미란이처럼 순희가 앉아 있는 쪽을 얼른 보았다. 순희가 보면 아버지, 어머니에게 고자질을 할 것 같아 겁이 났다. 아직 어린 미란이와 인범이가 어른 흉내를 낸다는 것은 나쁜 아이들이나 하는 것이라고 생각했다.

다행히 순희가 인범이가 앉은 반대쪽만 바라보고 있었다. 그리고 산길에는 아무도 없었다. 인범은 입술을 얼른 닦았다. 미란의 입술이 촉촉하고 감미로웠다. 인범은 미란이가 어른의 흉내를 낸다는 것을 상상도 못 했다. 지난번 동굴에서도 미란은 적극적으로 인범에게 안겨 왔고 입술을 더듬지 않았던가.

인범은 언뜻 미란이가 불량한 소녀가 아닌가 하는 생각이 설핏 들어 미란이의 얼굴을 자세히 보았다. 미란의 얼굴이 발그레했다. 그리고 무언가 열에 들떠 있었다. 인범은 미란이가 나쁜 아이라고는 생각지 않았다. 그런데 왜 미란은 어른의 흉내를 내는지 알 수 없었다. 뇌리에 언뜻 '이 새끼, 우리 미란이 어찌하면 죽여 버린다!' 하던 미란이의 아버지 말이 떠올랐다.

"인범아, 고마워. 네가 첫사랑이라고 말해 주어서. 인범아, 우린 서로가 첫사랑이야. 난 오늘 처음으로 남자와 키스했어. 너도 처음이지? 서로 사

랑하면 이렇게 키스도 하는 거야. 영화에서도 봤고 소설에서 읽었어. 남자
와 여자가 서로 사랑하면 이렇게 하는 거야. 나쁜 것이 아니야."

미란은 애써 나쁜 짓이 아니라며 인범이의 마음을 꿰뚫어보는 듯 말을
했다. 미란은 감격에 겨워 얼굴이 상기 돼 있었다. 그 얼굴은 행복한 얼굴
이었다. 인범이도 얼굴이 상기돼 있었다. 이제 14살이 된 인범은 지난번
동굴에서 미란이가 자기의 품에 안길 때와는 다른 무언가 모를 야릇한 기
분이었다.

"미란아, 너와 나는 달라. 넌 부잣집 귀한 딸이고 난 부모도 없는 가난하
고 중학교도 못 다니는 고아야."

"인범아, 야간 중학교에 입학해. 열심히 공부해서 성공하면 되잖아."

"…… 성공?"

인범은 자신과 요원한 '성공'이란 단어를 되뇌며 이루어질 수 없는 우
울에 가슴을 적시었다. 나도 성공할 수 있을까! 인범의 가슴속으로 시린
강물 한 줄기가 흐르고 있었다. 인범은 자신과 어울리지 않는 사랑 이야기
를 멈추고 싶었다.

"미란아, 점심시간이 다 되었다. 점심해 먹자. 오늘은 내가 제일 좋아하
는 반찬을 만들어 너에게 대접하고 싶어. 그때 네가 동굴에 왔을 때 못 해
준 반찬이야."

"그래, 무슨 반찬인데? 기대가 되네."

인범은 미란이를 부엌으로 데리고 가 커다랗고 살이 통통히 찐 마른 오
징어를 끄집어내었다. 비린내와 맛좋은 오징어 냄새가 범벅이 되어 코에
물씬 스며들었다. 인범은 오징어를 가위로 5mm 간격으로 가로로 잘랐다.
그리고 3cm 정도로 토막을 내었다.

"오징어를 왜 이렇게 잘게 잘라?"

"이렇게 만드는 거야."

인범이는 잘게 토막 낸 오징어를 플라스틱 바가지에 넣고 물을 부었다. 그리고 솥에 밥을 하기 시작했다.

"인범아, 이제 부엌에서 밥을 하니 참 편리하겠다. 그래도 난 동굴이 더 좋아."

미란은 인범과 단 둘이 밤을 지새우며 보낸 그날을 평생 잊지 못할 것 같았다.

미란과 인범은 부엌바닥에 낙엽을 깔고 나란히 앉아 잘 마른 낙엽을 아궁이에 밀어 넣고 불을 지피며 부지깽이로 불길을 모았다. 미란이는 인범이에게서 부지깽이를 받아 평생 처음 낙엽을 아궁이에 조금씩 밀어 넣는 불놀이를 했다. 재미가 있었다. 낙엽이 타면서 불꽃이 따뜻했다.

밥이 다 되었는지 피 하는 소리가 나며 김이 났다. 하얀 김이 모락모락 나며 맛 좋은 밥 냄새가 코에 물씬 스며들었다.

"미란아, 밥이 다 되었다. 이제 뜸만 들이면 된다."

인범은 그 사이 물렁물렁해져 있는 오징어를 구정물이 나오지 않을 때까지 물에 여러 번 씻고는 마른 수건에 둘둘 싸서 힘껏 짜서 물기를 없앴다. 그리고 그릇에 담아 왜간장을 조금 붓고 또 깨소금과 고춧가루를 넣었다. 마지막으로 참기름을 조금 부어 버물었다.

"미란아, 다 됐어. 맛 한번 봐."

인범은 간이 밴 오징어 한 조각을 미란이에게 내밀었다. 미란은 입을 벌려 입에 넣어 달라고 입을 크게 벌렸다. 도톰하고 오목한 붉은 입술이 예뻤다. 인범은 잠시 망설이더니 미란이의 입에 넣어 주었다. 미란은 한참 동안 오징어를 씹었다. 씹을수록 오징어가 고소하고 맛이 좋았다.

"인범아, 오징어가 씹을수록 고소해. 그리고 양념이 맛있어."

다른 반찬도 만들었다. 인범은 텃밭에 가 파를 뽑아 와서는 파 조림도 만들었고 상추쌈도 준비했다. 동굴에서와는 비교도 안 될 성찬이었다.

밥을 먹은 미란은 노란 비닐 장판이 깔린 방바닥에 두 팔과 두 다리를 쩍 벌리고 누웠다.

"인범아, 천장도 있고 벽도 있고 전기도 있어 참 좋다. 그래도 난 동굴이 더 좋았던 것 같아."

미란은 폭풍우가 몰아치는 그날 밤의 동굴을 평생 잊지 못할 것 같았다. 열에 들뜬 그날을……

미란과 인범은 방에서 지난 이야기, 미래의 이야기를 많이 했다. 인범에 겐 동굴 생활은 사람의 삶이 아닌 짐승의 삶이었고 미래도 암울했는데, 미란은 격류를 건너는 스릴과 동굴의 장작불을 더 좋았다고 했다.

해가 서산에 뉘엿뉘엿 넘어가고 있었다. 미란이가 손목에 찬 시계를 보더니 일어났다. 미란이를 배웅하기 위해 울프를 데리고 산길을 내려가는 인범이와 미란이의 뒷모습을 순희는 마당에 서서 멀거니 바라보고 있었다. 저절로 순희의 입이 뽀로통하게 튀어 나왔다. 오빠가 처음으로 미워졌다.

목수의 길

1

박 소장이 인범의 후임을 구하여 인범이가 신문배달을 그만두는 날이었다.

인범이가 박 소장에게 인사를 하고 나오려는데, 박 소장이 인범을 불렀다.

"인범아, 잠깐 들어와 봐. 너에게 꼭 할 말이 있어."

인범은 형준이와 용수, 지용이를 세워 두고 사무실로 들어갔다.

"인범아, 지금 내가 하는 말을 명심해서 들어라."

박 소장은 말을 하고는 한참 동안 인범이의 얼굴을 보았다. 인범은 소장이 심각한 말을 한다는 것을 알고 소장의 입을 보며 침을 삼켰다.

"인범아, 가까이 와."

인범은 걸상을 당겨 소장 가까이 다가앉았다. 박 소장은 인범의 손을 당겨 꼭 잡고는 심각한 얼굴로 인범의 얼굴을 다시 바라보더니 말을 했다.

"인범아, 앞으로 싸움은 하지 마."

"……."

인범은 소장의 얼굴을 마주 바라보았다. 소장은 인범의 손을 힘껏 쥐었다.

"인범아, 넌 아직 아이라는 것을 잊지 마라. 너 주위에는 너보다 큰 아이들이 많아. 싸움을 하기에는 네가 제일 어릴 것이다. 그 점을 알아라. 그리고 생명은 하나뿐이야. 싸움을 하다 보면 강한 자도 만날 수 있고 약한 자도 만날 수 있다. 강한 자를 만나면 다칠 수도 있다. 그리고 상대가 한두 사람이 아닌 집단일 수도 있다. 그리고 정정당당한 싸움보다 흉기를 사용하는 상대도 있고, 숨어서 기습공격을 하여 흉기로 상대를 살상하는 상대도 있다는 것을 알아야 한다. 상대가 숨어서 또는 갑자기 공격을 하면 막을 수도 없다. 기습을 당하면 치명상을 입는다. 그러니 길을 걸을 때 언제나 미행자가 있는지 갑자기 뒤를 돌아보는 습관이 되어 있어야 하고, 쇼윈도나 건물 유리에 비치는 뒷사람을 살피는 주의도 하여야 한다. 또 길을 꺾어 갈 때와 골목길을 갈 땐 각별히 조심해야 한다."

"……."

인범은 소장의 말의 뜻을 알 것 같았다. 인범은 달수가 떠올랐다. 그래, 달수는 나에게 기습을 했다. 그때 우연히 길을 가던 사람이 알려 주지 않았다면 달수의 몽둥이에 맞아 불구자가 되었든지 죽었을 수도 있었을 것이다. 인범은 그때를 생각하니 섬뜩하고 소름이 오싹 돋는 느낌이었다.

"무슨 뜻인지 알겠느냐? 심하게 다치면 병신이 된다. 병신이 되면 평생을 불구로 살아야 한다. 불구의 삶이 얼마나 고통스럽고 불편한지 겪어 보지 않으면 모른다. 명분 없는 싸움을 하지 마라. 조심하고 또 조심하거라. 잘 가거라. 혼자서 감당하기가 어려울 때는 나를 찾아와. 도와줄 테니."

"예, 소장님 명심하겠습니다."

인범은 소장에게 고개를 깊이 숙여 인사를 하고 나오면서 되뇌었다.

'소장님, 미안해요. 싸움을 하지 말라고 하시지만 저는 남의 억울한 싸움엔 관여할 거예요. 아버지의 시신 앞에서 약속한 걸요.'

저만치에서 형준이와 용수, 지용이가 이쪽을 보며 인범이를 기다리고 있었다.

"인범아, 왜 그리 오래 걸려? 소장님이 뭐라고 해?"

"아무것도 아니에요."

"아무것도 아닌 것이 아닌데, 너 얼굴이 심각한 표정이야."

"아니에요. 오늘 제가 형들에게 떡볶이를 살게요. 같이 가요."

인범이가 한 턱 내겠다니 형준이가 믿어지지 않는지 멀거니 인범이의 얼굴을 보았다. 인범은 달수에게 신고식을 하지 않으려고 맞지 않았는가.

"신고식을 하지 않으려고 몸으로 때운 인범이가 많이 변했네."

"……."

인범은 말없이 앞장을 섰다. 인범은 그동안 배달을 함께 했던 형준이, 지용이, 용수에게 한턱을 내려고 떡볶이 가게로 가는 것이다. 달수가 말하던 신고식을 못했지만 이별식은 하고 싶었다. 자신을 미워했던 용수와 지용이도 이젠 인범이와 잘 지내고 있었다.

인범이는 이날 정말 걸쭉하게 이별식을 했다. 지용이, 용수, 형준은 포식하도록 먹었다. 인범은 이렇게 걸쭉하게 이별식을 할 수 있은 것은 무엇보다도 간첩 신고로 받은 포상금이 저금통장에 있었기 때문에 가능했다. 인범은 돈이 사람의 인심을 달라지게 한다고 생각했다. 저금통장에 저금한 돈이 여유가 없었다면 한턱 내지 못했을 것이다.

돈이 없어 달수에게 신고식을 안 하여 얻어맞은 그때를 생각하고 인범은 쓸쓸한 미소를 지었다.

"어? 인범이 너 웃고 있잖아. 너 웃는 것 처음 본다. 너 많이 변했구나."

"제가 신고식은 못 한 대신 이별식은 하고 싶었어요."

"뭐, 이별식?"

세 소년이 떡볶이를 먹다 말고 합창을 하듯 동시에 내뱉은 말이었다.

"그럼, 너 신문배달을 그만두는 거야?"

아이들이 배달부 구함이라고 써 붙인 것을 보고 배달부를 더 구한다고 생각했지, 인범이가 그만둔다는 것은 전혀 생각지 않았다.

"예. 다른 일을 할까 해요."

"무슨 일?"

"목수 일을 배울까 해요."

"목수 일……."

아이들은 더 이상 묻지 않았다. 목수 일은 아이들에게 생소하기 때문이었다.

형준이, 지용이, 용수는 조금 전과는 달리 표정이 시무룩했다.

인범은 형들과 헤어지면서 지용이, 용수, 형준이와 차례로 악수를 했다. 인범은 서울에 사는 동안 많이 변해 있었다.

용수, 지용이는 인범이와는 신문배달도 마지막이라고, 아니 오늘로써 다시는 만나기 어렵다고 생각하니 왠지 섭섭하고 우울했다. 미운 정 고운 정이 많이 들었는데……. 그 중에 형준이가 더 많이 섭섭해 했다. 자기도 가난했지만 고아인 인범이가 애면글면 살아가는 것이 안타깝게 보였는지 어디 가든 인범이가 잘 살았으면 싶었다.

인범은 이른 아침부터 아저씨를 따라 건축 현장에서 아저씨가 시키는 자잘한 심부름을 하였다. 건축 일을 한 지 한 달 정도 되었다. 아저씨가 건축업자에게서 신임을 받고 있는 사실도 알았다.

어느 날, 저녁밥을 먹고 있는데 순희가 아버지가 찾는다고 했다.

아저씨는 인범에게 건축 일이 힘들지 않느냐고 물으며 준비해 두었던 연장들이 든 가방을 열었다.

"인범아, 목수 일을 배우려면 목수 밥그릇이 있어야 한단다."

"……."

"자, 이걸 받아라. 목수 연장들이다. 새것은 아니다. 내가 사용하던 것이다. 새 연장들도 질을 내어야 사용할 수 있단다."

아저씨는 연장 가방에 든 공구를 끄집어내어 마룻바닥에 나란히 펼쳐 놓고, 연장 하나 하나의 용도와 이름을 가르쳐 주었다. 연장이 여러 가지라 잘 알 수 없었다. 톱과 대패, 망치, 끌은 고향에서 본 것이지만 다른 것은 잘 알 수 없었다. 톱과 대패도 크고 작은 것 여러 가지였다. 끌은 쌍장부끌, 밀이끌, 평끌 등 종류가 다양했다. 아저씨가 설명을 했지만 쉽게 알 수가 없었다.

"인범아, 연장은 목수들의 밥그릇이야. 연장이 없으면 목수 일을 할 수 없단다. 한꺼번에 알려고 하지 마. 사용하다 보면 차츰 알아져. 그리고 무엇보다도 톱과 대패들은 날을 가는 기술을 배워야 한다. 톱날은 줄로, 대패는 숫돌로 날을 갈아야 한다. 자 이것은 줄이고 이것은 숫돌이야. 자세히 봐! 아저씨가 날을 세우는 방법을 가르쳐 줄게. 자, 이 톱은 날을 세워야만 나무가 시원하게 잘라지는데 날이 무디면 잘 안 돼. 자, 잘 봐."

아저씨가 무딘 톱으로 나무를 자르는데 톱날이 나무 깊이 들어가지 않고 잘 베어지지도 않았다. 아저씨가 그 톱을 아주 작은 줄을 톱과 톱 사이에 넣고 날이 날카롭게 될 때까지 갈았다. 그리고 한 번씩 손끝으로 톱날을 만져 보았다.

"이만하면 되었다."

아저씨는 조금 전 자르던 나무를 톱으로 잘랐다. 신기하게도 날을 세운 톱은 쉽게 나무 깊이 들어가서 톱밥을 내뱉으며 잘라졌다.

"다음은 날이 무딘 대패로 나무를 깎아 보자."

아저씨는 대패로 나무판을 깎았다. 나무판은 잘 깎여지지 않고 그냥 미끄러지고 있었다.

"잘 안 되지. 날이 무디어서 그래. 자, 날을 갈아 보자."

이번엔 대패를 들고 대패 끝을 망치로 톡톡 두들기니 대팻날이 조금씩 빠져 나왔다. 아저씨는 숫돌에 물을 적시고 대패의 날을 비스듬히 눕혀 숫돌에 날을 갈았다. 날을 갈면서 날을 불빛에 비춰 보기도 하고 손끝으로 날을 만져 보기도 했다. 톱날과 대팻날을 가는 것은 퍽 조심스럽고 섬세하게 갈았다. 인범은 옆에서 아저씨가 하는 것을 눈을 부릅뜨고 보았다. 옆에서 순희도 자세히 보고 있었다.

방에서 순희 어머니의 콜록 콜록하는 기침 소리가 났다. 기침이 그치지 않고 차츰 속도를 더하더니 드디어는 자지러지게 발작을 했다.

"또 기침이 발작을 하는구나, 쯧쯧."

대팻날을 갈던 아저씨가 손을 멈추고 순희를 바라보았다. 아버지의 시선을 받은 순희가 벌떡 일어나 방 쪽으로 갔다. 인범이도 걱정이 되어 방 쪽을 바라보았다.

"엄마, 약 먹어."

순희의 소리가 나고 순희 어머니가 약을 먹는지 잠깐 기침 소리가 멈추었다.

날을 다 갈았는지 아저씨가 대팻날을 대패에 끼우고 나무판을 깎았다. 조금 전과는 달리 나무판이 잘 깎였다.

"인범아, 잘 봤지? 톱과 대패와 끌은 아무리 공구가 좋아도 날을 갈지 않고는 사용할 수 없단다. 자, 가져가. 나머지 것은 집에서 시간 나는 대로 날 가는 연습을 열심히 하여라. 날을 너무 많이 갈면 날이 넘고 적게 갈면 안 된단다. 적당하게 날을 가는 것이 기술이란다."

아저씨가 연장들을 하나씩 하나씩 연장 가방에 넣고 인범에게 내밀었다.

"인범아, 가져가. 이제 이것으로 목수 일을 틈틈이 배워. 아저씨가 잡일을 시키면서 일감을 줄 테니."

인범은 연장을 가지고 마루로 나왔다.

"아저씨, 고맙습니다."

인범이가 인사를 하고 나오려는데 방문이 열리며 순희가 부리나케 따라 나왔다.

"오빠, 같이 가. 나 오빠 집에 놀러 갈 거야."

순희가 쪼르르 인범을 따랐다. 밖은 어느새 짙은 어둠이 깔려 있었고, 어두운 밤하늘에 별들이 드문드문 돋아나 있었다.

인범은 방에 공구를 펼쳐 놓았다. 대패도 톱도 끌도 크고 작은 것이 여러 개 있었다. 망치도 여러 종류였다.

인범은 톱날을 가는 연습을 하였다.

"오빠, 줄을 더 깊이 넣고 갈아야 해."

순희가 옆에서 자세히 보더니 인범이가 날을 가는 것을 고쳐 주었다. 대패도 갈아 보았다.

"오빠, 대팻날을 비스듬히 눕혀서 갈아. 너무 세우면 날이 넘어 버려."

서당개 삼 년이면 풍월을 읊는다더니 순희가 더 잘 알고 있었다.

"오빠, 아빠 매일 저녁이면 톱날과 대팻날을 갈아. 이제 오빠도 목수가 되려면 매일 날을 갈아야 할 거야."

인범은 이 많은 공구들을 사려면 돈이 꽤 들 것이라고 생각했다. 개 아저씨도 순희 아버지도 너무나 고마운 분들이었다. 두 아저씨는 인범을 자식같이 사랑하고 도와주었다. 인범은 개 아저씨와 목수 아저씨가 있기에 삶의 지혜를 얻어 살아가는데 많은 도움이 되었다.

인범은 후에 순희 아버지가 준 목수 공구가 엄청 비싸다는 것을 알았다. 참으로 고마운 두 아저씨들이었다.

인범은 집에 오면 아저씨가 가르쳐 주는 대로 톱날과 대패를 손이 붓도록 갈고 또 갈았다.

못질은 아저씨가 시키는 대로 하니 그런 대로 쉬웠지만 대패질이 어려웠다. 힘을 많이 주면 나무가 많이 깎이고 적게 주면 적게 깎였다. 힘을 많이 주면 나무를 파고들어 조절하기가 어려웠다. 아저씨는 인범이가 일을 잘못하여도 잘했다고 칭찬을 하며 격려를 해 주었다. 인범은 목수 일이 재미가 있었고 기술도 날로 숙달되고 있었다.

낮엔 일하고 밤엔 야간 공민학교에 다녔다. 인범이가 다닌 야간 공민학교는 학력으로 인정되지 않았다.

2

닭들이 무럭무럭 잘 자라 달걀을 낳기 시작했다. 인범은 처음은 삶은 달걀이 너무 먹고 싶어 한꺼번에 여러 개를 삶아 먹기도 했지만 며칠을 그렇게 먹고 나니 먹기 싫었다. 그 후로는 아침저녁으로 한 개씩만 먹었다. 따뜻한 밥에 달걀을 깨어 넣어 왜간장에 비벼서 먹으니 너무나 맛이 좋았다. 인범은 마냥 행복했다. 그리고 남은 달걀을 개 아저씨와 순희 집에 나누어 주었다.

어느 날, 암탉 한 마리가 날개를 잔뜩 부풀리고 꼭꼭 소리를 내며 병아리들에게 먹이를 먹이는 시늉을 하는 것을 보고 개 아저씨가 인범이에게 말했다.

"인범아, 저 닭이 병아리를 품으려고 한다. 달걀 모아 둔 것 있느냐?"

"예, 있어요. 저 닭이 달걀을 낳고도 나오지 않아 이상하다고 생각했어요."

"인범아, 닭이 알을 품으려고 하면 그렇게 한단다. 달걀 중 크고 껍질이 단단한 열다섯 개를 골라 두어라. 내가 집에 가서 짚을 가지고 올게."

아저씨가 오토바이를 타고 올라갔다.

한참 후 부드러운 부분의 짚만 추려온 아저씨가 둥지 안에 짚을 깔고 다졌다.

"자 인범아, 달걀 줘."

개 아저씨가 달걀을 소복이 놓아두고, 모이를 병아리에게 먹이는 이상한 행동을 하는 닭을 잡아 둥지에 넣었다.

"인범아, 저 닭을 보아라."

인범은 아저씨 옆에서 닭을 지켜보았다. 닭이 달걀을 보고 무엇을 생각하는 듯 하더니 달걀을 부리로 이리저리 굴려 소복이 모아 놓고 달걀 위에 조용히 앉아 날개를 펴고는 품었다.

"인범아, 저 닭이 오늘 알을 품으니 21일 후에 병아리가 나올 것이다. 병아리가 태어나면 이틀은 제 어미의 비늘을 먹을 것이니 먹이를 주지 말고 이틀 후부터 깨나 쌀을 잘게 부순 것을 먹이도록 하여라. 병아리를 키우면 귀엽고 또 무럭무럭 자라는 것을 지켜보면 재미도 있을 것이다. 깨는 내가 가져다줄 테니 쌀은 네가 계곡에 가서 둥근 돌을 주워 와 잘게 부수면 된다."

그 닭은 모이도 먹지 않고 달걀을 품고는 나오지 않았다.

그 사이 개 아저씨가 굵은 대나무를 잘라 와 잘게 쪼개어 사포질을 하여 병아리를 가두어 기르는 닭둥우리를 만들어 가지고 왔다. 고향에서 보던 가래였다.

"인범아, 닭둥우리 만들어 왔다. 병아리가 태어나면 이 안에 가두어 키워라. 병아리가 너무 어려 쥐나 족제비들에게 잡아먹힐 우려가 있단다."

닭둥우리는 아담하고 예뻤다. 섬세한 손재주가 필요하고 만드는데 꽤 시간이 많이 걸린 것 같았다. 마음 써 주시는 아저씨가 너무 고마웠다. 인범은 벽에 종이를 붙여 놓고 매일매일 날짜를 적었다. 그리고 매일 닭둥우리에 가서 귀를 기울여 보곤 했다.

21일째 되는 날 예쁜 병아리 열네 마리가 껍질을 깨고 태어났다. 갓 태어난 병아리가 햇살같이 귀여웠다. 달걀 하나에서는 병아리가 태어나지 않았다. 갖가지 색깔의 병아리가 너무나 귀여웠다. 노란 것도 있었고 노란 곳에 검정색이 혼합된 병아리도 있었다. 병아리들이 삐악삐악 울며 뒤뚱거리고 어미 닭을 쫄쫄 따라다녔다. 어미의 뒤를 쫓다 넘어지는 병아리도 있었다. 따사로운 햇빛 아래 종종걸음으로 어미를 따라다니는 병아리가 너무나 앙증스러웠다.

인범은 개 아저씨가 시키는 대로 어미 닭과 병아리를 닭둥우리에 가두어 두고 이틀은 아무것도 먹이지 않았다. 아저씨가 이틀은 어미닭의 비늘을 먹는다고 하셨기 때문이었다.

이틀 후, 인범은 아저씨가 가져다 준 깨를 먹였다. 며칠 후부터 쌀을 둥그런 돌로 찍어 잘게 부순 쌀알을 먹였다. 조그만 접시에 물을 떠다 놓았다. 병아리들이 먹이를 먹고 목이 마려운지 물을 머금고 하늘을 향해 머리를 꼿꼿하여 먹고 또 주둥이로 물을 찍고 하늘을 향해 머리를 쳐들고, 반복하여 물을 마시는 모습이 참으로 귀엽고 앙증스러웠다.

병아리가 차츰 자라자, 인범은 개 아저씨가 시키는 대로 인범이가 집에 있을 땐 둥우리 밖에 놓아두어 어미닭이 병아리들을 데리고 산속이나 들판의 지렁이나 벌레를 잡아먹도록 하라고 했다. 병아리들을 풀어놓자 병아리들이 어미 닭을 종종거리며 따라다녔다.

어미 닭이 느릿느릿 풀숲과 나무 밑으로 옮겨 다니다 발로 습기가 있는 흙더미를 한바탕 두 발로 헤집곤 했다. 어미 닭이 헤집어 지렁이를 발견하고 꼬꼬꼬 하며 새끼들을 부르면 병아리들이 서로 다투어 어미 곁으로 다가갔다. 먼저 다가간 병아리가 어미 닭이 주는 지렁이를 낚아채고 달아나면 다른 병아리가 기를 쓰고 따라가 먹이를 빼앗으려고 했다. 때론 두 병아이가 지렁이 양쪽을 물고 승강이를 하다 지렁이가 끊어지면 날름 입안으로 삼키곤 했다.

어미 닭이 계속해서 땅을 파헤쳐 병아리들에게 벌레나 지렁이를 잡아 먹이고 있었다. 사람이나 짐승이나 제 새끼 먹이는 모성애는 지극정성이었다.

어미 닭이 파헤친 흙더미에서 먹이를 찾은 병아리가 먹이를 먹으려면 다른 병아리가 빼앗아 먹으려고 했다. 그러면 먼저 먹이를 차지한 병아리는 먹이를 빼앗기지 않으려고 달아나는 것이다. 어떤 병아리는 자기 입보다 큰 지렁이나 먹이를 억지로 삼키려고 안간 힘을 쓰는 병아리도 있었다.

병아리가 조금 자라게 되자 아저씨가 닭을 너무 많이 기르면 힘이 든다고 했다. 인범은 암탉 중 두서너 마리는 잡아 비쩍 마른 인순이와 인철이에게 먹이고 싶었다. 야생에서 벌레를 잡아먹은 닭들은 털에 윤기가 자르르 나고 살이 통통하게 쪄 있었다.

3

1981년의 가을바람은 유난스럽게 스산했다. 순백색의 티 없이 맑은 가을 낮의 햇살이 산자락에 지어진 인범의 판잣집 지붕과 마당에 엷게 부서지고 있었다.

일요일, 인범은 인철이와 인순이를 집으로 데려오기 위해 산길을 내려가고 있었다. 길섶에 청량한 가을 햇살에 코스모스 꽃이 하느작거리고 들판엔 갈꽃이 분분히 흩날리고 있었다.

소슬한 바람결에도 해맑은 하늘빛에도 산야에는 가을의 정취가 아름답게 배어났다.

인범은 토굴과 동굴에서 맞이하는 가을과 내 집에서 맞이하는 가을이 다르다는 것을 느꼈다. 토굴과 동굴에 살 땐 가을이 을씨년스러웠고 스산했다. 그리고 가을이 지나면 추운 겨울을 나는 것이 두렵고 공포스러웠는데, 판잣집을 지어 살면서 가을의 느낌은 달랐다. 가을은 풍요로운 결실의 계절임을 느꼈고, 겨울은 햇볕이 있고 따스한 온돌방이 있는 집이 있기 때문이었다.

내년이면 또다시 봄이 오고 가을이 올 것이다. 내년의 가을은 더욱 윤택할 것이다. 동굴에 살 땐 가을이 오면 가슴 깊은 곳에서 외로움이 파도처럼 밀려들었고 겨울이 되면 살을 에는 칼바람에 두려움과 공포를 느꼈는데, 집이 생기고부터 인범의 삶이 행복과 기쁨으로 가득했다.

그동안 동생을 보지 못한 지도 오래되었다. 이제 집도 생겼고 비록 들무새지만 목수 일을 하고 있어 생활이 안정되었다. 무엇보다도 간첩 신고로 받은 돈에서 개 아저씨에게 차를 사 주고도 아직 얼마의 돈이 남아 있어 인철이와 인순이가 있는 고아원으로 가는 발걸음이 가벼웠다. 지난번에 돈을 주었으니 인순이와 인철인 먹고 싶은 것을 사 먹었을 것이다.

예상대로 인철이와 인순이의 얼굴이 많이 좋아져 있었다. 그리고 살도 적당히 쪄 있었다. 인철이도 인순이도 인범이를 보고 무언가 죄를 지은 표정이고 눈치를 보는 것 같았다. 인범이가 가지고 간 돈을 인철이에게 쥐어 주며 저금통장에 넣고 먹고 싶은 것 사 먹으라고 했더니 인철이와 인순이고 금세 밝은 얼굴이 되면서 안도의 한숨을 쉬는 것이다.

"어휴 살았다. 형, 형이 주는 돈 많이 썼다. 인순이가 호떡이 자꾸만 먹고 싶다 해서……."

"아니야, 인철이 오빠가 더 먹고 싶어 했잖아."

"괜찮아. 무엇이든지 사 먹으라고 준 돈이야. 형이 이제 월급도 신문배달 할 때보다 많아. 걱정 마."

인범은 두 동생이 배고픔을 면하게 할 수 있다는 것이 무엇보다도 좋았다.

"그래도 형, 형이 화낼 것 같아 겁이 났다 말이야."

인범은 동생에게서 받은 저금통장을 보고 그래도 너무 돈을 많이 쓴 것 같아 은근히 걱정이 되었다. 오죽 배가 고팠으면…….

인범은 인철이와 인순이를 데리고 산길을 걷고 있었다. 인범이도 인철이도 인순이도 발걸음이 가벼웠고 가을 하늘은 청량했다. 엷은 햇빛이 들판을 덮고 있는 청명한 가을 풍경은 고즈넉하고 아름다웠다. 눈부시게 밝은 태양이 온 산을 붉게 물들이고 단풍의 정취를 돋구고 있었다.

"형, 이렇게 먼 곳에 살아? 집이 어디쯤 있어? 이 주위는 집이 없네. 산속에 집이 있어?"

인철이가 산길을 걸으며 물었다.

인순이는 길섶에 시들어 가는 들꽃을 매만지기도 하고 산 주위를 구경하느라 여념이 없었다. 가을이 접어들자 풀들이 시르죽해지며 황량한 들판으로 을씨년스럽게 변하고 있었다.

인순인 고향의 산길을 친구들과 걷던 그때를 회상하며 즐거움에 잠겨 있었다.

"아직 멀어?"

"조금 더 가면 산 밑에 집이 있어."

"그렇게 먼 곳에서 어떻게 학교에 다니고 신문배달을 매일 다녔어?"

이 말을 들은 인범은 '인철아, 난 판잣집보다 더 먼 산속 동굴에서도 다녔어.' 그러나 그 말은 하지 않았다. 잠잘 곳이 없어 겨울에 찬 기운이 올라오는 시멘트 바닥이나 남의 빌딩 지하에서 몰래 자는 것이 얼마나 고통스럽고 마음고생이 된다는 것을 인철은 모를 것이다.

인범이가 토굴을 파고 살던 지점에 왔다. 인범은 발걸음을 멈추고 흙더미가 있는 토굴이 있던 자리를 멀거니 바라보았다.

"형, 뭘 봐?"

인철이가 인범이가 가다 말고 서서보고 있는 지점을 보며 말했다. '인철아, 형은 저기 흙이 무너진 곳에 토굴을 파고 살았단다.' 인범은 혼자 말을 했다. 인범은 언제나 이곳을 지나면 자신도 모르게 시선이 갔다. 울프도 이곳을 지날 때마다 뛰어가 냄새를 맡곤 하는 것이다. 그때마다 인범은 무너진 토굴을 보면서 가슴을 저미곤 했다.

둔덕을 넘으니 인범의 집과 순희의 집이 보였다.

"형, 집이 보인다. 저 집이 형 집이야?"

인철이가 손가락으로 가리키며 물었다.

"응, 뒷집이야."

"형, 집이 너무 멀어. 그런데 어떻게 저런 곳에 집을 마련했어? 좀 가까웠으면 좋을 텐데."

인범은 자신이 토굴과 동굴에서 고생한 것을 인철이가 이해를 하지 못할 것 같아 아무 말을 하지 않았다.

집이 가까워지자 울프가 먼저 인범을 발견하고 부리나케 달려오고 있었다.

"저 집이 오빠 집이야? 너무 작다."

부엌에서 일하던 순희가 밖으로 나와 인철이와 인순이를 멀거니 바라보고 있었다.

"순희야, 내 동생들이야. 이 애는 인철이 저 애는 인순이야. 인철인 순희와 동갑내기야."

"오빠, 이 애는 누구야? 누군데 오빠 집에 같이 있어?"

"응, 순희라고 아랫집에 살아."

인철이와 인순이는 방과 마당을 오가며 구경을 했다.

"형, 어떻게 이런 집 마련했어?"

인철은 궁금한지 또 물었다.

"이 다음에 말할게, 네가 조금 더 자라면."

인범은 인철이와 세 살 차이였지만, 2년 간 너무 고생을 하고 세상을 더 많이 알아 인철이와는 어른과 아이만큼 차이가 났다.

인범이와 순희가 부엌에서 요리를 했다. 인범은 개 아저씨 아주머니에게 물어 배운 음식 솜씨와 순희가 어머니를 도우면서 배운 솜씨로 음식을 준비했다. 음식은 닭을 잡아 닭백숙을 만드는 것이다. 인범은 살이 통통 찌고 털이 윤기가 자르르 나는 닭을 잡으려고 했지만, 닭들이 빠르게 산속으로 우르르 달아나 동작이 빠른 인범이도 잡을 수가 없었다. 나중 인철이 인순이 순희까지 합세하여 잡으려고 했지만 잡을 수가 없었다. 닭들이 꼬꼬댁거리며 이리저리 달아나고 있었다. 영리한 울프도 어떻게 해야 할지 모르는지 가만히 보고만 있었다. 평소에 인범이가 닭을 해치지 않는 것을 보았기 때문에 닭을 잡으려고 하는 인범의 생각을 짐승인 울프가 알지 못한 것이다.

인범은 울프를 불렀다. 인범은 제일 살이 찌고 털에 윤기가 자르르 나는 닭을 잡으러 쫓아가면서 울프에게 쉬이익 소리를 내며 닭을 잡으라고 명령을 했다. 울프는 비로소 주인의 뜻을 알아챘는지 인범이가 손가락으로 가리키는 달아나는 닭을 덮쳐 물었다.

"와, 울프, 잘한다."

인철이와 인순이가 환호성을 했다.

인범은 또 한 마리의 닭을 울프에게 쫓게 했다. 울프의 도움으로 두 마리를 쉽게 잡았다. 인범은 진작 울프에게 명령했더라면 하는 생각을 했다.

인범은 닭을 잡아 미리 준비한 칼을 가지고 뒤뜰로 갔다. 장작개비 위에 닭의 모가지를 얹고 한쪽 발로 모가지를 밟고 닭의 몸을 잡아당기고 예리한 칼로 내리쳤다. 목이 떨어진 닭 몸이 온 마당을 퍼드덕거리며 이리 뛰어오르고 저리 뛰어올랐다. 피가 온 마당에 흘렀다. 닭 머리는 바로 죽었지만 정작 몸은 죽지 않았다. 잔인했지만 고향에서 어머니, 아버지에게서 배운 유일한 닭 잡는 방법이었다. 인순이도 인철이도 고향에서 많이 보아 왔기 때문에 놀라지 않았다. 인철이에게 잡혀 있던 닭도 자기가 죽을 차례라는 것을 아는지 모르는지 멀거니 보고 있었다.

순희가 펄펄 끓는 물을 가져와 큰 통에 부었다. 어린 인범과 순희는 어른처럼 일을 잘했다. 인범이가 털을 뜯으니 인철이도 도왔다.

솥에 닭을 넣고 마늘도 넣었다. 그리고 다른 솥에는 달걀을 가득 넣고 삶았다.

순희와 인범이가 불을 때고 있었다. 닭이 익을 때까지 인철이와 인순이는 산자락을 이리저리 뛰어 다녔다.

구수한 냄새가 산자락으로 퍼져나가며 온 집안에 진동했다.

인범이가 김이 무럭무럭 나는 솥뚜껑을 여니 얼굴에 김이 확 끼쳤다. 기름이 자르르 나는 잘 익은 백숙 두 마리가 먹음직스럽게 익어 있었다. 인범은 한 마리는 순희의 아버지와 어머니와 순희가 함께 먹으라고 순희에게 주어 보냈다.

인범은 뜨거운 백숙 한 마리를 큰 쟁반에 얹어 찬물에 손을 식혀 가면서 먹기 좋게 잘게 뜯었다. 옆에서 군침을 흘리던 인철이가 인범이가 찢어 놓은 고기를 얼른 집어 들다 '앗, 뜨거워!' 하더니 얼른 닭고기를 놓았다.

"인철아, 뜨거워. 조금 기다려."

인범은 왜간장과 조선간장을 섞어 놓은 종지에 식초와 고춧가루를 넣었다.

"형, 이건 뭐야?"

"응, 왜간장과 조선간장에 식초를 섞고 고춧가루를 넣은 소스야. 개 아저씨 집에서 먹어 보니 소금보다 훨씬 맛이 있어. 먹어 보고 맛이 없으면 여기 소금이 있어 찍어 먹어."

"개 아저씨가 누구야?"

"응, 저 위에 사시는 분이 있어."

인철이와 인순은 소금보다 소스에 찍어 먹는 것이 더 맛있다며 소스에만 찍어 먹었다. 백숙 안에는 노란 달걀이 주렁주렁 매달려 있었다. 이상하게 닭의 몸에서 나오지 않은 달걀은 노른자만 있고 달걀 껍데기는 없었다. 인범은 동생들이 맛있게 먹는 것을 보니 참으로 행복했다. 아버지, 어머니가 돌아가시고 처음으로 두 동생에게 푸짐한 음식을 먹였다. '아, 돈이 이렇게 행복을 가져다주는구나!' 아버지, 어머니가 돌아가시고 처음으로 남매가 집에서 함께하는 식사자리였다.

서산에 해가 기울자 인범은 인철이와 인순이를 데리고 집을 나섰다. 해가 질려면 멀었는데도 산길은 그늘에 젖어 들고 있었다. 인범은 행복한 포만감이 가슴에 고루 퍼지고 있었다. 두 동생을 배불리 먹인 것이 그렇게 행복 할 수 없었다. 닭을 잘 키우고 고구마도 심어 종종 동생들을 불러 배를 채워 주어야겠다고 생각했다. 인범은 인철이 인순이가 고아원으로 갈 때 한 방의 친구들과 같이 먹으라고 삶은 달걀을 많이 싸 주었다.

"형, 인순이와 내가 형의 집에서 살면 안 돼?"

"큰오빠, 나도 여기서 오빠하고 살고 싶어."

인순이도 말했다.

"또 그 소리, 안 된다고 했잖아. 고아원에서 학교에 다녀야 돼."

4

어느 날 잠결이었다. 인범은 울프가 절박하게 짖는 소리에 잠이 깨었다. 눈을 뜨자마자 동쪽 창문을 힐긋 보았다. 날이 밝지 않았는지 바깥은 아직도 묽은 어둠에 묻혀 있고 창문을 통해 희미한 달빛이 비치고 있었다. 또다시 울프가 긴박하게 짖고 있었다. 인범은 울프의 울음소리가 어떤 상황인지 알 수 있었다. 상대하기 힘든 상대를 만났을 때의 소리였고 또한 인범이에게 위험을 알리는 절박한 소리임을 단박에 알 수 있었다. 인범은 언제나 머리맡에 둔 창을 들고 한 손엔 손전등을 들고 부리나케 부엌문을 박차고 나갔다. 울프가 텃밭 앞에서 텃밭을 향해 이리 저리 움직이며 무섭게 짖고 있는 것이 달빛에 보였다. 텃밭의 울타리 기둥이 넘어져 있고 그물이 찢어져 있었다. 인범은 울프에게 다가갔다. 멧돼지 떼들이 텃밭을 쑥대강이로 만들어 놓고 채소를 뜯어먹고 있었다.

'어떻게 만든 텃밭인데…….'

인범은 두려움보다 분노가 폭발했다. 인범이가 고함으로 지르며 밭으로 뛰어 들었다. 텃밭에 뛰어들지 못하고 짖기만 하던 울프가 인범이가 합세하자, 앞장서 텃밭으로 뛰어들어 멧돼지에게 덤벼들었다. 인범은 손전등을 마구 흔들어 어지럽게 비추며 고함을 지르고 울프를 따라 텃밭으로 돌진했다.

울프가 짖는 소리에는 겁을 내지 않던 멧돼지 어미가 어지러운 빛과 사람의 고함 소리에 위험을 느꼈는지 올망졸망한 여러 마리의 새끼들을 이끌고 텃밭을 뛰쳐나와 산으로 우르르 달아나고 있었다. 그 뒤를 중간 크기의 돼지 몇 마리도 달아나고 있었다.

울프가 멧돼지를 쫓았다. 마당에서 울프가 맨 뒤에 달아나는 중간 멧돼지 한 마리의 뒷다리를 물고 놓지 않았다. 그 뒤를 인범이가 무섭게 추격

했다. 뒷다리를 물린 멧돼지가 돌아서면 울프가 다리를 놓고 피했다. 울프가 피하면 멧돼지가 또 산 쪽으로 달아나려고 했다.

울프가 달아나는 멧돼지 뒷다리를 물었고, 멧돼지가 돌아서고 피하는 것이 반복되었다. 이미 다른 멧돼지는 산 쪽으로 사라지고 없었다. 중돼지라고 하지만 울프보다 두 배는 컸다. 인범이가 용감하게 멧돼지 앞에 창을 겨누고 막아섰다. 멧돼지는 앞에 인범이가 막아서고 뒤에는 울프가 다리를 물고 놓지를 않으니 당황하고 있었다.

멧돼지가 입에 흰 거품을 내뿜으며 인범이를 머리로 떠받고 달아나려고 덤벼들었다. 인범이가 자신을 향해 정면으로 돌진하는 멧돼지를 피하지 않고 창으로 멧돼지의 대가리를 찔렀다. 창에 찔린 멧돼지가 움찔 물러서며 아픈지 고함을 꽥꽥 질렀다.

뒤에 있던 울프가 앞으로 왔다. 용맹한 울프는 흰 이빨을 뒤집고 인범이를 보호하기 위해 맹렬하게 짖으며 무섭게 멧돼지를 몰아붙였다. 인범이가 멧돼지의 정면에 창을 겨누고 이리저리 움직이며 멧돼지가 달아나지 못하게 막아섰다. 멧돼지가 대가리로 인범이를 떠밀려고 다가오면 힘껏 창으로 찔렀다. 몇 번 창에 찔린 멧돼지가 이제 겁을 먹고 인범이 가까이 다가오지 못했다.

무섭게 짖는 울프의 소리와 창에 찔릴 때마다 꽥꽥거리는 멧돼지 소리가 적막한 온 산을 울렸다. 덩달아 닭들이 놀라 꼬꼬댁 거리는 소리가 뒤섞여 아수라장이 되었다. 멧돼지와 인범이가 합세한 울프와의 대치는 점점 격렬하게 치닫고 있었다.

날이 밝아 오니 조급한 멧돼지가 산 쪽으로 달아나려고 안간힘을 썼다. 인범은 멧돼지와 정면으로 대치했다. 도장에서 자유 대련을 할 때처럼 아니 서달수와 최병태와 싸울 때처럼 한 치의 오차도 없이 멧돼지에 맞섰다. 멧돼지가 인범이에게 돌진하여 인범이를 머리로 떠받으려고 하면 창으로 멧돼지의 대가리를 사정없이 찔렀다. 멧돼지의 대가리는 온통 피투성이였다.

개 소리와 멧돼지 소리와 인범이의 고함을 듣고 일어난 순희 아버지가 밖으로 나와 울프와 인범이가 합세하여 멧돼지와 싸우고 있는 것을 놀란 눈으로 보고 있었다. 쉽사리 싸움에 뛰어들 상황이 아니었다. 어리다고만 생각한 인범이가 너무나 용감하고 대담하여 바라볼 따름이었다. 그러나 언제까지나 구경만 할 수 없었다. 멧돼지보다 사람인 인범이가 먼저 지칠 것이다.

"인범아, 위험해. 멧돼지가 달아나게 비켜 줘!"

그러나 인범은 멧돼지를 놓아주고 싶지 않았다. 멧돼지가 텃밭을 쑥대강이로 짓밟아 엉망으로 만들어 놓은 분풀이로 결코 보내고 싶지 않았다. 그냥 보내면 다음에 또다시 텃밭을 습격할 것이다. 이번에 단단히 혼을 내주어서 다시는 이곳에 나타나지 못하게 해야 했다. 이제 인범은 열두 살 때의 인범이가 아니었다. 중학생 나이의 열네 살의 인범이었다. 야생에서의 두 살의 나이와 2년의 생활이 인범이를 강하게 담금질하였고, 손에는 바위라도 뚫을 개 아저씨가 만들어 준 예리한 창을 쥐고 있었고 옆에는 용감한 울프가 있었다.

"아저씨, 가까이 오지 마세요! 위험해요."

"인범아, 그냥 쫓아 버리라니까, 다쳐."

순희 아버지, 정 목수는 무턱대고 합세할 수도 없었다. 빈손으로 나왔기 때문이었다. 그보다 인범이가 위험하다고 가까이 오지 말라는 인범이의 멧돼지를 물리칠 자신 있는 소리에 집으로 뛰어가 몽둥이나 곡괭이를 가져올 생각을 못 했다. 그렇다고 맨손으로 뛰어들 수도 없었다.

어린아이라고만 생각한 인범이가 저렇게 용감한 줄 전혀 상상도 못했다. 2년 전 토굴을 파던 깡마른 12살의 인범이가 아니었다. 창을 겨누고 멧돼지와 대치하는 빠른 몸놀림이 어른에 못지않았다.

순희 아버지는 인범이가 매일 도장에서 실전에 대비하여 상대를 몰아붙이는 대련을 하고 있다는 사실을 모르고 있었다. 정 목수는 벌린 입을 다물지 못하고 멍하니 인범이가 멧돼지와 싸우고 있는 것을 바라볼 따름이었다. 무엇보다도 인범이가 너무나 빨랐다.

그 사이 어린아이이었던 인범이가 자라서 순희 아버지를 오히려 걱정하며 위험하다고 못 오게 했다. 그렇다, 열두 살과 열네 살의 두 살의 차이가 너무나 달랐다.

멧돼지는 울프에게 이미 뒷다리를 심하게 물려 다리를 쩔뚝거리고 있었다. '그래, 뒷다리를 완전 못쓰게 하자.' 창으로 대가리를 정면에서 아무리 심하게 찔러도 죽지 않을 것이다. 그리고 창으로 배를 찌르려고 하여도 정면에서 싸우니 배를 찌를 수도 없었다. 그보다 배를 찌르면 멧돼지가 자기 창자를 물고 사람에게 덤벼든다는 말을 어른들에게 들었기 때문이었다. 그러면 다리를 못 쓰게 해야겠다고 생각했다.

"울프, 앞을 막아 줘."

인범은 급히 멧돼지 뒤쪽으로 갔다. 멧돼지가 인범이에게 다가왔다. 멧돼지가 거친 숨을 몰아쉬며 내뿜는 식식거리는 숨소리가 무섭게 들렸다. 멧돼지가 인범이를 공격하려고 인범이에게 다가가자 울프가 무섭게 이를 까뒤집고 으르렁거리며 멧돼지를 막아섰다. 이 틈을 타 멧돼지 뒤에 다가선 인범이가 뒷다리를 노렸다. 이제 멧돼지는 앞엔 울프 뒤엔 인범이를 경계해야 했다.

울프와 멧돼지가 맞서 싸우고 있을 때 인범이가 창을 높이 들고 요리조리 움직이는 멧돼지의 뒷다리를 노리고 눈이 빠르게 움직이고 있었다. 인범은 멧돼지가 잠깐 움직이지 않는 찰나를 이용해 창대를 무섭게 내려쳤다. 창대가 정확히 뒷다리를 가격했다. 멧돼지가 무섭게 내려친 창대를 맞고 오른쪽 뒷다리가 툭 부러졌다. 뒷다리가 부러지자 기진한 멧돼지가 주저앉아 숨을 헐떡이고 있었다.

"인범아, 나와!"

이때 언제 괭이를 가지고 왔는지 뒤에서 괭이를 높이 들고 인범이와 합세하기 위해 노리고 있던 순희 아버지가 급히 말했다.

"인범아, 비켜!"

인범이가 얼른 비키자 아저씨가 괭이로 멧돼지의 대가리를 힘껏 내리쳤다.

"툭!"

"꽥!"

둔탁한 소리가 나고 멧돼지가 비명을 지르며 입에서 피를 쏟아내었다. 아저씨가 연거푸 곡괭이로 머리를 내려쳤다. 멧돼지가 온몸을 비틀며 버둥거리더니 사지를 뻗었다.

"인범아, 너 상우 아저씨에게 가서 산돼지 잡았다고 하고 얼른 모시고 와. 그리고 아주머니에게 그릇 가지고 오시라고 해."

멧돼지가 죽은 것을 확인한 아저씨가 피가 묻은 괭이를 들고 내려갔다. 그 사이 날이 밝아 있었다.

인범이가 개 아저씨 집에 갔을 때 아저씨가 개 막사에서 청소를 하고 있었다.

"아저씨, 순희 아버지가 빨리 내려오시래요."

"아침 일찍 웬일이야? 무슨 일이 있었어?"

"아저씨, 멧돼지를 잡았어요."

"뭐? 산돼지를……?"

상우와 아주머니가 커다란 플라스틱 그릇과 칼과 자잘한 것을 준비하여 내려왔다.

"제법 큰놈이네."

상우가 마당에 피를 흘리고 죽은 돼지를 보며 말을 했다. 돼지는 입을 벌린 채 피를 흠뻑 머금고 죽어 있었다.

"김형, 인범이 이제 다 컸어요. 글쎄 멧돼지와 싸우면서 나더러 위험하다고 가까이 오지 말라고 하고 울프와 합세하여 싸우고 있잖아요."

"그래요. 너 위험한 짓 했구나. 멧돼지 무서운 짐승이야, 조심해."

"김 형, 우리 오늘 잔치 한번 벌입시다. 회사에 전화해서 오늘 못 간다고 연락해 놓았어요."

순희도 순희 어머니도 나와 죽은 멧돼지를 구경하고 있었다. 아침 해가 동쪽 산을 넘어 인범이의 마당에 밝게 쏟아지고 있었다.

순희 아버지가 집에서 몇 개의 자리를 가지고 왔다. 개 아저씨의 가족도 모두 모였다. 미영이도, 미숙이도, 순희도, 순희 어머니도 모두 한 자리에 모였다.

개 아저씨가 날카로운 칼로 멧돼지의 배를 갈랐다. 창자가 한꺼번에 쏟아져 나왔다. 껍데기와 살코기를 분리했다. 순희 아버지가 옆에서 도왔다. 커다란 허파도, 간도 조심스럽게 잘라 그릇에 담았다. 개 아저씬 짐승을 많이 잡은 경험이 있는지 살코기와 뼈를 추려내는 솜씨가 빠르고 정확했다.

"정형, 쓸개를 뗄 테니 그릇을 주십시오. 멧돼지 쓸개는 귀한 약입니다. 곰의 쓸개만큼은 약효가 없어도 멧돼지 쓸개 하나를 먹으면 웬만한 병은 낫는다고 하잖아요. 이 쓸개 잘 말렸다가 아주머니 먹이십시오. 아주머니 병이 오래 된 것 같은데 나을지 모르잖아요. 잘 말려서 먹이십시오."

살코기가 커다란 통에 가득했다. 개 아저씨는 그릇 세 개에 나누어 담았다. 그리고 뼈에 붙은 살을 추려내어 뼈는 뼈대로 모았다.

"자, 이 뼈는 곰거리로 먹으면 됩니다."

소나무 밑에 자리를 깔았다. 그리고 인범이가 토굴에 살 때 상우가 드럼 통을 반으로 잘라 만든 불통에 숯을 피웠다. 그 사이 아픈 순희 어머니를 도와 장순실이 양념을 하고 텃밭에서 싱싱한 채소를 뜯어 와 씻어 놓았다. 석쇠에 올려 진 멧돼지 고기가 지글지글 굽히고 있었다. 맛 좋은 고기 냄새가 아침 산자락에 진동했다. 언제 누가 준비했는지 개 아저씨와 정 목수가 소주잔을 부딪치며 마시고 있었다.

"야! 산돼지 고기 맛이 집돼지와 판이하게 다르네. 얼마 만에 먹어 보는 산돼지 고기야. 오늘 인범이 득으로 이렇게 기막힌 산돼지 불고기 맛을 보는군. 그러나 인범이 너 오늘 위험한 짓 했어. 총을 가진 포수도 얼 맞춘 산돼지에게 떠받혀 죽는다고 하는데, 내가 창을 잘못 만들어 준 것 같아. 창만 없었다면 인범이가 산돼지와 맞서지 않았을 것인데, 큰일 날 뻔했어. 다행히 산돼지가 큰놈이 아니라서 잡았지. 큰 산돼지는 용감한 사냥개도 여러 마리가 되어야 덤비는데, 혼자서 산돼지와 맞섰다니 대단해. 울프가 투견이고 인범이가 용감하고 창을 가졌으니 잡을 수 있었던 것 같아. 정말 인범이가 용감해."

개 아저씨와 순희 아버지는 아침부터 술이 거나하게 취해 있었다. 산자락 외떨어진 곳에 산막 같은 판잣집 두 채 옆에 굵은 둥치의 운치가 좋은 여남은 개의 소나무 밑에 자리를 깔고 두 가족, 그리고 인범이가 소풍놀이 겸 먹을거리로 잔치를 하기 위해 모인 이웃 가족들의 얼굴들이 모두 행복에 겨운 즐거운 모습들이었다. 인범이도 순희와 마주 앉아 고기를 많이 먹었다. 구운 고기를 소금에 섞은 참기름에 찍어 먹으니 너무나 맛이 좋았다.

인범은 갑자기 이루어지고 비록 장소가 자기 집 뜰이지만 이것은 분명 소풍놀이라고 생각했다. 소풍놀이에 맛있는 산돼지 고기를 구워 먹는 맛이란 어느 소풍 놀이에 비교할 수 없는 맛이고 정취였다. 인범은 이렇게 맛좋은 고기를 양껏 먹어 보는 것이 처음이었다.

인범은 이 소풍이 아버지, 어머니 그리고 인철이, 인순이와 함께 하는 가족의 소풍이었으면 얼마나 행복할까 생각했다. 무엇보다도 인범이가 멧돼지를 잡았다고 아버지에게 칭찬을 받았을 것이다. 인범은 자라면서 아버지에게 칭찬을 받는 것이 좋았다.

벌겋게 타는 불 위에 고기가 지글지글 익는 것이 먹음직스러웠고, 그 불의 열기가 스산한 가을 날씨를 봄처럼 훈훈하게 했다. 인범은 그동안 먹지 못한 것에 보상이라도 받은 것 같이 고기를 먹고 또 먹었다. 중돼지 한 마리는 세 가족이 충분히 먹고도 많이 남았다.

무엇보다도 심한 기침을 하며 언제나 방에서만 계시던 순희 어머니가 따뜻한 햇살을 쬐이며 고기도 몇 점 먹고 함께하는 시간이 좋았다. 순희와 순희 아버지가 순희 어머니에게 계속 고기를 권하고 있었다.

'아, 순희 아버지와 개 아저씨는 친한 이웃이구나!'

인범이가 파 놓은 토굴을 개 아저씨와 순희 아버지가 다시 팔 적에 개 아저씨가 순희 아버지와는 구순하게 지내는 이웃에 사시는 정 씨 아저씨야 라고 한 말이 떠올랐다. 그때는 구순하게 지낸다는 말이 무슨 말인지 몰랐는데 그 말이 사이좋게 친하게 지낸다는 뜻임을 알 것 같았다.

인철이와 인순이의 생각이 간절했다.

일은 미영이 어머니가 혼자서 다 하는 것 같았다.

순희 어머니가 멧돼지 쓸개를 먹어서 그런지 그렇게 심하게 하던 기침도 많이 하지 않고 건강이 몰라보게 회복되고 있었다.

순희 아버지는 멧돼지가 텃밭으로 오기를 기다렸지만 다시는 오지 않았다. 순희 아버지가 상우를 찾아 왔다. 아내의 건강이 많이 좋아졌다며

멧돼지 한 마리를 더 잡아 쓸개를 먹였으면 아내의 몸이 나을 것 같다고
했다.

상우가 인범이에게 멧돼지 한 마리 더 잡아 쓸개를 순희 어머니에게 먹
였으면 하는데, 산에 들어가면 안 되는지 군인들에게 알아봐 달라고 했다.
상우는 자신이 훈련을 시키고 있는 사냥개 여러 마리가 있기 때문이었다.

5

인범은 최 상병을 찾아갔다.

"아저씨, 잘 계셨어요?"

"오, 인범이냐? 너 많이 컸구나. 집을 지어 사니 좋니?"

"네, 아저씨. 너무 좋아요. 아저씨, 부탁이 있어요."

"무슨 부탁?"

인범은 순희 어머니가 지병으로 건강이 좋지 않았는데, 얼마 전에 멧돼
지를 잡은 이야기와 쓸개를 먹고 건강이 많이 좋아졌다는 얘기를 했다. 개
아저씨에게 사냥개 여러 마리가 있는데, 사냥개들을 풀어 멧돼지 한 마리
를 더 잡아 쓸개를 순희 어머니에게 먹이게 하기 위해 산에 들어가면 안
되는지를 의논했다. 최 상병은 인범이로 인해 일 계급 특진하여 하사로 진
급하여 곧 육군본부로 전출되게 되어 있었다. 최 하사는 쾌히 승낙했다.
그리고 총을 가지고 직접 사냥에 따라가겠다고 했다.

상우는 훈련 중인 사냥개인 셰퍼, 도벨, 포인트 등 여섯 마리를 데리고
산속 깊이 들어갔다. 최 하사가 따랐고 상우가 인범이의 창을 받아 들고
사냥개를 몰았다. 순희 아버지는 칼과 자루를 넣은 큰 배낭을 짊어지고 따

랐다. 산은 깊이 들어갈수록 가팔랐다. 개들이 숨을 헐떡이며 온 산을 뒤졌다. 통제구역이라 그런지 수풀이 무성하게 우거져 있었다. 그 중 걸음을 많이 걸어 몸이 가볍고 제일 작은 울프가 수풀을 헤치고 앞장을 섰다. 산은 점점 깊었다. 어느 한 곳에 넝쿨이 엉켜 있고 짐승이 드나드는 곳인지 제법 큰 둥근 구멍이 있었다. 구멍 앞에 멈추어 선 울프가 냄새를 맡더니 구멍 속으로 들어갔다. 여섯 마리의 개들도 들어갔다.

"우리도 들어갑시다. 울프가 짐승의 냄새를 맡은 것 같아요. 여기 보세요. 이 넝쿨에 멧돼지 털이 붙어 있군요. 그리고 이 구멍은 틀림없이 멧돼지들이 드나드는 구멍입니다. 크지 않습니까?"

먼저 상우가 구멍으로 들어가고 인범이가 들어갔다. 그리고 최 상병과 두 군인도, 순희 아버지도 들어갔다. 넝쿨을 빠져나가니 넓은 곳이 있었다. 울프가 바위가 있는 언덕진 곳에 있는 굴을 발견하고 빠르게 뛰어갔다. 여섯 마리의 개도 따랐다.

울프가 굴 앞에 다가가 냄새를 맡더니 갑자기 몇 발자국 뒤로 물러서서 짖기 시작했다. 울프가 무언가 발견한 것 같았다. 여섯 마리의 개도 일시에 굴속을 향해 짖기 시작했다. 굴 안에서 갑자기 수컷 멧돼지 한 마리가 뛰어 나왔다. 뒤이어 암 멧돼지와 중 멧돼지와 새끼들이 함께 나왔다. 멧돼지 가족들이었다.

가족을 보호하기 위해 맨 앞에서 화를 잔뜩 낸 수컷 멧돼지가 코를 벌름거리며 침입자인 사냥개들을 향해 무섭게 돌진했다. 돌진하는 수컷 멧돼지의 주둥이 양쪽에 코끼리 상아 같은 이빨이 뻗어 나와 있어 더욱 사납게 보였다. 입에서 흰 김을 내뿜고 덤벼드는 어마어마하게 큰 수컷 멧돼지의 기세에 겁을 먹은 개들이 일시에 달아나려고 했다. 이때 상우가 고함을 지르며 물러서지 말라고 개들을 몰아 붙였다.

"울프! 쉬익 쉬익! 셰퍼, 도벨, 포인트, 쉬익 쉬익, 덤벼라!"

최 하사와 두 군인들도 순희 아버지도 일시에 고함을 질렀다. 상우가 개들을 몰아붙이자 달아나던 개들이 힘을 얻고 돌아서서 수컷 멧돼지에 맞섰다.

"와와, 왕 왕!"

"와 와 와 와!"

사람의 고함을 개들이 짖는 소리에 갑자기 온 산이 쩌렁쩌렁하게 울렸다.

"최 하사! 총을 쏘시오!"

"땅땅."

상우의 소리에 최 하사가 M1 대신 새로 나온 M16 소총을 바윗돌을 향해 연발로 쏘았다. 바윗돌에 불이 번쩍번쩍 났다. 개들이 수컷 멧돼지와 뒤엉켜 있어 정면으로 겨눌 수가 없었다. 사람의 소리와 총소리에 놀란 다른 멧돼지들이 흩어져 산 위쪽으로 달아나기 시작했다. 그래도 수컷 멧돼지는 달아나지 않고 개들과 맞서고 있었다.

상우가 개들을 독려하며 수컷 멧돼지를 포위했다. 훈련된 개들이 이빨을 드러내고 악착같이 덤벼들었다. 개들의 뒤에서 창을 든 상우와 총을 든 최 하사, 그리고 같이 온 두 군인도 고함을 지르며 개들을 응원했다.

수컷 멧돼지 한 마리가 일곱 마리의 개들과 맞서고 있었다. 일곱 마리의 개들이 수컷 멧돼지를 포위하고 악착같이 덤벼들었다. 수컷 멧돼지는 덤벼드는 여러 마리의 개들을 상대로 싸우며 돌파구를 찾아 달아나려고 했지만 개들이 비켜 주지 않았다. 수컷 멧돼지와 개들이 거품을 물고 사생결단으로 싸우고 있었다. 최 하사와 두 군인이 총을 겨누고 쏘려고 해도 뒤엉켜 싸우니 쏠 수가 없었다. 최 하사가 상우에게 개들을 비키게 했다.

"울프, 셰퍼, 도벨, 포인트 비켜, 비켜! 물러서!"

상우가 개들에게 수컷 멧돼지에게서 떨어지도록 고함을 질렀다. 개들이 물러서자 멧돼지가 달아나려고 했다.

"박 일병, 오 상병, 뒷다리를 쏴!"

최 하사의 명령에 총이 일시에 발사 되었다. 총알이 흙에 맞고 흙이 풀썩 풀썩 튀었다. 그 중 한 발의 총알이 돼지 뒷다리에 명중했다. 다리가 부러진 수컷 멧돼지가 버둥거리며 꽥꽥 소리를 고래고래 질렀다.

"최 하사, 대가리에 한 방 쏘시오."

상우가 말했다. 최 하사가 가까이 다가가 돼지 대가리에 대고 총을 쏘았다. 총에 맞은 돼지 대가리에서 붉은 피가 솟구쳤다. 처참했다. 멧돼지가 꿈틀하더니 숨통이 끊겼다. 돼지 대가리에서 피가 울컥울컥 솟았다. 상우는 수컷 멧돼지의 무게가 거의 250kg 정도 된다고 했다.

상우와 최 하사 그리고 두 군인이 멧돼지 다리를 잡아끌고 힘들게 평평한 곳으로 옮겼다. 상우는 순희 아버지의 배낭에서 꺼낸 자리를 깔고 능숙한 솜씨로 멧돼지를 해체했다. 순희 아버지가 도왔다.

고기는 몇 개의 자루에 나누어 담았다. 그 중 무거운 자루를 순희 아버지가 나무를 잘라 적당히 사포질을 한 굵은 막대기에 자루를 양쪽에 걸치고 최 하사와 상우가 한 조가 되고, 두 군인이 한 조가 되어 어깨에 메고 힘들게 산을 내려왔다. 쓸개와 앞다리 두 개를 가져오고 나머지는 군인들에게 주었다. 군인들은 회식을 하기 위해 멧돼지 고기를 부대로 가져갔다.

순희 아버지가 쓸개를 정성을 들여 말렸다.

말린 쓸개를 먹은 순희 어머니의 깊은 병이 서서히 나았다. 우연히 이웃에 온 인범이로 인해 오랜 지병이 낫고 있었다.

삼 개월이 지나자 순희 어머니의 병이 씻은 듯이 나았다. 이젠 기침을 거의 하지 않았고 기력도 좋아졌다. 인범이로 인해 건강을 회복한 순희 어머니는 어린 나이에 고생하는 인범이의 살림을 손을 걷어 부치고 거두어

주었다. 친부모같이 자신을 보살펴 주는 개 아저씨 부부와 순희 아버지,
어머니가 있기에 이제 인범은 외롭지 않았다.

성장한 인범이

1

인범이의 나이 18살이 되면서 키도 크고 수척했던 몸도 살이 적당히 오르면서 체격이 성인 티가 났다. 태권도의 실력은 도장에서 어느 누구도 인범이를 당하지 못했다.

소장이 명분 없는 싸움에 관여하지 말라고 하였지만, 인범은 약자를 위해 많은 싸움에 관여하게 되었다.

경찰서에 수없이 드나들면서 조사를 받았다. 약한 자가 억울하게 맞는 것을 어찌 보고만 있느냐고 했다. 목격자의 증언과 피해자의 증언으로 그때마다 혐의가 없어 풀려났다.

인범은 주먹꾼이나 범죄인들에게 억울하게 당하는 약자를 외면하지 않았다. 인범은 무력한 목격자도, 비겁한 구경꾼도 아니었다. 아버지의 죽음 앞에서 의분과 정의가 실종한 무관심하고 무능력한 구경꾼으로 일관하는 소시민적인 도시민들에게 얼마나 실망과 분노를 삼켰던가. 불의를 구경으로만 넘기지 못하는 의협심의 인범은 자라면서 정의로운 싸움에 수없이 관여했다.

한번은 이런 사건도 있었다. 버스 안이었다. 다리가 불편한 노인이 탔다. 빈자리가 없었다. 지팡이를 짚고 선 노인이 버스가 흔들릴 때마다 넘어지지 않으려고 안간힘을 쓰며 한 손으로 버스 손잡이에 매달리고 한 손으로 지팡이에 몸을 의지하고 버티고 있었다. 이를 안타깝게 지켜보고 있던 승객들이 노인 앞에 앉아 이야기에 열중해 있는 두 젊은이에게 눈총을 쏘고 있었지만, 두 젊은이는 자기들의 이야기에 열중하고 있었다.

두 젊은이는 평범한 청년 같지가 않았다. 짧은 스포츠머리 모양과 유달리 목이 굵은 건장한 몸과 옷매무새에 건달끼가 잔뜩 묻어 있었다. 고등학생 나이밖에 안 된 인범이는 노인이 안쓰러웠지만 당돌하게 앞에 앉은 두 청년에게 자리를 양보해 드리라고 할 수가 없었다. 처음부터 앉아 있는 두 젊은이에게 눈총을 보내던 검정색 정장을 말쑥하게 차려입은 얼굴이 희고 지적으로 보이는 서른 살 정도의 청년이 결심을 한 듯 말을 했다.

"죄송하지만, 이 노인에게 자리를 양보해 주셨으면 합니다."

자기들끼리 이야기를 나누던 두 젊은이는 듣지 못했는지 못 들은 척 하는지 나누던 이야기를 계속하고 있었다. 때마침 버스가 급정거를 하면서 노인이 손잡이를 놓치고 두 젊은이가 앉은 쪽으로 쓰러지려는 순간 젊은 청년이 얼른 노인의 팔을 잡아 가까스로 넘어지지 않았다. 자리에 앉은 두 젊은이가 넘어지려는 노인을 힐끗 쳐다보았다. 그러나 자리를 양보할 기미가 보이지 않았다. 이를 본 청년이 또다시 말했다.

"죄송합니다. 이 노인에게 자리를 좀 양보해 주셨으면 합니다."

두 젊은이 중 한 명이 눈에 심지를 세우고 청년을 째려보더니 슬며시 일어났다.

"어르신, 앉으십시오."

청년은 노인을 부축하여 자리에 앉혔다. 눈에 심지를 세우고 자리에서 일어섰던 건달풍의 청년이 노골적으로 청년의 옆얼굴을 째려보았다. 험상궂은 얼굴에 노려보는 눈꼬리가 찢어져 더욱 감사납게 보였다. 청년은 모른 척 창 밖으로 시선을 보내고 있었다. 이를 본 승객들이 험악한 얼굴로 째려보는 건달풍의 사나이와 청년을 번갈아 바라보며 불안해하는 얼굴을 하고 있었다.

끝내 건달이 시비를 걸었다. 눈심지를 세운 건달이 의식적으로 눈길을 창밖으로 보내고 있는 청년의 어깨를 손바닥이 아닌 주먹으로 툭툭 치며 말했다.

"이봐, 자리를 양보하든 안 하든 내가 알아서 할 것인데 당신이 뭔데 자리를 양보하라 말라 해."

이 소리에 관심을 갖고 지켜보던 승객들이 일제히 시선을 집중했다. 건달이 처음부터 반말을 했다.

청년이 노려보는 건달풍의 청년을 보며 말했다.

"죄송합니다. 노인이 쓰러질 것 같아서 양보하라고 했습니다. 이해하십시오."

"이해 못 하겠다면 어쩔래?"

완전 시비조였다. 아니, 시비를 걸고 있었다.

순간 청년의 눈꼬리가 가볍게 흔들리며 인상이 굳어졌다.

"이봐요. 몸이 불편한 노인에게 자리를 양보한 것이 그렇게 기분이 상해요? 기분이 상했다면 미안합니다."

"어? 이 새끼가 말은 미안하다고 하면서 오히려 큰소리치네."

앞아서 청년을 치어다보고 있던 또 한 명의 건달이 시비에 끼어들었다.

"야 이 새끼, 기생오라비같이 옷을 깔끔하게 입고 건방지네."

"왜 말을 막고 욕을 해요? 저기 봐요. 노약자와 임산부에게 자리를 양보하라고 써 놓은 것 안 보여요?"

청년도 호락호락 하지 않았다. 자리에 앉은 노인이 청년들의 시비를 불안하고 겸연쩍은 얼굴로 바라보고 있었다. 인범이는 그들의 시비에 관심을 갖고 보고 있었다. 승객 중에 젊은 청년들이 몇 명이 있었지만 상대가 건달풍이라 그런지 아무도 나약한 청년에게 지원을 하지 않았다.

"이 새끼야. 그렇게 써 놓았지만 자리를 양보하는 사람이 몇이 있어."

"……."

"이 새끼가 우릴 무시하고 있어."

청년은 더 상대하고 싶지 않은지 아무 말을 하지 않았다.

이때 버스가 정유소에 정차했다.

"야, 이 새끼. 내려."

화를 참지 못한 건달풍이 청년의 양복 깃을 우악스럽게 잡고 끌어 당겼다. 끌려 내리지 않으려고 손잡이를 잡고 버티는 청년을 일행인 건달이 합세하여 강제로 끌어 당겼다. 청년은 두 명의 건달의 힘에 끌리어 내리지 않을 수 없었다.

"어머! 저 청년 봉변당하겠네. 누가 저 청년을 도와주세요."

한 중년 부인이 큰 소리를 질렀다. 그러나 아무도 청년을 도우려는 젊은 이가 없었다.

처음부터 건달풍에게 좋지 않은 감정을 가진 의협심이 강한 인범은 급히 따라 내렸다. 버스에 내린 두 건달이 나약한 청년을 개 끌듯 끌고 갔다.

끌려가던 청년이 두 팔로 건달들을 힘껏 뿌리치며 노려보며 말했다.

"이봐. 지금 당신들이 하는 짓이 어떤 죄에 해당되는지 알기나 하고 하는 짓이야?"

한 건달이 두 손으로 청년의 멱살을 잡았고 한 건달이 청년의 어깨를 잡아끌었다. 청년은 그들의 힘에 끌려가지 않을 수 없었다. 지나가는 사람들과 버스를 타려던 사람들이 구경을 했다.

"이 새끼가 법 좋아하네. 우린 법 같은 것 몰라. 이 새끼 따라 와."

"당신들 오늘 당신들이 하는 짓에 어떤 대가를 치를 줄은 알기나 해."

"이 새끼, 아까부터 법 소리하는군. 이 새끼야, 법은 멀고 주먹이 가깝다는 것을 몰라?"

끌려가던 청년의 눈과 인범이의 눈이 마주쳤다. 인범이가 그냥 따라가라고 턱짓을 했다. 청년이 의아한 얼굴로 어리지만 키도 크고 몸이 날렵한 인범이를 유심히 보더니 말없이 건달을 따라가며 말했다.

"그래, 당신들만의 법이 있다는 것 알아. 하고 싶은 대로 해 봐."

두 건달이 신사복을 입은 청년을 골목 안으로 끌고 들어갔다. 사람들이 힐끗힐끗 보며 지나가고 어떤 사람은 걸음을 멈추고 구경을 했다. 인범이가 가까이 다가갔다.

"야! 애송이. 넌 웬 놈이야."

건달들이 자기들을 노려보며 차에서 함께 내려 따라 오는 인범이가 신경이 쓰였는지 인상을 잔뜩 쓰고 물었다. 인범은 대답을 않고 히죽이 웃었다.

"어? 이 애송이가 비웃고 있네?"

그래도 인범이 여전히 미소를 머금고 건달을 멀거니 바라보고 있었다. 인범은 두 건달이 청년을 폭행하면 의로운 청년을 구하여 줘야겠다고 생각하고 따라 내렸기 때문에 건달들 가까이에서 지켜보고 있었던 것이다.

"야, 애송이. 저리 가."

"아저씨들이 이 아저씨를 폭행하려고 그러시죠? 그러면 저도 아저씨들을 가만두지 않을 겁니다."

"어? 이 애송이 봐. 우릴 가만 두지 않는다고 우리가 누군 줄 알고 어린 놈이 우리 일에 끼어들어!"

"아저씨들이 누군데요?"

"인마, 우린 건달들이야."

"건달이면 나쁜 사람이잖아요. 나쁜 사람은 그냥 둘 순 없어요."

인범은 상대를 격분시켜 싸움을 벌여 보자는 의도로 건달들을 자극했다.

청년은 키는 컸지만 아직도 소년티가 나는 인범이가 건달들에게 조금도 위축되지 않고 당당하게 맞서는 것을 보고 깜짝 놀랐다. 그러나 자기로 인해 어린 학생이 건달들에게 다치게 할 수 없었다.

"학생은 가. 괜히 다치면 어쩌려고……."

"아저씨, 아저씨는 잘못한 것 없어요. 제가 처음부터 지켜봤잖아요."

"……."

"아저씨, 이 나쁜 사람들을 상대하지 말고 가요."

인범이가 청년의 팔을 잡아끌었다. 그러나 눈은 건달들을 노려보는 것을 잊지 않았다.

"이 새끼, 어린놈이 혼 좀 나야 알겠나?"

한 건달이 인범의 멱살을 잡으려고 다가왔다.

순간 인범은 기다렸다는 듯 청년의 팔을 놓는 것과 동시에 건달의 오른 팔목을 두 손으로 잡더니 건달의 팔목을 잡고 높이 올려 건달의 팔 밑으로 파고들면서 건달의 팔을 힘껏 잡아당겼다.

"으악!"

건달이 비명을 지르며 두 발을 번쩍 들고 어깨를 땅에 닿으며 넘어졌다. 만약 건달이 몸을 한 바퀴 굴려서 넘어지지 않으면 팔이 부러지기 때문이었다.

옆에 있던 건달이 무서운 얼굴을 하고 인범이의 면상을 향해 주먹을 날렸다. 인범은 빠른 동작으로 슬쩍 피했다. 헛방을 친 놈의 주먹이 허공에 머물고 놈의 자세가 중심을 잃고 흐트러졌다. 인범은 그 순간을 놓치지 않고 건달의 종아리를 사정없이 걷어찼다. 얼마나 강하게 걷어찼는지 건달의 상체가 공중에 뜨면서 몸이 땅에 툭 떨어졌다.

인범은 넘어진 건달의 목을 발로 지그시 밟아 눌렀다. 턱과 목 사이에 신발이 끼어 누르니 건달이 숨을 쉬지 못하여 얼굴이 벌겋게 변하여 헉헉거리고 있었다. 건달이 두 손으로 인범이의 발을 턱에서 떼어 내려고 했다.

"손 치워. 치우지 않으면 숨통을 끊어 버릴 테다."

인범은 눌린 발에 힘을 주었다. 건달은 얼른 두 손을 떼고 숨을 겨우 쉬며 공포에 질린 얼굴로 인범이를 치어다보았다. 숨을 겨우 쉬는 얼굴은 벌겋게 달아 있었다. 팔이 꺾여 넘어진 건달은 얼마나 아픈지 어깨를 잡고 괴로운 표정으로 동료의 목을 누르고 있는 인범을 공포의 눈으로 멍하니 바라보고 있었다. 너무나 갑작스레 당한 것에 자신들도 당황하고 있었다. 아직 십 대로밖에 보이지 않는 고등학생이 대단한 무술을 가진 줄은 전혀 상상을 하지 못한 것이다.

"이봐, 학생. 목 좀 놓아 줘. 숨을 못 쉬겠어."

건달은 인범이를 달래며 검지로 자신의 목을 가리켰다.

청년은 순간적으로 일어난 건달과 학생의 싸움을 멍하니 바라보았다. 어떻게 이런 일이 벌어질 수 있는지 알 수 없다는 표정이었다. 지나가다 구경을 하던 사람들도 신체 건장한 청년이 고등학생으로밖에 보이지 않은 인범이에게 꼼짝없이 당하는 것을 놀란 눈으로 멍하니 보고 있었다. 그보다 눈 깜짝할 순간에 벌어진 결과에 어안이 벙벙한 표정들이다.

"건달이라고 했지? 건달이 자랑이냐? 앞으로 선량한 사람을 괴롭히지 않는다고 약속하고, 이 아저씨에게 잘못했다고 사과하면 놓아주겠다. 사과할 수 있나?"

건달이 턱을 끄덕이며 약속하겠다는 시늉을 했다. 그 얼굴은 비참하게 일그러져 있었다.

인범이가 발을 떼었다. 땅바닥에 큰 대 자로 누운 건달이 한참을 어깨로 숨을 몰아쉬고는 천천히 일어나 몸을 이리저리 움직이며 몸을 추스르더니 어깨 관절이 심하게 꺾여 고통스런 얼굴을 하고 있는 동료의 얼굴을 보며 눈으로 말을 하고 있었다. 관절이 꺾여 고통스러운 얼굴로 앉아 있던 건달이 말을 알아들었다는 고개를 끄덕이고는 팔을 이리저리 움직이고 있었다. 사과를 하겠다고 약속한 건달은 사과는커녕 무서운 눈으로 인범이를 노려보고 있었다. 인범은 건달이 약속한 사과를 할 기미가 보이지 않음을 알고 건달의 움직임을 주시하고 있었다.

건달은 살기 띤 얼굴로 다시 동료에게 눈길을 보냈다. 관절이 꺾인 건달은 얼굴을 찡그리며 고개를 약간 끄덕이었다. 아직도 땅에 앉아 있던 건달이 동료에게 눈길로 신호를 받자 슬며시 일어났다. 그러나 어깨의 관절이 얼마나 심하게 충격을 받았는지 어깨를 움직일 때마다 고통스런 얼굴을 했다.

눈에 살기를 띤 건달은 자신들이 고등학생이라고 너무 과소평가한 결과라고 판단했지, 결코 자신들이 약해서 당한 것이 아니라고 생각했다. 건달은 다시 한 번 자신의 몸을 움직여 보곤 인범이를 노려보았다. 인범은 호주머니에서 가죽장갑을 꺼내어 끼면서 건달들을 노려보는 것을 잊지 않았다. 건달들이 인범이가 가죽장갑을 끼는 것을 보고 일순 놀라는 표정이더니 그러나 기세는 꺾이지 않았다.

"이, 애송이. 제법 주먹깨나 쓰는군."

인범은 이미 각오한 대로 건달의 공격을 기다렸다.

건달이 인범이와 마주섰다. 그러나 아까와는 달리 우뚝한 키와 강한 골격에 중압감을 느꼈는지 쉽게 공격을 못 하고 노리고만 있었다. 그보다 조금 전 아직 애송이에 지나지 않은 어린 나이에 속수무책으로 당한 것에 두려워 망설이고 있었다.

청년은 입을 굳게 다물고 건달과 학생의 대치를 지켜보고 있었다. 이 순간은 어떠한 말이나 행동으로 제지할 수 없다는 것을 알고 있기 때문이었다. 결과를 기다릴 뿐이었다.

인범이가 한 발자국 다가갔다. 두 건달이 멈칫하더니 동시에 물러섰다. 인범이가 다시 한 발자국 다가섰다. 두 건달은 더는 물러서지 않고 서로의 얼굴을 보며 고개를 끄덕이었다. 그리고 그것을 신호로 목이 눌렸던 건달이 기합을 토하며 주먹을 날렸다.

"에잇!"

그러나 이미 예견한 인범이가 자신의 면상을 향해 날아오는 건달의 주먹을 왼팔 가로막기로 상대의 팔을 걷어 올렸다. 상대의 빈주먹이 대각선으로 하늘을 향해 뻗어 있는 순간, 인범은 그 순간을 놓치지 않고 장갑을 낀 무쇠 같은 주먹으로 노출 된 건달의 면상을 가격했다. 퍽 하는 소리와 악 하는 비명 소리가 나면서 건달이 앞으로 폭 고꾸라졌다. 인범은 고꾸라지는 건달을 슬쩍 비키며 팔꿈치로 옆구리를 찍었다. 건달의 얼굴은 박살이 났고 옆구리의 갈비뼈가 두두둑 소리를 내며 부러졌다. 관절이 꺾인 건달은 동료가 힘없이 쓰러지자 겁을 먹고 멍하니 서 있었다. 인범은 앞발차기로 겁을 먹고 멍하니 서 있는 건달의 턱을 강하게 찼다. 이빨 부러지는 기분 나쁜 소리가 나며 놈은 턱을 감싸고 조용히 무릎을 꿇었다. 놈은 입에서 부러진 이빨을 뱉었다. 인범은 놀란 얼굴로 멍하니 서 있는 청년의 팔을 부리나케 잡아끌며 큰길 쪽으로 걸어가 인파속에 파묻혔다. 현장을 빠져나가는 인범의 행동이 너무나 빨랐다.

인범이와 청년이 이제 막 문을 여는 빵집에 마주 앉았다. 청년은 올해 서른 한 살의 현직 검사인 박영근이었다.

"학생, 학생이 대단한 무술 실력자인 것 같은데 그렇다고 아무 싸움에나 관여하는 것은 좋지 않아. 언제나 자기보다 강자가 있다는 것을 명심하기 바란다. 오늘 저 건달들도 자기 주먹이 센 것만 알고 학생같이 대단한 무술 실력자가 있다는 것을 알지 못한 것이 아닌가. 학생은 아직 어려. 그러다 몸 다쳐. 오늘 도와주어 고마웠어."

인범은 신문 보급소 소장님과 똑같은 말을 하는 것을 가만히 듣고 있었다. 맞는 말이었다. 그러나 인범이는 청년에게 되물었다.

"아저씨는 왜 남의 일에 관여하여 봉변을 당하려고 합니까?"

"……"

'이 학생은 오히려 내가 남의 일에 관여한다고 충고를 하고 있구나!' 어쩌면 이 학생의 말이 맞는 것 같았다.

'내가 의협심으로 그냥 보지 못하는 것같이 이 학생도 의협심이 강하구나. 그래, 우리 둘은 의협심이 똑같은 점이 있구나.' 박 검사는 자신에게 의협심이 강하다는 충고를 하는 오일수 부장 검사가 떠올랐다. 얼른 답을 못 하고 엉뚱한 말을 했다.

"학생, 빵 먹어."

"……"

인범은 빵을 별로 먹고 싶지 않았다. 아저씨가 먹지 않으니 인범이만 빵을 먹으려니 빵에 손이 가지 않았다.

학생은 키가 유달리 크고 몸이 빨랐다. 건달 두 명을 일순간에 해치우는 것을 보아 대단한 무술실력자임을 알 수 있었다. 그보다 얼마나 싸움에 자신이 있는지 젊고 신체가 건장한 건달들을 조금도 겁을 먹지 않고 당당하게 맞설 수 있는지? 그리고 아직도 어린 나이인데도 어떻게 그렇게 대단한 무술 실력을 갖추었는지 도저히 믿기지 않았다. 학생은 과묵하게 생기었다. 또 과묵했다. 생각할수록 의문이 가는 학생이었다. 이 학생에 대해서 알고 싶었다. 시계를 보았다. 출근 시간이 지나 있었다. 오늘 형사 사건이 오전에 한 건 있다는 것을 알았다. 누구보다도 의협심이 강한 박 검사는 노인이 안타까워 참견한 것이 사건을 일으켰다. 두 건달은 오늘 중상을 입었다. 이빨도 갈비뼈도 박살이 났다. 그것은 건달 스스로가 자초한 결과인 것이다.

그냥 헤어지긴 아쉬웠다. 무엇보다도 이 학생이 아니었다면 박 검사는 건달들에게 심하게 봉변을 당했을 것이다. 자신을 구하여 준 것이 고마웠다. 그러나 학생은 조금의 생색도 내지 않았다.

"고등학생이니? 대학생이니?"

얼굴은 어린데 키는 컸다.

"학생이 아닙니다."

"그러면……"

"목수 일을 합니다."

인범은 목수라고 하지 않고 목수 일을 한다고 담담하게 말을 했다.

"뭐, 목수 일을 해?"

전혀 엉뚱한 대답을 듣고 놀랐다. 고등학생의 나이 밖에 안 된 것 같은데 목수 일을 한다니……. 대할수록 의문이 갔다. 박 검사는 다시 한 번 시계를 보았다. 일어서야 했다. 박 검사는 명함을 꺼내어 인범이에게 내밀며 낮고 조용한 말로 물었다.

"이름이 무언가? 이름이라도 알고 싶군."

"고인범이라 합니다."

명함을 받으며 인범은 조용히 말했다. 박영근 검사는 빵집 점원을 불러 먹지 않은 빵을 싸게 하여 인범이에게 주며 말했다.

"고 군, 이 빵 가져가 먹게. 난 직장에 가야 하거든. 언제 꼭 만나고 싶어. 연락 주기 바란다."

인범은 박 검사에게 연락을 하지 않았다.

인범은 아버지의 원수인 턱이 뾰족하고 얼굴에 흉터가 있는 날치기의 두목을 만나지 못했다. 넓은 서울에서 범죄를 저지르는 현장을 찾기가 쉬운 일이 아니었다. 그보다 아직 나이가 어린 인범은 무술을 더 익혀야 했고 범죄 조직을 파고들 루트를 알지 못한 것이다. 언젠가 목수 일을 그만

두고 매일 일을 하지 않는 조건이 갖추어지면 본격적으로 아버지를 죽인
원수를 찾아 나서야겠다고 생각했다.

리비아에서

1

어느덧 인범이의 나이가 20세가 되었다. 인범은 대한민국 남자로 태어나 국방의 의무인 군을 마쳐야 사회생활을 계획할 수 있을 뿐만 아니라 본격적으로 아버지의 원수를 찾아 나설 수 있다고 생각했다.

인범은 병무청에 찾아가 어떻게 하면 군에 자원입대 할 수 있는지 물었다. 병무 담당자가 사무를 보면서 말했다.

"저쪽에 서류가 있습니다. 본적과 주소성명을 적어 주십시오."

인범은 인쇄된 종이가 있는 곳으로 가서 주소 성명을 적어 주었다. 병무 담당자는 병적부 조사를 하더니 인범이가 무학력이라고 군 복무를 할 수 없다고 하면서 인범이가 적은 글과 인범이를 번갈아 보며 고개를 갸우뚱했다. 그러면서 물었다.

"고인범 씨, 본인이 분명히 맞습니까?"

"네, 맞습니다. 제가 고인범입니다."

"그런데 무학력이라고 기록되어 있는데, 사실입니까?"

담당자는 다시 한 번 인범이의 필체와 기록부를 보며 의아한 얼굴로 물었다. 이제 겨우 20살의 인범이의 필체가 무학력이라고 기록된 것과는 달리 달필에 이해가 되지 않았던 것이다. 그것도 한문으로 적은 글이 너무나 달필이라 더욱 이해가 되지 않았기 때문이었다. TV도 친구도 없는 인범은 저녁이면 정상적인 학력은 없지만 한문 공부와 한문과 한글 쓰기를 열심히 했다. 그리고 많은 교양서적을 읽어 모자란 지식을 보충하고 있었다.

"……."

인범은 아무 말을 하지 않았다. 인범은 고아로 자라면서 두 동생을 건사하고 먹고살기 위해 정상적인 교육 코스를 밟지 못해 자신이 무학력이라 군에 갈 수 없다는 병무 담당자의 말에 비애를 느꼈다.

인범이가 다닌 야간 중학교는 문교부가 인정하지 않은 야학이므로 학력 인정을 받지 못하여, 초등학교가 최종 학력인 것이다.

그 충격으로 좌절한 인범이는 비참한 자신의 처지를 비관하면서 비감한 마음으로 대우개발에서 해외 취업 희망자를 모집한다는 광고 기사를 보고 목수의 기술로 군 복무와 같은 2년 6개월을 낯선 이국에서 근무하기로 계약했다. 리비아로 떠나기 전 인범은 리비아 취업 심사 때 운전면허증이 있느냐고 물었다. 없다고 하였더니, 운전면허증이 있으면 외국에서도 필요할 것이란 말에 먼저 운전면허를 취득했다. 리비아는 아프리카에 있는 산유국이었다.

인범은 자기가 없는 동안 순희에게 집과 울프를 보살펴 달라고 부탁했다. 그 외의 것은 개 아저씨에게 부탁했다.

태양이 머리 위에서 이글거리고, 뜨겁게 달구어진 모래에서 뿜어내는 열기를 뒤집어쓰고 사막에서 도로를 건설하는 일을 해야 했다. 인범이가 하는 일은 거푸집을 만드는 목수 일이었다. 공사는 대부분 한국인 현장 감독인 박재일 감독이 직접 작업을 하면서 방법을 가르쳐 주면 그대로 하면 되는 일이었다. 공사한 곳은 외국인 감리가 까다롭게 검사하여 합격, 불합격을 결정했다.

어느 날, 철근 공사를 한 것을 외국인 감리가 검사를 하다 잘못 공사한 곳을 지적하며, '노, 노(no, no).'를 연발하며 인부들이 일한 곳을 뜯고 다시 하라고 손짓을 하고 있었다. 말은 알아들을 수는 없지만 그 손짓은 일을 잘못하였다며 다시 하라는 것임을 쉽게 알 수 있었다. 행티깨나 있게 보이는 삼십 대 초반의 한국인 인부는 잘못이 없다고 큰소리 쳤다.

"야, 이 새끼야. 어디 틀렸다 말이고? 이 × 같은 새끼야."

흥분한 인부는 욕설과 손사래를 하며 잘못하지 않았다고 계속 큰소리를 쳤다. 외국인도 통하지 않는 자기 나라말로 '썬 오브 비치(son of the bitch).'라고 외치며 같이 핏대를 올렸다. 아마 그 말도 외국말로는 욕이라는 것을 외국 감리의 목소리와 표정을 보아서 쉽게 알 수 있었다.

인범은 한국 노동자와 외국인 감리가 말다툼 하는 사이, 감리가 손짓으로 지적하는 잘못된 곳을 살펴보았다. 박 감독이 가르쳐 주면서 직접 한 곳과 인부가 한 곳을 자로 재어 보고 방향도 대조해 어디가 잘못되었는지 찾아보았다. 한참을 조사해 보니 인부가 잘못했음을 알 수 있었다. 인범은 인부에게 당신이 잘못하였으니 다시 고쳐야 한다고 하였다. 인부는 인범을 째려보았다.

"야, 이 새끼야! 니가 뭘 알아서 외국사람 앞에 알랑방귀를 뀌노? 어디가 어째 틀렸다 말이고?"

억센 경상도 사투리로 욕지거리를 하고 인범에게 눈을 부라리고 칠 듯이 대어 들었다. 외국인과 싸운 분풀이를 인범에게 하였다.

"이봐요, 감리가 잘못이 없는데 그러겠소? 그러지 말고 박 감독님이 한 것과 형씨가 한 것과 비교해 보면 알 수 있잖소. 가 보세요."

인부와 통하지 않는 말로 싸우던 외국인은 인범이가 인부와 말다툼하는 것을 멀거니 보고 있었다.

"보소, 최씨. 저 친구 말이 일리 있소. 가서 봅시다."

옆의 인부가 끼어들어 감독이 작업한 곳으로 갔다. 싸우던 인부도 마지못해 따라갔다. 그들은 감독이 한 것을 이리저리 살펴보았다.

"김 형, 어디가 틀렸단 말이요? 똑같은데, 그쪽에 한번 재어 보소."

둘은 한참을 살피고 재어 보아도 찾지를 못했다.

"어디 틀린 것 있소?"

"없는 것 같은데……"

고개를 갸웃거렸다.

"야, 인마! 어디가 틀렸단 말이고? 너 못 찾아내면 재미없어, 이 새끼."

험상궂은 얼굴을 하고 눈망울을 부라렸다. 인범은 자기보다 십여 살이나 많은 인부라 막말을 할 수가 없었다.

"위쪽에 쇠파이프가 들어갈 자리가 아래쪽으로 되어 있는 것 같으니 다시 가서 확인이나 해 보세요."

그제야 두 인부는 자세히 보았다. 자기가 잘못한 곳을 발견한 인부는 무엇이라고 중얼거리며 다시 고치려고 공구를 찾으면서 인범을 무섭게 째려보았다. 감리는 인범을 보고 엄지손가락을 치켜들어 보이며 미소를 던지고 인부를 향해 '갓 댐(god damn)!'이라고 내뱉으며 저쪽으로 갔다. 그 후부터 외국인은 먼저 인범이를 불러 검사하는 시범을 보이는 것이다. 인범은 영어를 모르지만 외국인이 하는 방법을 자세히 보았다. 그러면서 영어를 몰라 안타까웠다.

현지 공사는 대우에서 입찰을 보았지만 감리는 외국인이 하는 조건으로 계약했기 때문에 공사한 것을 외국 감리가 검사를 했다. 외국 감리와 대우 박 감독이 같이 검사를 할 때는 자기들끼리 서로 영어로 말했다. 의견이 일치하지 않으면 설계도를 보고 잘잘못을 가려내었다. 조금의 다툼도 없이 진지하게 검토를 하는 것이다. 조금 전 인부처럼 언쟁을 한다든지 언성을 높이며 다투지 않았다.

인범은 그들이 서로 주장하다 설계도를 가지고 검토할 때 가까이에서 보았다. 설계도를 검토하는 과정에서 잘잘못이 밝혀지면 잘못한 쪽에서 사과하고, 웃음을 나누고 잘못한 것은 다시 고치고 아닌 경우에는 외국인이 '아임 쏘리(I am sorry).'를 연발하고 또 '아이 씨(I see).'라고 하면서 주장을 마무리 지었다.

인범은 그들이 말하는 영어를 유심히 듣고 무슨 뜻인지 알려고 했지만 알 수가 없었다. 인범은 어떻게 영어를 저렇게 잘하고 영문으로 된 복잡한 설계도를 잘 보는지 박 감독이 너무나 훌륭하게 보이고 멋있게 보였다. 인범은 자신도 외국에 있는 동안 꼭 영어를 배워야겠다고 결심했다. 그날 저녁 인범은 박 감독의 사무실을 찾아갔다. 박 감독은 책상에 앉아 전등불 아래 설계도를 펴놓고 일을 하다 인범이를 보고 설계도를 덮고 일어섰다.

"감독님, 하던 일 마저 하세요. 저 기다릴게요."

"고 군, 오늘밤 늦게까지 해야 해. 그러잖아도 좀 쉬려고 하던 중이야. 자, 앉지."

박 감독은 외국인 감리에게서 인범이가 다른 인부와 달리 특별히 성실하고 영리하다고 하는 칭찬을 들어 인범이를 좋게 보고 있었다.

자리에 앉기를 권하며 담배 한 개비를 내밀었다.

"감독님, 저 담배 피우지 않습니다."

"그래, 잘 했어. 담배 피우지 마. 건강에 안 좋아. 난 끊으려고 노력해도 잘 안 돼. 그래, 무슨 일이야?"

박재일 감독은 이제 스무 살인 인범을 기특하게 생각하고 좋아했다. 다른 감독은 현장에서 40km 떨어진 도심의 호텔에 숙소를 정하여 놓고 출퇴근하는데, 고향이 부산이고 부산에서 대학을 나왔다는 키가 크고 사람 좋은 박재일 감독은 출퇴근하기가 싫다며 불편한 막사에서 기거하고 있었다. 밥도 구내식당에서 노동자들과 같이 먹었다.

인범은 영어를 배우고 싶다고 하고 어떻게 하면 배울 수 있는지를 물었다. 박 감독은 리비아 정부에서 학교에 가지 못하는 빈민들과 취업 온 외국인을 위해 적은 비용으로 기초 영어부터 가르쳐 주는 야간 학교가 있다며 회사 차를 빌려 줄 테니 배워 보라고 했다. 박 감독은 지금까지 한국에서 온 인부들에게 영어를 배우라고 권하여도 오래 있을 것도 아닌데 배울 필요가 없다고 배우려고 하지 않아 이제는 권하지도 않는다고 하면서, 인범이가 스스로 배우려고 하니 잘 생각했다고 칭찬을 했다. 그리고 영어를 사용하는 나라에 왔고 계약 기간 2년 이상이 남았으니 영어 공부를 열심히 하여 이곳 사람을 친구로 사귀라고 권했다. 그러면 영어를 빨리 배울 수 있다고 하였다. 그리고 영어는 세계 공용어니 배워 놓으면 살아가는 데 도움이 될 것이라고 하였다. 고마운 박 감독이었다.

2

인범은 영어를 열심히 배웠다. 야간 학교 영어 선생은 영국에서 아버지를 따라와 리비아의 빈민촌에서 학교에 못 간 아이들에게 영어를 가르치는 엘리샤라는 처녀였다. 엘리샤는 유난히 눈이 푸르고 몸매가 날씬한 금발의 긴 머리를 하고 있었다.

인범은 밤 운전을 하기 싫어 교실 한 모퉁이에서 야전 군용 침대에서 자고 새벽에 일어나 공사장에 출근을 했다. 그리고 강의가 끝나면 늦게까지 배운 영어를 복습했다. 영어는 영국 초등학교 일학년 교과서였다. 그야말로 기초부터 배우는 것이었다. 다행히 야학에서 알파벳을 배웠기 때문에 쓰고 읽는 것은 어렵지 않았다.

수업을 마치면 아버지와 함께 기숙사 생활을 하는 엘리샤는 교실에서 늦게까지 복습을 하는 인범이에게 설명도 하여 주고 이야기도 나누어주어 영어 회화에 더욱 도움이 되었다.

엘리샤는 영국 건설회사 간부인 아버지가 리비아에서 외국인을 위해 영어를 가르치는 교사가 필요하다는 아버지의 권유로 오게 된 것이다. 대학을 나온 엘리샤는 인범이보다 나이가 세 살이 많았다. 이십 대의 인범과 엘리샤는 금세 친구가 되었다. 엘리샤는 성격이 활달하고 친절했다. 엘리샤는 인범이가 회사에서 퇴근하면 저녁밥도 함께 먹자고 하며 거의 시간을 함께 했다.

토, 일요일이면 엘리샤는 자기 차를 인범이에게 맡기면서 운전을 시켜 가까운 곳에 놀이도 가고 엘리샤의 방에서 많은 이야기를 나누기도 했다. 인범이는 엘리샤와 대화가 어려우면 손짓 발짓으로 대화를 이끌어 나가다 안 되면 엘리샤는 친절하게 종이에다 스펠링을 적어 주기도 했다.

인범은 박 감독이 인범이를 위해 준 영한사전과 한영사전을 찾아 대화를 연결했다. 그리고 인범은 영한사전과 한영사전을 이용하여 대화를 만들기도 했다. 그보다 매일 수업을 마치고 엘리샤와 이런 식으로 대화를 하다 보니 인범의 회화 실력이 빠르게 숙달되었다. 무엇보다도 영어가 익숙해지면서 외국인 감리의 설명을 알아들을 수 있어, 감리가 인범이에게 일을 맡기자 일의 진척이 빨라져 박 감독이 칭찬을 하며 월급도 올려주고 특별 보너스도 주었다.

리비아에서 근무할 때 인범에겐 평생을 두고 잊어지지 않을 일이 있었다. 남자로서의 동정을 엘리샤에게 바치게 되었다.

그날은 유난히도 달이 밝았다. 향수에 젖은 인범이 창 곁에 서서 고향을 그리며 북녘 하늘을 바라보며 고향 생각을 하고 있는데 엘리샤에게서 술한잔하자고 전화가 왔다. 술이 약한 인범이지만 엘리샤가 권하는 대로 얼음에 탄 양주를 많이 마셨다. 그날 엘리샤는 인범이에게 술을 많이 권했고 엘리샤도 많이 마셨다. 나중에 생각해보니 엘리샤가 술을 마시자고, 자기 방으로 오라고 한 것도 술을 많이 권하는 것도 의도적인 것 같았다.

엘리샤는 덥다고 하며 웃옷을 벗어 던졌다. 소매가 없는 러닝셔츠만 입은 반라의 엘리샤의 몸은 풍만했고, 유달리 큰 유방을 출렁이며 인범을 자극했다. 엘리샤는 노골적으로 몸을 인범이에게 밀착해 왔고 안기면서 인범이의 손을 잡아 자신의 러닝셔츠 안으로 끌어넣어 유방을 만지게 했다. 그날은 누가 먼저라고 할 것 없이 두 젊은이는 본능에 몸부림쳤다.

인범은 계약대로 만 2년 6개월을 근무했다. 돈도 벌었고 외국인과 영어로 대화하는 것은 조금도 손색이 없었다. 그렇게 될 수 있었던 것은 엘리샤와 2년이 넘게 많은 대화를 했고 외국인 감리가 인범이가 맡은 목수 일을 다른 목수에게 맡기고 전적으로 감리의 비서 역할을 하게 하였기에 가능했다.

엘리샤는 인범이에게 말도 중요하지만 글이 더 중요하다고 영국 동화책과 자기에게 오는 영국 신문을 꼭 인범이가 읽도록 하였다. 인범은 동화책을 열심히 읽고 쓰기를 게을리 하지 않았다. 그 중에 '로빈 훗'이라는 동화책이 재미가 있었다. 그러나 신문은 정치적인 기사이고 사회적인 기사이기에 읽기가 어려웠다. 엘리샤는 큰 활자를 상세히 설명을 하여 주었다.

인범이가 한국으로 간다고 하니 엘리샤는 이별을 아쉬워하며 자기와 결혼하여 영국에서 살자고 했다. 그러나 인범은 엘리샤가 타국에서 외로워 동양인인 자기에게 정을 주고 결혼하자고 했지만, 순희가 떠올랐고 생활 정서와 문화가 서로 다르다는 것을 알기 때문에 엘리샤의 제의를 받아들이지 않고 쓸쓸한 이별을 하였다. 무엇보다도 뼛속 깊이 사무친 아버지의 원수를 찾아 복수를 하여야 했다.

인범이가 리비아로 떠나는 날 공항에서 눈물을 지으며 이별을 아쉬워했다. 엘리샤는 공항 대합실 구석에서 촉촉한 입술을 포개며 이별의 키스를 하였다. 인범은 남자로 태어나 동정을 바친 엘리샤를 평생을 두고 잊을 수가 없을 것 같았다.

1990년 한국에 돌아오니 울프 외에 진돗개 한 마리가 더 있었다. 개 아저씨가 울프를 종자견으로 교배하여 수캐 한 마리를 얻어 명견으로 훈련을 시켜 놓았다. 이름은 센이라고 했다.

방은 오래 비워 둔 방 같지 않았다. 깨끗이 정리되어 있었고 곰팡이도 없었고 냄새도 나지 않았다. 인범이가 의아해 하자, 인범이가 없는 동안 순희가 인범이의 방을 사용하였다고 했다. 아버지가 집은 오랫동안 비워 두면 사람의 훈기가 없어 집이 상한다고 하여 순희가 기거했다고 했다.

인범이가 한국에 돌아왔을 때 신문과 TV에선 학원폭력이 보도되고 있었다. 많은 학생들이 비행 학생들의 폭력에 시달린다는 뉴스가 연일 보도되면서, 학원폭력은 심각한 사회문제라고 우려하고 있었다. 인범은 신문과 TV에서 그 기사를 보면서 이제 아버지의 원수를 찾아 나서야겠다고 생각했다. 리비아에서 받은 월급이 고스란히 은행에 저금되어 있어 동생들을 도와주면서 생활하기에 어렵지 않기 때문이었다.

인범은 먼저 리비아에 있는 동안 무디어진 무술을 복원 아니 더 연마하기 위해 태권도장과 매일 산을 찾아 구슬땀을 흘렸다. 순희 아버지에게 목수 일을 그만두고 잡일을 하겠다고 했다. 잡일은 언제든지 하고 싶을 때만 하여도 되지만 목수 일은 자신이 하던 일을 중간에 그만두기가 쉽지 않기 때문이었다.

학원폭력

1

TV나 신문에선 학원폭력이 극에 달해 수많은 선량한 학생들이 깡패들에게 시달리고 있다는 보도가 연일 계속되지만, 경찰에서는 뚜렷한 대책을 세우지 못하고 있다는 보도에 인범은 분노했다.

인범은 아버지의 원수를 찾기 전에 깡패들과 부딪쳐 꼭 필요한 실전의 경험을 쌓기 위해 혼자서라도 자신이 살고 있는 학교 주위의 학원폭력을 정화해야겠다고 생각했다.

인범은 체력을 단련을 하기 위해 매일 새벽마다 가파른 산을 올랐다. 인범이가 살고 있는 뒷산은 등산로도 없거니와 통제구역이라 갈 수 없어 걸어서 40분, 달리면 15분 지점에 있는 검단산으로 갔다. 검단산은 수목이 울창했다. 검단산은 산 주위에 주택을 가진 많은 사람들이 건강을 위해, 그리고 식수를 얻기 위해 산책 겸 아침 등산을 하는 주위의 시민들에게 사랑받는 산이었다.

검단산의 하루는 어둠이 가시지 않은 꼭두새벽부터 시작되었다. 오늘 날씨는 화창한 날씨가 될 것 같았다. 안개는 화창한 날씨를 예고하는 기상 변화의 전조였다. 그것은 인범이가 어릴 때 산야에서 살면서 아저씨에게 배워 알게 된 것이다.

인범은 리비아에 갔다 온 후부터 울프를 데리고 다니지 않았다. 그것은 무서움을 타는 어린이가 아닌 성인이었다. 그보다 산속의 동굴이 아니고 이웃에 순희 집이 있고 새 식구인 개, 센이 있어 울프가 외롭지 않기 때문이었다. 울프를 데리고 다니면 센이 혼자 있어야 했다. 그렇다고 울프와 센을 같이 데리고 다닐 수도 없었다.

오늘도 인범은 웬만한 사람은 가지 않는 가파른 산길을 평지처럼 뛰어 올라갔다. 경사진 산길을 그것도 뛰어서 올라가는 것은 보통 사람의 체력과 정신력으로써는 할 수 없었다.

아무리 새벽이라지만 때는 여름이었다. 숨이 턱까지 차고 땀이 비 오듯 온몸을 적셨다. 인범은 이러한 혹독한 자기 관리의 초인적인 힘의 한계를 극복함으로써 수없는 건곤일척(乾坤一擲)의 목숨을 건 싸움에서 사지를 안전하게 보호하고 하나밖에 없는 생명을 보존할 수 있는 체력을 단련하고 있었다.

아침 등산 코스에서 산 중턱에 있는 이곳은 인범이 매일 극기 훈련을 하는 장소였다. 이곳은 거목들이 일정한 간격으로 하늘 높이 자라고 있는 인적이 드문 고즈넉한 숲속이었다. 인범은 실전에 대비하여 우람한 나무 사이사이로 빠르게 움직이며 권투 선수처럼 주먹을 휘두르며 거친 숨소리가 목구멍까지 차 올라오는 격렬한 운동을 하였다. 주먹 세계에선 강자만이 살아남을 수 있는 것이라는 것을 잘 알기 때문이었다.

인범은 오른손잡이였다. 왼손과 오른손의 파워의 차이를 안타깝게 생각했다. 어떻게 하면 오른쪽과 왼쪽의 힘의 강도를 좁힐 수 있을까를 연구했다. 인간은 태어나면서 오른쪽과 왼쪽 힘의 차이가 있었다. 왜 팔과 다리만 그럴까? 양 눈과 양 귀의 기능은 그렇지 않았다. 그런데 유독 팔과 다리는 힘의 차이가 뚜렷했다. 인범은 그 힘의 차이를 안타깝게 생각했다. 동물도 그럴까? 인범은 조물주가 그렇게 만든 것이라 어쩔 수 없는 것이라 생각하면서 오른쪽과 왼쪽 힘의 균형을 단련으로 좁혀야겠다고 생각했다.

오른쪽과 왼쪽 힘의 균형을 좁히기 위해 매일 아침 산속에서 피나는 단련을 하였다. 왼팔과 왼발을 더 많이 사용하여 파워와 근육을 강하게 하는 운동을 하는 것이다. 싸울 때 상대가 왼손잡이인지 오른손잡이인지 알 수가 없었다. 상대와 부딪쳐 보기 전에는 오른손잡이인지 왼손잡이인지 자세만으로 정확히 알 수가 없는 것이 문제였다. 싸움을 시작하면 오른손 주먹을 경계해야 하는지 왼손 주먹을 경계해야 하는지 알고 대비해야 했다. 그리고 발길질도 마찬가지였다. 싸움이 시작되면 일격에 승부가 가려질 수 있다. 그러기 때문에 경계하지 않을 수 없었다.

인범은 깡패, 날치기, 소매치기, 강도들이 약자를 폭력과 흉기로 억누르고 괴롭히는 범죄가 자신의 적이 되는 것이다. 그 각오는 아버지가 날치기들에게 맞아 죽는 것을 보고 결심한 것이다. 폭력에 희생되는 사람들을 도와주는 것이 인범의 목표였다.

여러 차례 거친 운동을 반복한 인범은 땀을 비 오듯 흘리며 열화같이 터져 나오는 가쁜 숨을 어깨로 몰아쉬며 굵은 나무에 기대어 잠시 휴식을 취했다.

새벽 여명을 알리는 청아한 새소리가 짹짹거리며 새벽의 적막을 깨뜨리며 숲속을 울렸다. 저만치 짙은 숲속에서 꿩꿩꿩 소리가 들렸다. 꿩꿩 울어서 새 이름을 꿩이라고 지었던가? 종달새 새소리도 들렸다.

인범은 오늘도 격렬한 운동을 마치고 내리막길을 빠르게 달려 내려왔다. 어느덧 솟아난 싱그러운 아침 햇살이 울창한 나뭇잎 사이의 빈 공간을 헤집고 땅을 부시며 여러 가지 나무 모양의 무늬를 땅에 그리고 있었다. 인범은 산을 내려오면 언제나 잠시의 쉼을 위해 산기슭에 등산객을 위해 서울시에서 설치해 둔 나무 의자에 앉았다. 인범이가 앉은 바로 옆 의자엔

사십 대 후반의 부인 셋이 이야기를 나누다 말고 인범이를 힐끗 쳐다보며 하던 이야기를 중단하였다.

인범은 부인들을 외면한 채 푸른 나뭇잎에서 뿜어 나오는 싱그러운 산소를 흠뻑 허파 깊숙이 들이 마시며 호흡을 했다. 이슬을 머금어 더욱 싱싱하게 푸른색을 띤 나뭇잎 사이로 파아란 하늘이 보였다. 하늘엔 행복의 상징 같은 형형한 모양의 하얀 뭉게구름이 점점이 떠 있었다. 해맑은 소녀의 미소처럼 맑고 상쾌한 아침이었다. 의자에 앉은 부인들은 하던 이야기를 계속하고 있었다.

"이봐요, 창순 엄마! 우리 도영이가 아침에는 새벽같이 학교에 가니 깡패들을 피해 갈 수 있지만 저녁에는 깡패들을 만날까봐, 멀리서부터 살피며 두근거리는 가슴을 안고 집으로 온다고 해요. 며칠 전에는 깡패들에게 맞아 코피를 흘리고 왔지 뭐예요. 얼굴은 부어 있고 옷도 찢어지고 글쎄, 고3인데 대학 시험을 눈앞에 두고 불안한 마음으로 학교 다니자니 공부가 제대로 되겠어요……. 애들 아버지가 차를 가지고 학원 앞에 기다렸다 같이 오지만 아빠가 모임이 있는 날은 갈 수가 없잖아요. 그리고 밤늦게까지 학원에서 공부를 하니 매일 어떻게 데리러 가요."

"도영이 엄마, 우리 상철인 아예 깡패에게 줄 돈을 가지고 다녀요. 그런데 달라는 액수가 자꾸 많아지고 술도 사 달라고 하고, 또 한패거리가 되자고 위협을 한대요."

"우리 철이는 어제도 발길과 주먹으로 가슴과 얼굴을 맞고 왔어요."

인범은 아주머니들의 이야기에 귀를 기울였다.

"글쎄, 파출소에 전화를 하여 깡패를 좀 없애 달라고 하니, 파출소에선 말로만 최선을 다한다고 해요. 참, 자식들을 마음 놓고 학교에 보내기가 겁이 나요."

더 이상 듣지 않아도 내용을 알 것 같았다. 요즈음 신문이나 TV를 통해

서 자주 보도되는 학원폭력은 이제 학교 문제를 넘어서 사회악의 한 부분이 되어 있었다. 지금은 일부 학생들이 거리에서 학생들을 위협하여 금품을 빼앗고 주먹을 날리는 것에 머물지만, 더 성장함에 따라 사회인을 상대로 노상강도로 이어지는 과정이 될 수 있는 것이 아닐까?

폭력을 휘두르는 문제 학생들의 장래가 암울했다. 그들은 지금은 비록 학생이지만, 학교에서 퇴학 처분을 받았거나 스스로 학교를 포기한 상태의 학생도 있을 것이다. 이들 폭력 학생으로부터 폭행과 돈을 갈취당하고 계속적인 위협에 시달릴 때, 선량한 학생은 공포와 불안으로 정상적인 학업에 전념하지 못할 것이다. 그리고 폭력 학생들이 요구하는 돈을 마련하기 위해 부모를 속이는 방법이 나중 사회생활에서도 악용될 수 있는 계기가 될 것이다.

인범은 대학 입시를 앞둔 고3 학생을 둔 부모들의 걱정을 덜어 주고 학생들을 깡패들의 시달림으로부터 구해 주어야겠다고 생각했다.

'저 아주머니들의 자식부터 깡패로부터 보호하고 깡패들의 공포에서 벗어나 공부에만 열중하도록 도와주자. 그리고 깡패들에게는 그들이 하는 행동이 옳지 못하고 범죄에는 처벌이 따른다는 것을 깨우쳐 주어야 한다.'

아주머니들은 한참동안 자식들을 불안과 공포로 몰아넣고 돈을 갈취하는 학원폭력 이야기를 더 나누다 일어섰다. 인범도 슬며시 일어나 그 중 도영이 엄마라는 아주머니의 집을 알아두어야겠다고 생각하고 앞서가는 부인들이 눈치 채지 않게 거리를 두고 따라갔다.

어느새 산을 벗어나고 동네 어귀에 접어들었다. 산에서 조금만 벗어나니 도로에는 자동차와 사람들로 복잡했다. 많은 차량의 행렬에서 쏟아져 나오는 매연으로 오염된 공기는 산속의 울창한 숲 속에서 뿜어 나오는 싱그러운 맑은 공기와는 대조적이었다.

아주머니들이 길을 건너 주택가로 들어가고 있었다. 인범은 그들을 놓치지 않고 일정한 거리를 유지하고 따라갔다. 골목에 접어들면서 두 아주머니는 도영이 엄마와 인사를 나누고 헤어지고 도영이 엄마 혼자 주택가를 계속 걷고 있었다. 이 지역은 생활수준이 높은지 주위는 고급 주택들이 많았다.

'서울슈퍼'라는 간판이 있는 상점 바로 옆집 큰 대문에서 도영이 엄마는 초인종을 누르고 있었다. 잠시 후, 안에서 자동으로 열어 주는지 쪽문이 열리는 금속 소리가 나고 도영이 엄마는 집 안으로 들어갔다.

대지가 150평도 더 넘을 이층 양옥의 저택이 우람한 위용으로 인범을 압도하듯 내려다보았다. 초라한 산막에 사는 인범의 눈에는 궁궐 같았다. 유달리 높은 담 위에 도둑 방지를 위해 끝이 뾰족한 쇠창이 꽂혀 있는 담 너머 고급 관상수의 푸른 잎들이 정원을 가득 채우고 뻗어 나와 길 위를 덮고 있었다. 만약에 저택 정원에 고급 관상수가 없다면 아무리 잘 지은 집이라도 황량하고 삭막하게 보일 것이다. 푸른 숲을 이루는 정원수가 저택을 더욱 고급스럽게 돋보이게 했다.

인범이는 도영이 엄마의 집을 한참이나 바라보며 저런 집을 소유하고 있는 부자들이 부러웠다. 나뭇가지 사이로 보이는 이층 유리에 비치는 초록색 커튼 색깔이 유난히 화사하고 아름답게 보였다. '미란이의 집은 저 집보다 더 고급 주택이었지.' 인범은 미란이가 불현듯 떠올랐다.

인범은 주위의 고급 주택과 어울리지 않는 '서울슈퍼'라고 조그만 간판이 걸려 있는 상점에 들어갔다. 오십 대의 여주인이 가게를 정리하다 인범이 들어가니 하던 일을 멈추고 손님맞이를 했다.

"어서 오세요."

"아주머니, 뭘 사려는 게 아닙니다. 이 근방에 학생들을 괴롭히는 깡패들이 있습니까?"

인범의 엉뚱한 물음에 상점 주인은 대답 대신 뜨악한 시선으로 인범을 유심히 보았다.

"형사님, 되세요?"

경계의 눈초리로 인범의 모습과 얼굴에서 신분을 알아내려고 머리에서 발끝까지 훑고 있었다.

"아닙니다. 이 주위에 깡패들이 학생들에게 돈을 뺏고 폭행한다는 소문이 있어 물어 봅니다."

"아…… 예."

여 주인은 의아해하는 얼굴이었다. 인범의 행색이 경찰도 깡패도 아니게 보이기 때문이었다.

"아주머니, 저의 동생이 깡패들에게 피해를 봤습니다."

인범은 어쩔 수 없이 거짓말을 했다.

"아, 그래요……. 있긴 있습니다만……. 깡패들은 한두 명이 아닌데. …… 혼자 그러시다가 오히려 깡패들에게 당하실 거예요. 저기 보이는 당구장에 깡패들이 자주 모이고 여기 가게에도 자주 와요……."

"아주머니, 옆집 도영이가 어느 학교 다닙니까?"

"네, 도영이를 아세요? 도영이를 알면서 어느 학교인지 모르세요?"

돌연 아주머니는 경계의 눈초리로 인범을 쳐다보았다. 인범은 갑자기 어떻게 답변해야 할지 당황했다.

"아…… 예……, 도영이 엄마한테서 도영이가 깡패들에게 시달린다고 걱정하시는 걸 우연히 듣게 되었습니다."

"아…… 네, 그러세요……."

아주머니는 인범의 인상이 맑고, 착하게 보이기에 믿음과 호감을 갖는 것 같았다. 유달리 큰 키, 준수한 얼굴, 시커먼 눈썹에 과묵하게 보이는 두툼한 입술, 조용한 눈동자, 누가 보아도 불량스럽게 보이지 않는 얼굴이었다.

"며칠 전에도 도영이가 깡패들에게 돈도 빼앗기고 폭행당하고 옷도 찢 겼다고 퍽 분해하시던데……, 도영인 공부도 잘하고 착한 학생이에요. 그 런데 총각 혼자서는 깡패들을 당할 수 없을 것인데……."

아주머니는 걱정이 되는 표정이었다.

"그런데 총각, 도영이 엄마와는 아는 사이에요?"

"아, 아닙니다……. 도영이 학교에서 몇 시에 옵니까?"

"아마 밤 12시가 다 되어서 오는 것 같아요."

상점 주인은 인범이가 나쁜 사람이 아니라고 믿게 된 것 같았다. 사람의 내면은 외면으로 나타나는 것이다. 사람은 대개 외면의 모습과 옷차림으 로 가치 기준을 정하는 것이다.

"학교는 한일아파트 뒤쪽 배성고등학교예요."

이 아주머니도 깡패들에게 반감이 서려 있다는 것을 알 수 있었다. 그래 서 그런지 아주머니는 인범에게 매우 우호적이었다.

"아주머니, 감사합니다."

인범은 인사를 하고 당구장으로 발길을 돌렸다. 당구장은 4층 건물의 2 층에 있었다. 이른 시간에 당구장 문을 열었을 것 같지 않아 배성고등학교 에 가 보아야겠다고 생각하고 학교로 향했다. 한일아파트를 지나 경사진 산 쪽으로 조금 올라가니 산을 감싸고 활처럼 휘어진 시멘트로 포장된 도 로가 나 있고, 잡목들의 가지가 도로를 덮을 듯 학교 정문까지 우거져 있 었다.

반대쪽은 쇠파이프를 박아 철망이 길게 둘러쳐져 있었다. 그 철망 위와 철망 사이로 빨간 장미꽃이 탐스럽게 피어 있어 경사 길로 올라가는 지겨 움을 달래어 주었다. 초여름부터 피기 시작하는 붉은 장미꽃은 가시가 있 어 쉽게 꺾을 수 없는 귀족을 상징하는 꽃처럼 고아했다.

울창하게 자란 잡목들이 숲의 담을 이루고 있는 학교 입구 도로는 숲 속으로 들어가는 산책로 같은 착각이 들었다. 땅값이 비싸지 않는 인가에서 외떨어진 야산을 불도저로 정지할 때 자연림을 최대로 살린 것 같았다.

 철문으로 된 학교 정문은 열려 있고 정문 바로 옆에 수위실이 있었다. 산을 깎아 지은 숲으로 둘러싸인 학교를 바라보며 인범은 어릴 때를 회상했다. 목수일을 하며 어렵게 졸업한 초라한 야간 공민학교에 다녔던 그 시절이 떠올랐다. 일찍이 고아가 되어 산속에 있는 동굴에서 사람의 생활이 아닌 짐승처럼 살면서 배고픔과 눈물로 점철된 질곡 같은 인고의 세월을 회상하니, 슬픈 아픔의 기억들이 새록새록 떠올랐다.

 처절한 가난의 극한에서 신문배달과 공사장에서 14세의 어린 나이 때부터 공사판에 다니며 야간 공민학교 과정을 마쳤다. 비록 문교부가 인정하는 정식 학교가 아닌 초라하고 보잘 것 없는 야간 학교였지만 인범이에겐 얼마나 소중한 인생의 교두보였던가.

 학교 안을 유심히 살피는 인범이가 수상하게 보였는지 수위실 안에 있던 나이 많은 수위가 목을 빼어 인범을 살피다 멍하니 학교를 바라보는 인범의 시선과 마주쳤다.

 "실례합니다. 고3이 몇 시에 수업을 마칩니까?"

 "……."

 인범을 수상한 눈으로 쳐다보던 수위는 대답을 머뭇거렸다. 요즘 세상은 무엇이든지 상대방을 의심하고 신분부터 알려고 했다. 불신 풍조가 학교에까지 만연돼 있었다.

 "왜 물으셔요?"

 "예, 저녁에 마중 오려고 그럽니다."

 "그래요. 자습하지 않는 학생은 5시에 마치지만 자습하는 학생은 11시에 마치지요. 그런데 몇 시에 마치는지 모르고 마중 나오려고 해요?"

수위는 수상한 시선으로 인범을 대하며 어눌하게 말했다.

"예, 감사합니다."

인범은 5시에 와야겠다고 생각하고 비탈길을 내려왔다. 출근 시간이 지난 때라 거리는 한산했다.

수위 한기범은 돌아서 가는 청년의 뒤를 한참 동안 목을 뽑고 의심의 시선을 딸려 보냈다. 혹시 깡패의 일원이 아닌지 하고 의심이 되었다. 그만큼 학원가에는 폭력이 난무했다.

인범이 당구장에 들러 보니 당구장 안에는 손님이 없었다. 당구대가 8대, 변두리치고는 큰 편이었다. 27, 8세의 주인인 듯한 청년이 인범을 맞이하며 누구 올 사람이 있는지 물었다. 당구는 혼자 칠 수 없기 때문이었다.

"아닙니다. 누굴 좀 찾으려고 합니다."

"누구예요, 이곳에 오는 사람은 거의 알고 있습니다만……."

"아…… 예……."

인범은 더 말을 하지 않았다. 아마 깡패들이 이 시간에는 오지 않는 것 같았다. 인범은 당구장을 나와 거리를 살폈다. 먼저 이 근처 깡패들의 얼굴을 익혀야겠다고 생각했다. 동네 주위에는 중학교 1개교, 초등학교 2개교, 또 검단산 바로 밑에 여중학교가 있었다. 4개의 학교가 있는 이곳은 수목이 울창하고 물이 맑아 산 주위에는 고급 주택들이 있지만 서쪽 편 산등성이의 비탈진 언덕배기와 산자락엔 생활이 어려운 사람들이 모여 사는 곳 이름 지어 달동네라고 부르는 마을이 있어 서민층이 밀집되어 있는 곳이었다. 아래쪽으로 내려올수록 거리에는 상점들이 많고 시장도 있어 비교적 사람들의 왕래가 빈번한 동네였다.

2

한여름, 작열하던 태양이 서산으로 기울고 있는 오후, 5시가 가까운 시간에 인범은 배성고등학교 정문에 도착했다. 열려진 대문으로 마주 보이는 운동장에는 체육복을 입은 학생들이 선생의 구령에 따라 달리기를 하고 있는 것이 보였다. 수위실의 창을 통해 오전에 보았던 수위가 일어서서 인범을 노려보듯 주시하고 있었다. 인범은 팔짱을 끼고 도영을 기다리며 운동장에 시선을 던지고 있었다.

수업이 끝났는지 웅성거리는 소리가 들리고 학생들이 교문으로 쏟아져 나왔다. 인범은 자신이 서 있는 곳으로 가까이 오는 고3 학생에게 도영이가 몇 반인지 물었다. 성을 알지 못해 그냥 '도영'이라고 하니 도영이가 둘인데 박도영인지 김도영인지 물었다. 둘 다 가르쳐 달라고 하니 김도영이는 3학년 1반이고 박도영인 3학년 5반이라고 하였다. 김도영이는 자습하지 않기 때문에 지금 나오고 있을 것이라며 기다려서 가르쳐 주겠다고 했다.

"그런데, 왜 찾습니까?"

인범은 적당히 대답할 말이 없어 머뭇거렸다. 학생은 의심스러운지 경계의 눈빛으로 인범의 행색을 유심히 뜯어보았다. 이 학생은 도영이와 친한 인철이었다. 백인철은 키가 크고 운동선수 같은 청년이 평범하게 보이지 않아 경계를 했다.

"김도영이 저기 옵니다."

학생들 틈에 끼여 나오는 유난히도 몸이 가냘프고 얼굴이 희고 준수하게 생긴 보통 키의 한 학생을 가리켰다. 도영이 가까이 오니 학생은 도영이를 불렀다.

"왜 그래? 인철아."

인철이가 다가왔다.

"도영아, 이 분이 너를 찾아."

인철은 인범을 가리켰다. 인범은 도영이 앞에 다가섰다.

"자네가 서울슈퍼 옆집에 사는 도영인가?"

"……."

인범이가 찾는 서울슈퍼 옆집에 사는 도영이인 것 같았다. 김도영이를 찬찬히 바라보았다. 단정한 옷차림과 의젓한 태도에서 풍기는 도영은 누가 보아도 호감이 가는 모범 학생임을 느끼게 했다. 인범은 도영이라는 학생이 모범 학생 같아 더욱 도와주고 싶은 생각이 간절했다.

"도영이라고 했지? 나하고 이야기 좀 할 수 있겠니."

인범이가 먼저 앞으로 걸어갔다.

"누구십니까? 저는 처음 보는데요……."

경계하면서도 인범이를 따라 걸었다. 옆의 친구도 도영이 옆에서 함께 걸었다.

"도영아, 요즈음 깡패들이 도영이를 괴롭힌다고 하는데 사실인가?"

조용하고 부드러운 목소리로 물었다.

"아, 예. 그건 어떻게 아세요?"

도영은 의아해하며 가다 말고 잠시 걸음을 멈추고 인범을 자세히 보았다. 따라 나서고 싶지 않은 표정이고 신분을 말하라는 시선이었다.

"도영아, 그냥 걸어가면서 이야기하자. 난 나쁜 사람이 아니야. 네 엄마에게서 도영이가 대학 입시를 앞두고 깡패에게 시달린다는 말을 듣게 되었어."

"우리 엄마가 그래요?"

"아니야. 그냥 우연히 듣고 고3 학생이 불안해하는 것은 대학 시험을 앞두고 좋지 않을 것이라고 생각했어."

인범은 도영이의 어깨를 다정스럽게 두드리며 말했다.

"혹시 경찰입니까? 우리 엄마가 부탁한 건 아닌가요?"

"아니야. 너의 엄마가 부탁하지 않았어. 이제부터 깡패 걱정은 하지 말고 열심히 공부만 해. 당분간 내가 도영이를 보호해 줄게. 도영이 혼자 깡패에게 당하는 것보다 나도 같이 당하면 덜 하지 않겠나. 도영이 대신 내가 맞아 줄게."

인범은 싱긋이 웃었다. 도영이는 인범의 믿음직스런 체격과 인상에 호감을 갖고 밝게 웃으며 비로소 걸음을 옮기었다.

"형, 누구신지 모르지만 고마워요."

지금까지 인범이가 누구인지 의심하며 따라오던 친구도 함께 해맑게 웃었다.

"도영아, 나 오늘 학원에 조금 늦게 갈게."

인철은 손을 흔들며 빠른 걸음으로 골목을 빠져나갔다. 인범이는 도영이가 인철이라는 학생과 친한 사이라는 것을 알 수 있었다. 동네 중심가에 들어서니 상가들이 있었다.

"도영아, 학원이 어딘지 같이 가자. 그리고 몇 시에 마치는지 알려 주겠나? 내가 그 시간에 맞추어 마중 나갈게."

그때, 도영이가 가다 말고 멈칫 섰다. 조금 전 명랑하던 도영의 얼굴이 금세 겁에 질린 표정으로 인범이 묻는 말에 대답은 않고 어느 한 지점에 시선을 고정시키고 있었다. 그들이 걸어가는 앞쪽에 교복 맞춤 쇼윈도 앞에 3명의 불량하게 보이는 청년이 삐딱하게 서서 껌을 질경질경 씹으며 지나가는 학생들을 일일이 째려보고 있었다. 머리 모양과 옷매무새와 태도부터 깡패로 보였다. 이들은 학생들이 마치는 시간에 맞추어 길목을 지키다 나약해 보이는 부잣집 아들 같은 학생을 골라 골목으로 데리고 가서 위협하여 돈을 갈취하는 깡패들이었다. 한 놈은 양손을 앞주머니에 집어 넣고 한 발은 앞쪽으로 내밀고 있고, 다른 한 놈은 옆의 깡패 어깨에 손을 걸치고 있었다. 인범은 직감했다.

'아, 저놈들이 학생들을 괴롭히는 깡패들이구나.' 이들을 보고 도영은 오금이 저리는지 공포의 얼굴이 되었다.

"도영아, 겁내지 말고 걸어가자."

겁을 먹은 도영이는 깡패들의 시선을 피하며 인범에게 의지하고 걸었다. 그 중 한 깡패가 도영이를 발견했다.

"야, 인마. 너 이리와."

도영인 선불에 덴 듯 인범을 힐끗 쳐다보았다. 인범은 도영의 팔을 잡고 깡패들 앞으로 걸어가며 날카로운 시선으로 깡패들을 노려보았다. 인범은 깡패들이 먼저 시비를 걸도록 도전적 시선을 던졌다. 나머지 두 깡패도 인범의 시선과 마주치자 얼른 말을 바꿨다.

"아니야, 가 봐. 다음에 보자, 자아식."

깡패는 도영이를 더 잡지 않았다. 인범은 그 이상은 상대하지 않았다. 깡패들이 시비를 걸지 않는데 먼저 시비를 걸 수 없었다. 그러나 인범은 도전적 날카로운 시선을 보내면서 깡패의 코앞을 지날 때는 천천히 깡패들의 얼굴을 날카롭게 노려보며 지나갔다.

"저 새끼."

한 깡패가 인범에게 시비를 걸려고 하니, 다른 깡패가 팔을 잡으며 그만 두라는 신호를 하였다. 깡패들은 인범의 위세와 당당한 체격에서 만만찮음을 간파했기 때문이었다. 깡패의 세계는 자기들보다 약자에겐 강하지만 강자에겐 도전하지 않는 것이 불문율이었다.

"도영아, 저놈들인가?"

"예, 저 깡패들입니다. 그 외에 또 있습니다. 아까 그 패들 중 어깨가 벌어지고 밤톨머리인 그 놈이 아주 악질입니다. 저 새끼에게 몇 번 돈도 뺏겼어요. 그리고 며칠 전에 나를 불러 세우는데 내가 달아나 잡히지 않았어요. 형, 깡패들과 싸우다 다치면 어쩌려고 그러세요?"

도영인 아무래도 걱정이 되는 모양이었다.

"그렇다고 돈 바치고 얻어맞을 수는 없잖아."

"형, 싸움 잘하세요?"

"도영아, 저런 깡패들에게 한 번 돈을 주면 계속 줘야 해. 요구하는 액수도 차츰 많아진단다. 그리고 저런 깡패들을 그냥 두면 이 사회가 어떻게 되겠어?"

"왜, 경찰에서 깡패들을 없애지 못 합니까?"

"글쎄다. 경찰에서 치안을 책임져 준다면야 국민들이 편히 생활할 수 있을 것인데……."

"도영아, 학원은 몇 시에 마쳐? 내가 학원 앞으로 마중 갈게."

그들은 거리를 다정스럽게 거닐었다. 도영인 '금석학원'이라고 쓴 간판 앞에 섰다.

"형, 여기예요. 나 11시에 마쳐요. 그런데 형, 나 때문에 늦게까지…… 미안해요. 그리고 깡패들에게 몰매 맞으면 어쩌지……."

걱정과 친근감이 교차되는 친숙한 말이다. 인범의 믿음직스러움과 친절이 도영에게 교감을 준 것 같았다.

"자, 들어가. 아무 걱정 말고 내가 맞더라도 넌 안 맞도록 할게. 나는 맞는덴 이력이 나 있어."

"에이. 때리는 것보다 맞는 것을 잘한다면 약한 것 아니에요? 어유, 앞으로 형 맞는 것 보려면 내 가슴 터지겠네."

도영은 익살 반 걱정 반의 시선으로 인범을 바라보았다. 인범은 싱긋이 웃으며 도영이 어깨를 툭 쳐 학원 안으로 밀어 넣었다. 도영은 청년의 손이 너무 크고 억세다고 느꼈다. 도영은 조금 전의 공포에서 벗어나 밝게 웃으며 발걸음도 가볍게 학원 안으로 들어가면서 어린 소년같이 손을 흔들었다.

'저 밝은 웃음, 밝은 얼굴, 불안과 공포를 잊고 공부하게 하자.'

인범이는 도영이가 사라진 건물을 한참이나 바라보다 발걸음을 옮겼다. 무언가 가슴 뿌듯한 보람된 포만감이 가슴에 고루 퍼지고 있었다. 그러나 깡패들과의 피를 보아야 하는 싸움을 또 다시 해야 한다는 생각이 미치자 쓴 약을 먹어야 하던 어릴 때처럼 얼굴이 찡그려졌다.

주먹과 흉기를 사용하여 남을 위협하고 폭력으로 돈을 빼앗는 깡패들과의 타협은 깡패들에게 돈을 주고 굴복을 하든지 주먹으로 승패를 가리는 방법 외에는 없었다. 이들에게는 상식과 법이 통하지 않았다. 보통 사람들은 깡패들과 힘으로 대결하려고 하지 않고 대부분 깡패들에게 굴복하고 피하려고만 했다. 그리고 그들이 요구하는 돈을 주어 무마하고 피했다. 대부분 그것이 유일한 타협 방법이라고 생각하고 있었다.

'왜 저 깡패들은 올바른 삶을 살지 못하고 자기 인생을 스스로 망치려고 하는지……?'

인범의 마음이 어두워지고 무거워졌다.

인범은 아침에 갔던 당구장으로 갔다. 그리고 당구장 맞은편 전신주에 기대어 서서 한 시간이 넘게 당구장에 출입하는 사람들을 관찰했다. 불량스럽게 보이는 학생 같은 젊은이들이 몇 명 무리를 지어 당구장에 들어가고 있었다. 드디어 인범의 시선에 도영이에게 시비 걸던 세 명의 깡패들이 건방지게 담배를 물고 자기들끼리 무엇이라고 지껄이며 어깨 짓을 하고 당구장 건물로 들어가는 것이 보였다.

'아, 이곳이 이 동네 깡패들의 아지트이구나. 그들은 인범을 발견하지 못했다. 어떠한 형태의 깡패들인지 찬찬히 관찰해 봤다. 이들은 전문적인 건달이 아니고 학생들을 상대로 깡패 짓을 하는 불량 청년들로 몇 명이 모여 선량한 학생들의 돈을 뺏고 깡패 짓을 하고 있는 것이다. 학생들은 집단의 깡패들에게 무조건 겁부터 내고 돈을 주어 맞지 않으려고 하니 깡패들은 더욱 설치는 것이다. 이 골목이 도영이가 지나가는 곳이기에 이 근처에서 깡패들과 자주 마주치게 되고 도영이가 부유층 자식같이 보이니 더욱 그들의 표적이 되는구나!

동네 깡패들과의 싸움

1

밤 11시 조금 전이었다. 인범은 '금석학원' 건물 맞은편에 섰다. 학원과 아직 문을 닫지 않은 한두 곳의 상점 쇼윈도에서만, 불빛이 골목을 밝히고 있을 뿐 대부분의 상점들이 문을 닫았다. 고3 학생들이 밤늦게까지 공부하는 대학입시 경쟁이 얼마나 치열한가의 단면을 보여 주는 것이다. 학생들이 치열한 대학 입시 경쟁을 거쳐 일류 대학에 가야만 출세하는지, 사회에서의 신분 상승과 보다 나은 삶을 보장받기 위해 저렇게 밤잠을 줄여 가며 일류 대학에 가야 하는 경쟁사회를 인범은 아직 이해하지 못했다. 우리나라 대학 입시 제도에 문제가 있는 것 같았다.

미국 같은 나라는 입학문은 넓고 졸업문은 좁다고 하는데, 우리나라 대학생들은 입학만 하면 공부에는 나태해지고 노는 데에 더 열중하는 학생이 많다고 했다. 그리고 전문분야 지식이 전문화되지 못하고 방학 기간이 너무 길어 공부보다 즐기려는 방학 생활을 하는 경향이 많았다. 인범은 자신의 삶을 생각해 보았다. 인범의 인생엔 자신의 삶을 대학과 연결하여 상상해 본 적이 없었다. 인범에겐 대학이란 단어가 생소하고 사치스런 것이다. 주어진 현실에 적응하며 살아가는 삶이 충실한 삶이 아닌지…….

'지금 나는 미래의 꿈을 키워가는 대학지망생을 보호하기 위해 밤늦은

이 시간에 보초를 서고 있다. 나와 아무 상관없는 학생을. 이것이 나의 소영웅주의의 지나친 의협적 만용이 아닌지 하는 자괴감이 들었다. 갑자기 학원 현관이 부산해졌다. 마지막 수업이 끝났는지 한꺼번에 학생들이 쏟아져 나오면서 함께 집으로 갈 친구의 이름을 부르기도 하고 잘 가라고 인사를 나누며 왁자지껄 했다. 인범은 도영이를 찾았다. 도영이도 학생들 틈에 끼여 인범이를 찾는지 사방을 두리번거리고 있었다.

"도영아, 나 여기 있어."

도영이가 인범을 발견하고 반갑게 뛰어 왔다.

"형, 많이 기다렸어요?"

"아니, 조금 전에 왔어."

"도영아, 어디 가? 같이 가자."

도영이 친구 인철이가 도영이 가까이 왔다.

"안녕하세요. 저 백인철이에요. 아까 학교 정문에서 도영이를 가리켜 준 학생입니다."

"아, 인철이. 그래, 도영이 찾아 준 학생이구나."

인범은 동생 인철이와 이름이 같은 백인철의 얼굴을 보았다.

"형, 가요. 근데 나 때문에 밤늦게 이래도 되는 거예요? 정말 미안해요. 자, 형, 우리 가요."

도영이가 인범의 팔을 끼었다.

"도영아, 너는 인철이와 먼저 가. 나는 조금 떨어져 갈 테니 아무 걱정 말고."

"왜요? 같이 가면 안 되나요?"

"아니야. 깡패들과 부딪치려면 하루라도 빨리 부딪쳐야 해. 나와 같이 가면 시비를 하지 않을지도 모르잖니. 언제까지나 내가 너를 마중 나올 수 없잖아."

도영이는 그 형이 어떻게 할 것인지 궁금했다.

"알았어요. 인철아, 같이 가자."

도영이와 인철이는 평소대로 집으로 향했다.

"인철아, 저 형이 우리를 괴롭히는 깡패들을 혼내 주겠다고 한다."

"저 형이 왜 그러니? 너하고 어떤 사이인데?"

"나도 몰라. 나하고는 아무 상관없는 사람이야. 아마 우리 엄마에게서 우리가 깡패들에게 시달리고 있다는 이야기를 듣게 되었나봐."

"참 이상한 사람도 있네."

"그런데 인철아, 나쁜 사람은 아닌 것 같아."

"나도 저 형을 보니 호감이 가. 도영아, 저 형 체격 좀 봐. 아주 균형이 잡혔고 날렵한 표범같이 보이잖아? 근육질은 아닌데 아주 단단하게 보여, 그리고 미남인데."

"그렇지, 나도 그렇게 보여."

"그래도 깡패를 만날까 불안해."

도영과 인철은 눈은 깡패를 찾고 있으면서 한편 깡패를 만날까봐 불안하고 두려워지는 묘한 감정이었다.

"저 형이 얼마나 주먹이 센지? 깡패들은 한두 명이 아닌 여러 명의 집단인데 말이야."

"글쎄."

혼자서 겁도 없이 대담하게 깡패들을 상대하려고 하는 것이 아무래도 못 믿어지고 불안하기만 했다. 그러나 저렇게 망설임도 두려움도 없이 깡패들과 자신 있게 부딪치려고 하는걸 보니 싸움에는 자신이 있는 것 같아, 청년의 당당한 말과 태도가 믿음직스럽기도 하였다. 도영과 인철은 그 형이 깡패들과 한바탕 싸움판을 벌여 주었으면 하는 기대를 하면서도 한편으로는 불안스러웠다.

도영과 인철은 겁에 질린 눈으로 어두운 길을 살피며 걸어갔다. 그러나 행여 그 형이 깡패들을 잘못 건드려 자기들이 시달림을 더 받게 된다면 하는 불안감은 떨쳐버릴 수가 없었다.

거리는 대부분의 상점들이 문을 닫아 어둠이 거리에 깔려 있고 더운 여름의 열기가 거리를 덮고 있었다. 인철과 도영의 눈빛은 구석진 골목을 노려보며 걸었다. 조금 뒤에서 형이 적당한 거리를 유지하고 따라오고 있는 것이 보였다.

형이 뒤에 따라오니 두려움이 없어졌다. 전 같으면 깡패들이 있을 만한 곳을 피해서 맘 졸이며 멀리서부터 눈망울을 굴리며 집을 찾는 밤길이었는데, 오늘은 당당히 부딪치기 위해 불안하면서도 태연한 이중적인 마음과 태도로 길을 걸었다.

하지만 막상 깡패들의 아지트 당구장 건물이 가까워지니 두려웠다. 이 길은 도영과 인철이 둘이서 갈 때는 피해 가는 곳이다. 도영과 인철의 눈빛이 빛나고 가슴이 순간적으로 두근거렸다. 당구장 건물 앞에 아무도 없었다. 순간 안도와 더불어 서운함을 느꼈다.

"야, 도영아, 아무도 없다. 좀 서운한데 저 형 주먹 솜씨 못 보게 되었구나."

목안으로 들어갔던 목소리가 커졌다. 막, 당구장 건물 앞을 지나려는데 건물 현관 안쪽에서 세 명의 깡패가 나오다 도영과 인철을 발견했다.

"야, 인마. 거기 잠깐 서!"

소리에 순간적으로 달아날 자세를 취하려다, 형이 뒤따라온다는 생각이 나 세 명의 깡패들을 마주 대하며 힐끗 뒤를 돌아보았다. 뒤따라오던 형이 재빠르게 몸을 전신주 뒤에 숨기는 것이 보였다. 도영과 인철은 믿는 데가 있어 전과는 달리 겁먹은 태도가 아니었다. 평소 도영이를 괴롭히던 밤톨머리였다. 그는 며칠 전에도 도영이를 불러 세우는 것을 도영이가 후다닥 달아나 모면했는데 오늘 방과 후에 불러 세우던 깡패였다.

"왜 그래요?"

"야, 이 새끼들. 잠깐 따라와."

세 명이 도영과 인철을 에워싸고 앞쪽으로 걸어갔다. 도영이가 또 뒤를 힐끗 돌아보았다. 형은 오다 말고 이쪽을 노려보며 잠깐 서 있었다.

"있나? 보이나?"

인철이 나직이 도영이에게 물었다.

"응."

도영이가 짤막하게 대답했다.

"야, 이 새끼들. 뭘 중얼거리고 있어. 너 이 새끼, 지난번에 왜 도망갔어?"

"왜, 그래요. 우리가 뭘 잘못했다고 돈 뺏고 때려요?"

도영이 깡패들에게 맞섰다.

"야, 이 새끼. 갑자기 간덩이가 부었나?"

주먹으로 머리 한대를 쥐어박으며 한 놈이 도영이의 멱살을 잡아끌었다.

"따라 와, 이 새끼. 더 얻어터지기 전에."

"이것 놓으세요, 갈 테니."

많은 차들이 주차해 있는 넓은 주차장이었다. 밤늦은 시간이라 주위에는 어둠이 깔려 있고 인적이 없었다. 세 명은 도영과 인철에게 위협을 가하기 시작했다.

"야, 인마. 너 호주머니에 든 돈 다 꺼내 봐."

도영과 인철은 어쩔 줄 몰라 했다. 후닥닥 달아나야 하나 순순히 응하면서 형을 기다려야 하나? 얼른 판단이 서지 않아 어정쩡하게 서 있었다.

"야, 이 새끼. 돈 내 놔!"

깡패가 고함을 꽥 질렀다. 고함은 어두운 밤하늘에 메아리 쳤다. 고함에 깜짝 놀란 도영과 인철이 호주머니에 있는 돈을 꺼냈다. 뒤를 돌아보아도 형이 나타나지 않았다. 괜히 불안했다. 이 형이 깡패가 겁이 나서 도망쳐 버린 건 아닌지 큰소리 쳤지만, 막상 깡패들이 세 명 있으니 슬그머니 피해버렸나. 청년이 괜스레 허풍 친 것이 아닌지 의심이 들었다.

"어찌됐어?"

"글쎄, 나도 잘 모르겠어."

그러면서 호주머니에 있는 돈을 끄집어내었다. 천 원짜리 석 장, 삼천 원이다. 인철은 오천 원이 있었다.

"이 새끼, 천 원짜리만 가지고 다녀. 새끼, 숨겨 둔 것 내 놔. 뒤져보면 다 나와. 인마, 꼭 맞아야 내어놓겠어."

깡패의 주먹이 막 도영이의 면상에 내리칠 순간이다.

"이봐, 당신들 뭐야? 너희들, 깡패야? 도영아, 이 친구들이 왜 너희들을 때리려고 하니, 뭐 잘못한 것 있니?"

인범이 빠르게 다가섰다. 조금 전 도영이에게 날리려던 깡패의 주먹이 허공에 어정쩡하게 도영이 코앞에서 머물렀다.

"아니, 잘못한 것 없어."

도영이가 말을 했다. 깡패들은 갑자기 나타난 키가 우뚝 큰 당당한 체격의 청년에게 일시적으로 압도당했다. 밤톨머리는 갑자기 나타난 청년을 관찰하고 있었다.

"저 학생들이 무엇을 잘못했기에 때리고 돈까지 뺏는 거야?"

답할 말이 궁색해 멍하니 인범을 쳐다만 보던 밤톨머리는 상대가 한 명이고 자기들이 세 명이라는 것에 힘을 얻어 폭언으로 억압하려고 하였다.

"야, 인마! 네 동생이면 데리고 가면 될 것 아냐?"

"그냥은 데리고 갈 수 없다. 왜 너희들이 저 학생을 때리고 돈까지 뺏는지 알아야겠다. 동생들이 종종 돈 뺏기고 맞고 왔는데 네 놈들이 한 짓이지?"

인범은 말과 행동이 조용하면서도 어딘지 도전적인 언행이었다.

"뭐 놈? 야 이 새끼, 너 시비거는 거야?"

한밤중의 뜨거운 열기가 인범이와 깡패들과의 일촉즉발의 순간이 밤공기를 싸늘하게 식혔다. 그 중 체격이 좋은 밤톨머리가 눈을 부라리며 설치는 것이 당장이라도 인범이에게 주먹과 발길질을 가할 태세였다.

인범은 이들 깡패들의 공격을 예상하고 있었다. 이 깡패들과는 싸움을 한바탕하지 않고는 해결되지 않을 것 같았다. 인범이 한 발자국 물러서며 깡패들을 노려보며 말했다.

"도영아, 빨리 집으로 가, 빨리!"

"아니, 형, 우리 여기 같이 있을래."

인범이가 깡패들과 싸우면 같이 싸우겠다는 것이다. 아무리 주먹이 없는 약골의 체력이지만 인철과 도영은 혈기 왕성하고 의리가 있는 열아홉 살의 젊은 나이다. 그보다 자기들을 도와주기 위하여 뛰어든 청년을 두고 그냥 도망 갈 수 없었다.

"도영아, 빨리 집에 가라고 하잖아, 빨리!"

조용하고 칼날 같은 인범이의 소리가 밤하늘에 울렸다.

인범의 침착하고 강하고 무거운 말은 거역할 수 없는 명령이었다.

"형, 혼자 괜찮아?"

이 말은 혼자서 이길 수 있느냐고 묻는 말이었다.

"걱정 말고 가. 내가 알아서 할게."

인철과 도영이는 청년의 자신 있는 말에 뒷걸음치며 어둠 속으로 사라졌다. 인범은 도영과 인철이 물러나니 한결 마음이 편했다. 오히려 도영과 인철이 있으므로 깡패들과의 싸움에 지장이 있었다.

도영과 인철이 일단 청년의 시선에서 물러났지만 멀리 가지 않았다. 형이 깡패들을 어떻게 처리하는지 궁금하기도 했지만, 형이 깡패들과 싸울 때 불리하면 가세하겠다는 것이다.

'이 싸움은 나를 위해 발단된 것이다.'

도영이는 길모퉁이에 몸을 숨기고 머리만 빠끔히 내밀고 깡패들과 청년의 대치가 어떻게 되는가. 사태의 추이를 지켜보았다. 형이 불리하면 뛰어가 합세할 태세였다. 밤이지만 희미한 초승달 아래 그들의 모습이 설핏하게 보였다.

"인철아, 이 근처에 몽둥이를 찾아 봐."

도영은 어둠 속에서 벌어지고 있는 싸움 현장을 마음 졸이며 지켜보고 있는데 인철이가 채소밭에서 뽑아 든 몽둥이에 붙은 끈을 떼어 내며 물었다.

"도영아, 보이니? 어쩌고 있니? 싸움 시작했니?"

"아니, 아직 무슨 이야기를 하고 있어."

"야 이 새끼, 건방지게 어디 시비해. 죽여 버리겠어."

말과 동시에 밤톨머리의 주먹이 인범의 얼굴에 날아왔다. 인범은 이미 예견한 공격이라 빠른 동작으로 밤톨머리의 오른쪽 주먹을 팔 가로 막기로 걷어 올리고 전광석화같이 오른팔을 들어 올려 팔 밑으로 빠져드니 자연스럽게 놈의 등이 인범의 가슴 앞에 돌려세워지면서 팔목이 등 뒤로 꺾이어 한패인 깡패들과 마주 서게 되었다. 이것은 순간적으로 이루어진 것이다.

인범은 팔을 꺾은 놈을 방패삼아 두 놈을 날카롭게 노려보았다. 팔을 꺾인 놈은 병아리가 독수리에 채인 듯 꼼짝 못했다. 밤톨머리는 공격을 하다 주먹 한번 제대로 못 쓰고 인범의 억센 손에 잡혀 순식간에 관절이 꺾이어 꼼짝 못하고 아픔과 수치심으로 얼굴 표정이 묘하게 일그러졌다.

인범이는 꺾은 밤톨머리의 팔에 조금 힘을 가하니 놈은 고통으로 얼굴이 일그러지며 비명을 토했다.

"아악!"

두 깡패는 밤톨머리가 일순간에 관절이 꺾이어 꼼짝 못 하는 것을 보고 어찌할 줄 모르고 멀거니 인범과 밤톨머리를 바라보다 갑자기 한 놈이 옆으로 인범을 공격했다.

"어라차!"

기합을 넣으며 주먹질도 발길질도 아닌 맹목적 돌진이었다. 놈의 공격을 예상하고 대비하고 있던 인범은 관절을 꺾은 밤톨머리를 옆으로 제치고 달려드는 놈의 가슴을 제자리에서 앞발을 높이 들어 찍었다. 인범의 발길에 명치를 찍힌 놈은 비명을 토하며 꼬꾸라졌다. 달려드는 놈을 공격하느라고 인범이가 움직이면서 이미 꺾인 놈의 관절이 더욱 심하게 꺾어졌다.

"아악!"

"억!"

두 놈이 동시에 비명을 질렀다. 공격하던 놈이 인범의 앞발에 명치를 찍혀 관절이 꺾인 놈과 명치를 찍힌 두 놈의 비명이 고요한 밤하늘에 메아리쳤다. 만약 인범이 더 힘을 주며 관절을 꺾었더라면 놈의 팔이 부러졌을 것이다. 나머지 한 놈은 공포의 시선으로 망연히 인범을 멍하게 바라보며 서 있었다. 가슴에 일격을 당하고 꼬꾸라진 상기는 두 손으로 가슴을 껴안고 바닥에서 일어설 줄 몰랐다.

인범은 관절을 꺾인 놈의 팔을 놓아 주었다. 놈은 얼마나 아픈지 땅바닥에 주저앉더니 오른팔을 움켜쥐고 고통을 참지 못했다. 도영과 인철은 저만큼 모퉁이에서 고개를 내밀고 사태의 추이를 훔쳐보고 있었다. 청년이 가라고 했지만 차마 멀리 가지 못한 것이다. 싸움이 거칠어지면 청년을 도와야 한다고 생각했기 때문이었다. 아무리 나약한 학생이지만 피가 끓는 젊음이고 정의감이 있기 때문이었다.

처음 청년이 깡패 한 명의 공격을 가볍게 막으면서 주먹도 쓰지 않고 팔을 비틀어 꼼짝 못 하게 했을 때 자신들도 모르게 와! 하는 소리 없는 탄성이 절로 뱉어졌다. 과연 저 형이 무언가 대단한 무술 실력가였던가? 그래도 행여 나머지 두 깡패가 함께 공격하면 어쩌나 조마조마 맘 졸이며 주먹을 불끈 쥐고 있었다. 달려들던 또 한 놈도 청년의 앞 발차기에 힘없이 무너지는 걸 어둠 속에서 설핏 보고 인철과 도영은 쾌재를 불렀다. 손에든 각목이 무의미하게 되었다.

인범은 나머지 한 명인 깡패라고 할 수 없는 왜소한 놈에게 다가서니 잔뜩 겁먹은 놈은 후닥닥 달아났다.

"거기 서라!"

나지막하면서도 위압적인 소리였다. 놈은 그 소리에 오금이 저렸는지 달아나다 그대로 섰다.

"너희들, 그 자리에 꿇어앉아!"

세 놈은 멍 하니 인범을 쳐다보았다.

"꿇어앉으라고 했잖아, 말 안 들려?"

그래도 세 놈은 엉거주춤 서 있었다. 두 깡패는 대장격인 밤톨머리의 눈치를 보았다.

"못 앉겠어!"

인범의 주먹이 밤톨머리의 가슴 밑 명치에 정확히 명중했다.

"억!"

하는 비명 소리와 함께 복부를 안고 밤톨머리는 그 자리에 폭 주저앉았다. 나머지 두 놈은 부리나케 꿇어앉았다. 밤톨머리는 수치심과 고통으로 얼굴 표정이 일그러져 있었다.

인범은 이들에게 극도의 모멸감을 줄 생각이었다. 주먹 위에 주먹 있고, 주먹으로 약자를 폭행하고 강탈하는 것이 가능할 수도 없고 정당하지도 않다는 것을 주지시키고, 그들이 행한 결과에 대한 징벌이 반드시 뒤따른다는 사실을 알도록 해야 했다. 결코 이 정도로서 자기들의 행동을 뉘우치고 깡패의 세계에서 손을 떼지는 않을 것이다. 이들에게 모멸감을 줌으로서 다음 단계를 지켜볼 심산이었다. 이곳은 길에서 조금 떨어진 으슥한 주차장이고 자정이 가까운 시간이라 인적이 드물었다.

"너희들, 깡패냐, 강도냐?"

인범은 꿇어앉은 깡패 앞으로 다가섰다. 깡패들은 인범이의 말에 아무런 대답을 하지 않았다.

"너희들이 하는 짓이 노상강도짓이라는 것을 모르냐? 왜 너희들은 귀중한 인생을 스스로 망가뜨리려고 해?"

그래도 말이 없었다. 아마 이들은 반성하기보다 힘의 대결에서 이길 수 없음을 분해하는 것 같았다. 인범은 말로써 선도할 수 없음을 알았다. 그러나 마지막 달아나려던 놈은 그래도 자신이 한 행위가 떳떳하지 못함을 느꼈는지 고개를 푹 숙이고 있었다. 인범은 이 젊은이는 대화만으로도 선도할 수 있을 것 같다고 생각했다. 그렇다고 더 이상 반격을 하지 않는데 폭행을 한다는 것이 심한 것 같아 그만두었다.

"너희들, 오늘은 용서한다. 만약 또다시 학생들을 구타하고 강도짓을 하면 결코 가만있지 않겠다. 알겠냐?"

깡패들은 여전히 아무 말을 하지 않았다. 역시 이들에겐 힘이 약해 굴복은 하지만 잘못을 반성하는 기미는 보이지 않았다. 그들의 비행은 하루아침에 이루어진 것이 아니기 때문이다.

마지막 달아나려던 놈은 기어 들어가는 소리로,

"예."

대답을 했다.

"가라! 다시는 이런 식으로 만나지 않기 바란다."

세 깡패가 일어나 걸음을 옮기었다. 그 중 밤톨머리가 인범을 매섭게 노려보았다. 오늘은 일단 가지만, 두고 보자는 암시가 노려보는 눈가에 완연히 표출돼 있었다.

밤톨머리는 겨우 걸어가면서 또 한 번 머리를 돌려 노려보는 걸 잊지 않았다. 그러나 인범에게 달려들지 않고 달아나려던 겁먹은 깡패는 고개를 푹 숙이고 가고 있었다.

"이봐! 당신은 잠깐 기다려."

지적을 당한, 달아나려던 젊은이는 발걸음을 옮기다 말고 뜨악하고 겁먹은 시선으로 인범을 쳐다보았다. 두 깡패도 함께 섰다.

"너희 둘, 먼저 가라."

두 깡패가 저만치 가는 걸 확인하고 인범은 이 선량하게 보이는 젊은이 어깨에 손을 얹고 다정하게 말했다.

"이봐, 당신은 선량한 학생들의 돈을 뺏고 폭행하는 것이 잘했다고 생각하느냐?"

이 청년은 머뭇거리다 겨우 들릴락 말락 하는 소리로,

"잘못했다고 생각합니다."

기어드는 소리지만 분명한 대답이었다.

"당신은 앞으로 절대로 이런 깡패짓 아니, 노상강도짓 하지 마라. 저런 깡패들과 어울려 다니면 당신만 못된 때를 묻히게 된다. 그리고 당신 부모님이 이렇게 깡패 짓이나 하고 다니는 것을 아시면 얼마나 놀라고 실망하시겠나? 이것은 부모님에게는 불효가 되고 당신 자신의 장래를 망치는 것이야. 공부 열심히 해라. 공부하는 고통은 잠시지만 공부를 안 하여 겪는 고통은 평생을 두고 받을 것이다."

"예, 앞으로 절대로 이런 행동 하지 않고 열심히 공부하겠습니다."

"그렇게 해라! 반드시 공부를 안 해서 오는 장래보다 더 나은 장래가 올 것이다. 나도 공부를 못 해 한이 된다."

인범은 이 젊은이에게 손을 내밀고 악수를 청했다. 젊은이는 어정쩡하고 기죽은 자세로 어색하게 인범의 손을 잡았다. 짧은 대화와 악수이지만 자기의 잘못을 뉘우치고 있음을 알 수 있었다. 반드시 다음부터는 불량한 짓은 하지 않을 것이라고 확신했다. 인범은 무언가 뿌듯한 성취감이 가슴에 고루 퍼지고 있음을 느꼈다.

돌아서서 걸어가는 어깨가 처진 나약한 청년의 뒷모습은 깡패로 서는 어울리지 않는 모습이었다. 이제 자정이 지나고 있었다. 주위는 적막이 감도는 여름밤이었다. 어두컴컴한 거리로 인범은 발걸음을 옮겼다. 밤하늘은 짙은 잿빛이었다. 한여름 열대야 현상인지 후텁지근한 공기가 온몸을 휘감았다.

모퉁이를 막 돌아서니 도영과 인철이 인범을 기다리고 있었다.

"형, 고마워."

"너희들, 여기 있었구나. 왜 가지 않고 있었니? 자, 가자. 많이 늦었다."

"형, 대단하던데 무슨 운동했습니까?"

"……."

도영과 인철은 흥분해 있었다. 좀 더 화끈한 싸움을 보고 싶었는데 깡패들이 형에게 제대로 힘 한번 못 쓰고 항복했기 때문에 더 이상의 싸움은 볼 수 없었다.

"우린 어두워서 자세히 보지 못했는데, 어떻게 되었어요? 우린 형이 불리하면 형을 도우려고 여기서 지켜보고 있었는데……."

"그래, 고맙다. 그러나 싸움은 아무나 하는 것이 아니다. 너희들은 깡패들과의 싸움에 관계되어서는 안 돼. 그리고 다쳐서도 안 돼. 대학 시험을 앞두고 싸움판에 말려들면 다치기도 하고 때론 경찰에 불려 갈 수도 있어. 그보다 깡패들은 급하면 언제든지 흉기를 사용하는 놈들이야. 가자, 너무 늦었다."

그들은 인적이 드문 밤길을 어깨를 나란히 하고 걸었다. 도영이 집이 가까워졌다. 도영이 어머니가 불안한 얼굴을 하고 집 앞에서 서성이며 기다리다 도영이를 발견하고 앞으로 다가왔다.

"도영아, 오늘 왜 이렇게 늦었니?"

어머니는 낯선 인범을 의심 가득한 눈으로 쳐다보았다.

"아무것도 아니에요. 어머니, 들어가요. 형, 고마워요. 인철아, 잘 가."

인범이는 자신을 불안스런 시선으로 보고 있는 도영이 어머니를 향해 목례를 하였다. 어머니도 고개를 숙여 어색하게 인사를 했다.

인범은 도영과 인철이와 헤어져 다시 당구장 쪽으로 발길을 돌렸다.

당구장 건물 앞에서 조금 전의 깡패 두 명이 큰소리로 이야기를 나누고 있었다. 한밤의 고요가 이들 깡패의 목소리를 더욱 크게 들리게 했다. 인범과 이야기한 왜소한 젊은이는 집으로 갔는지 보이지 않았다.

"야, 그 새끼, 그냥 둘 수 없어. 내일 우리 아이들 모아서 죽여……."

밤톨머리가 말을 하다 말고 기겁을 하고 말문을 닫았다. 악을 쓰며 인범에게 오늘 참담한 패배에 복수를 다짐하고 벼르던 밤톨머리가 자기들 바로 옆에서 듣고 있는 인범을 발견했기 때문이었다. 조금 전에 인범에게 혼이 난 밤톨머리는 벌린 입을 다물 줄 몰랐다. 갑자기 다리가 후들거렸다.

인범은 놈의 얼굴을 한참이나 쳐다보다 싱긋이 미소를 지었다.

'저, 여유 있는 웃음은 나를 비웃고 경멸하는 웃음이다. 무서운 놈이다. 저놈이 얼마나 대단한 싸움꾼이면 우리를 무시하여 혼자서 우리 아지트까지 찾아왔단 말인가. 아, 무서운 놈이다.' 여유 있는 미소에 몸서리가 쳐졌다.

밤톨머리는 분노와 공포로 순간 온몸에 닭살이 돋아났다. '놈은 보통 기분 나쁜 놈이 아니다. 저런 놈이 어디서 이 동네에 굴러들어 왔을까?' 밤톨머리는 놈이 자신을 공격할까 경계를 하며 방어 자세를 취하여 보려고 했지만 이미 겁을 먹은 다리는 힘이 풀려 방어 자세도 취하지 못했다.

인범은 다시 깡패를 쳐다보며 조소를 짓고는 걸음을 옮겼다. 밤톨머리는 인범이의 모습이 사라질 때까지 두려움과 증오의 눈길을 딸려 보내고 있었다.

밤톨머리는 인범이가 시선에서 사라지고 한참이나 지나서야 제정신이 되었다.

"아, 정말 징그럽게도 기분 나쁜 놈이다."

밤톨머리는 자기 자신이 한 비굴한 행동에 자신을 학대하고 있었다.

"에이, 그 새끼 내 손으로 반드시 죽여 버릴 거야, 개새끼."

자조의 소리를 주절거리며 당구장으로 올라갔다.

인범은 깡패들이 그냥 있지 않을 것이라고 생각했다. 깡패들과 피를 보아야 할 것 같았다. 그래야만 도영과 인철에게 후환이 없어질 것이다. 이대로 물러서면 놈들이 나에게서 오늘 당한 만큼 도영과 인철에게 보복을 할 것이다. 그리고 깡패들이 나에게 보복하기 위해 오늘보다 더 많은 숫자와 강한 주먹꾼들을 불러들일 것이다.

'이 동네에서 더 이상 깡패 노릇을 못 하게 하려면 몇 놈에게 치명상을 주어야 한다.'

두 깡패가 올라간 당구장을 인범은 돌아서서 쳐다보고 쓸쓸히 한여름 밤 어두운 밤길을 걸어 집으로 향했다.

또 한 번 싸울 일이 생겼구나.

"도영아, 오늘 왜 늦었니? 그리고, 아까 같이 온 키 큰 청년이 누구니?"

"엄마, 와! 오늘 신나는 것 있지. 조금 전 그 형이 며칠 전에 날 때리고 돈 빼앗아 간 깡패들을 간단하게 조져 버렸어. 아, 통쾌해!"

"얘야, 자세히 이야기해 봐. 그 청년 혼자서 깡패들과 싸웠단 말이니?"

도영인 옷도 벗지 않은 채 오늘 학교에 청년이 찾아온 이야기와 청년과 깡패들이 싸운 것을 어머니 아버지에게 신나게 이야기 했다. 도영이의 이야기를 다 듣고 난 아버지는 팔짱을 끼고 무언가 심각하게 생각하고 있었다. 도영이 엄마는 연신 감탄을 하며 말했다.

"오늘, 그 깡패 놈들 임자 만났구나. 그래, 그 놈의 깡패들 어디 힘센 사람에게 혼이 좀 나야 정신을 차릴 거야."

"여보, 그렇게 좋아만 할 것이 아닌 것 같아. 왜 그 청년이 산에서 우연히 당신들의 이야기를 듣고 도영이를 위해 깡패들에게서 도영이를 보호하겠다고 싸움에 뛰어 든 것은 아무래도 이해가 되지 않는단 말이야."

"……."

도영이도 엄마도 그 말에는 답할 말이 없었다. 오늘 산에서 자기들 이야기를 엿듣는 것 같은 청년이 떠올랐다.

한참 무언가 생각하던 도영이가 엄마에게 말했다.

"엄마, 그 청년이 내가 깡패에게 시달리는 걸 엄마가 말하더라고 하던데 맞아?"

"그래, 맞다. 유달리 키가 큰 청년이 우리 옆에 있었어."

도영이 아빠는 무언가 꼬이는 것 같아 불안해 졌다. 아들의 주위에 나쁜 일이 생기지 않나 걱정이 되었던 것이다.

"여보, 걱정이 돼요."

그러면서 도영이 엄마는 오늘 산에서 자기들끼리 이야기 할 때 옆에 한 청년이 있었다고 이야기를 했다.

"그렇다면 그 청년은 도영이를 해칠 생각은 없을 것이다. 당신들의 이야기를 듣고 싸움에 자신이 있는 청년이 자진해서 도영이를 도와주려고 한 것 같다. 도영아 잊어버리고 올라가 자. 앞으로 조심하고."

“아버지, 걱정 마세요. 그 형 절대로 나쁜 사람이 아닌 것은 분명해요. 말수도 적고 뭔가 믿음이 가는 청년이에요.”

“글쎄다. 그랬으면 좋으련만, 세상이 하도 험악하니 걱정이 되는구나.”

2

밤은 깊어가고 사위는 어둠으로 묻혀 있었다. 다만 초승달만 거리를 희미하게 비추고 있었다.

열대야를 피해 집 앞 길거리에 자리를 깔고 잠을 자려는 사람들과 거리를 밝혀 주는 가로등 뿐 밤은 무덤처럼 적막하고 고요했다. 인범은 동네를 벗어나 인적이 없는 논배미를 걷고 있었다.

개구리 소리가 요란하게 들렸다. 논에서 개구리들이 묘하게도 한쪽에서 개골 하니 또 한쪽에서 그 울음소리를 받아 개골 하는 것이다. 그 소리가 연속되니 한쪽에서 개골 또 한쪽에서 개골 개골개골 하모니를 이루며 밤의 정적을 깨트리고 있었다. 인범은 청년이 되면서 울프를 데리고 다니지 않았다. 인범은 산길을 무서워하는 어린아이가 아니기에 이젠 산길이 무섭지도 않았다. 어떤 짐승도 어떤 치한도 무섭지 않았다. 높은 경지의 무술을 익히는 인범이기에 울프를 싸움에 끌어들일 어린 나이도 아니었다.

요란스럽게 울던 개구리 소리가 인범의 발소리에 일시에 뚝 그쳤다. 인범은 오늘 자신이 한 행동을 정리해 보았다. 나의 행동이 만용이 아닌지…… 아니다, 나는 잘못하지 않았다. 나약한 허약 체질의 학생 그것도 인생 교두보인 대학 진학을 앞둔 고3 학생을 도와 준 것은, 잘한 것이라고 자부했다.

‘인간 사회에서 없어야 될 인간, 기생충 같은 인간, 쓰레기인 깡패들, 아니 노상강도들…….' 인범은 깡패들을 저주하고 있었다.

밤은 두터운 어둠에 짓눌린 묘지처럼 황량하고 밤의 열기는 낮보다 더 무덥고 칙칙했다. 인범은 하늘을 쳐다보았다. 어두운 밤하늘에 별들이 드문드문 돋아나 있었다.

물에서 나와 몸을 말리려고 논둑에 나와 있던 개구리와 작은 곤충들이 인범의 발소리에 놀라 후다닥 논으로 들어가고 있었다.

시커멓고 억센 산줄기가 가까워지고 인범의 산막 같은 초라한 집과 순희의 집이 어둠 속에 웅크리고 있는 것이 보였다. 어느새 주인의 귀가를 알고 마중 나왔는지, 애견 센이 발 사이에 파고들어 걸음 걷기가 거북해졌다.

"센, 마중 나왔구나. 자, 가자."

센이 재빨리 앞장을 섰다. 집 앞에 센의 아빠 울프가 자다 말고 꼬리를 흔들고 머리를 조아리며 반겼다. 열대야에 잠을 이루지 못 하고 나무 의자에 앉아 있던 순희가 인범이를 맞았다.

"늦었네요."

"아, 왜 자지 않고……?"

"잠이 안 와서요. 오빠, 어디 갔다 이렇게 늦게 와요?"

순희는 인범이가 리비아에서 온 후부터 말을 존대하기 시작하더니 무언가 인범이를 어렵게 대하는 것 같았다.

순희는 두 팔로 몸에 꽉 끼는 얇은 러닝셔츠 같은 흰 티셔츠를 입어 노출되는 젖가슴을 감싸 안고 미소를 지으며 인범에게 안길 듯 다가왔다. 순희는 자지 않고 인범을 기다리고 있었다.

순희는 인범이가 동굴에서 나와 이 집을 짓고 살 때부터 가까이에서 자랐다. 순희는 언제나 말이 없고 웃음을 잃은 고아로 가난하게 살아가는 인범 오빠가 좋았다. 사춘기가 지나면서 인범에게 풋사랑인지 연민인지 모를 아련한 연정을 가슴에 품고 성장하면서 수선화 같은 사랑이 싹트고 있었다. 그러나 인범은 순희의 애틋한 사랑을 아는지 모르는지 매번 순희의 눈길을 비켜 나갔다.

이제 순희도 스무 살의 완숙한 사랑을 담고 싶은 나이였다. 인범은 순희가 평소 낮엔 그렇게 얌전하고 수줍어하던 것과는 달리 진한 여자의 시선을 발산하며 안길 듯 다가섰다. 인범은 타는 듯한 순희의 시선을 어둠 속에서 의식해야 했다. 인범은 순희의 눈길을 피하며 언제나 앉아 쉬는 집 앞 긴 나무 의자에 앉았다. 순희도 인범이 가까이 다정스럽게 기댈 듯 다가앉았다. 어둠이 가져다주는 용기인지…….

인범이 손만 내밀면 순희의 풍만한 젖가슴이 무너져 안겨올 것 같았다. 남녀 간 사랑의 본능이 주는 평범한 진리인지 그렇게 수줍어하고 청순하던 순희가 어둠 속에서 선정적인 몸짓으로 사랑을 표출하고 있었다. 가까이 다가앉은 순희의 긴 머리카락에서 풍기는 냄새인지 순희의 살 냄새인지 여자의 몸에서만 맡아볼 수 있는 묘한 남성을 자극하는 풋풋한 냄새가 순희의 몸에서 발산되고 있었다. 인범은 동생으로만 생각하고 대해 왔던 순희를 여체로 의식하고 성적 충동을 느끼고 있는 자신에게, '나도 보잘 것 없는 속물에 지나지 않는구나.' 하는 자괴감에 자신을 질타했다.

"오빠! 오빠는 무엇을 위해 살아요? 난 오빠만 보면 안타까워요."

순희는 두 손으로 인범의 손을 살며시 잡았다. 순희의 작고 부드러운 손은 인범의 크고 억센 손등을 어루만졌다. 순희의 솜털처럼 부드러운 손에서 뜨거운 열기가 나고 있음을 느꼈다.

"순희야, 사람은 누구나 사람마다 서로 각기 살아가는 보람과 목적이 있지 않겠니?"

"……."

'순희야, 넌 나의 피맺힌 한을 모를 것이다.'

인범은 순희의 작은 손을 살며시 잡아 순희의 무릎 위에 얹으며 일어섰다.

"자, 순희야. 밤이 늦었다. 우리 다음에 이야기하자. 순희도 내일 회사 가야지……."

순희는 무언가 아쉬운 미련을 남기고 일어서 어둠속에서 더듬듯 인범의 눈을 찾았다. 눈은 슬픔이 자욱했고 무엇을 애써 호소하는 것 같았다. 그것은 깊은 연민이었고 인범에 대한 아련한 사모의 눈길이었다. 비록 단 한 번의 에로틱한 스킨십도 나누어 본 적이 없지만 마음속 깊은 곳 무의식의 심연 속엔 인범을 연인으로 자리 잡고 있었다. 그러나 인범은 순희의 사랑을 아는지 모르는지 언제나 순희의 시선을 비켜 나가는 것이다.

"오빠! 나, 너무 힘들어요."

순희는 울먹이며 무너질 듯 인범의 가슴에 얼굴을 파묻고 온몸을 인범의 몸에 밀착하며 파고들었다. 인범은 엉겁결에 순희의 몸을 살며시 안았다. 순희의 피부가 솜털같이 부드러웠다. 엷은 잠옷만 입은 순희는 젖가슴과 하체를 의식적으로 밀착해 왔다. 인범은 순간 정신이 아찔했다. 뭐라고 형언할 수 없는 성 분출이 무섭게 타올랐다. 인범은 순희가 가까이 다가올수록 나는 자라서 인범이에게 시집을 가고 싶다고 동굴에서 무섭게 안겨 왔던 미란이가 떠올랐다. '아, 미란이!'

"아!"

인범의 입에서 열기와 함께 가벼운 비명이 새어 나오면서 이래서는 안 된다. 나는 순희를 아니 여자를 사랑할 수 없다. 언제 어디서 흉악범에게 무참히 맞아 죽을지 모른다. 인범은 가볍게 순희의 어깨를 두드려 가슴에서 떼어 내었다.

인범은 가슴속 깊은 곳에서 일어나는 갈등으로 괴로워했다. 순희의 솔직한 연정에 대해서 외면하는 것이 남자로서 가혹한 죄악인 것처럼 생각되었다.

"순희야, 오늘 무슨 일이 있었니? 자, 이제 자야지."

어색한 질문을 하며 어색하게 물러섰다. 인간의 고향 본능은 무언가를 요구하며 뜨겁게 타오르고 있었다.

순희는 얼굴을 푹 숙이고 울음 섞인 목소리로 말했다.

"오빠, 주무세요."

인범은 돌아서 가는 순희를 부르려다 이내 '안 돼.' 하며 냉정하기로 했다. 순희를 불러 순희가 돌아서 다가오면 자신이 돌이킬 수 없는 일을 저지를 것 같아 멍하니 보고 있었다. 순희가 돌아서 인범이 쪽을 보고 잠깐 서다 삐걱거리는 판자문을 닫고 들어갔다.

돌아서는 순희의 옆모습에서 터질 듯 풍만한 가슴에서 엷은 여름 흰 티셔츠에 탐스럽게 불거진 젖꼭지가 어둠 속에 솟아 있었다. 인범은 우연히 본 순희의 가슴을 시야에서 지워버리려고 머리를 흔들었다. 순희에게 무언가 죄를 지은 듯했다. 평소 밝은 때에 입은 포장한 정장 모습에서는 보지 못했던 굴곡이 심한 순희의 풍만한 가슴이 자꾸만 시야에서 명멸했다.

인범은 순희의 가쁜 숨결과 심장의 박동이 아직도 인범의 가슴에 머물며 아쉬운 여운을 남겼다. 평소에는 그렇게도 부끄러워하고 얌전한 순희에게서 어디서 그런 맹렬한 정염이 있었는지 알 수 없었다. 그것은 어두운 밤이 가져다주는 젊은 남녀의 사랑의 표출인지…….

인범은 순희의 따뜻한 체온이 남겨진 걸상에 앉아 밤하늘을 바라보았다. 밤하늘에 영국에서 아버지를 따라와 리비아의 빈민가에서 영어를 가르쳤던 인범의 동정을 가져간 금발의 처녀, 백인 특유의 백옥같이 흰 살결, 풍만한 육체의 영국 여자 엘리샤의 얼굴이 밤하늘에 명멸했다.

지금까지 인범은 순희를 이웃에서 함께 자란 동생과 같은 생각 이외엔 여자로 생각해 본 적이 없었다. 순희는 어릴 때는 천진난만하게 오빠 오빠 하며 따르더니 자라면서 무언가 어려워하고 수줍어하는 것이다. 그리고 혼자 사는 인범이의 생활에 친여동생같이 여자가 할 일을 도와주는 것이다.

순희 나이 스물, 인범이 하고는 세 살 차이였다. 순희는 어렵사리 야간 산업학교를 졸업하고 공장에 다니고 있었다. 목수 일을 하는 아버지와 십여 년 전 멧돼지 쓸개를 먹고 건강을 회복한 엄마와 세 가족이 산속 남의 땅에 무허가 집을 짓고 어렵게 살아가고 있는 것이다.

순희 아버지는 무슨 생각을 하는지 인범이가 과년한 딸과 허물없이 지내도 조금도 신경을 쓰지 않았다.

마루가 없는 집, 아무 것도 가져갈 것 없는 집에 그 흔한 열쇠마저 채울 필요가 없었다. 언제나 울프와 센이 옆에서 맴돌았다.

방은 더운 열기로 가득 찼다. 한낮 동안 작열하던 여름의 태양이 슬레이트 지붕을 뜨겁게 달구어 밤이 되어도 열기가 방 안에 머물고 있었다. 인범은 전등불을 켜고 방 안의 열기를 식히려고 방문을 활짝 열었다. 희미한 전등불이 방 안을 밝혔다.

방은 깨끗이 정리되어 있었다. 순희는 언제나 인범이 정리해 둔 방을 다시 청소해 주었다. 인범이 여러 번 그러지 말라고 하여도 듣지 않았다. 열린 문 사이로 모기들이 들어와 인범의 얼굴 가까이서 왱왱거렸다. 작은 창을 통해 바라보이는 밤하늘엔 어느새 초승달이 사라지고 어둠이 켜켜이 짙어지고 있었다. 모기장을 치고 옷도 벗지 않고 더운 열기가 가시지 않은 방에 누웠다.

다른 날과 달리 쉽게 잠이 올 것 같지 않았다. 조금 전 품에 안겼던 순희의 체감이 아직도 고스란히 남아 인범이를 괴롭게 했다. 전에 느끼지 못했던 순희의 느낌이었다. 인범은 순희의 체감을 잊으려고 머리를 흔들며 깡패들과의 싸움을 정리해 보았다. 놈들을 그냥 보내어 준 것이 잘한 것인지 치명타를 가하지 못한 것이 잘못한 것인지?

깡패들은 약했다. 상대하기엔 너무나 나약한 얼치기 깡패, 겨우 중·고등학생들의 잔돈이나 뜯어내는 풋내기였다. 단 한 번의 공격에도 어쩔 줄 모르고 굴복하는 그들은 결코 주먹쟁이도 조직 깡패도 아니었다. 그러나 그들에게 당하는 학생들에겐 무서운 존재일 것이다.

밤톨머리라고 하는 놈이 벼르던 말을 보아 그냥 넘어가지 않을 것 같았다. 가까운 시일에 더 많은 깡패들과 피를 보아야 하는 싸움이 될 것이다. 그래, 이왕 시작한 깡패와의 싸움, 이 동네에서 깡패들의 뿌리를 뽑아야겠다. 팔베개를 하고 생각의 나래를 펴고 잡다한 걱정들을 정리해 보았다.

순희는 오빠가 좋았다. 밤의 용기를 빌어 의식적으로 그리고 의도적으로 오빠에게 안겼지만 무시와 외면을 받았다. 여자로서의 부끄러움과 수치심에 잠을 이룰 수 없었다. 눈을 말똥말똥 뜨고 어두운 천장을 바라보는 눈에 눈물이 그렁그렁 하였다.

'오빠는 나를 사랑하지 않는다. 여자로서가 아닌, 어릴 때부터 이웃에서 자란 동생으로만 대하고 있다.'

순희는 이성을 느끼면서부터 인범 오빠가 가슴에 진하게 자리 잡고 있었다. 순희는 인범 오빠 외에는 어느 남자도 생각해 본 적이 없었다. 언제나 말이 없고 슬픔을 간직한 우수에 젖은 얼굴은 가슴에 깊이 이성으로 각인돼 있었다. 위로해 주고 싶었고 가까이 있고 싶었다. 그러나 오빠는 나의 진한 시선도 대화도 언제나 모른 척 비껴 나가는 것이다.

오빠는 나를 여자로 대해 주지 않는다. 오빠는 나에게서 여자의 매력을 느끼지 못하는 것일까. 나는 과연 매력 없고 못난 여자일까? 회사 총각들과 아저씨들은 자신을 예쁘다고 하지 않았는가. 왠지 억울했다. 잠이 올 것 같지 않았다.

순희는 일어서서 전등불을 켜고 거울 앞에 섰다. 거울에 비치는 자신의 얼굴을 유심히 보았다. 배시시 미소를 지으며 예쁜 모습을 만들어 보았다.

가지런한 하얀 이빨, 하얀 피부. 다시 한 번 예쁘게 미소를 지었다. 자신의 얼굴은 결코 못난 얼굴이 아니다. 그런데 오빠는……?

옷을 벗어 자신의 몸매를 거울에 비쳐 보았다. 출렁이는 긴 검은 머리, 좁고 동그란 어깨, 터질 듯 부푼 알맞게 큰 유방, 잘록하게 굴곡진 허리, 통통한 둔부 허벅지와 허벅지 사이의 불룩 솟은 밑살, 그 밑살을 감싸듯 덮은 시커먼 음모, 순희는 인범 오빠에게서 여자로서의 매력과 사랑을 받지 못함에 쓸쓸히 자괴의 조소를 거울 속에 던지며 거울 속의 자기의 벗은 몸을 언제까지나 바라보았다. 오빠는 여자 불감증인가.

열대야의 열기에 잠이 올 것 같지 않았다. 벽시계가 한시를 울렸다. 창밖은 칠흑같이 어두웠다. 별 하나가 떨어지면서 산산이 깨어지고 있었다. 한 밤중 개 짖는 소리가 밤하늘에 메아리치고 멀리 퍼져나가고 있었다. 왠지 모르게 순희의 가슴에 심금을 울렸다. 순희는 진한 한숨을 내쉬며 전등불을 껐다.

인범에게 혼이 난 밤톨머리가 당구장에 들어가 긴 의자에 무너지듯 앉았다. 그 옆에 상기도 앉았다.

"에이, 열 불 나."

밤톨머리가 얼굴을 잔뜩 찌푸린 인상을 하고 주먹으로 애꿎은 소파를 힘껏 쳤다. 퍽 하는 소리에 밤늦게까지 내기 당구를 치던 같은 또래 몇 명이 힐끗 쳐다보고는 자기들 게임에 열중하고 있었다.

"그래, 어쩔 셈이야?"

상기가 밤톨에게 물었다.

"야, 인마! 어쩌긴 죽여야지. 그걸 그냥 둘 수 없잖아, 이 새끼야."

애꿎은 한 패거리인 상기에게 화풀이를 했다.

"그놈, 보통 놈이 아니던데 어쩌겠다는 거야?"

"안 되면 찍어야지. 야, 인마, 독발이 형에게 내일 연락해. 내가 만나잔 다고. 그리고 오늘 그 새끼와 싸움 한 것은 내가 이야기 할 테니, 넌 암말 마. 알았어?"

"그래, 알았어."

"근데 병길이 이 새끼는 왜 아직 안 와?"

깡패들은 오늘 자기들 세 명이 한 놈에게 힘 한번 쓰지 못하고 무참하게 깨어진 것이 도저히 이해가 되지 않았다. 그보다 조금 전 놈에게 무릎을 꿇은 굴욕적인 수모를 생각하면 가슴을 쥐어뜯고 싶을 정도의 분노가 치밀어 올라 도저히 참을 수가 없었다.

'그 놈은 우리가 상대 못할 무술의 고수인가.' 꼭 최면술에 걸린 것 같았다.

손목 관절을 꺾어 무력화시키는 놈의 그 억센 손아귀 힘이 지금도 손목에 무겁게 통증과 함께 느껴졌다. 밤톨머리는 무릎에 깊이 머리를 파묻고 심한 분노에 주먹을 부르르 떨며 어금니를 맞물어 뿌드득 갈아붙였다. 옆에 앉은 상기도 억울한지 말이 없었다. 그리고 앞발차기에 찍힌 명치가 아직도 통증이 느껴졌다. 상기는 자신도 모르게 손으로 명치를 쓰다듬었다.

자정이 넘은 밤까지 내기 당구를 치는 당구공 부딪치는 소리만 딱딱 날 뿐 당구장은 시간이 정지한 듯 적막했다. 돈내기에 여념이 없는 젊은이들이 더운 한밤의 무더위도 아랑곳없이 당구대의 녹색 카펫 바닥 위에 놓인 공을 노려보는 눈이 빛났다.

〈3권에 계속〉

野草(야초) ❷
첫사랑